Nouveau Cabinet Cosmopolite

(Collection dirigée par Marie-Pierre Bay et André Bay)

(Extraits)

Kobo ABE	*La Femme des sables.*
Iouz ALECHKOVSKI	*Confession du bourreau.*
Jorge AMADO	*Gabriela, girofle et cannelle.*
	La Boutique aux miracles.
	Les Pâtres de la nuit, etc.
Sawako ARIYOSHI	*Kaé ou les deux rivales.*
	Les Dames de Kimoto.
Breyten BREYTENBACH	*Mouroir.*
	Confession véridique d'un terroriste albinos.
André BRINK	*Au plus noir de la nuit.*
	Une saison blanche et sèche.
	Un turbulent silence.
	Le Mur de la peste, etc.
Michael ENDE	*L'Histoire sans fin.*
Henry JAMES	*Un portrait de femme.*
	Le Tour d'écrou, etc.
Yoram KANIUK	*Adam ressuscité.*
Jack KEROUAC	*Maggie Cassidy.*
Ken KESEY	*Vol au-dessus d'un nid de coucou.*
Carson MCCULLERS	*La Ballade du café triste, etc.*
Henry MILLER	*Tropique du Capricorne, etc.*
Anaïs NIN	*Journal*, tomes I - II - III - IV - V - VI - VII, etc.
Joyce Carol OATES	*Le Jardin des délices.*
	Mariage et infidélités.
	Bellefleur, etc.
Salman RUSHDIE	*Les Enfants de minuit.*
	La Honte.
Arthur SCHNITZLER :	*Vienne au crépuscule.*
Isaac Bashevis SINGER (Prix Nobel)	*Ennemies, une histoire d'amour.*
	La Couronne de plumes.
	Shosha.
	Le Magicien de Lublin.
	L'Esclave.
	Le Pénitent, etc.
Israël Joshua SINGER	*Les Frères Ashkenazi*
	Yoshe le fou.
	Camarade Nachman.
Han SUYIN	*Multiple Splendeur.*
	La montagne est jeune.
	Une fleur mortelle.
	L'Arbre blessé.
	La Cité des sortilèges, etc.
Fred UHLMAN	*Il fait beau à Paris aujourd'hui.*
Anne TYLER	*Le Déjeuner de la nostalgie.*
	A la recherche de Caleb.
	Morgan l'insaisissable.
Virginia WOOLF	*Instants de vie.*
	Journal, tomes I - II - III - IV.

LE BEAU MONSIEUR DE CRACOVIE

Du même auteur
aux Éditions Stock

LE BLASPHÉMATEUR.
LA CORNE DU BÉLIER.
LE MANOIR.
LE DOMAINE.
ENNEMIES, UNE HISTOIRE D'AMOUR.
LE MAGICIEN DE LUBLIN.
L'ESCLAVE.
LA FAMILLE MOSKAT.
LA COURONNE DE PLUMES.
SHOSHA.
PASSIONS.
UN JEUNE HOMME A LA RECHERCHE DE L'AMOUR.
PERDU EN AMÉRIQUE.
AMOUR TARDIF.
HISTOIRE DU BAAL SHEM TOV.
YENTL ET AUTRES NOUVELLES.
LE PÉNITENT.

Pour les enfants

UNE HISTOIRE DE PARADIS ET AUTRES CONTES.
UN JOUR DE PLAISIR.
HISTOIRE DU PRINCE LING LING.
QUAND SHLEMIEL S'EN FUT A VARSOVIE.
NAFTALI LE CONTEUR ET SON CHEVAL SUS.
L'HISTOIRE DU GOLEM.
CONTES.

Isaac Bashevis Singer

Prix Nobel

Le beau monsieur de Cracovie

Nouvelles

TRADUITES DE L'ANGLAIS
PAR
MARIE-PIERRE BAY

Nouveau Cabinet Cosmopolite
Stock

Titre original :
THE COLLECTED STORIES
(Farrar, Straus, & Giroux Inc., New York)

Avant-propos de l'auteur

J'aime toutes les nouvelles que j'ai écrites, un peu comme un père oriental qui se trouverait à la tête d'un harem rempli de femmes et d'enfants. C'est en les écrivant que je suis devenu conscient des dangers qui guettent le romancier et les pires sont les suivants :

1. L'idée que l'écrivain doit être un sociologue et un politicien, prêt à s'adapter à ce qu'on appelle les dialectiques sociales.

2. Le désir de gagner beaucoup d'argent et d'être très vite « reconnu ».

3. L'originalité à tout prix, c'est-à-dire l'illusion qu'une rhétorique prétentieuse, des innovations trop recherchées en matière de style et une certaine façon de jouer avec des symboles artificiels peuvent exprimer la nature éternelle et éternellement changeante des relations humaines ou refléter les combinaisons et les complications de l'hérédité et de l'environnement. Ces embûches au niveau des mots dans ce qu'on appelle l'écriture « expérimentale » ont été néfastes à des talents authentiques et ont détruit une grande partie de la poésie moderne en la rendant obscure, ésotérique et dépourvue de charme. L'imagination est une chose et la distortion de ce que Spinoza appelle l'« ordre des choses » en est tout à fait une autre. La littérature peut parfaitement décrire l'absurde mais elle ne doit jamais devenir absurde elle-même.

Bien que la nouvelle ne soit pas en vogue aujourd'hui, je

continue à croire qu'elle constitue le défi suprême pour un écrivain. Contrairement au roman qui peut absorber et faire oublier les digressions trop longues, les flash-back et les défauts de construction, la nouvelle doit aller droit vers son temps le plus fort. La tension et le suspense ne doivent jamais faiblir. En outre, la brièveté est son essence même. Dans une nouvelle, le plan doit être très précis. Elle ne peut en aucun cas être ce que dans le jargon littéraire on appelle une « tranche de vie ». Les maîtres de la nouvelle, Tchékhov, Maupassant, ainsi que l'auteur sublime de l'histoire de Joseph dans le Livre de la Genèse, savaient exactement où ils allaient. On peut les lire et les relire sans jamais s'ennuyer. Tout ce qui est du domaine de la fiction ne devrait jamais devenir analytique. En fait, l'écrivain de fiction ne devrait jamais essayer de tâter de la psychologie ni de ses accessoires en « ismes ». La véritable littérature informe tout en distrayant. Elle s'arrange pour être à la fois claire et profonde. Elle a le pouvoir magique de mêler la causalité et le but, le doute et la foi, les passions de la chair avec les aspirations de l'âme. Elle est unique et générale, nationale et universelle, réaliste et mystique. Tout en tolérant que d'autres la commentent, elle ne doit jamais essayer de s'expliquer elle-même. Ces évidences, il faut les souligner, car la fausse critique et la pseudo-originalité ont fini par créer à notre génération un état d'amnésie littéraire. Le désir éperdu de faire passer des « messages » a surtout eu pour résultat que bien des écrivains oublient que raconter des histoires est la raison d'être de la prose artistique.

Pour les lecteurs qui aimeraient peut-être que je dise quelque chose de plus « personnel », je citerai ici (mais pas dans l'ordre où ils ont été écrits) quelques passages d'un récent volume de souvenirs : « Je m'étais coupé de tout et de tout le monde. Je m'abandonnai à la mélancolie et devins son prisonnier. Je présentai à ma créativité un ultimatum : “ Dis-moi ton secret ou permets que je meure. ” Il fallait que je me fuie moi-même. Mais comment? Et pour aller où? Je rêvais d'un humanisme et d'une morale dont la base serait un refus de justifier tous les maux que le Tout-Puissant nous a envoyés et dont il se prépare à nous accabler dans l'avenir. Au mieux, l'art ne peut pas être autre chose qu'un moyen d'oublier un moment le désastre humain. »

J'essaie toujours de toutes mes forces de rendre ce « moment » meilleur.

I.B.S.

Le beau monsieur de Cracovie

1

Le village de Frampol était situé au cœur d'épaisses forêts et de profonds marécages, juste avant le sommet d'une colline. Personne ne savait qui l'avait fondé, ni pourquoi à cet endroit précis. Des chèvres broutaient entre les pierres tombales déjà à moitié enfouies dans le sol du cimetière. A la maison communautaire, il y avait un parchemin sur lequel était écrite une chronique, mais la première page manquait et la calligraphie était devenue presque illisible. Les gens du village se racontaient des légendes, de sombres intrigues où il était question d'un seigneur fou, d'une dame aux mœurs légères, d'un talmudiste et d'un chien sauvage. Mais leur véritable origine se perdait dans la nuit des temps.

Les paysans qui cultivaient les champs environnants étaient pauvres. La terre était aride. A Frampol, c'étaient les Juifs les plus déshérités. Ils vivaient dans des maisons à toit de chaume et sol de terre battue. L'été, ils ne portaient en général pas de chaussures et, l'hiver, ils entortillaient leurs pieds dans des chiffons ou se fabriquaient des sandales avec de la paille.

Bien que très renommé pour son érudition, Rabbi Ozer ne recevait que dix-huit *groszy* de salaire par semaine. Son assistant faisait tout à la fois office de sacrificateur, de maître d'école, de marieur et, en outre, il s'occupait du bain rituel et de la maison des pauvres. Même les villageois considérés comme riches ignoraient tout du luxe. Ils portaient des caftans de coton, avec une corde nouée autour de la taille et ne mangeaient de la viande que pour le shabbat. On voyait rarement circuler une pièce d'or à Frampol.

Mais les enfants y étaient beaux – les garçons robustes et les filles jolies. C'était une bénédiction de les voir grandir, en dépit de la nourriture rare et de l'eau souvent polluée. Enfin, une semi-bénédiction, car les jeunes gens allaient se choisir des femmes dans d'autres villages et leurs sœurs, qui n'avaient pas de dot, restaient vieilles filles.

Puis un été, il y eut une terrible sécheresse. Même les paysans les plus vieux étaient incapables de se rappeler une calamité pareille. Pas une goutte de pluie ne tombait. Le blé était complètement desséché. Il n'y eut pratiquement rien à récolter, à peine quelques maigres épis et dès qu'on les eut coupés arrivèrent des averses torrentielles mêlées de grêle qui détruisirent tout ce qui avait échappé à la sécheresse. Des sauterelles, aussi grosses que des oiseaux, apparurent dans le sillage des orages. On racontait qu'elles avaient une voix humaine dans le gosier. Elles s'attaquaient aux yeux des paysans qui tentaient de les repousser. La grande foire annuelle ne put pas avoir lieu car il n'y avait absolument rien à vendre. Ni les paysans ni les Juifs de Frampol ne trouvaient plus rien à manger. Il y avait bien du grain dans les grandes villes mais personne n'avait d'argent pour en acheter.

Et puis juste au moment où tout espoir avait été abandonné, où les habitants de la petite ville au complet se préparaient à devoir partir mendier, un miracle se produisit. Une voiture tirée par huit chevaux fougueux fit son entrée dans Frampol. Les villageois étaient persuadés que son occupant ne pouvait être qu'un chrétien – mais non, c'était un Juif, un jeune homme âgé d'environ vingt-cinq ans, qui en descendit. Grand et mince, il avait une barbe noire taillée en rond et de sauvages yeux noirs. Il portait un chapeau bordé de zibeline, des souliers à boucle d'argent et un caftan ourlé de castor. Autour de sa taille était nouée une ceinture de soie verte. Toute la ville accourut pour au moins apercevoir l'étranger. Et voici l'histoire qu'il raconta : il était médecin, il venait de Cracovie, il était veuf. Sa femme, la fille d'un riche marchand, était morte en couches avec leur bébé.

Stupéfaits, les villageois lui demandèrent pourquoi il avait choisi de venir à Frampol. Sur le conseil d'un rabbi miraculeux, répondit-il. La si profonde tristesse dans laquelle il s'était trouvé plongé après la mort de sa femme se dissiperait, lui avait promis le rabbi, une fois à Frampol. De la maison des pauvres arrivèrent les mendiants, à qui il distribua des aumônes – des pièces de trois groszy, de six groszy, d'un demi-gulden. De toute évidence, l'étranger était un don du ciel et Frampol n'était pas voué à disparaître. Les mendiants se précipitèrent chez le boulanger pour acheter du pain et le boulanger envoya quelqu'un à Zamosc chercher un sac de farine.

« Un sac! s'exclama le jeune médecin. Mais il n'y en aura même pas pour un jour. Je vais en commander un chariot entier, et pas seulement de la farine de blé, du gruau d'avoine aussi.

– C'est que nous n'avons pas d'argent, expliquèrent les anciens.

– Avec l'aide de Dieu vous me rembourserez quand les temps seront meilleurs. »

Et il leur tendit une bourse gonflée de ducats d'or. Tout Frampol se réjouit quand on les compta.

Le lendemain, des chariots chargés de sacs de blé, d'orge, d'avoine, de millet et de haricots arrivèrent à Frampol. La nouvelle s'était répandue dans tous les environs et les paysans accoururent chez les Juifs pour leur acheter des marchandises comme les Égyptiens chez Joseph. Comme ils n'avaient pas d'argent, eux non plus, ils payèrent en nature. Et le résultat, c'est que ce soir-là, on mangea de la viande dans le village. Tous les fours étaient allumés, toutes les marmites pleines. De la fumée montait de toutes les cheminées, avec de bonnes odeurs de poulets et d'oies rôties, d'ail et d'oignon, de pain et de gâteaux, qui s'envolaient dans l'air du soir. Les villageois reprirent tous leurs occupations habituelles : les cordonniers réparèrent les chaussures, les tailleurs reprirent leurs ciseaux qui avaient eu le temps de rouiller.

Les soirées étaient douces et le ciel restait clair, bien que Souccoth, la fête des Cabanes, fût déjà passée. Les étoiles paraissaient anormalement grosses. Même les oiseaux restaient éveillés tard et ils gazouillaient comme en plein été. Le beau monsieur de Cracovie avait pris à l'auberge la meilleure chambre et ses repas se composaient de canard rôti, de pain blanc et de pâte d'amande. Au dessert, il mangeait des abricots et buvait du vin hongrois. Six bougies ornaient tous les soirs sa table. Un soir, après le dîner, il entra dans la grande salle commune où plusieurs des villageois les plus curieux à son égard s'étaient rassemblés et demanda :

« L'un d'entre vous aimerait-il faire une partie de cartes?

– Mais ce n'est pas encore Hannukah, répondit quelqu'un.

– Pourquoi attendre Hannukah, même si c'est la coutume? Je jouerai un gulden pour un groszy. »

Plusieurs, parmi les plus aventureux, décidèrent de tenter leur chance, une chance qui se révéla favorable. Un groszy était payé un gulden, effectivement, par l'étranger et un gulden devenait vite trente guldens. Tous ceux qui le désiraient pouvaient jouer. Et tous gagnèrent. Le docteur n'en paraissait pas troublé pour autant. Des billets, des pièces d'argent et des pièces d'or recouvrirent bientôt la table. Les femmes et les jeunes filles arrivèrent en grand nombre et on aurait dit que l'éclat de l'or se reflétait dans leurs yeux. Elles poussaient des exclamations émerveillées. Jamais à Frampol on n'avait rien vu de pareil. Les mères murmurèrent à leurs filles de veiller à leur coiffure et d'aller vite mettre leurs habits de fête. Celle qui trouverait grâce aux yeux du docteur aurait bien de la chance : il n'était sûrement pas homme à exiger une dot.

2

Le lendemain matin, les marieurs arrivèrent en foule chez le docteur, chacun prêt à vanter les vertus de la jeune fille qu'il voulait caser. Le docteur les pria de s'asseoir, leur servit des gâteaux au miel, des macarons, des noix et de l'hydromel et déclara :

« Chacun d'entre vous me dit exactement la même chose. Votre cliente est belle, intelligente et possède toutes les vertus. Mais comment puis-je savoir si vous dites la vérité? Je veux la plus parfaite de toutes comme épouse. Voilà ce que je vous suggère : donnons un bal où toutes les jeunes filles à marier seront invitées. Je les observerai, je jugerai leur façon d'être et de se tenir et ainsi, je pourrai faire mon choix. Après quoi, nous rédigerons le contrat et préparerons le mariage. »

Les marieurs en restèrent sans voix. Le vieux Mendel fut le premier à retrouver l'usage de la parole :

« Un bal? Mais ce genre de choses est pour les chrétiens. Nous, les Juifs, n'avons pas participé à des festivités de ce genre depuis la destruction du Temple – sauf quand c'est permis par la Loi, à l'occasion de certaines fêtes religieuses.

– Tout Juif n'a-t-il pas le devoir de marier ses filles? demanda le docteur.

– Mais nos filles n'ont pas les vêtements qu'il faut, protesta un autre marieur. A cause de la sécheresse, elles seraient obligées d'aller au bal en haillons.

– Je veillerai à ce qu'elles aient ce qu'il leur faut. Je vais commander à Zamosc la soie, le velours et la toile fine nécessaires pour les habiller toutes. Que le bal ait donc lieu! Et que ce soit une fête que Frampol n'oubliera jamais.

– Mais où organiser cela? dit un autre marieur. La maison où étaient célébrés les mariages a brûlé et nos chaumières sont trop petites.

– Eh bien, sur la place du marché, suggéra le beau monsieur de Cracovie.

– Voyons, nous sommes déjà au début du mois d'Heshvan. Il va commencer à faire froid d'un jour à l'autre.

– Nous choisirons une belle et douce nuit de pleine lune. Ne vous inquiétez donc pas. »

A toutes les objections des marieurs, le docteur avait une réponse. Finalement, ils décidèrent d'aller consulter les anciens. Le docteur dit qu'il n'était pas pressé, il attendrait leur décision. Pendant toute la discussion, il avait continué à jouer aux échecs avec un des garçons les plus intelligents de Frampol, sans cesser de croquer des raisins secs.

Les anciens n'en crurent pas leurs oreilles quand ils apprirent ce qui se tramait. Mais les jeunes filles étaient très excitées. Les jeunes gens aussi, d'ailleurs. Les mères firent semblant d'hésiter, pour la forme, mais donnèrent vite leur consentement. Quand une délégation d'anciens alla trouver Rabbi Ozer, ce dernier fut scandalisé :

« Qu'est-ce que c'est que ce charlatan? s'exclama-t-il. Frampol n'est pas Cracovie. Un bal! Comme si nous avions besoin d'un bal! Que le ciel nous préserve de déclencher avec cette sottise une épidémie de peste pendant laquelle des enfants innocents paieront le prix de notre frivolité! »

Mais les plus pratiques des anciens entreprirent de le raisonner : « Nos filles n'ont plus ni chaussures ni vêtements convenables. Le docteur a promis de tout leur donner. Si l'une d'elles lui plaît, il l'épousera et se fixera ici. C'est sûrement à notre avantage. Il faut refaire le toit de la synagogue. Les fenêtres de la maison d'études s'en vont en morceaux. Le bain rituel a besoin de réparations. A la maison des pauvres, les malades sont couchés sur des paillasses pourries.

– Tout cela est vrai. Mais supposez que ce soit un péché?

– Tout sera fait en accord avec la loi, Rabbi. Vous pouvez avoir confiance en nous. »

Rabbi Ozer feuilleta ses livres. De temps à autre, il s'arrêtait pour lire plus attentivement une page. Finalement, non sans soupirer plusieurs fois et hésiter beaucoup, il donna son accord. Avait-il le choix? Il n'avait pas reçu de salaire depuis six mois.

Aussitôt, une activité frénétique s'empara de tout Frampol. Les marchands partirent tout de suite pour Zamosc et Yanev, afin d'acheter du tissu et du cuir payés d'avance par le beau monsieur de Cracovie. Les tailleurs et les couturières se mirent au travail jour et nuit. Les cordonniers ne quittaient leur établi que pour aller prier. Les jeunes filles étaient en proie à une sorte de fièvre. Elles essayaient entre elles toutes sortes de pas de danse oubliés depuis longtemps. Elles confectionnaient quantités de gâteaux et de sucreries et vidaient les placards des confitures et des fruits secs que l'on gardait en réserve pour les jours de maladie ou de grande pénurie. Les musiciens de Frampol n'étaient pas les moins actifs. Des cymbales, des violons et des flûtes qui n'avaient pas servi depuis des années ressortaient de la poussière et on les accordait à qui mieux mieux. Même les vieux étaient gagnés par la gaieté ambiante car le bruit courait que le séduisant docteur avait l'intention d'organiser un banquet pour les pauvres, avec distribution de cadeaux.

Les filles à marier ne pensaient plus qu'à se faire belles. Elles essayaient de nouvelles coiffures, se soignaient la peau. Certaines allèrent même au bain rituel pour se baigner avec les femmes mariées. Le soir, les visages étaient roses d'excitation, les yeux brillants. On se rendait visite d'une maison à l'autre pour se raconter des histoires, se poser des devinettes. Mères et filles n'arrivaient plus à s'endormir. Dans leur sommeil, les pères poussaient de profonds soupirs. Et soudain, voilà que les jeunes filles de Frampol devenaient si séduisantes que les garçons qui avaient pensé aller chercher femme ailleurs tombaient tous amoureux d'elles. La sagesse du Talmud devenait lettre morte pour ceux qui étaient penchés sur leurs livres à la maison d'étude. Le bal, seul le bal occupait leurs pensées et ils ne parlaient plus que de cela.

Le docteur de Cracovie s'amusait bien, lui aussi. Il changeait de vêtements plusieurs fois par jour. D'abord un caftan de soie et des souliers ornés de pompons. Puis un caftan de lainage et des bottes à haute tige. Au déjeuner, il arrivait vêtu d'une cape bordée de queues de castor et au dîner il s'enveloppait dans un manteau brodé de fleurs et de feuilles. Il prenait en guise de petit déjeuner un pigeon rôti arrosé de vin blanc. Au déjeuner, des nouilles aux œufs et des *blintzes*. Il avait même l'audace de demander des gâteaux du shabbat les jours de semaine. Il n'allait jamais prier mais jouait à toutes sortes de jeux : aux cartes, à la chèvre et au loup, à pile ou face. Après le déjeuner, il faisait un tour en voiture avec son cocher. Les paysans se découvraient à son passage et le saluaient bien bas. Un jour, il se promena à pied dans Frampol avec une canne à pommeau d'or à la main. Les femmes se précipitaient aux fenêtres pour le voir passer et les petits garçons couraient derrière lui pour ramasser les bonbons qu'il leur jetait. Le soir, il buvait jusqu'à des heures avancées entouré de joyeux compagnons. Rabbi Ozer mettait constamment en garde la communauté, « Vous êtes tous sur une mauvaise pente et c'est le Malin qui vous y entraîne », mais personne ne l'écoutait. Le bal avait pris possession de tous les cœurs et de tous les esprits, le bal qui aurait lieu sur la place du marché au milieu du mois d'Heshvan, à la pleine lune.

3

Juste avant l'entrée de la petite ville, dans un minuscule vallon près d'un marais, s'élevait une chaumière à peine plus grande qu'un poulailler. Le sol était en terre battue, on avait cloué des planches en travers des fenêtres et comme le toit était tout recouvert de mousses jaunes et vertes, l'ensemble faisait penser à un nid abandonné. Des tas d'immondices jonchaient le sol tout autour, un sol toujours mouillé et creusé de profonds sillons. Une chaise crevée, une table sans pieds, une cruche sans anse, des balais cassés, des chiffons pourrissaient ensemble. C'est là que vivait Lipa, le chiffonnier, avec sa fille Hodle. Tant que sa première femme vivait, Lipa avait été un respectable marchand de Frampol. A la synagogue, il avait sa place attitrée près du mur de l'est. Mais après sa mort, – elle s'était noyée dans la rivière – il se mit rapidement à boire, à fréquenter les plus mauvais garçons de la ville et son entreprise fit faillite.

Sa seconde femme, une mendiante de Yanev, lui donna une fille qu'elle lui laissa quand elle finit par le quitter en prétextant qu'il ne lui offrait même pas de quoi vivre. Lipa, que ce départ n'eut pas l'air de faire beaucoup souffrir, laissa la petite fille entièrement livrée à elle-même. Chaque semaine, il ramassait pendant deux ou trois jours des chiffons qu'il revendait et le reste du temps il le passait à la taverne. Si la femme de l'aubergiste lui faisait des reproches, il lui répondait par un torrent d'insultes. C'était comme conteur qu'il avait du succès. Il attirait des clients à l'auberge grâce aux extraordinaires histoires de sorcières, de diables, de démons et de moulins à vent qu'il ne cessait d'inventer. Il pouvait aussi réciter des poésies en polonais et en ukrainien et était très doué pour dire des blagues. On lui permettait de s'installer près du poêle et de temps en temps, on lui tendait un bol de soupe ou un morceau de pain. Ses amis d'autrefois, qui se souvenaient qu'il avait été riche, lui offraient à l'occasion un pantalon, un manteau un peu usagé ou une chemise. Il acceptait leurs présents de mauvaise grâce. Il lui arrivait même de tirer la langue à ses bienfaiteurs dès qu'ils avaient le dos tourné.

Comme le dit le proverbe : « Tel père, telle fille », et Hodle avait de toute évidence hérité les vices de son ivrogne de père et de sa drôlesse de mère. A six ans, elle avait déjà une solide réputation de voleuse. Pieds nus, en haillons, elle rôdait dans tout le village, à l'affût des allées et venues des habitants et dès qu'une maison était vide, elle s'y précipitait pour piller le garde-manger. Elle attrapait des poulets et des canards, leur ouvrait la gorge avec un morceau de verre et les mangeait. On avait beau dire et redire à son père qu'elle n'était qu'une affreuse petite souillon, cela n'avait pas l'air de le préoccuper beaucoup. Il ne lui parlait presque jamais et elle ne l'appelait même pas papa. Quand elle eut douze ans, ses manières effrontées avec les hommes devinrent un des sujets de conversation favori des femmes. Des Tziganes venaient la voir dans sa chaumière et on disait qu'elle mangeait de la viande de chat et de chien. Longue et mince, les cheveux roux et les yeux verts, elle se promenait pieds nus hiver comme été, vêtue de robes faites de bouts de chiffons dont les couturières ne voulaient même plus. Les mères de famille la craignaient, on disait qu'elle jetait des sorts. Les anciens qui essayaient de la réprimander s'attiraient des réponses pleine d'insolence. Elle avait de l'astuce à revendre, une langue de vipère et si les gamins l'attaquaient dans la rue, elle n'hésitait pas à rendre coup pour coup. Son répertoire de jurons était pratiquement illimité. « Vérole sur ta langue et gangrène dans tes yeux », criait-elle, ou bien : « Tu pourriras jusqu'à ce que les charognards eux-mêmes se détournent de toi. »

De temps en temps, ses malédictions semblaient suivies d'effet et on eut de plus en plus peur d'encourir sa colère. Mais au fur et à mesure qu'elle grandissait, on la vit moins souvent en ville et on finit presque par l'oublier. Hodle réapparut, néanmoins, le jour où les marchands de Frampol distribuèrent des pièces de tissu et des morceaux de cuir aux jeunes filles en prévision du bal. Elle avait maintenant près de dix-sept ans et l'allure d'une femme, malgré ses jupes courtes. Son visage était couvert de taches de rousseur et sa chevelure tout ébouriffée. Autour du cou elle portait des colliers comme en ont les Tziganes et au poignet un bracelet en dents de loup. Elle se fraya un chemin au milieu de la foule et vint exiger son dû. Il ne restait presque plus rien, à peine quelques morceaux dépareillés. Furieuse, elle s'en empara et repartit en maugréant. L'assistance se mit à rire : « Regardez donc qui prétend aller au bal! Le joli spectacle que cela va être! »

Enfin les cordonniers et les tailleurs achevèrent leur travail. Chaque robe était finie, chaque chaussure avait été essayée. Les jours étaient d'une douceur miraculeuse et les nuits aussi claires qu'à la Pentecôte. C'est l'étoile du matin qui, le jour du bal, réveilla toute la ville. Sur tout un côté de la place, on avait aligné des tables et des bancs. On avait fait cuire des veaux entiers, des moutons, des chèvres, des oies, des canards, des poulets, et confectionné des pyramides de gâteaux, de pains aux oignons, de biscuits et de pains d'épices. Le marchand de vin avait apporté des tonneaux de bière et de vins de Hongrie. Les enfants arrivèrent en brandissant les arcs et les flèches avec lesquels ils jouaient pour la fête de l'Omer, ainsi que leurs crécelles de Pourim. Même les chevaux du docteur avaient des fleurs sur leurs harnais et le cocher leur fit faire un tour de parade à travers la ville. Les apprentis quittèrent leur travail et les étudiants de la yeshiva laissèrent leurs livres. Et malgré l'interdiction faite aux jeunes mariées par Rabbi Ozer d'assister au bal, elles vinrent toutes, en robe de cérémonie, en même temps que les jeunes filles vêtues elles aussi de blanc, une bougie à la main. L'orchestre attaqua une musique entraînante. Seul Rabbi Ozer n'était pas là. Il s'était enfermé chez lui. Il savait bien que rien de bon ne sortirait de ce bal, mais il ne pouvait rien faire pour l'empêcher. Même sa petite servante y était venue.

Vers la fin de l'après-midi, toutes les jeunes filles se trouvaient sur la place du marché, entourées de la population de Frampol au complet. Des acrobates faisaient leurs tours. On battait du tambour. Les filles dansèrent d'abord un quadrille, puis la danse des ciseaux. Ensuite, ce fut une danse cosaque, puis celle de la colère. La lune s'était levée, bien que le soleil ne fût pas encore complètement couché. Le beau monsieur de Cracovie fit alors son entrée, monté sur un cheval blanc et encadré de gardes du corps. Il portait un chapeau à plumes, et une veste verte ornée d'étincelants boutons d'argent. Il avait une épée au côté et des bottes de cuir luisantes. On aurait dit qu'il partait pour la guerre avec ses troupes. Silencieux, il observa les jeunes filles qui dansaient. Comme elles étaient charmantes, quelle grâce dans leurs mouvements! Une seule ne dansait pas : la fille de Lipa, le chiffonnier. Elle se tenait à l'écart, ignorée de tous.

4

Tel un œil céleste, le soleil couchant, particulièrement énorme ce soir-là, lançait un regard irrité sur la place du marché de Frampol. Jamais auparavant on n'en avait vu de semblable. Le ciel était traversé de coulées de soufre, de nuages enflammés en forme d'éléphants, de lions, de serpents et de monstres en train de se dévorer les uns les autres, de se livrer des combats sans merci tout en crachant des torrents de flammes. On aurait cru regarder le Fleuve de Feu dans lequel les démons précipitent les pécheurs, entre des braises brûlantes et des tas de cendres. La lune grossissait, démesurée, elle aussi, et rouge sang, parsemée de taches, de boursouflures, mais sans éclat. La nuit tomba brusquement, les étoiles disparurent. Les jeunes gens allèrent chercher des torches et préparèrent un tonneau de poix. Des ombres passaient et repassaient en dansant. Autour de la place, on aurait dit que les maisons se mettaient à vibrer. Les toits frémissaient, les cheminées oscillaient sur elles-mêmes. On n'avait jamais vu une telle gaieté, une telle surexcitation dans le village de Frampol. Pour la première fois depuis des mois, tout le monde avait bu à sa soif et mangé à sa faim. Les animaux eux-mêmes participaient à la fête. Les chevaux hennissaient, les vaches meuglaient, les rares coqs qui avaient survécu au massacre de la volaille chantaient. Des vols de corbeaux et d'oiseaux inconnus vinrent soudain s'abattre sur les reliefs du festin. Des éclairs traversèrent brusquement le ciel, mais sans qu'on entendît le tonnerre. Une boule de feu tournoya très haut, puis plongea vers l'horizon, suivie d'une longue queue lumineuse. Et tandis que tous contemplaient cet étrange phénomène, le beau monsieur de Cracovie prit la parole :

« Écoutez-moi. J'ai de merveilleuses choses à vous dire, mais que personne ne se laisse aller trop vite à sa joie. Les hommes mariés, rapprochez-vous de vos femmes. Les jeunes, venez à côté des filles. Vous avez devant vous l'homme le plus riche du monde. Je viens du pays d'Ophir, où le roi Salomon a trouvé l'or pour construire son temple. J'habite le palais de la reine de Saba. Mon carrosse est en or massif, ses roues sont incrustées de saphirs, avec des rayons en ivoire, les lanternes sont ornées de rubis et d'émeuraudes, d'opales et d'améthystes. Le Maître des Dix Tribus perdues d'Israël connaît vos souffrances et m'a envoyé pour vous couvrir de bienfaits. Mais à une condition. Ce soir, toutes les jeunes filles doivent se marier. Je donnerai à chacune une dot de dix mille ducats, ainsi qu'un collier de perles qui tombera jusqu'à ses genoux. Toutefois, il faut vous hâter. Chaque vierge doit avoir trouvé un mari avant les douze coups de minuit. »

Le silence fut alors absolu. On se serait cru à Rosh Hashanah, juste avant qu'on ne souffle dans la corne du bélier. On aurait entendu une mouche voler.

Puis un vieillard s'exclama :

« Mais c'est impossible ! Les filles ne sont même pas fiancées !

– Eh bien, qu'elles se fiancent tout de suite !

– A qui ?

– Nous pouvons tirer au sort, dit le beau monsieur de Cracovie. Les garçons et les filles à marier n'ont qu'à inscrire leur nom sur un morceau de papier. Je le ferai aussi. Et le sort décidera qui est destinée à qui.

– Mais une fille doit attendre sept jours. Elle doit faire des ablutions rituelles.

– Je prends le péché sur moi. Aucune fille n'a besoin d'attendre. »

En dépit des protestations des anciens, on déchira une feuille de papier en petits morceaux et on inscrivit sur chacun le nom d'un garçon ou le nom d'une fille. Le bedeau de la synagogue, qui était passé au service du docteur, mélangea dans un chapeau ceux des garçons et dans un autre ceux des filles et les tira au sort. Il annonçait les noms les uns après les autres de la même voix chantante que lorsqu'il appelait les membres de la congrégation à venir lire la Torah :

« Nahum, fils de Katriel, est fiancé à Yentel, fille de Nathan. Salomon, fils de Cov Baer, est fiancé à Tryna, fille de Jonah Lieb. » Les couples étaient très bizarrement assortis, mais puisque la nuit, tous les chats sont gris, on n'y faisait pas trop attention. Après chaque tirage au sort, les nouveaux fiancés, la main dans la main, venaient devant le docteur recevoir leur dot et leur cadeau de noces. Ainsi qu'il l'avait promis, le beau monsieur de Cracovie leur remettait la somme annoncée et passait au cou de la jeune fille un collier de perles. Incapables de contenir leur joie, les mères se mirent à danser et à pousser des cris. Les pères, stupéfaits, contemplaient la scène. Quand les filles relevèrent leurs jupes pour y recevoir les ducats du docteur, on vit leurs jambes et leurs sous-vêtements, et l'excitation des jeunes fut à son comble. Les violons grinçaient, les tambours battaient, les trompettes résonnaient, le tumulte était assourdissant. Des garçons de douze ans se retrouvèrent fiancés à des « vieilles filles » de dix-neuf ans. Des fils de familles bien nanties eurent une fiancée pauvre. Un nain était soudain flanqué d'une géante, une beauté tenait par la main un infirme. Sur les deux derniers papiers étaient inscrits le nom du monsieur de Cracovie et celui de Hodle, fille de Lipa le chiffonnier.

Le bedeau s'écria : « Malheur à nous, cette fille est une putain!

– Viens à moi, Hodle, viens près de ton fiancé », dit le docteur.

Hodle ne se le fit pas dire deux fois. Les cheveux tressés en deux longues nattes, vêtue d'une robe de calicot et chaussée de sandales, elle courut vers le monsieur de Cracovie, toujours sur son cheval, s'agenouilla devant lui et se prosterna sept fois.

« Est-ce vrai, ce que vient de dire ce vieux fou? lui demanda son futur mari.

– Oui, mon seigneur, c'est vrai.

– As-tu péché seulement avec des Juifs ou aussi avec des chrétiens?

– Avec les deux.

– Était-ce pour un morceau de pain?

– Non. Seulement pour le plaisir.

– Quel âge avais-tu quand tu as commencé?

– Pas tout à fait dix ans.

– Regrettes-tu ce que tu as fait?

– Non.

– Et pourquoi?

– Mais pourquoi devrais-je le regretter? répondit-elle avec effronterie.

– Tu ne crains pas les tortures de l'enfer?

– Je ne crains rien, pas même Dieu. Il n'y a pas de Dieu. »

A nouveau le vieil homme se mit à crier : « Malheur à nous, malheur à nous, Juifs! Le feu va s'abattre sur nous, Juifs, le feu de Satan. Sauvez vos âmes, Juifs, sauvez vos âmes avant qu'il soit trop tard, fuyez!

– Faites-le taire », ordonna le monsieur de Cracovie.

On s'empara du vieillard et on le bâillonna. Le docteur vint prendre Hodle par la main et ouvrit le bal avec elle. Aussitôt, comme si les puissances de l'ombre répondaient à un signal, la pluie et la grêle se mirent à tomber. Le ciel était sillonné d'éclairs, on entendait les grondements du tonnerre. Mais, inconscients de l'orage, les hommes et les femmes les plus pieux s'enlacèrent sans honte et se mirent à danser et à crier comme s'ils étaient possédés, tous, jusqu'aux plus âgés. Dans la fureur générale, on déchirait les jupes, on arrachait chapeaux, perruques et calottes pour les jeter dans la boue, où des ceintures se tordaient comme des serpents. Soudain, un effroyable craquement se fit entendre. Un immense éclair avait frappé simultanément la synagogue, la maison d'étude et le bain rituel. Toute la ville était en feu.

C'est alors, enfin, que les villageois comprirent que ces événements n'avaient pas une origine naturelle. Malgré la pluie qui tombait de plus en plus fort, le feu ne s'éteignait pas. Une lueur étrange illuminait toute la place du marché. Les quelques personnes qui tentèrent prudemment de se dégager de la foule furent renversées et piétinées.

Le beau monsieur de Cracovie se décida à révéler sa véritable identité. Ce n'était plus le charmant jeune homme que les villageois avaient accueilli, mais une créature couverte d'écailles, avec un œil au milieu de la poitrine et une corne qui tournait à toute vitesse au milieu du front. Ses bras étaient hérissés de poils et d'épines et il avait pour queue une masse grouillante de serpents vivants. Car il n'était autre que Ketev Mriri, le Chef des Démons.

Des sorcières, des loups-garous, des lutins et des diables descendirent du ciel en tourbillonnant, certains sur des balais, d'autres sur des cerceaux, d'autres enfin sur des araignées géantes. Osnath, fille de Machlath, cheveux au vent, les seins et les cuisses nus, sautait d'une cheminée à l'autre et glissait le long des gouttières. Namah, Hurmizah, filles d'Aff et bien d'autres diablesses exécutaient toutes sortes de sauts périlleux. Satan lui-même conduisit le fiancé, tandis que quatre esprits du mal tenaient les quatre piquets soutenant le dais nuptial, des piquets qui se transformèrent en pythons hideux. Quatre chiens rôdaient autour. La robe de Hodle tomba à ses pieds. Ses seins lui pendaient jusqu'au nombril et elle avait les pieds fourchus. Son fiancé lui tendit une bague en forme de triangle et au lieu de dire : « Voici, tu m'es consacrée par cet anneau selon la Loi de Moïse et d'Israël », il dit : « Voici, tu m'es profanée par cet anneau selon les blasphèmes de Korak et d'Ismaël. » Et, au lieu de souhaiter au couple bonheur et prospérité, les Esprits du Mal appelèrent sur eux tous les malheurs et se mirent à chanter,

« La malédiction d'Ève, la marque de Caïn,
la ruse du serpent les ont unis tous les deux. »

Avec un dernier cri, le vieil homme enfouit son visage

dans ses mains – puis il mourut. Ketev Mriri entonna son éloge funèbre,

« Crotte de diable et malédiction de Satan
conduiront son âme rôtir en enfer. »

5

Au milieu de la nuit, le vieux Rabbi Ozer s'éveilla. Comme c'était un saint homme, le feu qui ravageait la ville ne pouvait s'en prendre à sa maison. Il s'assit dans son lit, regarda dehors et se demanda si l'aube était déjà en train de poindre. Mais ce n'était ni le jour ni la nuit. Le ciel était rouge sang et dans le lointain résonnait un tumulte de cris et de chants qui ressemblait à des hurlements de bêtes sauvages. D'abord, ne pensant plus du tout au bal, le vieil homme se demanda ce qui pouvait bien se passer. « Est-ce la fin du monde? N'ai-je pas entendu la corne du bélier qui annonce la venue du Messie? » Il fit ses ablutions, mit ses chaussures et sa calotte et sortit.

Il ne reconnut pas sa ville. A l'emplacement des maisons, il ne restait que les cheminées. Des tas de décombres fumaient çà et là. Rabbi Ozer appela le bedeau, mais personne ne répondit. Sa canne à la main, il partit à la recherche de sa congrégation. « Juifs, Juifs, où êtes-vous? » criait-il d'une voix désespérée.

Le sol lui brûlait les pieds mais il ne ralentissait pas l'allure. Des chiens sauvages et des créatures bizarres l'attaquèrent mais il les repoussa du bout de son bâton. Son désespoir était tel qu'il ne pouvait plus éprouver de peur. A l'emplacement de ce qui avait été la place du marché, un terrible spectacle l'attendait. Il n'y avait plus rien qu'un horrible bourbier de vase, d'ordures et de cendres. Crottés jusqu'à la taille, des hommes et des femmes nus semblaient danser. D'abord le Rabbi prit ces silhouettes affreuses pour des démons et il s'apprêtait à réciter quelques formules d'exorcisme quand il réalisa que c'étaient les habitants de Frampol. Brusquement, il se souvint du docteur de Cracovie et désespéré il s'écria : « Juifs, pour l'amour de Dieu, sauvez vos âmes! Vous êtes dans les mains de Satan! »

Mais les villageois, complètement en transe, n'entendaient même pas son appel et continuaient leur danse folle. Ils sautaient comme des grenouilles, tremblaient comme s'ils avaient la fièvre. Cela dura longtemps. Les cheveux défaits, la poitrine nue, les femmes riaient, hurlaient, tournoyaient sur elles-mêmes. Attrapant un étudiant de yeshiva par ses papillotes, une jeune fille l'attira contre elle. Une femme empoigna la barbe d'un vieillard. Hommes et femmes se vautraient dans la boue jusqu'à la taille. Ils n'avaient même plus l'air d'être vivants.

Sans relâcher un instant son effort, le Rabbi enjoignait à sa congrégation de résister au mal. A force de réciter des passages de la Torah ainsi que des incantations et les divers noms de Dieu, il finit par extirper quelques hommes de leur folie. Puis d'autres les suivirent. Le Rabbi avait sorti le premier de la luxure, celui-ci en sortit un autre et ainsi de suite. Presque tous étaient revenus à eux quand brilla l'étoile du matin. Peut-être les âmes de leurs ancêtres avaient-elles intercédé en leur faveur car bien que beaucoup eussent péché, un seul homme était mort cette nuit-là sur la place du marché.

Maintenant, épouvantés, hommes et femmes réalisaient que le diable les avait envoûtés, les avait entraînés dans le mal absolu. Et ils pleurèrent.

« Où est notre argent? gémirent les filles. Et nos bijoux? Et nos belles robes? Où sont passés les tonneaux de vin, la bonne nourriture, les cadeaux de mariage? »

Mais tout n'était plus que boue. Dévastée, en ruine, la ville de Frampol n'était qu'un immense bourbier. Crasseux, nus, ses habitants avaient une apparence monstrueuse. Un instant, oubliant leur peine, ils rirent en se regardant. Les cheveux des filles étaient devenus de l'étoupe, dans laquelle s'agrippaient des chauves-souris. Ceux des garçons avaient grisonné, tandis que des rides creusaient leurs visages. Les vieux étaient jaunes comme des cadavres. Sur le sol était couché le bedeau qui était mort. Rouge de honte, le soleil se leva.

« Déchirons nos vêtements en signe de deuil », dit quelqu'un – qui ne réussit qu'à faire rire les autres, car tous étaient nus.

« Nous sommes maudites, mes sœurs, se lamenta une femme.

– Allons nous noyer dans la rivière, cria une jeune fille. Pourquoi continuer à vivre? »

Un étudiant de yeshiva proposa : « Pendons-nous avec nos ceintures.

– Frères, nous sommes perdus. Nous n'avons plus qu'à blasphémer le nom de Dieu, dit un marchand de chevaux.

– Juifs, avez-vous perdu l'esprit? s'écria Rabbi Ozer. Repentez-vous, avant qu'il ne soit trop tard. Vous êtes tombés dans les pièges de Satan, mais c'est ma faute. Je prends tout le péché sur moi. C'est moi le coupable. Je serai votre bouc émissaire et vous serez épargnés.

– C'est de la folie! protesta un des étudiants. Dieu ne permettrait pas que tant de péchés s'accumulent sur votre tête!

– Ne vous souciez pas de cela. Mes épaules sont solides. J'aurais dû mieux prévoir les choses. J'étais aveugle, je n'ai pas compris que le docteur de Cracovie était un diable. Et quand le berger est aveugle, son troupeau s'égare. C'est moi qui mérite le châtiment, les malédictions.

– Rabbi, qu'allons-nous faire? Nous n'avons plus ni maisons, ni lits, ni vêtements. Malheur à nous, à nos corps, à nos âmes.

– Et nos bébés! s'écria une jeune femme. Courons auprès d'eux! »

Mais les bébés avaient été les premières victimes de cette passion pour l'or qui avait poussé les habitants de Frampol à commettre toutes les transgressions. Les berceaux étaient carbonisés, les petits os réduits en cendres. Les mères ramassèrent dans la poussière des petites mains, des pieds, des crânes. Les pleurs et les cris durèrent longtemps, mais combien de jours une ville entière peut-elle se lamenter? Le fossoyeur rassembla les petits os et les porta au cimetière. La moitié de la ville entama la période de deuil de sept jours. Mais tous jeûnèrent, car de toute façon, il n'y avait rien à manger.

Toutefois, la compassion des Juifs est bien connue et

quand on apprit à Yanev, la ville voisine, ce qui s'était passé, les habitants rassemblèrent des vêtements, du linge, du pain, du fromage, des plats et les portèrent à Frampol. Des charpentiers apportèrent du bois de construction. Un homme riche proposa un crédit. Dès le lendemain, on commençait à rebâtir les maisons. Bien que tout travail soit interdit aux personnes en deuil, Rabbi Ozer l'autorisa exceptionnellement, car la vie des gens était en danger. Miraculeusement, le temps resta très doux, il ne neigea pas. Jamais auparavant on ne s'était autant activé à Frampol. Les villageois construisaient et priaient, mélangeaient de la glaise et du sable et récitaient les psaumes. Les femmes aidaient les hommes et les jeunes filles, oubliant leurs soucis habituels de vêtements et de parures, travaillèrent aussi. Les talmudistes et les hommes riches vinrent également en renfort. Dans les villages environnants, des paysans qui avaient appris le drame de Frampol offrirent de prendre chez eux les infirmes et les malades. Ils apportèrent également du bois, des pommes de terre, des choux, des oignons. Des prêtres et des évêques de Lublin, apprenant une histoire qui sentait la sorcellerie, vinrent interroger les témoins. Pendant qu'il dressait la liste des habitants de Frampol, le scribe se souvint brusquement de Hodle, la fille de Lipa le chiffonnier. Mais quand plusieurs habitants du village voulurent aller voir sa cabane, ils trouvèrent la colline enfouie sous les ronces. On n'y entendait que l'appel des corbeaux et le miaulement des chats redevenus sauvages, comme si jamais personne n'avait vécu là.

On compris alors que Hodle était en réalité Lilith et que la horde de démons qui s'était abattue sur Frampol n'était venue que pour elle. Après de nombreuses investigations, les gens d'Église de Lublin, très perplexes devant ce qu'ils avaient vu et entendu rentrèrent chez eux. Quelques jours plus tard, la veille du shabbat, Rabbi Ozer mourut. La ville tout entière assista à son enterrement.

Le temps passa et un nouveau rabbin vint s'installer à Frampol, tandis que se poursuivait la reconstruction des maisons. Les vieillards moururent l'un après l'autre, dans le cimetière les pierres s'enfoncèrent peu à peu dans le sol. Mais l'histoire de ce qui s'était passé, certifiée et signée par des témoins dignes de foi, on pouvait la lire sur le parchemin où était consignée la chronique de la ville.

Une histoire qui eut son épilogue : la soif de richesses avait disparu de Frampol, c'est quelque chose qu'on ne revit plus jamais. De génération en génération, les habitants restèrent pauvres. Une pièce d'or était considérée comme une abomination et même une pièce d'argent faisait l'objet d'une certaine suspicion. Quand un cordonnier ou un tailleur demandait un prix trop élevé pour son travail, on lui répondait : « Va voir le beau monsieur de Cracovie, il te donnera des sacs remplis d'or. »

Et sur la tombe de Rabbi Ozer, dans le petit édifice, brûle une flamme éternelle. Un pigeon blanc vient souvent se poser sur le toit : c'est l'âme sainte du vieux Rabbi.

Une nuit dans la maison des pauvres

1

A neuf heures, le gardien de la maison des pauvres éteignit la lampe à pétrole et ne laissa qu'une seule bougie allumée dont la mèche se mit bientôt à fumer. Dehors, tout était luisant de gel, mais dans la maison il faisait bon. Les plus malades étaient couchés dans des lits. Les autres dormaient sur des paillasses posées à même le sol.

Près du poêle étaient étendus Zeinvel le voleur, que des paysans avaient rossé au point de le rendre infirme quand ils l'avaient pris en train de voler un cheval et Mottke le bedeau qui avait longtemps servi un faux rabbin nommé Yontche, un cordonnier qui avaient emprunté des vêtements de rabbin hassidique et circulé de ville en ville à travers toute la Pologne en faisant croire qu'il accomplissait des miracles. Ils étaient allés ensemble jusqu'en Lituanie. Yontche avait fini par se faire prendre dans les bras d'une servante et s'était enfui en Amérique. Mottke aussi avait tenté de partir là-bas, mais on l'avait retenu à Ellis Island et finalement renvoyé d'où il venait parce qu'il avait un trachome. Plus tard, il était devenu à moitié aveugle. Mottke le bedeau et Zeinvel le voleur vivaient depuis des années à la maison des pauvres, mais ne s'étaient pas trouvés la plupart du temps dans la même chambre.

Zeinvel était grand, brun comme un Tzigane, avec des yeux en amande, une tignasse noire et deux rangées de dents très blanches. En plus de sa jambe boiteuse, il souffrait de tuberculose. Jeune, il avait eu une réputation de véritable dandy. Il continuait à trouver le moyen de bien se tailler la barbe. Mottke était petit, rond comme une barrique, avec un crâne couturé de cicatrices où poussaient des touffes de cheveux blonds et une barbe, blonde elle aussi, mais sur une joue seulement. Il avait les yeux toujours gonflés et à moitié fermés. Autrefois il avait un peu étudié et on racontait que lui et Yontche intervertissaient les rôles : un mois, Yontche faisait le rabbin et Mottke le bedeau. Le mois suivant, c'était le contraire.

Au bout d'un moment, la bougie s'éteignit. Dehors la pleine lune brillait et son éclat sur la neige se reflétait sur les murs de la maison des pauvres. Zeinvel et Mottke ne s'endormaient jamais avant minuit. Ils bavardaient et se racontaient des histoires.

Mottke dit :

« Tu trouves qu'il fait froid dehors, hein? Eh bien, il va faire encore plus froid. Ici, en Pologne, le froid reste supportable, mais quand le gel s'installe en Lituanie, les troncs des chênes éclatent dans les forêts. Une bonne chose, ici, c'est que le bois ne coûte pas cher. Les villages sont tout petits, mais presque tous les hommes ont étudié. On rencontre quelqu'un qui le jour est charpentier, ou maréchal-ferrand. Le jour, il taille des planches ou tape sur son enclume, mais après le service du soir, il lit un chapitre de la Mishnah devant un groupe à la maison d'étude. En Lituanie, j'ai voyagé à travers la moitié du pays sans rencontrer un seul *hassid*. Les hommes nous évitaient. Les femmes, elles, venaient nous voir en cachette et nous apporter ce qu'elles pouvaient, un poulet, une douzaine d'œufs, un boisseau de sarrazin, ou même une guirlande de gousses d'ail. Les malades, ça ne manque nulle part et nous leur prescrivions toutes sortes de remèdes, par exemple des œufs de vache dans du lait de canard, ainsi que divers talismans et amulettes de notre invention. Pendant que nous étions en Lituanie, il arriva quelque chose qui mit le village où nous nous trouvions sens dessus dessous.

– Que s'est-il passé? demanda Zeinvel.

– Cela avait à voir avec un dybbuk.

– Un dybbuk en Lituanie?

– Oui, parfaitement, en Lituanie. On m'a dit que les Litvaks ne croyaient pas aux dybbuks. Le Gaon de Vilna ne croyait pas à ce genre de choses et du Gaon de Vilna à Dieu, il n'y a qu'un pas. Mais on ne peut pas nier l'existence de ce que les yeux voient. Le nom du village était Zabrynka. Dès notre arrivée, à Yontche et à moi, le sacrificateur nous invita pour le repas du shabbat. En Lituanie, pendant le shabbat, un invité ne dort pas à la maison des pauvres. On lui installe un lit chez soi. Le sacrificateur s'appelait Bunem Leib et sa femme Hiene, des noms qu'on ne connaît pas chez nous. Ils avaient une fille unique, Freidke, qui était petite, rousse, avec des taches de rousseur. Elle était fiancée à un jeune homme qui apprenait à être sacrificateur avec son père. Son nom était Chlavna. En Lituanie, les gens ont des noms très bizarres. C'était un beau garçon, grand, brun, bien habillé. En Lituanie, personne ne porte de caftan de soie pour le shabbat, sauf peut-être les rabbins. Et les hommes n'y ont pas de papillotes aussi longues qu'en Pologne. Là-bas, tout est différent. Nous mettons du sucre dans la carpe farcie, eux, ils mettent du poivre.

» Yontche était un vrai goinfre. Dès qu'il entra dans la maison, il ne pensa plus qu'à la nourriture. Moi, j'aime regarder ce qui se passe. Je vis tout de suite que Freidke était follement amoureuse de Chlavna. Elle ne le quittait pas des yeux. Des yeux bleus, vifs et un peu mélancoliques. Pourquoi? C'est dans ma nature d'observer les choses, qu'elles me concernent ou pas. Un solide garçon doit normalement avoir un bon appétit, mais je fus frappé de constater que ce Chlavna ne mangeait presque rien. Tout ce qu'on lui servait, il le laissait – le pain du shabbat, la soupe, la viande et même le ragoût de carottes. Quand il souleva le verre de thé que Hiene venait de lui verser, sa main tremblait tellement qu'il en renversa sur la nappe. Hé, me dis-je, la main d'un sacrificateur ne devrait pas trembler, cela ne va pas.

» Après avoir célébré là le shabbat, nous reprîmes notre route, Yontche et moi. Nous ne savions pas encore que c'était le dernier hiver que nous passions ensemble. Nous n'avions pas eu tellement de chance, en Lituanie, et Yontche faisait plus souvent office de cocher que de rabbin. D'habitude, quand je quittais une ville, j'oubliais vite les gens que j'y avais rencontrés mais cette fois, assis dans un traîneau, je pensais à Freidke et à Chlavna et je savais que d'une manière ou d'une autre, je reviendrais à Zabrynka. Mais pourquoi? Que pouvaient bien signifier pour moi ces étrangers?

» Nous arrivâmes dans une autre ville et là, je me disputai pour de bon avec Yontche. Je lui dis qu'il était un bon à rien, qu'il méritait d'aller au diable. J'étais si déprimé que je me rendis dans une taverne. Je m'assis, bus un verre de vodka et quelqu'un s'approcha de moi et me dit : “ Vous ne me reconnaissez pas, mais nous nous sommes rencontrés à Zabrynka. Vous êtes le bedeau.

– Et comment ça va, à Zabrynka? demandai-je.

– Vous ne savez pas la nouvelle? Un dybbuk est entré dans' la fille du sacrificateur.

– Un dybbuk? Dans Freidke? ”

» Et il me raconta l'histoire. Peu après notre départ de la ville, les bouchers avaient amené à Bunem Leib un énorme taureau noir, une brute, avec des cornes torsadés. Comme Chlavna, le fiancé de Feidke, avait appris toutes les règles et les lois du métier, et qu'il avait déjà tué plusieurs veaux, Bunem Leib décida que c'était lui qui l'exécuterait. Quand on tue un taureau, les bouchers l'attachent avec des cordes, le jettent sur le sol et le maintiennent jusqu'à ce qu'il ait saigné à mort. Mais après que Chlavna eut dit la bénédiction et plongé son couteau dans la gorge de la bête, celle-ci bondit sur ses pattes, se libéra et se mit à courir en rond avec une telle rage que l'abattoir faillit s'écrouler. Le taureau se rua ensuite sur la place du marché, renversa un réverbère et retourna une charrette. Et pendant tout ce temps, le sang jaillissait de son cou comme d'un robinet grand ouvert. Après une longue poursuite, les bouchers l'attrapèrent et le traînèrent jusque dans l'abattoir. Ce n'était plus qu'une masse inerte à ce moment-là. Et c'est alors qu'on s'aperçut que Chlavna avait disparu. Quelqu'un dit l'avoir vu se pencher au-dessus du puits. Un autre l'avait aperçu en train de courir vers la rivière. On fouilla et le puits et la rivière avec de longues perches, mais sans rien trouver. Le rabbin examina le couteau dont Chlavna s'était servi et dit que la lame n'était pas parfaitement aiguisée. Le taureau fut donc déclaré non cachère. Les bouchers entrèrent dans une telle rage contre Bunem Leib pour avoir confié le travail à Chlavna qu'ils allèrent lui casser toutes ses vitres.

» Cette nuit-là fut un long cauchemar éveillé pour la malheureuse famille. A l'aube, Bunem Leib et sa femme finirent par s'assoupir. Mais ils furent bientôt réveillés par un étrange gémissement qui n'était pas humain : c'était celui d'un animal. Debout nue au milieu de la pièce, Freidke mugissait comme un bœuf. Elle tremblait, se contorsionnait, se tordait comme le taureau que son fiancé avait si mal abattu. Puis une effrayante voix humaine jaillit de sa bouche. Tout Zabrynka arriva en courant. Il était clair qu'un dybbuk était entré en Freidke. Le dybbuk criait qu'il avait été un homme – un mauvais sujet, un ivrogne, un débauché. A sa mort, son âme n'avait pas été autorisée à aller au ciel et il avait été condamné à se réincarner en taureau. L'Ange de la Mort avait dit qu'il ne serait racheté que lorsque le taureau aurait été sacrifié selon la loi rituelle et que des Juifs pieux auraient mangé sa chair après avoir récité les bénédictions. Maintenant que Chlavna avait rendu la viande impure, l'âme perdue du pécheur était entrée en Freidke.

» Je fus tellement stupéfait d'entendre cette histoire que je plantai là Yontche et nos bagarres, attrapai un simple baluchon et me précipitai à Zabrynka. Une neige épaisse était tombée et il s'était mis à geler ferme. Je ne réussis pas à trouver un traîneau et dus marcher la moitié du chemin. Le vent faillit m'emporter. J'étais sûr que ma fin était venue, à tel point que je commençai à réciter la prière de la confession.

– Tu étais tombé amoureux de cette Freidke, hein?

– Amoureux? Tu dis des bêtises.

– Et que s'est-il passé ensuite? demanda Zeinvel.

– J'arrivai à Zabrynka en pleine nuit. Tous les volets étaient fermés sauf dans la maison de Bunem Leib qui restait éclairée et où il y avait beaucoup de monde, venu certainement pour écouter le dybbuk au lieu d'aller dormir. Personne ne fit attention à moi quand j'entrai. J'appris plus tard que la mère de Freidke était tombée malade de chagrin et qu'on l'avait emmenée chez des voisins. Je reconnus à peine Bunem

Leib. En quelques jours il était devenu maigre, jaune, il paraissait à bout de forces. Debout, pieds nus, à moitié dévêtue, ses cheveux roux retombant en désordre sur ses épaules, Freidke avait le visage blanc comme un cadavre et les yeux exorbités. D'une voix, comme je n'aurais jamais cru que pût en produire le tendre gosier d'une jeune fille, elle hurlait ou plutôt elle mugissait : " Tuez-moi, Bunem Leib, tuez-moi! Je suis le taureau que vous avez rendu impur et donc voué au tourment éternel! Vous ne les voyez pas mais des hordes de démons et de diables sont là, tout près, qui rôdent, avant de me déchirer et de m'emporter dans les territoires perdus, au-delà des Montagnes de la Nuit. Rien ne peut m'aider, ni votre *mezouza,* ni vos talismans, ni les amulettes que vous avez suspendues partout dans la maison. Regardez-les donc, si vous n'êtes pas complètement aveugle, tous ces monstres avec un nez à la place du nombril, des serpents en guise de cheveux, des groins de sanglier, noirs comme la poix, rouges comme le feu, verts comme la bile! Ils dansent et hurlent comme des déments. Est-ce ma faute, Bunem Leib, si vous avez choisi pour gendre un *schlemiel,* un idiot qui ne sait pas se servir d'un couteau? Il était autant capable d'être sacrificateur que vous d'être nourrice. Ses mains tremblaient comme celles d'un homme de quatre-vingt-dix ans. C'était une telle nouille qu'il était prêt à se trouver mal quand il voyait une tache de sang sur du blanc d'œuf. Un sacrificateur ne peut pas se permettre d'avoir peur du sang comme cela. Un homme digne de ce nom ne laisse pas tomber sa fiancée parce que les choses vont mal. Vous aviez choisi pour votre fille un bébé à sa maman, un sale gosse gâté, un eunuque. Il avait plus peur de moi, le taureau, que moi de son couteau. Tuez-moi, Bunem Leib, tuez-moi et sauvez-moi de tous ces esprits du mal. Sinon, je vous embroche sur mes cornes, je vous saigne à mort et je vous entraîne dans les marais d'où nul ne vous tirera jamais.

– Ma fille, que racontes-tu là? Tu es mon enfant, dit Bunem Leib, que cet ennemi maudit te libère d'abord et si Chlavna n'est pas celui qui t'es destiné, je te trouverai un autre mari et si Dieu le veut, nous te conduirons sous le dais nuptial. Dieu de miséricorde, aidez-moi! Je ne peux plus supporter cette angoisse. "

» Bunem Leib se mit à pleurer. Mais Freidke répondit : “ Je ne suis pas votre fille, je suis le taureau que vous avez livré aux mains de ce misérable. Prenez votre couteau et tuez-moi! Faites couler mon sang! Vous êtes un homme, vous, Bunem Leib, pas un froussard. Jamais un bœuf, un mouton, ou même un coq n'ont réussi à échapper à votre couteau. Tuez-moi, Bunem Leib, tuez-moi! ”

– Et tu as entendu tout cela? demanda Zeinvel.

– Que j'entende aussi clairement un jour la corne du bélier qui annoncera la venue du Messie!

– Continue.

– Ce n'est pas possible de tout dire. Vers l'aube, Bunem Leib était si épuisé, hagard, qu'il dut aller prendre un peu de repos, mais les voyous de la ville restèrent là. Pour eux, c'était un vrai spectacle. Imaginez un peu, une fille unique, une douce petite colombe, qui est là, debout, en pleine nuit, les seins nus, les cheveux dénoués comme une sorcière, en train de confesser des péchés à vous faire tourner la tête. Je l'ai entendue qui disait : “ De mon vivant, j'ai tout fait pour insulter Dieu. Je me suis rasé la barbe, j'ai mangé du porc le jour de Yom Kippour, j'ai couché avec des putains juives et des putains chrétiennes. J'ai nié l'existence de Dieu. J'ai cru que je vivrais centenaire sans jamais cesser de pécher. Mais j'ai attrapé la variole et compris que j'étais fichu. Pourtant, jusqu'à mon dernier souffle, j'ai blasphémé et j'ai servi les idoles. Quand finalement je suis mort, la Congrégation des Enterrements n'a pas voulu se charger de laver mon corps et on m'a enterré sans linceul, à minuit. Personne n'a dit le *kaddish* pour moi. Avant même que les fossoyeurs aient fini de jeter la dernière pelletée de terre, l'Ange Dumah a ouvert ma tombe, m'a craché dessus, m'a transpercé de sa baguette de feu et m'a entraîné jusqu'aux portes de la Géhenne. Il a essayé de m'y précipiter mais Satan a claqué la porte en criant : ‘ Ce serait une honte pour la Géhenne qu'une telle ordure y entre! ’ ”

» Tu sais, Zeinvel, on peut être le pire des hérétiques, mais quand on voit et on entend des choses pareilles, on est bien obligé d'admettre qu'il y a un Dieu.

– Non, on n'est pas obligé.

– Mais alors, tout cela, c'était quoi?

– Une histoire de nerfs malades.

– Et comment des nerfs malades sauraient ce qui se passe dans l'au-delà? demanda Mottke.

– Les nerfs savent tout.

– Ils sont quoi, des prophètes?

– Encore mieux que cela, dit Zeinvel. Et maintenant, bonne nuit.

– Ah, tu dis des bêtises. »

Zeinvel s'endormit et se mit à ronfler. Mais Mottke restait éveillé. Il se parlait à lui-même : « Il dort, hein? Quel idiot, quelle vieille bête. Il croit qu'il sait tout, mais pour moi, c'est le pire des sots.

– Mottke, tais-toi.

– Tu ne dors pas?

– Je dors, mais j'entends quand même tout ce que tu dis. C'est un truc que j'ai appris en prison. Là-bas, dès qu'on s'endort pour de vrai, on vous arrache votre chemise. Qu'est devenue Freidke?

– Comment le saurais-je? Je suis resté trois jours, puis j'ai repris la route. Je ne t'avais pas tout à fait tout dit. Des voisins m'ont juré que jamais auparavant Freidke n'avait chanté. Il est vrai qu'une jeune fille bien élevée ne permet pas qu'on entende sa voix, cela risquerait d'exciter un homme. Mais si elle chante juste, elle peut le faire pour endormir un enfant, ou pendant le shabbat. Et voilà que d'un seul coup, Freidke s'est mise à entonner des chansons grivoises en yiddish, en polonais et même en russe. Elle a offert la sérénade à une jeune épousée, avec un assortiment de blagues, toutes en vers rimés. Elle s'est moquée des femmes en train de discuter les prix chez le boucher ou de s'asperger d'eau au bain rituel. Les plus délurés dans l'assistance lui faisaient des remarques salées et elle y répondait sur le même ton, du tac au tac, à tel point qu'ils ont fini par en rester muets. Tous les voisins disaient la même chose : ce n'était pas Freidke, c'était un vrai voyou, avec une langue aiguë comme une lame de rasoir. Ses obscénités vous rendaient malade de rire. Mon frère, j'ai vu de mes yeux vu, une femme se changer en taureau et en homme. Les nerfs ne suffisent pas à expliquer cela.

– Quoi, alors?

– Seulement Dieu.

– Il n'y a pas de Dieu.

– En ce cas, comment s'est formé le monde? demanda Mottke.

– A partir de lui-même, comme une cicatrice. »

2

Zeinvel se rendormit mais Mottke était toujours éveillé. Les malades soupiraient et murmuraient tout en dormant. Zeinvel avait-il raison, se demandait Mottke? Un Dieu de miséricorde ne permettrait pas que tant de souffrance existe. Ici les gens meurent comme des mouches. Chaque jour, les membres de la Congrégation des Enterrements viennent chercher un nouveau cadavre.

Mottke écouta un moment un grillon qui chantait derrière le poêle. On aurait dit une petite cloche qui résonnait sans fin et il racontait une histoire interminable. Comment pouvait-il chanter ainsi toute la nuit, se demandait Mottke. Les grillons ne dorment-ils jamais? Ou alors, dorment-ils le jour? Et que trouvent-ils à manger et où? C'est fou de se dire que ce grillon a eu un père, une mère, un grand-père, une grand-mère et peut-être des enfants. Je perds la tête, se dit Mottke. Le jour, je suis épuisé et la nuit, mon cerveau ne cesse de travailler.

Parfois, dans la journée, Mottke voulait montrer qu'il savait des choses, et voilà qu'il oubliait tout, qu'il mélangeait les textes comme le dernier des ignorants. Tandis que la nuit, sa tête fonctionnait parfaitement. Il se rappelait des chapitres entiers des Écritures, des passages de la Guemarah, et même les liturgies de Rosh Hashanah et de Yom Kippour. Des gens morts depuis si longtemps qu'il ne pouvait plus se souvenir de leur nom se matérialisaient devant lui, comme s'ils étaient redevenus vivants. Il retrouvait les noms de tous les villages où il était passé avec Yontche. Les chants des *hazzans* dans les synagogues, les chants des hassidim lui revenaient. Mottke avait été élevé dans un foyer très religieux. Son père l'avait emmené chez le Rabbi de Turisk. Petit garçon, il lisait des livres hassidiques, il avait même pensé devenir rabbin. Mais son père était mort du typhus, sa mère s'était remariée avec un rustre et Mottke s'était laissé entraîner dans les fourberies de Yontche.

Et Mottke entonna à mi-voix un chant qu'il avait entendu à Turisk pendant le repas du shabbat :

Je chanterai tes louanges
pour que s'ouvrent les portes
des vergers célestes...

Zeinvel toussa et se redressa :

« Pourquoi chantes-tu en pleine nuit? Tu as faim?

– Non.

– Quelque chose te gratte là où il ne faut pas?

– J'ai gâché ma vie pour rien », dit Mottke, stupéfait de ses propres paroles.

« Tu veux devenir un pénitent, comme ce musicien qui s'était bandé les yeux pour ne plus pouvoir regarder les femmes?

– C'est trop tard.

– Oui, mon frère, mais pour nous, c'était peut-être déjà trop tard le jour où nous sommes nés, dit Zeinvel. Cette histoire de Freidke, quel tissu de bêtises. Tout s'y mélange, le Dieu des Juifs, le Dieu des chrétiens. Ce Chlavna n'était qu'un idiot et un lâche. Freidke, elle, jouait la comédie parce qu'il l'avait quittée. Les jeunes filles écoutent les histoires des vieilles femmes et après elles imitent ce qu'elles ont entendu.

« J'ai eu une femme dans ma vie, il y a longtemps, une vraie folle, la fille d'un professeur de Talmud. Elle s'appelait Mindle. Elle avait l'apparence d'une vierge cachère. J'aurais juré qu'elle ne savait pas compter jusqu'à deux. Un petit visage très pâle, de grands yeux noirs. Tout a commencé près d'un puits. J'ai offert de lui remplir son seau. Elle m'a dit gentiment merci, avec un joli sourire. J'étais déjà voleur à l'époque et j'avais plus de femmes autour de moi que tu n'as de cheveux sur la tête. A l'époque, ce n'était pas facile d'avoir une aventure avec une fille juive – dans notre coin, en tout cas – tandis que des filles chrétiennes, des *shikses*, on en avait autant qu'on en voulait. Oui, mais voilà, j'avais vu des flammes dans les yeux de Mindle. Chaque fois que je l'apercevais passer avec son seau, je me précipitais dehors avec le mien. Des seaux d'eau, j'ai bien dû lui en remplir une centaine. Et je commençais à me dire que je perdais mon temps. Soudain, au moment où je lui passe son eau, voilà qu'elle me glisse un papier dans la main. Je suis parti en courant et, du coup, j'ai renversé la moitié de mon eau. Une fois chez moi, je me jette sur le papier et je lis : " Retrouvez-moi au cimetière à minuit. "

» Une ligne, rien d'autre, d'une jolie écriture. J'avais déjà goûté à tout – des filles jeunes, des femmes mûres, des gamines, des matrones. Mais là, j'étais excité comme un étudiant de *yeshiva*. J'avais peur, en même temps. Je croyais encore aux créatures de la nuit. Quelle sorte de fille irait donner rendez-vous à un garçon à minuit dans un cimetière? On racontait que la nuit, les cadavres venaient prier à la synagogue et que si quelqu'un passait par là, ils l'appelaient pour qu'il lise un passage de la Torah. En plus, la fille du charpentier s'était pendue parce qu'un vagabond de passage l'avait mise enceinte et on disait qu'elle sortait de sa tombe à minuit et errait entre les pierres tombales. Malgré tout, je n'en pouvais plus d'attendre que la nuit vienne et que l'horloge sonne la demie de onze heures. Ma petite gredine avait tout prévu. Son père, un hassid fervent qui portait deux calottes, une à l'avant du crâne et une plus en arrière, se couchait avec les poules. Il se relevait avant l'aube pour se lamenter sur la Destruction du Temple. La mère voyageait de foire en foire pour aider financièrement sa fille aînée, qui était veuve avec trois enfants. Elle vendait des vestes dont elle taillait elle-même le rembourrage.

» Je serai bref. Mindle avait organisé notre rencontre pour la fin du mois, quand il n'y a pas de lune et un soir où sa mère était partie pour une foire éloignée. La nuit était chaude et très sombre. Pour aller au cimetière, il fallait passer par la rue de l'Église. Les Juifs habitaient tous près de la place du Marché. Après, il n'y avait plus que des maisons chrétiennes, toutes petites, mais gardées par de très gros chiens. Quand je m'engageai dans la rue de l'Église, ils m'attaquèrent comme une meute de loups. Avec un chien, on peut encore s'en tirer, mais contre cinquante, on n'a pas la moindre chance. En outre, quand des chrétiens entendent leur chien aboyer, ils arrivent en courant avec des bêches et des bâtons. J'ai cru que mon martyre ne finirait pas mais j'ai quand même réussi à aller jusqu'au cimetière. J'avançais à tâtons, comme un aveugle. J'étais encore croyant et mentalement j'offris dix-huit groschens à des œuvres charitables. Je tendis les bras et elle était là, comme si elle avait surgi du sol. Quand on a peur, on est incapable d'éprouver du désir, mais dès que je la touchai, elle me brûla comme une braise. Elle me chuchota un secret à l'oreille. Ce n'était pas la peine de parler. Comment un tel brandon enflammé avait-il pu grandir dans un foyer pieux?

– Elle t'a donné ce que tu voulais, hein? demanda Mottke.

– Ce n'est même pas ça, dit Zeinvel. Nous nous sommes jetés l'un sur l'autre et nous n'arrivions plus à nous séparer. J'avais cru qu'elle serait vierge, mais on peut dire que ce n'était pas le cas.

– Un morceau savoureux, hein?

– Nous sommes restés là pendant des heures, couchés entre les tombes, et je n'étais jamais rassasié d'elle. Brûlante comme le feu, fine comme une lame. Quand je reprenais mon souffle, elle me chuchotait quelque chose de si hardi que j'en frissonnais et tout recommençait. Où avait-elle appris à parler comme ça, dans un village comme le nôtre, je ne le saurai jamais.

– Et pourquoi ne l'as-tu pas épousée? demanda Mottke.

– Quoi? Mais je voulais une fille respectable, pas une putain. Elle me parla franchement : un homme, pour elle, c'était un hors-d'œuvre, il lui en fallait beaucoup, et toujours nouveaux. Je ne suis pas un saint, mais je voulais une femme semblable à ma mère. Un voleur, ça doit être toujours prêt à aller en prison. Alors être enfermé et se demander tout le temps : “ Est-ce que ma femme ne me trompe pas avec tous mes copains ”, ce n'est pas une vie. Même là, pendant que je la caressais, que je l'embrassais et que je lui promettais la lune et les étoiles, je pensais à ma Malkele, – qu'elle repose en paix. Je la connaissais déjà. C'était une amie de ma sœur Zirel. Je n'avais pas l'intention de rester voleur toute ma vie.

Je voulais amasser un peu d'argent et devenir marchand de chevaux. Mais l'homme propose et Dieu dispose.

– Ça veut dire que tu crois en Dieu, alors, dit Mottke.

– Ça peut seulement le faire croire. Qu'est-ce que Dieu? Qui est-il? Personne n'est jamais monté au ciel pour s'entendre avec Lui. C'est écrit dans la Torah, mais la Torah, qu'est-ce que c'est? De l'encre et du papier. Celui qui tient la plume écrit ce qu'il veut. Depuis près de deux mille ans les Juifs attendent le Messie, mais il n'est pas pressé de se montrer.

– Alors le monde n'a pas de Loi?

– Celui qui en est capable attrape son dû. L'autre s'en va dormir à six pieds sous terre.

– Quand même, si des gens charitables ne nous apportaient pas de la soupe et du gruau d'avoine, il y a longtemps que nous serions morts.

– Ils ne font pas ça pour nous, dit Zeinvel. Ils s'imaginent que cela leur vaudra un siège doré au Paradis et une plus grosse portion de la chair du Léviathan.

– Mais tu as dit toi-même une fois que tu croyais au destin, protesta Mottke. Tu as dit que la dernière fois que tu es allé voler un cheval, tu savais d'avance que ça tournerait mal et que c'était prévu comme ça. Ce sont les mots que tu as employés.

– Dieu est Dieu et le destin est le destin. En quelques semaines, j'avais volé au moins une demi-douzaine de bêtes et les paysans avaient décidé de dormir dans les écuries. Ils me guettaient, armés de haches et de bêches. Ma Malkele m'avait supplié : « Zeinvel, assez! » Elle s'était agenouillée devant moi, elle m'avait mis en garde, m'avait demandé de rester à la maison. Elle me disait qu'elle ouvrirait une boutique, qu'au pire, nous pourrions aller en Amérique. Elle me demandait de jurer sur le Pentateuque que désormais je commencerais une vie nouvelle. Je jurai, tout en sachant que mon serment ne valait pas plus qu'une pincée de tabac à priser. Ce n'était pas mon genre de rester debout dans un magasin à peser deux onces d'amandes ou de crème de tartre. Je n'ai pas de patience pour des trucs pareils. La terre de Christophe Colomb ne me tentait pas non plus. Tous ceux qui partaient là-bas finissaient par repasser des pantalons ou faire du porte à porte. Des lettres arrivaient où il était question de la crise à New York et des travailleurs qui ramassaient des boîtes de conserve dans les poubelles. J'aimais Malkele, mais elle n'était pas Mindle. Je lui étais fidèle, je le jure devant Dieu mais rester avec elle nuit et jour et l'écouter me faire des reproches, ça ne me disait rien. Elle avait fait deux fausses couches. Elle se plaignait sans arrêt de son sort et du mien. Je voulais une fois pour toutes tenter ma chance.

– Tu crois à la chance?

– Oui.

– Il y a un Dieu, il y en a un! dit Mottke.

– Et quand bien même il y en aurait un? Il est installé au septième ciel, les anges le flattent et lui chantent des hymnes, et il se soucie de nous comme du gel de l'année dernière.

– Qu'est-ce qu'est devenue Mindle? demanda Mottke.

– Oh, son père l'a mariée à un idiot, le fils d'un riche hassid, qui était un adepte du même Rabbi que lui. Ma petite chatte s'est tenue sous le dais nuptial à ses côtés, pure, le visage voilé, comme si personne ne l'avait jamais touchée. Pourquoi elle couchait avec n'importe qui, cela reste pour moi une énigme. Des femmes comme elles épousent parfois un idiot parce qu'il sera facile à tromper. C'est très excitant de tromper quelqu'un – c'est presque aussi excitant que voler. Mais on doit tout payer un jour. Elle est morte en couches deux ans plus tard.

– Et ça s'est terminé comme ça?

– Oui. Son mari, l'imbécile, était allé voir son Rabbi et il était resté là-bas plusieurs mois. J'étais en prison à Janov. Plus tard, on m'a transféré à Lublin. Cette fois-là, j'étais innocent. On m'accusait à tort. Quand j'ai fini par sortir, Mindle était déjà dans l'autre monde.

– C'était sûrement un châtiment envoyé par Dieu, dit Mottke.

– Non. »

Le silence se fit. Même le grillon ne chantait plus. Au bout d'un moment, Zeinvel dit :

« Je ne l'ai pas oubliée. Si la Géhenne existe, je veux être couché près d'elle, sur un lit de clous. »

La génisse désespérée

1

En ce temps-là, je trouvais d'excellentes affaires, d'incroyables occasions dans les petites annonces du journal yiddish où je travaillais. J'en avais bien besoin parce que je gagnais moins de douze dollars par semaine – ce que me rapportait ma colonne hebdomadaire de « faits » glanés dans des magazines. Par exemple : une tortue peut vivre cinq cents ans; un professeur de Harvard a publié un dictionnaire de la langue des chimpanzés; Christophe Colomb n'essayait pas de découvrir une nouvelle route des Indes mais de retrouver les dix tribus perdues d'Israël.

C'était pendant l'été 1938. J'habitais une chambre meublée au quatrième étage sans ascenseur. Ma fenêtre donnait sur un mur. Cette annonce-là était libellée ainsi : « Chambre dans une ferme, repas compris, dix dollars par semaine. » Après avoir rompu « pour toujours » avec ma petite amie Dosha, je n'avais plus de raison de passer l'été à New York. J'entassai dans une grande valise mes maigres possessions, beaucoup de crayons, ainsi que des livres et des magazines d'où je tirais mes informations, et je pris le car des Catskill jusqu'à Moutaindale. De là, j'étais censé téléphoner à la ferme. Ma valise ne fermait pas et je l'avais attachée avec une succession de lacets achetés à des mendiants aveugles. Je pris le car de huit heures du matin et arrivai au village à trois heures. A la papeterie du coin, j'essayai de téléphoner mais ne réussis pas à avoir la communication et perdis trois pièces. La première fois, c'était un mauvais numéro, la deuxième, le téléphone sonna sans s'arrêter et la troisième, le numéro était peut-être bon, mais personne ne répondait. Impossible de récupérer mes pièces. Je décidai de prendre un taxi.

J'indiquai l'adresse au chauffeur mais il fronça les sourcils et secoua la tête. Au bout d'un moment il dit : « Bon, je crois que je sais où c'est. » Il démarra immédiatement, avec une sorte de fureur, et fila à grande vitesse sur une route étroite pleine de trous et de bosses. D'après la petite annonce, la ferme était située à sept ou huit kilomètres du village mais nous roulâmes pendant une demi-heure et je compris que mon chauffeur s'était perdu. Il n'y avait personne à qui demander le chemin. Je n'aurais jamais imaginé qu'il pouvait y avoir des endroits aussi inhabités dans l'Etat de New York. Nous passâmes devant une maison incendiée, un silo à grains qui avait l'air inutilisé depuis des années. Un hôtel aux fenêtres fermées par des planches émergea du néant et disparut comme un fantôme. De l'herbe et des ronces poussaient partout. Des vols de corbeaux passaient en croassant. Le compteur du taxi cliquetait avec une rapidité fiévreuse. Toutes les cinq ou six secondes je tâtais la poche de pantalon où j'avais mis mon argent. Je ne pouvais pas me permettre de rouler sans but à travers landes et déserts mais je savais que si je disais quelque chose, le chauffeur m'enverrait promener. Il était même capable de m'abandonner au milieu de ces terres inhabitées. Il grommelait sans arrêt et répétait à intervalles réguliers : « Fils de pute. »

Après bien des tours et des détours, le taxi finit par arriver à la bonne adresse. Je compris aussitôt que j'avais fait une erreur. Il n'y avait pas de ferme du tout, simplement une vieille baraque en planches. Je payai quatre dollars et soixante-dix cents pour la course et laissai un pourboire de trente cents. Le chauffeur me lança un regard meurtrier et repartit à une vitesse suicidaire. J'avais tout juste eu le temps de reprendre ma valise. Personne ne sortit pour m'accueillir. J'entendis une vache meugler. D'habitude une vache pousse quelques meuglements, puis elle se tait mais cette vache-là ne s'arrêtait pas, comme une créature qui est tombée dans un piège épouvantable. J'ouvris une porte et entrai dans une pièce où il y avait un poêle en fonte, un lit défait avec des draps sales et un canapé éventré. Contre un mur délabré étaient posés des sacs de foin et de grains. Sur la table, des œufs roux gardaient encore des traces de terre. D'une autre pièce surgit une fille au teint mat, avec un grand nez, des lèvres épaisses et des yeux noirs pleins de colère sous d'épais sourcils. Un léger duvet sombre ombrageait sa lèvre supérieure. Elle avait les cheveux courts. Si elle n'avait pas porté une jupe chiffonnée, je l'aurais prise pour un homme.

« Que voulez-vous? » me demanda-t-elle d'un ton sec.

Je lui montrai l'annonce. Elle jeta un bref regard au journal et dit : « Mon père est fou. Nous n'avons pas de chambre à louer, et pas à ce prix, en tout cas.

– A quel prix, alors?

– Nous n'avons pas besoin de pensionnaire. Il n'y a personne ici pour faire la cuisine.

– Pourquoi cette vache continue-t-elle à hurler? » demandai-je.

La fille me dévisagea de la tête aux pieds :

« Ça ne vous regarde pas. »

Une femme entra qui pouvait avoir aussi bien cinquante-cinq, soixante ou soixante-cinq ans. Elle était petite, grosse, avec une épaule plus haute que l'autre et une énorme poitrine qui lui pendait jusqu'au ventre. Elle avait des pantoufles d'homme éculées et un foulard autour de la tête. De sa jupe pleine de taches sortaient deux jambes couvertes de varices. Bien que la journée d'été fût très chaude, elle portait un chandail. Elle avait des yeux obliques de Tartare. Elle me lança un regard méchamment satisfait, comme si mon arrivée était le résultat d'une excellente plaisanterie. « C'est à cause de l'annonce, hein?

– Oui.

– Dites à mon mari de se ridiculiser lui-même mais de ne pas ridiculiser les autres. Nous n'avons pas besoin de pensionnaires. Pas plus que d'un trou dans la tête.

– Je le lui ai déjà dit, ajouta la fille.

– Je suis désolé mais mon taxi est reparti au village. Je pourrais peut-être rester juste pour la nuit?

– La nuit? Mais nous n'avons pas de lit, pas de draps.

Rien, dit la femme. Si vous voulez, je vous appellerai un autre taxi. Mon mari est fou. Tout ce qu'il fait, c'est par dépit. Il nous a traînées jusqu'ici parce qu'il voulait être fermier. Il n'y a ni hôtel ni magasin à des kilomètres à la ronde et je n'ai pas la force de faire la cuisine pour vous. Nous mangeons nous-mêmes directement dans des boîtes de conserve. »

La vache ne cessait pas de meugler et bien que la fille m'eût juste donné une réponse méchante, je redemandai :

« Mais qu'a donc cette vache? »

La femme fit un clin d'œil à la fille :

« Elle veut aller avec le taureau. »

A ce moment, le fermier entra, aussi petit et gros que sa femme, vêtu d'une salopette très sale, d'une veste qui me fit penser à la Pologne, une casquette posée très en arrière sur la tête. Sur ses joues brûlées par le soleil poussait un duvet blanc. On voyait les veines de son nez. Il avait un double menton qui pendait. Il apportait avec lui des odeurs de bouse de vache, de lait fraîchement tiré, et de terre qui vient d'être retournée. D'une main il tenait une pelle et de l'autre un bâton. Quand il me vit il demanda :

« C'est pour l'annonce, hein?

– Oui

– Pourquoi n'avez-vous pas téléphoné? Je serais venu vous chercher avec mon cheval et ma carriole.

– Sam, ne te moque pas de ce jeune homme, l'interrompit sa femme. Il n'y a pas de draps pour lui, personne pour lui faire la cuisine et qu'est-ce que c'est que ces dix dollars par semaine? Un pensionnaire nous coûterait plus.

– C'est moi que ça regarde, répondit le fermier. C'est moi qui ai passé l'annonce, pas toi. Le responsable, c'est moi. Jeune homme, il haussa le ton, le patron, ici, c'est moi, pas elles. La maison est à moi, le terrain aussi. Tout ce que vous voyez m'appartient. Vous auriez dû envoyer un mot d'abord ou téléphoner, mais puisque vous voilà, vous êtes le bienvenu.

– Je suis désolé mais votre femme et votre fille... »

Le fermier ne me laissa pas finir :

« Ce qu'elles disent ne vaut pas plus que la terre sous mes ongles. »

Et il me montra sa main couverte de boue.

« Je vais vous nettoyer votre chambre, faire votre lit, vous préparer un repas et vous donner tout ce dont vous avez besoin. Si vous recevez du courrier, je vous l'apporterai du village. J'y vais tous les deux ou trois jours.

– En attendant, puis-je coucher ici ce soir? Le voyage m'a fatigué et...

– Vous êtes chez vous. Elles n'ont rien à y redire. »

Le fermier désignait les deux femmes du doigt. Je comprenais bien que j'étais tombé dans une famille à problèmes et je n'avais pas la moindre intention d'en devenir la victime. Le fermier poursuivit :

« Venez, je vais vous montrer votre chambre.

– Sam, ce jeune homme ne peut pas rester ici, dit sa femme.

– Il restera ici, mangera ici et sera content, répliqua le fermier. Et si ça ne te plaît pas, retourne là d'où tu viens avec ta fille, parasite, peste, *paskuda!* »

Il rangea sa pelle et son bâton dans un coin, empoigna ma valise et sortit. Ma chambre avait une entrée indépendante et son propre escalier. Je vis un grand champ envahi d'herbes folles. Près de la maison, il y avait un puits et une cabane pour y faire ses besoins, comme dans un *shtetl* polonais. Un cheval étique broutait le gazon. Plus loin il y avait une étable et c'est de là que partait le hurlement plaintif de l'animal qui n'avait pas cessé un instant pendant tout ce temps. Je dis au fermier :

« Si cette vache est en chaleur, pourquoi ne lui donne-t-on pas ce qu'elle réclame?

– Et qui vous a dit qu'elle était en chaleur? C'est une génisse que je viens d'acheter. Elle arrive d'une étable où il y en avait trente comme elle, dont probablement sa mère ou sa sœur, et elle se languit.

– Je n'avais jamais entendu un animal se languir de la sorte pour un autre de sa race, dis-je.

– Il y a toutes sortes d'animaux, mais elle finira par se calmer. Elle ne hurlera pas comme ça indéfiniment. »

2

Les marches qui montaient à ma chambre craquaient. On devait se tenir à une grosse corde qui faisait office de rampe. La chambre sentait le bois pourri et l'insecticide. Il y avait sur le lit un matelas taché, plein de bosses, dont les ressorts sortaient par des trous. Dehors il ne faisait pas spécialement chaud mais, dans la pièce, la chaleur commença aussitôt à me marteler la tête et je fus immédiatement en sueur. Bon, eh bien une nuit là ne me tuera pas, me dis-je pour me rassurer. Le fermier déposa ma valise et alla chercher du linge. Il revint avec un oreiller dans une taie déchirée, un drap rugueux taché de rouille et un édredon de coton sans housse. Il me dit : « Pour l'instant il fait chaud mais dès que le soleil sera couché il fera délicieusement frais. Vous aurez même à vous couvrir.

– Cela ira, merci.

– Vous venez de New York? me demanda-t-il.

– Oui, de New York.

– A votre accent, je comprends que vous êtes né en Pologne. De quelle région êtes-vous? »

Je lui indiquai le nom de mon village et Sam me dit qu'il venait d'un village voisin. Il ajouta : « Je ne suis pas réellement fermier. C'est notre deuxième été à la campagne. A mon arrivée de Pologne, j'ai travaillé dans un pressing à New York. J'ai tellement soulevé et reposé cet énorme fer que je me suis esquinté la santé. J'avais toujours eu envie d'air pur et – comment diriez-vous? – de notre mère nourricière la terre, de légumes frais, d'œufs du jour, d'herbe verte. J'ai commencé à éplucher les petites annonces et ici, j'ai déniché une affaire sensationnelle. J'ai acheté la maison à l'homme qui m'a vendu la génisse. Il habite à quatre ou cinq kilomètres d'ici. Un type bien, encore qu'il soit chrétien. Son nom est Parker, John Parker. Il m'a donné une hypothèque et m'a facilité les choses. Mais la maison est vieille et la terre ici est pleine de pierres. Il ne m'a pas trompé, Dieu m'en garde. Il m'avait dit la vérité avant.

Enlever toutes les pierres me prendrait vingt ans. Et je ne suis pas un jeune homme. J'ai plus de soixante-dix ans.

– Vous ne les paraissez pas, le félicitai-je.

– C'est le bon air, le travail. A New York je travaillais dur mais c'est seulement ici que j'ai commencé à trimer pour de bon. En Amérique on a des syndicats, c'est une bonne chose, cela empêche les patrons de faire des Juifs des esclaves comme en Egypte. Quand je suis arrivé en Amérique, le travail au noir, c'était épouvantable mais, après, les choses se sont améliorées. Je faisais mes huit heures et rentrais chez moi en métro. Ici je me démène dix-huit heures par jour et croyez-moi, si je ne touchais pas une petite pension, je ne joindrais pas les deux bouts. Mais bon, ça va. De quoi avons-nous besoin ici? Nous faisons pousser des tomates, des radis, des concombres... Nous avons une vache, un cheval, quelques poules. A lui tout seul, l'air vous fait du bien. Mais comment est-ce écrit dans Rachi? Jacob voulait jouir de la paix mais ses malheurs avec Joseph l'en ont empêché. Eh oui, j'ai étudié, autrefois. Jusqu'à dix-sept ans, je suis allé à la maison d'étude et j'ai travaillé. Pourquoi est-ce que je vous raconte tout ça? Bessie, ma femme, déteste la campagne. Elle regrette les boutiques, les soldes, et ses copines avec qui elle pouvait bavarder et jouer aux cartes. Elle m'a déclaré la guerre. Et quelle guerre! Elle s'est mise en grève. Elle ne fait pas la cuisine, elle ne fait pas le ménage. Elle refuse de bouger et c'est moi qui fais tout, je traie la vache, je bêche le jardin, je nettoie les ordures. Je ne devrais pas vous dire ça, mais elle ne veut plus être ma femme. Elle exige que nous retournions à New York. Mais qu'est-ce que je ferais à New York? Nous avons rendu notre appartement dont le loyer était très bas et vendu nos meubles. Ici nous avons une vraie maison...

– Et votre fille?

– Ma Sylvia ressemble à sa mère. Elle a déjà trente ans passés et elle aurait dû se marier mais elle n'a jamais fait le moindre effort pour devenir quelqu'un. Nous avions essayé de l'envoyer au collège, mais elle refusait de travailler. Elle a pris toutes sortes de petits emplois mais n'en a jamais gardé aucun. Elle a une bonne tête, mais pas de *sitzfleisch.* Elle se lasse de tout. Elle est sortie avec des quantités de garçons mais cela n'a jamais mené à rien. Dès qu'elle en rencontre un, elle se met à lui trouver des défauts. L'un est comme ci, l'autre est comme ça. Cela fait huit mois qu'elle habite à la ferme avec nous et si vous croyez qu'elle m'aide, vous vous trompez. Elle joue aux cartes avec sa mère, un point c'est tout. Vous n'allez pas me croire, mais ma femme n'a même pas encore défait ses valises et tout est emballé comme après un incendie. Ma fille aussi a toutes sortes d'oripeaux qui sont encore dans une malle. Tout ça uniquement pour m'embêter. Aussi j'ai décidé que d'autres gens viennent s'installer ici, pour qu'au moins j'aie quelqu'un à qui parler. Nous pouvons louer deux chambres. Je n'essaie pas de m'enrichir en proposant une chambre et trois repas par jour pour dix dollars la semaine. Je ne deviendrai pas Rockefeller. Et vous, qu'est-ce que vous faites? Vous êtes professeur ou quelque chose comme ça? »

Après un instant d'hésitation, je décidai de lui dire la vérité, que je travaillais pour un journal yiddish comme pigiste. Son regard s'éclaira aussitôt :

« Comment vous appelez-vous? Qu'écrivez-vous?

– Toutes sortes de faits. »

Le fermier ouvrit grand les bras et recula d'un pas :

« C'est vous qui écrivez " Toutes sortes de faits "?

– Oui.

– Mon Dieu! Je vous lis toutes les semaines! Je vais au village le vendredi exprès pour acheter le journal et vous n'allez pas me croire, mais je lis " Toutes sortes de faits " avant même de regarder les nouvelles. Les nouvelles, d'ailleurs, sont toujours mauvaises. Hitler par ci, Hitler par là. Il ne devrait pas tenir longtemps, ce raté, ce bon à rien. Pourquoi en veut-il tant aux Juifs? Est-ce leur faute si l'Allemagne a perdu la guerre? A force de lire ça, on finirait par avoir une crise cardiaque. Mais vous, vos faits c'est de la science, c'est de la culture. C'est vrai qu'une mouche a des milliers d'yeux?

– Oui, c'est vrai.

– Comment est-ce possible? Pourquoi a-t-elle besoin de tout ça?

– Il semble qu'à la nature ça ne pose pas de problème.

– Si vous voulez voir la beauté de la nature, restez ici.

Mais attendez une minute, il faut que j'aille dire à ma femme qui vient d'arriver chez nous.

– Pourquoi? De toute façon, je ne vais pas rester.

– Qu'est-ce que vous dites? Pourquoi pas? Elles sont aigries toutes les deux, mais quand elles sauront qui vous êtes, elles seront folles de joie. Ma femme aussi vous lit. Elle m'arrache le journal des mains parce qu'elle veut lire " Toutes sortes de faits " la première. Ma fille parle yiddish. Elle l'a parlé avant de savoir un mot d'anglais. Avec nous, c'est surtout le yiddish parce que... »

Le fermier sortit en courant. Ses grosses chaussures faisaient grincer les marches. La génisse meuglait toujours. Il y avait une sorte de frénésie dans sa voix, une révolte presque humaine. Je m'assis sur le matelas et baissai la tête. Depuis quelque temps, je commettais folie après folie. Je m'étais disputé avec Dosha pour une bêtise. J'avais dépensé de l'argent pour venir jusqu'ici et demain il faudrait que je reprenne un taxi et un car pour retourner à New York. J'avais commencé à écrire un roman mais j'étais tombé en panne d'inspiration et n'arrivais même plus à déchiffrer mes gribouillis. La chaleur me rôtissait tout le corps. Si seulement il y avait eu un store à la fenêtre! Les meuglements de la génisse me rendaient fou. J'y percevais le désespoir de tout ce qui vit. A travers elle, c'était toute la création qui protestait. Une idée folle me traversa l'esprit : peut-être pendant la nuit devrais-je aller tuer la génisse, puis me suicider ensuite. Un tel meurtre, suivi d'un tel suicide, voilà qui serait inédit dans l'histoire de l'humanité.

J'entendis des pas lourds monter l'escalier. Le fermier revenait avec sa femme. Alors commencèrent les excuses et les bizarres exagérations des gens simples qui rencontrent leur écrivain préféré. Bessie s'exclama : « Sam, il faut que je l'embrasse! »

Je n'eus même pas le temps de dire un mot. Elle m'empoigna le visage de ses mains rêches qui sentaient l'oignon, l'ail et la sueur.

Le fermier dit gaiement :

« Un étranger, elle l'embrasse et moi, elle me fait jeûner.

– Tu dis n'importe quoi. Lui, c'est un savant, un grand professeur. »

Une minute après, la fille arriva. Elle s'immobilisa dans l'embrasure de la porte et regarda d'un air moqueur ses parents qui s'agitaient autour de moi. Au bout d'un instant, elle dit : « Si je vous ai insulté, excusez-moi. Mon père nous a amenées ici dans un désert. Nous n'avons pas de voiture et le cheval est à moitié mort. Tout à coup un homme tombe du ciel avec une valise et il veut savoir pourquoi la génisse hurle. C'était vraiment drôle. »

Sam joignit les mains avec l'air de quelqu'un qui va annoncer une nouvelle stupéfiante. Une lueur de gaieté passa dans ses yeux :

« Puisque vous avez tellement pitié des animaux, je vais rendre la génisse. Nous pouvons nous en passer. Qu'elle retourne auprès de sa mère qu'elle regrette tant. »

Bessie hocha la tête :

« John Parker ne te rendra pas ton argent.

– S'il ne me rend pas tout, il ne me décomptera pas plus de dix dollars. C'est une belle génisse.

– Je vous verserai la différence, dis-je, tout étonné de mes propres paroles.

– Hein? Oh, nous n'irons pas devant un tribunal, dit le fermier. Je veux que monsieur ici présent reste chez moi tout l'été. Vous n'aurez même pas à me payer. Ce sera pour moi un honneur et une joie.

– Vraiment, tu es fou. Nous avions autant besoin de cette génisse que d'un trou dans la tête. »

Je comprenais que mari et femme faisaient la paix à cause de moi.

« Si vous voulez vraiment la rendre, pourquoi attendre? demandai-je. Elle peut mourir d'angoisse et alors...

– Il a raison, s'exclama le fermier. Je vais rendre cette génisse tout de suite. Immédiatement. »

Tout le monde se tut. Comme si la génisse avait compris que son destin était en train de se décider à cet instant précis, elle poussa un hurlement qui me glaça. Ce n'était pas une génisse nostalgique, c'était un dybbuk.

3

A la minute où Sam entra dans l'étable, la génisse se calma. Elle était noire, avec de grandes oreilles et d'énormes yeux sombres dans lesquels on lisait une sagesse que seuls les animaux possèdent. On n'y voyait nulle trace des heures de souffrance qu'elle venait d'endurer. Sam lui attacha une corde autour du cou et elle le suivit docilement. Je marchais derrière, Bessie sur mes talons. La fille resta devant la maison et dit :

« Vraiment, si je n'avais pas vu ça de mes propres yeux, je ne l'aurais pas cru. »

Nous continuâmes à avancer, la génisse restait silencieuse. Elle semblait connaître le chemin du retour car elle essaya de courir et Sam dut l'en empêcher. Tout en marchant, mari et femme se chamaillaient devant moi comme le faisaient les couples qui venaient au tribunal de mon père pour un Din Torah. Bessie disait : « Cette ruine était inhabitée depuis des années et personne ne la regardait. Tout à coup arrive mon mari et il achète cette fabuleuse occasion. Comment dit-on, déjà? " Quand un sot arrive sur le marché, les marchands sont contents. "

– Et à New York, qu'est-ce que tu avais? L'air puait. Dès l'aube, le boucan commençait. On a cambriolé notre appartement. Ici, on n'a même pas besoin de verrouiller la porte. Nous pouvons nous absenter pour des jours, des semaines, personne ne volera rien.

– Et quel voleur viendrait dans ce désert? demanda Bessie. Et que pourrait-il prendre? Les voleurs américains sont des gens précis. Ils veulent soit de l'argent, soit des diamants.

– Croyez-moi, Bessie, ici vous vivrez vingt ans de plus.

– Qui voudrait vivre vingt ans de plus? Quand une journée se termine, je remercie Dieu. »

Au bout d'une heure et demie de marche, environ, je vis la ferme de John Parker, la maison et la grange. La génisse essaya encore de se mettre à courir et Sam dut tirer sur la corde de toutes ses forces pour la retenir. John Parker était occupé à couper de l'herbe avec une faux recourbée. Il était grand, blond, mince, très anglo-saxon. Il leva les yeux, un peu surpris, mais de l'air de quelqu'un qui ne se laisse pas facilement bouleverser. J'eus même l'impression qu'il souriait. Nous étions à l'entrée d'un pâturage où les autres vaches étaient en train de paître. La génisse devint comme folle et s'arracha des mains de Sam. Elle se mit à courir et à sauter, la corde toujours autour du cou. Quelques vaches levèrent lentement la tête, la regardèrent, mais les autres continuaient à brouter l'herbe comme si de rien n'était. Au bout d'une minute, la génisse se mit à paître elle aussi. Je m'étais attendu, après toutes ces heures d'angoisse, à une spectaculaire rencontre entre la génisse et sa mère. Je croyais qu'elles allaient se frotter l'une contre l'autre, se cajoler, enfin ce que fait une vache qui veut témoigner son affection à sa fille qu'elle croyait perdue. Sam entreprit d'expliquer à John Parker ce qui était arrivé et Bessie ajouta son grain de sel. Sam disait : « Ce jeune homme est écrivain. Je lis ses articles chaque semaine et il va habiter chez nous. Comme tous les écrivains, il a le cœur sensible. Il ne pouvait pas supporter les souffrances de la génisse. Ma femme et moi adorons chacune des lignes qu'il écrit. Quand il m'a dit que la génisse risquait de l'empêcher de réfléchir, j'ai pris ma décision, tant pis pour les conséquences, et je vous la ramène. Je suis prêt à perdre autant que vous le direz...

– Vous ne perdrez rien du tout, c'est une belle génisse, dit John Parker. Qu'écrivez-vous? me demanda-t-il.

– Oh, une rubrique qui s'appelle “ Toutes sortes de faits ”. J'ai aussi commencé un roman », dis-je pour me vanter.

Il observa :

« Une fois j'ai fait partie d'un club de livres mais on m'en envoyait trop et je n'avais pas le temps de les lire. Une ferme, ça occupe. Mais je reçois encore le *Saturday Evening Post*. J'en ai des piles.

– Je le connais. Benjamin Franklin était un des fondateurs », dis-je pour montrer mon érudition en matière de littérature américaine.

«Venez, allons boire quelque chose. »

La famille du fermier apparut. Sa femme, qui avait des

cheveux noirs coupés courts, ressemblait à une Italienne. Elle avait un nez bosselé et des yeux noirs au regard aigu. Elle était habillée comme une citadine. Le petit garçon était blond comme son père, la fille méditerranéenne comme sa mère. Un homme, qui devait être le valet de ferme, se joignit à nous. Deux chiens surgirent de quelque part, aboyèrent quelques secondes, puis agitèrent la queue et vinrent se frotter contre mes jambes. Sam et Bessie se remirent à expliquer la raison de leur visite et la femme du fermier me dévisagea avec un mélange d'étonnement et d'ironie. Elle nous fit entrer et bientôt on ouvrit une bouteille de whisky. Les verres s'entrechoquèrent. Mrs. Parker dit : « Quand je suis arrivée ici, venant de New York, je regrettais tellement la ville que j'ai failli en mourir mais je ne suis pas une génisse et personne ne se souciait de mes sentiments. Je me sentais si seule que j'ai essayé d'écrire, bien que je ne sois pas du tout un écrivain. J'ai encore quelques cahiers quelque part et je ne me rappelle même plus ce qu'il y a dedans. »

Elle me regarda d'un air hésitant, presque timidement. Je savais exactement ce qu'elle voulait et je demandai :

« Puis-je les voir?

– Pourquoi? Je n'ai aucun talent. C'est une sorte de journal. Des notes sur des expériences que j'ai faites.

– Si cela ne vous ennuie pas, j'aimerais les lire, mais pas ici, quand je serai de retour à la ferme de Sam. »

Les yeux de la jeune femme se mirent à briller.

« Pourquoi est-ce que cela m'ennuierait? Mais je vous en prie, ne riez pas en lisant le débordement de mes émotions. »

Elle partit chercher ses manuscrits. John Parker ouvrit un tiroir et se mit à compter l'argent pour la génisse. Les deux hommes discutèrent. Sam proposait une ristourne de quelques dollars. John Parker ne voulait pas en entendre parler. A nouveau je proposai de payer moi-même la différence, mais ils me regardèrent d'un air de reproche et me dirent de me mêler de mes affaires. Au bout d'un moment, Mrs. Parker m'apporta une liasse de cahiers dans une grande enveloppe de papier beige qui sentait la naphtaline. Tout le monde se dit au revoir et je notai le numéro de téléphone des

Parker. Quand nous arrivâmes à la maison, le soleil était déjà couché et les étoiles brillaient dans le ciel. Il y avait longtemps que je n'avais pas vu un ciel si étoilé. Il était bas, un peu effrayant, avec quelque chose de solennel et de joyeux aussi. Cela me fit penser à Rosh Hashanah. Je montai dans ma chambre. Je n'en crus pas mes yeux en voyant que Sylvia avait mis des draps plus blancs, une couverture impeccable et une taie d'oreiller plus propre. Elle avait même accroché au mur un petit tableau qui représentait un moulin.

Ce soir-là, je dînai avec la famille. Bessie et Sylvia me posèrent toutes sortes de questions et je leur parlai de Dosha et de notre récente dispute. Elles voulaient en connaître la cause et quand je le leur dis, elles rirent :

« Ce n'est pas pour une bêtise pareille qu'un grand amour doit finir, protesta Bessie.

– Mais maintenant, c'est trop tard.

– Appelez-la immédiatement », ordonna Bessie.

Je donnai le numéro à Sylvia. Elle tourna la manivelle du téléphone fixé au mur. Puis elle hurla quelque chose dans le récepteur, comme si l'opératrice avait été sourde. Elle l'était peut-être, d'ailleurs. Au bout d'un moment, Sylvia dit :

« Votre Dosha à l'appareil. »

Je racontai à Dosha ce que j'avais fait, ainsi que l'histoire de la génisse. Elle me répondit :

« La génisse, c'est moi.

– Qu'est-ce que tu veux dire?

– Je t'ai appelé tout le temps.

– Dosha, viens ici. Il y a une autre chambre à louer. Ces gens sont très gentils et je me sens déjà chez moi.

– Hein? Donne-moi l'adresse et le téléphone. Je viendrai peut-être la semaine prochaine. »

Vers dix heures, Sam et Bessie allèrent se coucher. Ils me souhaitèrent bonne nuit, avec la joyeuse impatience d'un jeune couple. Sylvia me proposa de faire un tour.

Il n'y avait pas de lune mais la nuit d'été était claire. Des vers luisants scintillaient dans les fourrés. Des grenouilles coassaient, des cigales chantaient. Il pleuvait des étoiles filantes. Je distinguais la bande lumineuse blanchâtre qui était la Voie lactée. Le ciel, comme la terre, ne se reposait jamais. Il désirait, d'un désir cosmique, quelque chose dont le séparaient des milliards d'années-lumière. Bien qu'elle m'eût tout juste aidé à faire la paix avec Dosha, Sylvia me prit par la main. La pénombre rendait son visage plus féminin et des étincelles d'or brillaient dans ses yeux. Au beau milieu du chemin boueux, nous nous embrassâmes avec ferveur, comme si nous nous étions attendus depuis Dieu sait combien de temps. Sa large bouche mordait la mienne comme le museau d'une bête sauvage. La chaleur de son corps me brûlait la peau, un peu comme celle du toit brûlant dans l'après-midi. J'entendis une sorte de clameur, mystérieuse, extra-terrestre. On aurait dit qu'une génisse céleste s'était éveillée dans une constellation éloignée et se mettait à pousser un gémissement que rien n'apaiserait avant que toute vie sur terre n'eût été rachetée.

Les retrouvailles

Le téléphone sonna et le professeur Max Greitzer se réveilla. Sur la table de nuit, le réveil marquait huit heures moins le quart. « Qui peut donc bien m'appeler si tôt ? » murmura-t-il. Il souleva le récepteur et entendit une voix de femme qui disait : « Professeur Greitzer? Excusez-moi de téléphoner à une heure pareille. Une femme qui vous a été autrefois chère est morte. Liza Nestling.

– Mon Dieu!

– Les obsèques ont lieu aujourd'hui à onze heures. J'ai pensé que vous aimeriez le savoir.

– Vous avez raison. Merci. Merci. Liza Nestling a joué un rôle considérable dans ma vie. Puis-je demander à qui ai-je l'honneur de parler?

– Cela n'a pas d'importance. Liza et moi avons été amies après votre rupture. La cérémonie se tiendra au salon funéraire Gutgestal. Vous connaissez l'adresse?

– Oui, merci. »

La femme raccrocha.

Max Greitzer resta étendu un moment sans bouger. Ainsi Liza était morte. Douze ans avaient passé depuis qu'ils s'étaient séparés. Elle avait été le grand amour de sa vie. Leur liaison avait duré à peu près quinze ans, – enfin non, pas quinze ans, treize. Les deux dernières années avaient été un tel tissu de malentendus et de complications, agrémentés de tant de folie, que les mots n'auraient pas suffi pour en parler. Les mêmes puissances qui avaient construit cet amour en étaient venues à bout. Max Greitzer et Liza

Nestling ne s'étaient jamais revus. Ils ne s'étaient pas écrit. Par une de ses amies, il avait appris qu'elle vivait avec un directeur de théâtre sans théâtre mais rien de plus. Il ne savait même pas qu'elle était revenue à New York.

Le professeur Greitzer se sentit tellement désemparé après avoir appris cette terrible nouvelle qu'il aurait été ensuite incapable de se rappeler comment il s'était habillé et comment il était allé jusqu'au lieu des obsèques. Quand il arriva, la pendule dans la rue indiquait huit heures trente-cinq. Il franchit la porte et la réceptionniste lui dit qu'il était très en avance. La cérémonie ne devait avoir lieu qu'à onze heures.

« Pourrais-je la voir maintenant? demanda Max Greitzer. J'étais un de ses plus proches amis et...

– Je vais demander si elle est prête. »

La jeune fille disparut derrière une porte.

Le professeur Greitzer comprenait ce qu'elle avait voulu dire. On maquille soigneusement les morts avant de les montrer à leur famille et à leurs amis.

La jeune fille revint presque aussitôt et dit : « Vous pouvez y aller, quatrième étage, pièce numéro trois. »

Un homme en costume noir l'accompagna dans l'ascenseur et ouvrit la porte de la pièce numéro trois. Liza était installée dans un cercueil ouvert jusqu'à la hauteur de ses épaules. Elle avait le visage recouvert d'une gaze. Max Greitzer ne la reconnut que parce qu'il savait que c'était elle. Ses cheveux noirs avaient cet aspect terne que donne une teinture trop violente. Ses joues étaient trop rouges et les petites rides autour de ses yeux clos étaient camouflées sous une épaisse couche de fond de teint. Sur ses lèvres, maquillées elles aussi, se lisait un soupçon de sourire. Comment arrive-t-on à provoquer l'esquisse d'un sourire? se demanda Max Greitzer. Liza l'avait accusé une fois d'être un automate, un robot dépourvu du moindre sentiment. C'était faux, bien sûr, mais voilà qu'étrangement, cela devenait vrai. Il n'était ni triste ni effrayé.

La porte s'ouvrit et une femme entra qui ressemblait étrangement à Liza. « C'est sûrement sa sœur Bella », se dit Max Greitzer. Liza lui avait souvent parlé de sa sœur plus jeune qui habitait en Californie, mais il ne l'avait jamais rencontrée. Il s'écarta un peu pour la laisser s'approcher du cercueil. Si elle éclatait en sanglots, il serait là pour la consoler. Elle ne manifesta cependant aucune émotion particulière et il décida de la laisser avec sa sœur. Puis il se dit qu'elle aurait peut-être peur de se retrouver seule avec un cadavre.

Au bout de quelques instants, elle se retourna et dit :

« Oui, c'est bien elle.

– J'imagine que vous êtes venue exprès de Californie », dit Max Greitzer, juste pour dire quelque chose.

« De Californie?

– Votre sœur et moi étions très proches. Elle me parlait souvent de vous. Je m'appelle Max Greitzer. »

La femme resta silencieuse, elle avait l'air de méditer sur ce qu'il venait de dire. Puis elle dit :

« Vous vous trompez.

– Je me trompe? Vous n'êtes pas sa sœur Bella?

– Vous ne saviez pas que Max Greitzer était mort? Il y avait une notice sur lui dans la rubrique nécrologique des journaux. »

Max Greitzer essaya de sourire :

« C'était probablement un autre Max Greitzer. »

Et, au moment où il prononçait ces mots, il comprit la vérité : Liza et lui étaient morts, la femme qui lui parlait était Liza elle-même et non pas Bella. Il réalisait soudain que s'il avait été vivant, il aurait été dévoré de chagrin. Seul quelqu'un passé de l'autre côté de la vie pouvait accepter avec autant d'indifférence la mort d'une personne qu'il avait autrefois tant aimée. Était-il en train de découvrir l'immortalité de l'âme, se demanda-t-il. S'il en avait été encore capable, il aurait ri, mais l'illusion du corps avait disparu, ni lui ni Liza ne possédaient plus de substance matérielle. Pourtant, ils étaient présents tous les deux. Bien qu'il n'eût plus de voix il demanda : « Est-ce possible? »

Il entendit Liza répondre de sa voix habituelle, un peu sèche : « Si c'est ainsi, c'est que c'est possible. » Elle ajouta : « Pour ton information, ton corps aussi est ici.

– Comment est-ce arrivé? Quand je me suis couché hier soir, j'étais en bonne santé.

– Ce n'était pas hier soir et tu n'allais pas bien. Il semble qu'une certaine forme d'amnésie fasse partie du processus.

– J'ai eu une crise cardiaque?

– Peut-être.

– Et à toi, comment est-ce arrivé? demanda-t-il.

– Avec moi, tout prend beaucoup de temps. Comment l'as-tu appris? Incidemment? dit-elle.

– Il me semble que j'étais couché. A huit heures moins le quart, le téléphone a sonné et une femme m'a tout dit. Elle n'a pas voulu donner son nom.

– A huit heures moins le quart, ton corps était déjà ici. Tu ne veux pas te voir? Moi je t'ai vu. Tu es au numéro cinq. Ils ont fait de toi un *krasavetz.* »

Il n'avait pas entendu le mot krasavetz depuis des années. Cela signifiait un bel homme. Liza était née en Russie et elle l'employait souvent.

« Non, je ne suis pas curieux. »

Dans la chapelle, tout était tranquille. Un rabbin rasé de près, cheveux bouclés et cravate voyante, faisait un discours sur Liza. « Elle a été une intellectuelle dans le meilleur sens du terme, disait-il. Quand elle est arrivée en Amérique, elle a travaillé le jour dans un magasin et, le soir, elle suivait des cours, pour finalement obtenir ses diplômes universitaires avec mention. Elle n'a pas toujours eu de la chance et dans sa vie, bien des choses ont mal tourné, mais elle est toujours restée une femme d'une grande intégrité. »

« Je n'ai jamais rencontré ce type-là, comment peut-il en savoir autant sur mon compte? demanda Liza.

– Ta famille l'a engagé pour la cérémonie et lui a fourni des renseignements, dit Greitzer.

– Je déteste ces compliments de commande.

– Qui est cet homme à moustache grise assis au premier rang? » demanda Max Greitzer.

Liza proféra quelque chose qui ressemblait à un rire :

« Mon ex-mari.

– Tu t'étais donc mariée? Je croyais que tu avais seulement eu un amant.

– J'ai essayé un peu de tout, sans succès d'ailleurs.

– Où aimerais-tu aller? demanda Max Greitzer.

– Peut-être à ton enterrement à toi.

– Ah ça non alors!

– Mais dans quel état nous trouvons-nous? demanda Liza. Je vois tout. Je reconnais tout le monde. Voilà ma tante Reizl. Derrière elle, c'est ma cousine Becky. Je te l'avais présentée.

– Oui, c'est vrai.

– La chapelle est à moitié vide. Étant donné la façon dont je me suis toujours conduite avec tout le monde, c'est bien ce que je mérite. Je suis sûre que pour toi, il y aura foule. Tu ne veux pas attendre et voir?

– Je n'en ai pas la moindre envie. »

Le rabbin avait fini son discours et un hazzan entonna « Dieu de pitié ». On aurait d'ailleurs plutôt dit qu'il pleurait. Liza remarqua : « Mon propre père ne se serait pas autant lamenté.

– Ce sont des larmes de commande.

– J'en ai assez, dit Liza, partons. »

Ils s'envolèrent jusque dans la rue. Là, six limousines noires étaient alignées derrière le corbillard. Un des chauffeurs mangeait une banane.

« Est-ce donc cela qu'on appelle la mort? demanda Liza. Tout est comme d'habitude, la ville, les rues, les boutiques. Moi aussi j'ai l'impression d'être comme d'habitude.

– Oui, mais tu n'as plus de corps.

– Qu'est-ce que je suis, en ce cas? Une âme?

– Vraiment, je ne sais que te répondre, dit Max Greitzer. As-tu faim?

– Faim? Non.

– Soif?

– Non, non. Pourquoi me demandes-tu cela?

– Les superstitions les plus incroyables, les plus absurdes, les plus vulgaires sont donc vraies, dit Max Greitzer.

– Peut-être allons-nous même découvrir qu'il y a bien un paradis et un enfer.

– Au point où nous en sommes, tout est possible.

– Peut-être serons-nous appelés devant le Tribunal suprême, quand les cérémonies seront terminées et devrons-nous rendre compte de nos actes.

– Même cela est possible.

– Mais comment se fait-il que nous soyons réunis?

– Je t'en prie, ne pose plus de questions. J'en sais aussi peu que toi.

– Cela signifie-t-il que tous les gros livres de philosophie que tu lisais et que tu écrivais n'étaient qu'un ramassis de mensonges?

– Pire. Ils ne signifiaient rien du tout. »

A cet instant, quatre croque-morts apparurent qui portaient le cercueil de Liza. Dessus était posée une couronne avec l'inscription en lettres dorées, « A notre inoubliable Liza, avec notre plus tendre souvenir. »

« Qui donc a offert ces fleurs? demanda Liza et elle se répondit à elle-même : au moins pour cela, il n'aura pas été avare.

– Tu as envie de les accompagner jusqu'au cimetière? demanda Max Greitzer.

– Non. A quoi bon? Ce stupide hazzan est capable de réciter un kaddish larmoyant.

– Où veux-tu aller? »

Liza réfléchit. Elle ne voulait rien. Quelle curieuse chose c'était de ne plus rien désirer. Tout au long des années, ses désirs, ses craintes, ses souhaits l'avaient tourmentée sans répit. Ses rêves étaient pleins de désespoir, d'extase, de passion sauvage. Plus que tout, elle avait redouté le jour ultime où tout ce qui a été s'éteint et où l'obscurité de la tombe vous engloutit. Mais voilà qu'elle se remémorait simplement son passé et que Max Greitzer était de nouveau avec elle. Elle lui dit :

« J'avais imaginé que la fin serait beaucoup plus spectaculaire.

– Je ne crois pas que ce soit la fin, dit-il. Peut-être n'est-ce qu'une transition entre deux modes d'existence.

– Dans ce cas, combien de temps cela va-t-il durer?

– Puisque le temps n'a pas de valeur réelle, la durée n'a pas de signification.

– Ah, tu es toujours le même, avec tes énigmes et tes paradoxes. Viens, ne restons pas là, surtout si tu ne veux pas voir ton enterrement, dit Liza. Où allons-nous?

– Où tu veux. »

Max Greitzer la prit par son bras astral et ils s'envolèrent sans but, sans destination. Un peu comme ils l'auraient fait d'un avion, ils survolèrent la terre et virent des villes, des fleuves, des champs, des lacs – tout, mais pas d'êtres humains.

« Tu as dit quelque chose? » demanda Liza.

Et Max Greitzer répondit : « De toutes les déceptions que j'ai connues, l'immortalité est la plus grande. »

Mes voisins

Ils habitaient tous les deux le même immeuble que moi à Central Park West – lui, deux étages au-dessous et elle, un au-dessus. Il serait difficile d'imaginer plus grand contraste qu'entre ces deux-là. Morris Terkeltoyb, – je l'appellerai ainsi – tenait la rubrique des « Histoires vraies » dans le journal yiddish auquel je collaborais aussi. Margit Levy avait été la maîtresse d'un comte italien. Ils avaient quand même un point commun : impossible de savoir la vérité sur l'un comme sur l'autre. Morris Terkeltoyb m'assurait que ses histoires sortaient tout droit de son imagination mais quand je les lisais, je sentais bien que ce n'était pas possible. Il y avait dedans des détails, des rebondissements comme seule la vie peut en faire surgir. En outre, je le rencontrais souvent en compagnie de gens âgés qui ressemblaient à ses personnages. Morris Terkeltoyb n'était pas un écrivain-né, c'est le moins qu'on puisse dire. Son style fourmillait de clichés. J'avais vu une fois un de ses manuscrits tel qu'il venait d'arriver au journal. Il n'avait pas la moindre notion de syntaxe. Il se servait tout le temps de virgules et de tirets. Chaque phrase se terminait par des points de suspension. Mais Morris Terkeltoyb voulait absolument me persuader qu'il était un véritable créateur et pas un simple reporter.

Depuis que je le connaissais, plusieurs années déjà, il m'avait raconté toutes sortes de mensonges. D'innombrables femmes se jetaient dans ses bras – des étoiles du Metropolitan Opera, des romancières célèbres, des danseuses, des actrices. Chaque fois qu'il allait en Europe pour ses vacances, il revenait avec une liste de nouvelles aventures passionnées. Une fois, il me montra une lettre d'amour manuscrite et je reconnus tout de suite son écriture. Il n'avait même pas honte d'inclure dans ses histoires des scènes tirées des plus grands romans de la littérature mondiale. En réalité, c'était un vieux célibataire solitaire, qui avait le cœur malade et un seul rein. Il ne semblait d'ailleurs pas se soucier de son rein manquant. C'était un de ses cousins qui m'en avait parlé.

Morris Terkeltoyb était petit, large d'épaules, avec quelques derniers cheveux blancs qu'il ramenait en avant sur son crâne. Il avait de grands yeux jaunes, un nez en forme de bec et une bouche presque sans lèvres – une sorte de trou avec deux rangées de fausses dents. Il disait qu'il descendait d'une longue lignée de rabbins et de marchands mais il devait avoir étudié le Talmud dans sa jeunesse parce qu'il émaillait sa conversation de citations qui en étaient tirées. Sa langue était le yiddish mais il parlait aussi un mauvais anglais, un polonais plein de fautes et la sorte d'allemand yiddishisé qu'on emploie dans les congrès sionistes. Peu à peu, je réussis à extirper quelques vérités de toutes ses affabulations. En Pologne, il avait été fiancé à la fille d'un rabbin, qui était morte de la typhoïde une semaine avant le mariage. Il avait étudié à Berlin, au séminaire rabbinique d'Hildesheimer mais sans jamais passer les examens, suivi des cours de philosophie dans une université suisse et publié quelques poèmes dans une anthologie yiddish et des articles dans le journal en hébreu, *L'Étoile du matin*. Parmi ses innombrables maîtresses, je n'en connaissais qu'une, la veuve d'un professeur d'hébreu. Je l'avais rencontrée à une soirée du nouvel an et au bout de quelques verres, elle me racontait avoir eu une liaison pendant plusieurs années avec Morris Terkeltoyb. Il souffrait d'insomnie et était parfois impuissant durant de plus ou moins longues périodes. Elle riait de ses vantardises. Il lui avait prétendu avoir vécu un amour passionné avec Isadora Duncan.

Margit Levy, ma voisine du dessus, ne semblait pas, elle, être une menteuse mais les événements de sa vie étaient si bizarres et si compliqués que je n'y comprenais rien. Son père était juif. Sa mère appartenait à l'aristocratie hongroise. Son père s'était, paraît-il, suicidé en apprenant que sa femme avait une liaison avec un membre de la famille Esterhazy – un cousin de l'Esterhazy qui avait été un des personnages-clés de l'affaire Dreyfus. L'amant de sa mère s'était suicidé après avoir perdu toute sa fortune à Monte-Carlo. Après sa mort, la mère de Margit était devenue folle et avait passé vingt ans dans une clinique de Vienne. Margit avait été élevée par une sœur de sa mère, qui vivait un grand amour avec un Brésilien propriétaire de plantations de café. Margit Levy parlait une douzaine de langues. Elle avait chez elle des valises bourrées de photos, de lettres et de documents de toutes sortes qui authentifiaient les histoires qu'elle racontait. Elle me disait souvent : « A partir de ma vie, on pourrait écrire non pas un livre, mais de quoi remplir une bibliothèque. Les films qu'on fait à Hollywood sont des broutilles comparés à ce qui m'est arrivé à moi. »

Maintenant Margit Levy vivait dans une chambre meublée qu'elle louait à une vieille fille et ne subsistait que grâce à une allocation mensuelle de la Sécurité sociale. Elle souffrait de rhumatismes et pouvait à peine marcher. Elle avançait à pas comptés, en s'appuyant sur deux cannes. Elle prétendait avoir soixante ans, mais j'avais calculé qu'elle en avait sûrement plus de soixante-dix. Margit Levy vivait dans un état de confusion permanente. Chaque fois qu'elle me rendait visite, elle oubliait quelque chose derrière elle – son carnet de téléphone, ses gants, ses lunettes et même une fois une de ses cannes. Parfois elle se teignait les cheveux en roux, parfois en noir. Elle maquillait abondamment son visage ridé et se mettait trop de mascara. Elle avait d'énormes cernes noirs sous les yeux. Les ongles de ses mains ratatinées étaient laqués en rouge vif. Son cou me faisait penser à celui d'un poulet plumé. Je lui avais dit que je n'étais pas doué pour les langues mais elle essayait quant même de me parler en français, en italien, en hongrois. Bien qu'elle portât un nom juif, je remarquai que sous sa blouse, elle avait une petite croix et je la soupçonnai de s'être convertie. Une fois, Margit Levy emprunta un de mes livres à la bibliothèque municipale et, à partir de là, elle lut tout ce que j'écrivais. Elle m'affirmait posséder les pouvoirs dont je parlais dans mes nouvelles – la télépathie, la double vue, la capacité de voir dans l'avenir et de communiquer avec les morts. Elle possédait une planchette Ouija et une petite table qui ne comportait aucun clou. Toute pauvre qu'elle était, elle s'abonnait régulièrement à des magazines d'occultisme. Après sa première visite chez moi, elle me prit la main et me dit d'une voix tremblante : « Je savais que vous viendriez dans ma vie. Vous serez ma dernière grande amitié. »

Et elle m'offrit une paire de boutons de manchettes qui avait appartenu au comte Esterhazy, celui qui avait perdu quatre-vingt mille couronnes en une nuit, puis s'était tiré une balle dans la tête.

Il ne me vint pas à l'esprit de faire se rencontrer mes deux voisins. La vérité, c'est que je ne les invitais jamais chez moi ni l'un ni l'autre. Ils avaient pris l'habitude de frapper à ma porte et, si je n'étais pas trop occupé, je criais simplement « entrez », et offrais à qui se présentait, lui ou elle, du café et des petits gâteaux. Morris Terkeltoyb recevait des journaux en hébreu de Tel-Aviv. Quand il y trouvait la critique d'un de mes livres ou même une publicité, il me l'apportait. De temps en temps, Margit Levy faisait cuire un gâteau dans le four de la vieille fille, sa logeuse, et elle tenait absolument à m'en apporter un morceau.

Mais il arriva une fois qu'ils vinrent chez moi en même temps. Margit avait trouvé dans ses papiers une lettre où il était question de moi. Morris avait déniché une revue sud-africaine dans laquelle paraissait une nouvelle de moi. Je présentai mes deux invités l'un à l'autre. Ils avaient vécu des années dans le même immeuble mais ne s'étaient jamais croisés. Depuis quelques mois, Margit devenait assez sourde. Pour une raison inconnue, elle ne réussit pas à prononcer correctement « Terkeltoyb ». Elle tendit l'oreille, plissa le front, répéta le nom de travers. En même temps, elle parlait à tue-tête à Morris, comme s'il avait été complètement sourd lui-même. Morris lui répondit d'abord en anglais mais elle ne le comprenait pas à cause de son accent. Il essaya alors l'allemand, mais Margit secoua la tête et lui fit répéter chaque mot. Comme un professeur exigeant, elle corrigeait sa grammaire et sa prononciation. Il avait l'habitude d'avaler les mots et quand il s'énervait, sa voix montait dans les aigus.

Sans même finir son café, il se leva et se dirigea vers la porte. « Qu'est-ce que c'est que cette vieille folle? » me demanda-t-il. Et il partit furieux, comme si j'avais été à blâmer parce qu'il n'avait pas réussi à faire impression sur Margit Levy.

Après son départ, Margit Levy qui en règle générale était exagérément polie avec tout le monde, allant jusqu'à accabler de compliments les chats et les chiens des voisins, traita Morris Terkeltoyb d'idiot, de malappris, de voyou. Tout en sachant que je venais de Pologne, elle fut incapable de contenir sa rage et parla de lui comme d'un « schlemiel polonais ». Elle s'excusa aussitôt et m'assura que j'étais une exception. Le rouge lui monta aux joues, un rouge si vif qu'il se voyait sous l'épaisseur du maquillage. Elle ne but même pas le café que j'avais posé devant elle. A la porte, elle me saisit par les poignets, m'embrassa et me supplia : « Très cher, je vous en prie, faites que je ne rencontre plus jamais cette créature. »

Il me sembla l'entendre pleurer tandis qu'elle remontait chez elle. Margit avait la terreur des ascenseurs. Une fois, elle y était restée prisonnière trois heures. Une autre fois, la porte automatique s'était refermée sur sa main et elle avait perdu une bague en diamant. Elle avait fait un procès à l'immeuble.

Après cette mémorable séance, je résolus de ne jamais en laisser entrer un chez moi si l'autre y était déjà. Je n'avais de patience en réserve pour aucun des deux. Quand Morris Terkeltoyb ne se vantait pas de ses succès auprès des femmes ou des offres mirobolantes que lui faisaient les éditeurs et les universités, il se plaignait des mauvaises manières à son égard des rédacteurs, des critiques, des membres de l'Union des Journalistes et des secrétaires du PEN club. On ne voulait de lui nulle part, on lui jouait des méchants tours partout. Les correcteurs de notre journal ne refusaient pas seulement de reporter les corrections qu'il indiquait en marge de ses histoires, ils faisaient exprès de mutiler ses textes. Une fois, il avait surpris un linotypiste en train d'inverser délibérément deux lignes dans un de ses articles. Morris protesta auprès du syndicat des imprimeurs, mais personne ne répondit à sa lettre. Il disait que la littérature yiddish n'était qu'un vaste racket. Il accusait les auteurs de pièces en yiddish de voler des passages de ses histoires. Il me dit : « Vous pensez probablement que j'ai la manie de la persécution. Vous oubliez que les gens se persécutent réellement les uns les autres.

– Non, je ne l'oublie pas.

– Mon propre père me persécutait. »

Et Morris Terkeltoyb se lança d'une voix plaintive dans un long monologue qui aurait pu faire un feuilleton en douze épisodes au moins dans sa rubrique « Histoires vraies ». Chaque fois que je tentais de l'interrompre pour demander un détail, il continuait son récit avec une telle intensité farouche que je n'essayai même plus de placer un mot. A chaque tentative de question, il faisait un geste impatient de la main. A la fin, son récit me déprima complètement.

Je décidai que, malgré tout ce qui les séparait, Margit Levy et Morris Terkeltoyb avait beaucoup en commun. Comme Morris, Margit mélangeait tout, les noms, les dates, les événements. Comme lui, elle accusait des gens morts depuis des années de se conduire abominablement envers elle. Un courtier en valeurs qui lui avait placé son argent était devenu un fanatique des courses et avait dilapidé son capital. Un docteur censé la guérir de ses rhumatismes lui avait fait une piqûre qui avait déclenché une éruption sur tout son corps et provoqué une maladie dont elle avait failli mourir. L'hiver, elle glissait sur des plaques de verglas. Elle tombait dans l'escalier roulant du supermarché. On lui volait son porte-monnaie. Une fois, on l'avait prise en otage, en plein jour, dans une rue pleine de passants. Margit Levy jurait que lorsqu'elle partait en vacances, sa logeuse, la vieille fille, portait ses robes et ses sous-vêtements, ouvrait son courrier et allait même se servir dans son armoire à pharmacie.

« Mais qui aurait envie de prendre les médicaments de quelqu'un d'autre? lui demandais-je.

– Si les gens pouvaient, ils se voleraient leurs yeux. »

Cet été-là, je pris de longues vacances. J'allai en Suisse, en France, en Israël. Je partis au milieu du mois d'août, quand je commence à avoir le rhume des foins, et ne revins qu'au début de décembre. J'avais payé mon loyer d'avance et fermé à clé mon appartement. Il n'y avait d'ailleurs rien à voler dedans, à part des livres et des manuscrits.

Le jour de mon retour, il neigeait sur New York. Quand je sortis du taxi, devant chez moi, je vis un spectacle qui me stupéfia. Margit Levy avançait en se traînant sur une canne et une béquille, Morris Terkeltoyb à son bras. De sa main restée libre, il poussait un chariot du supermarché de Columbus Avenue chargé de provisions. Le visage de Margit était jauni par le froid et plus ridé que jamais. Elle portait un manteau de fourrure tout mité et un chapeau noir qui évoqua tout de suite pour moi mon enfance à Varsovie. Elle semblait malade, amaigrie. Ses yeux trop rapprochés avaient l'expression farouche d'un oiseau de proie. Morris Terkeltoyb aussi avait vieilli. Son nez recourbé était rouge et des favoris blancs avaient poussé sur ses joues.

Peu importe qu'un événement soit tout à fait extraordinaire, ma capacité d'étonnement ne dépasse pas quelques instants. Je m'approchai d'eux et demandai :

« Comment allez-vous, mes amis? »

Margit hocha la tête :

« Les faits parlent d'eux-mêmes. »

Plus tard, une voisine me raconta que la vieille fille chez qui logeait Margit était partie vivre à Miami. Margit risquait de se retrouver à la rue. Au lieu de quoi, elle était allée s'installer chez Morris Terkeltoyb. Comment cela s'était produit, la voisine n'en savait rien. Je remarquai que sur la porte de Morris Terkeltoyb, il y avait désormais aussi le nom de Margit Levy.

Quelques jours après mon retour, Margit vint me rendre visite. Elle pleura et dans un mélange d'allemand et d'anglais, me raconta très en détail comment l'égoïste vieille fille avait décidé sans la prévenir de déménager, et comment les voisins avaient laissé faire dans la plus grande indifférence. Le seul qui avait fait preuve d'humanité, c'était Morris Terkeltoyb. Margit fit comme s'il l'avait prise chez lui uniquement à titre de locataire. Mais le lendemain, Morris frappa à ma porte et à ses phrases inachevées et à ses gestes, je compris que leur relation allait plus loin que celle d'un logeur et de sa locataire. Il me dit : « On vieillit, on ne rajeunit pas. Quand on est malade, on a besoin de quelqu'un qui vous apporte une tasse de thé. » Il hocha la tête, me fit un clin d'œil, un sourire un peu gêné et m'invita à venir les voir le soir.

J'y allai pour dîner. Margit jouait son rôle d'hôtesse. L'appartement était propre, il y avait des rideaux aux fenêtres, une nappe sur la table et des plats qui ne pouvaient avoir été qu'à Margit. J'avais apporté des fleurs. Margit m'embrassa en écrasant une larme. Tous deux continuaient à se dire « vous », mais il me sembla que Margit une fois se laissait aller à dire « tu ». Ils se parlaient dans un invraisemblable mélange d'allemand, d'anglais et de yiddish. Quand Morris Terkeltoyb commença à manger un morceau de hareng avec ses doigts et se les essuya sur sa manche, Margit lui dit : « Servez-vous de votre serviette. Nous sommes à New York, pas à Klimontow. »

Et Morris répondit, avec une intonation typiquement hassidique et polonaise : « *Nu,* vous avez raison. »

Cet hiver-là, Morris Terkeltoyb fut souvent malade. Cela commença par la grippe. Puis le docteur découvrit qu'il avait du diabète et prescrivit de l'insuline. Morris ne venait plus à la rédaction du journal, il envoyait ses articles par la poste. Margit me dit qu'il ne voulait plus les lire une fois imprimés car ils fourmillaient d'erreurs. Il avait des palpitations chaque fois qu'il essayait. Elle me demanda si je voulais bien lui rapporter ses épreuves. J'étais prêt à rendre service mais j'avais rarement le temps d'aller au journal moi-même. Je faisais des tournées de conférences et il m'arrivait de m'absenter pendant des semaines. Une fois, à l'imprimerie, je vis Margit Levy. Elle attendait les épreuves. Elle prenait le métro deux fois par semaine, d'abord pour venir les chercher et ensuite pour les rapporter corrigées. Elle me dit quelque chose qui était du pur Morris Terkeltoyb : « Un écrivain ne meurt pas à la suite d'une erreur médicale, il meurt pour cause de fautes d'impression. » Jake, le plus démoniaque de nos linotypistes, lui jeta les feuilles d'épreuves au passage. Margit mit ses lunettes et commença à les examiner. Jake était parfois si négligent que des lettres manquaient au début des marges. Il sautait même quelquefois carrément des lignes entières s'il n'avait pas de place en bas d'une colonne. Bien qu'elle ne sût pas le yiddish, Margit eut l'air de comprendre que quelque chose n'allait pas car elle partit à la recherche de Jake au milieu des machines qui ronronnaient. Il lui cria quelque chose, une injure sans doute, et quand elle revint vers moi, elle me dit : « Est-ce ainsi qu'on traite la littérature en Amérique? »

Vers le printemps, Morris Terkeltoyb commença à revenir au journal, mais Margit eut une crise de coliques néphrétiques et on dut la transporter à l'hôpital. Morris allait la voir deux fois par jour. Les médecins découvrirent toutes sortes de complications. Ils firent des analyses et prélevèrent beaucoup de sang dans ce but. Morris clama que les médecins américains n'avait pas le moindre respect des malades, ils les découpaient en morceaux comme si c'étaient déjà des cadavres. Les infirmières ne venaient pas quand on les appelait et la nourriture était infecte. Morris devait préparer de la soupe pour Margit et lui apporter du jus d'orange. Il me demanda : « En quoi les médecins valent-ils mieux que les écrivains ou les directeurs de théâtre? C'est toujours la même race humaine. »

Je quittai à nouveau New York pour trois mois. Quand je revins à l'automne, je lus dans le journal que l'Association des Écrivains yiddish organisait un service le trentième jour après la mort de Morris Terkeltoyb. Il avait succombé à une crise cardiaque pendant qu'il lisait des épreuves. Peut-être était-il mort d'une faute d'impression. Dans la soirée, je conduisis Margit en taxi à l'endroit où avait lieu la cérémonie. La salle était mal éclairée, à moitié vide. Margit était tout en noir. Elle ne comprenait pas les discours en yiddish mais chaque fois qu'on citait le nom de Morris Terkeltoyb, elle se mettait à pleurer.

Quelques jours plus tard, Margit frappa à ma porte. Pour la première fois je la voyais sans maquillage. Elle me parut avoir quatre-vingt-dix ans. je l'aidai à s'asseoir. Ses mains et sa tête tremblaient, elle parlait avec difficulté. Elle me dit : « Je ne veux pas qu'on jette les manuscrits de Morris aux ordures après ma mort. » Je dus lui faire la promesse solennelle que je trouverais un institut qui prendrait en charge ses manuscrits et ses livres, ainsi que les milliers de lettres qu'il conservait dans des malles et même dans un panier à linge.

Margit vécut encore treize mois, au cours desquels elle vint souvent me voir avec toutes sortes de projets. Elle voulait publier une anthologie des meilleurs textes de Morris Terkeltoyb. Mais il en avait laissé tant qu'il aurait fallu des années pour faire un choix. Et il n'était pas question de trouver un éditeur. Elle posait sans cesse la même question : « Pourquoi Morris n'écrivait-il pas dans une langue que les gens peuvent comprendre, le polonais ou le hongrois, par exemple? » Elle me demanda de lui procurer un manuel de yiddish pour en apprendre un peu. Bien qu'elle n'eût jamais rien lu de lui, Margit disait que Morris avait eu du talent, peut-être même du génie. Une fois, elle trouva un manuscrit qui avait l'air d'être celui d'une pièce et elle me supplia de le montrer à un directeur de théâtre ou à quelqu'un qui pourrait le traduire en anglais.

Les deux derniers mois de sa vie, Margit Levy passa plus de temps à l'hôpital que chez elle. J'allai plusieurs fois lui rendre visite. Elle était dans la salle commune et son visage avait tellement changé que j'avais toujours du mal à la reconnaître. Ses fausses dents ne tenaient plus dans sa bouche ratatinée. Son nez s'était encore plus recourbé, comme celui de Morris. Elle me parlait en français, en allemand, en italien. Un jour, je trouvai un autre visiteur à son chevet, son avocat, un Juif allemand. Je l'entendis lui dire qu'elle avait acheté une place au cimetière de la Société Klimontow, près de la tombe de Morris.

Elle mourut en janvier. Il gelait et un vent glacé soufflait. Deux personnes seulement vinrent au service religieux, l'avocat et moi. Le rabbin récita à toute vitesse « Dieu de Miséricorde » et un bref éloge funèbre. Il dit : « Le privilège de laisser son nom derrière soi n'existe plus que pour les habitants des villages. Dans une ville comme New York, le nom d'une personne meurt souvent avant elle. »

Puis on plaça le cercueil dans le corbillard et Margit partit toute seule pour l'éternité.

J'aurais voulu tenir ma promesse de trouver un endroit pour conserver les manuscrits de Morris Terkeltoyb mais tous les instituts, toutes les bibliothèques à qui je téléphonai refusèrent de les prendre. J'emportai chez moi une valise bourrée de textes et deux albums qui avaient appartenu à Margit Levy. Tout le reste, le gardien de l'immeuble le jeta. Ce jour-là, je ne quittai pas la maison.

Dans la valise de Morris Terkeltoyb je trouvai, à mon grand étonnement, des liasses de lettres d'amour que des femmes lui avaient écrites, toutes en yiddish. L'une de ces femmes menaçait de se suicider s'il ne lui revenait pas. Non, Morris Terkeltoyb n'avait pas été le vantard psychopathe que j'avais cru. Des femmes l'avaient aimé. Je me rappelai la phrase de Spinoza, comme quoi il n'y a pas de mensonges, seulement des vérités déformées. Une idée bizarre me traversa l'esprit : peut-être parmi ces lettres en trouverais-je une d'Isadora Duncan? Pendant un instant, j'avais oublié qu'Isadora Duncan ne connaissait pas le yiddish.

Un an après la mort de Margit Levy, je reçus une invitation de la Société de Klimontow d'assister à l'inauguration du monument dédié à Malkah Levy – on lui avait donné au passage un prénom hébreu. Mais ce dimanche-là, il neigeait abondamment et j'étais sûr que la cérémonie serait reportée. En outre, je m'étais réveillé avec une violente crise de sciatique. Je pris un bain chaud. Je n'avais besoin ni de me raser ni de m'habiller pour personne. Après le petit déjeuner, je sortis un des albums de Margit, certaines des lettres de Morris, je regardai les photos, lus les lettres. Je somnolai, rêvai, oubliai mes rêves chaque fois que je m'éveillais. De temps à autre, je regardais par la fenêtre. La neige tombait paisiblement, moins abondante, comme si elle se regardait tomber. Le jour touchait déjà à sa fin. Le parc désert devenait un cimetière. Les immeubles de Central Park South se mettaient à ressembler à des pierres tombales. Le soleil se couchait derrière Riverside Drive et l'eau du réservoir reflétait comme une immense mèche allumée. Le radiateur près duquel j'étais assis sifflait et murmurait quelque chose qui ressemblait à « Poussière, poussière, poussière », un bruit monotone qui pénétrait mes os comme la chaleur. Il répétait une vérité aussi vieille que le monde, aussi profonde que le sommeil.

Trois rencontres

1

A dix-sept ans je quittai la maison. Je dis à mes parents la vérité : que je ne croyais pas à la Guemarah. Je ne croyais pas non plus que chaque loi du *Choulchan Arukh* avait été donnée à Moïse sur le mont Sinaï. Je ne voulais pas devenir rabbin. Je ne voulais pas d'un mariage arrangé par un marieur. Je refusais de porter plus longtemps un caftan long et de laisser pousser mes papillotes. Je partis pour Varsovie, où mes parents avaient vécu autrefois, pour étudier et chercher une profession. Mon frère aîné, Joshua, y était installé et devenu écrivain. Mais il ne pouvait pas m'aider. A vingt ans, je revins à la maison avec une inflammation des poumons et une toux persistante. Je n'avais pas étudié, je n'avais pas trouvé de profession ni d'ailleurs aucun moyen de gagner ma vie en ville. En mon absence, mon père avait été nommé rabbin à Stykov-le-Vieux, en Galicie orientale, un village de quelques douzaines de masures à toit de chaume, à la lisière d'un marais. En tout cas, c'est ainsi que m'apparut Stykov-le-Vieux, à l'automne 1924. Il avait plu pendant tout le mois d'octobre et les chaumières se reflétaient dans le marais comme si ç'avait été un lac. Les paysans, les Juifs au dos courbé, les femmes et les filles la tête couverte d'un châle et chaussées de bottes d'hommes, tout le monde pataugeait dans la boue. Des nuages de brume tourbillonnaient dans l'air. Très haut passaient des vols de corbeaux qui croassaient. Le ciel était plombé, chargé d'orages. La fumée ne s'élevait pas au-dessus des cheminées, elle retombait tout de suite vers la terre détrempée.

La communauté avait attribué à mon père une maison à moitié en ruine. Pendant les trois ans qu'avait duré mon absence, sa barbe, rousse à mon départ, s'était largement teintée de blanc. Ma mère avait remplacé sa perruque par un foulard. Ses dents étaient tombées et ses joues creuses faisaient paraître son nez encore plus recourbé et son menton plus fuyant. Seuls ses yeux restaient jeunes et vifs.

Mon père m'avertit : « Ici, c'est une communauté pieuse. Si tu ne te conduis pas comme il faut, on nous chassera à coups de bâton.

– Père, je suis à bout de course. Mon seul espoir, c'est qu'on ne me prendra pas à l'armée.

– Quand dois-tu te présenter?

– Dans un an.

– Nous allons t'arranger un mariage. Si Dieu le veut, ton beau-père paiera la somme nécessaire pour te racheter. Oublie toutes tes folies et étudie le *Yoreh Deah.* »

Je me rendis à la maison d'étude, mais il n'y avait personne. La congrégation se composait surtout d'artisans et de laitiers qui venaient prier tôt le matin et ne revenaient que pour le service du soir. Entre-temps, la synagogue était vide. Je trouvai un vieux volume de la kabbale. J'avais apporté de Varsovie un livre d'algèbre et une traduction en polonais des poésies de Baudelaire.

Abraham Getzel, le marieur, vint m'examiner de près. C'était un petit homme avec une barbe blanche qui lui pendait presque jusqu'à la taille. Il était aussi le bedeau du village, le hazzan et le professeur de Talmud. Il m'observa de haut en bas et soupira :

« Les temps ont changé, se plaignit-il, les filles veulent aujourd'hui un mari qui les fasse vivre.

– Je ne les en blâme pas.

– La Torah n'est plus respectée comme elle l'était. Mais ne vous inquiétez pas, je vous trouverai une fiancée. »

Il me proposa une veuve qui avait six ou sept ans de plus que moi et deux enfants. Son père, Berish Belzer, dirigeait une brasserie qui appartenait à un baron autrichien (avant la guerre, la Galicie avait été gouvernée par l'empereur François Joseph). Quand le temps s'éclairait un peu, on voyait la cheminée de la brasserie, toujours coiffée de fumée comme d'un chapeau.

Berish Belzer vint à la maison d'étude bavarder avec moi. Il avait une petite barbe couleur de bière. Il portait un manteau en fourrure de renard et un chapeau rond. Une montre au bout d'une chaîne d'argent pendait de son gilet de soie. Au bout de quelques minutes de conversation, il me dit :

« Je vois que vous n'êtes pas un homme d'affaires.

– J'ai bien peur que non.

– Alors, qu'est-ce que vous êtes? »

Et il ne fut plus question de mariage.

Mais soudain, la poste m'apporta des nouvelles de Varsovie. Mon frère était devenu corédacteur en chef d'un journal littéraire hebdomadaire et on m'offrait d'y devenir correcteur d'épreuves. Mon frère m'écrivait qu'il pourrait aussi y publier des nouvelles de moi si elles étaient bonnes. Il me suffit de lire cette lettre pour aller tout de suite mieux. Je cessai de tousser la nuit. Je retrouvai l'appétit. Je mangeai tellement que ma mère prit peur. A la lettre était joint le premier numéro du journal. On y discutait d'un nouveau roman de Thomas Mann, *La Montagne magique* et y paraissaient des poèmes en vers libres, illustrés de dessins cubistes. Les articles parlaient de l'effondrement du vieux monde et de l'émergence d'un homme nouveau à l'esprit nouveau qui remettait en question toutes les valeurs. Il y avait un chapitre du « Déclin de l'Occident » d'Oswald Spengler et la traduction de poèmes d'Alexandre Blok, de Maïakovski et d'Essenine. De nouveaux écrivains avaient surgi en Amérique pendant les années de guerre et leurs œuvres commençaient à être publiées en Pologne. Non, je ne pouvais plus perdre mon temps à Stykov-le-Vieux! J'attendais seulement qu'on m'envoie le prix du billet pour retourner à Varsovie.

Maintenant que j'étais sur le point de me replonger dans la culture moderne, je commençai à m'intéresser à ce qui se passait à Stykov-le-Vieux. J'écoutais les femmes qui venaient consulter mon père pour des problèmes rituels et bavarder avec ma mère. Nous avions un voisin, Lazar, qui était cordonnier et sa femme vint nous apporter la bonne nouvelle que leur fille unique, Rivkele, allait se marier avec l'apprenti de son père. Peu après, Rivkele elle-même vint nous inviter à la fête des fiançailles. Je la regardai avec étonnement. Elle me faisait penser à une fille de Varsovie. Elle était grande, mince, la peau étonnamment blanche, les cheveux noirs, les yeux bleu foncé, un long cou. Sa lèvre supérieure un peu courte révélait des dents très blanches et sans défaut. Elle avait une montre au poignet et de longues boucles pendaient de ses oreilles. Elle portait un joli châle à franges et des bottes à haut talon. Elle me regarda timidement et me dit :

« Vous êtes invité aussi! »

Je rougis et elle fit de même.

Le lendemain, j'accompagnai mes parents à la fête. La maison de Lazar le cordonnier se composait d'une chambre et d'une grande pièce où la famille cuisinait, mangeait et travaillait. Le sol était jonché dans un coin de bottes, de chaussures, de talons. Le fiancé de Rivkele, Yantche, était petit, gros et très brun. Il avait deux dents en or sur le devant. L'ongle de son index droit était tout déformé. Pour la fête, il avait mis un col et un plastron en papier. Il offrit des cigarettes aux invités. Je l'entendis dire :

« Se marier et mourir, voilà deux choses qu'il faut bien faire. »

A Varsovie, personne n'était pressé de m'envoyer l'argent du billet de train. La neige était tombée et le froid paralysait Stykov-le-Vieux. Mon père était à la maison d'étude pour travailler et se chauffer un peu au poêle. Ma mère rendait visite à une femme qui avait glissé près du puits et s'était cassé la jambe. J'étais seul à la maison, plongé dans mes manuscrits. Bien qu'il fît grand jour, un grillon chantait, qui racontait une histoire vieille comme le monde. Les vitres du haut de la fenêtre étaient couvertes de fleurs de givre mais par celles du bas, je voyais dans la rue un porteur d'eau qui passait, des glaçons plein sa barbe et chargé de deux seaux à chaque bout d'un long bâton. Un paysan coiffé d'un bonnet en peau de mouton, les pieds enveloppés de chiffons, suivait un traîneau chargé de bûches, que tirait un cheval étique. J'entendais le tintement des clochettes à son cou.

La porte s'ouvrit et Rivkele entra.

« Votre mère est-elle là? demanda-t-elle.

– Elle est allée voir quelqu'un qui est malade.

– Je lui avais emprunté hier un verre de sel et je suis venue le lui rendre. »

Elle le posa sur la table et me regarda en souriant timidement.

« Je n'ai pas eu l'occasion de vous souhaiter bonne chance à votre fête de fiançailles, alors je le fais maintenant, dis-je.

– Merci, c'est gentil. Si Dieu le veut, ce sera bientôt votre tour. »

Je lui dis au bout d'un moment que j'allais retourner à Varsovie. C'était censé être encore un secret mais je voulais me vanter devant elle d'être un écrivain qu'on venait de nommer à la rédaction d'un magazine. Elle me regarda avec stupéfaction :

« Vous devez être très intelligent!

– Pour écrire, on a surtout besoin de bien voir.

– Vous écrivez quoi, vos pensées?

– J'écris des histoires. On appelle cela de la littérature.

– Oh, je vois, il s'en passe des choses dans les grandes villes, dit Rivkele en hochant la tête. Ici, le temps s'est arrêté. Il y avait un homme au village qui lisait des romans mais les hassidim sont entrés de force chez lui et ont déchiré tous ses livres. Il s'est enfui à Brody. »

Elle s'assit sur un banc, le regard fixé sur la porte, prête à bondir si quelqu'un entrait. Elle dit :

« Dans les autres villes, on joue des pièces, on organise des réunions, des choses comme ça, mais ici, c'est si démodé. Les gens mangent, dorment, et c'est ainsi que les années passent. »

Je savais que j'avais tort, mais je lui dis quand même :

« Pourquoi ne vous êtes-vous pas arrangée pour épouser quelqu'un d'une grande ville? »

Rivkele réfléchit :

« Est-ce qu'on se soucie ici de ce que voudrait une fille? On la marie, c'est tout.

– Ce n'est donc pas un mariage d'amour?

– D'amour? A Stykov-le-Vieux? Personne ne sait ce que ce mot-là veut dire. »

Je ne suis pas un agitateur de nature et je n'avais aucune raison de lui vanter l'époque des Lumières qui m'avait déçu, mais presque contre ma propre volonté, je commençai à dire à Rivkele que nous vivions au XXe siècle, pas au Moyen Age. Que le monde s'était éveillé et que des villages comme Stykov-le-Vieux n'étaient pas seulement des bourbiers matériellement mais intellectuellement aussi. Je lui parlai de Varsovie, du sionisme, du socialisme, de la littérature yiddish et du Club des Écrivains dont mon frère était membre et où il m'invitait quelquefois. Je lui montrai dans le magazine des photos d'Einstein, de Chagall, de Nijinski et de mon frère.

Rivkele applaudit :

« *Oï*, il vous ressemble comme deux gouttes d'eau! »

Je lui dis qu'elle était la plus jolie fille que j'avais jamais vue. Que deviendrait-elle à Stykov-le-Vieux? Elle commencerait bientôt à avoir des enfants. Elle serait comme les autres femmes, en grosses bottes, un fichu sale noué sur sa tête rasée, vieille avant l'âge. Les hommes d'ici allaient rendre visite au rabbi de Belz et on racontait qu'il accomplissait des miracles mais je savais qu'au moins une ou deux fois par an, des épidémies ravageaient le village. Les gens vivaient dans la saleté, n'avaient pas la moindre notion d'hygiène, ne connaissaient rien à la science ni à l'art. D'un ton dramatique, j'ajoutai : « Ce n'est pas un village, c'est un cimetière. »

Les yeux bleus de Rivkele, ombragés sous leurs longs cils, me dévisagèrent avec l'indulgence d'une sœur : « Tout ce que vous dites est la pure vérité.

– Échappez-vous de ce trou! » m'écriai-je comme le vil séducteur d'un roman de quatre sous. « Vous êtes jeune, très belle, et je devine que vous êtes aussi très intelligente. Vous n'êtes pas obligée de perdre vos meilleures années dans un endroit aussi perdu. A Varsovie, vous pourriez trouver du travail. Vous pourriez sortir avec qui vous voulez et le soir suivre des cours de yiddish, d'hébreu ou de polonais, comme vous le voudriez. Je serai là et si vous le désirez, nous pourrions nous voir. Je vous emmènerai au Club des Écrivains et quand les gens vous y verront, ils seront tous amoureux de vous. Vous pourriez même devenir actrice. Les actrices qui tiennent les rôles romantiques dans le théâtre yiddish sont vieilles et laides, les directeurs désespèrent de trouver de jolies comédiennes. Je louerai une chambre, nous pourrions y lire ensemble. Nous irions au cinéma, à l'opéra, à la bibliothèque. Un jour, je serai célèbre et nous voyagerons à Paris, à Londres, à Berlin, à New York. Là-bas, il y a des immeubles de soixante étages, des trains qui filent au-dessus des rues et sous terre, des stars de cinéma qui gagnent des milliers de dollars par semaine. Nous irions en Californie, où c'est toujours l'été. Les oranges y sont aussi bon marché que les pommes de terre... »

J'avais l'impression bizarre que ce n'était pas moi qui parlais, mais le dybbuk d'un vieux propagandiste. Rivkele jetait des regards effrayés vers la porte :

« Vous parlez d'une telle façon! Imaginez qu'on vous entende...

– Qu'on entende! Je n'ai peur de personne.

– Mon père...

– Si votre père vous aimait, il aurait dû vous trouver un meilleur mari que Yantche. Les pères ici vendent leurs filles comme les plus arriérés des Asiatiques. Ils sont tous imprégnés de fanatisme et de superstition. »

Rivkele se leva :

« Et où passerais-je la première nuit? Cela ferait une telle histoire, ma mère ne pourrait pas le supporter. Ce serait pire que si je me convertissais. »

Les mots avaient du mal à sortir de sa bouche. On aurait dit qu'elle s'étouffait sur quelque chose qui lui serait resté au fond de la gorge.

« C'est facile pour un homme, ajouta-t-elle, pour une fille, c'est... La plus petite chose et elle est perdue.

– C'était comme ça autrefois, mais une femme nouvelle est en train de naître. Même ici en Pologne, les femmes ont maintenant le droit de voter. A Varsovie, les filles étudient la médecine, les langues, la philosophie. Une avocate vient au Club des Écrivains. Elle a écrit un livre.

– Une avocate? Comment est-ce possible? Attention, voilà quelqu'un. »

Rivkele ouvrit la porte. Ma mère était sur le seuil. Il ne neigeait plus mais son fichu était raidi par le froid.

« Rebbetsin, je vous ai rapporté le verre de sel.

– Pourquoi te sauves-tu? Bon, eh bien, merci.

– Si on emprunte, il faut rendre.

– Mais qu'est-ce qu'un verre de sel? »

Rivkele partit. Ma mère me lança un regard soupçonneux :

« Tu lui as parlé?

– Non, non, je ne lui ai pas parlé.

– Tant que tu es ici, tu dois te conduire convenablement. »

2

Deux années passèrent. Le magazine dont mon frère était le rédacteur en chef et moi le correcteur avait fait faillite. Mais j'avais quand même réussi à publier une douzaine de nouvelles environ et ne cherchais plus à me faire inviter au Club des Écrivains parce que maintenant, j'en étais membre. Je gagnais ma vie en traduisant en yiddish des livres allemands, polonais et hébreux. J'avais dû me présenter devant une commission militaire qui m'avait accordé un sursis d'un an, mais je devrais bientôt en affronter une autre. Bien que j'eusse souvent critiqué les hassidim qui se mutilaient pour éviter la conscription, je n'en jeûnais pas moins pour maigrir le plus possible. J'avais entendu d'horribles histoires sur la vie de caserne : on ordonnait aux jeunes soldats de tomber dans la boue, de sauter des fossés; on les réveillait en pleine nuit pour les obliger à marcher des kilomètres; les caporaux et les sergents les frappaient et leur jouaient toutes sortes de méchants tours. Mieux valait se faire mettre en prison que tomber entre les mains de brutes pareilles. J'étais prêt à me cacher, à me tuer même. Pilsudski avait donné l'ordre aux médecins militaires de ne prendre dans l'armée que des jeunes gens costauds et je faisais tout ce que je pouvais pour m'affaiblir. Outre la nourriture, je me privais de sommeil. Je fumais sans arrêt, allumant une cigarette au mégot précédent. Je buvais du vinaigre et de la saumure où avaient macéré des harengs. Un éditeur m'avait demandé de traduire la biographie de Romain Rolland par Stefan Zweig et j'y travaillais la moitié de la nuit. J'avais loué une chambre à un vieux médecin, autrefois ami du docteur Zamenhof, le créateur de l'esperanto. La rue portait d'ailleurs son nom.

Cette nuit-là, je traduisis jusqu'à trois heures. Puis j'allai m'étendre tout habillé sur mon lit. Je m'endormais, puis me réveillais en sursaut. Mes rêves étaient devenus étrangement bruyants. Des voix me parlaient de tous côtés, des cloches sonnaient, des chœurs chantaient. Quand j'ouvrais les yeux, je les entendais encore. Mon cœur palpitait, mes cheveux se dressaient sur mon crâne comme des fils de fer. J'étais si oppressé que j'avais l'impression que mes poumons s'écrasaient en moi. Il se mit à pleuvoir. Quand je regardai par la fenêtre, ce fut pour voir passer un cortège funèbre catholique en route vers le cimetière de Powazek. Je me réinstallai à ma table pour travailler quand Yadzia, la petite bonne, vint frapper à ma porte et m'annonça qu'une jeune femme me demandait.

Ma visiteuse se révéla être Rivkele. Je ne la reconnus pas immédiatement. Elle était habillée avec élégance d'un manteau à col de fourrure et d'un chapeau à la dernière mode. Elle avait un sac et un parapluie. Ses cheveux étaient coupés à la garçonne et sa jolie jupe s'arrêtait aux genoux. Je me sentais si fatigué que j'en oubliai d'être surpris. Rivkele venait me raconter ce qui lui était arrivé. Un Américain était arrivé en visite à Stykov-le-Vieux. C'était un ancien tailleur qui prétendait être devenu patron d'une chaîne de prêt-à-porter à New York, un parent éloigné de son père. Il affirmait avoir divorcé en Amérique et commença à faire la cour à Rivkele qui, du coup, rompit ses fiançailles avec Yantche. Le monsieur venu d'Amérique lui acheta une bague en diamant, l'emmena à Lemberg, l'invita au théâtre yiddish, au théâtre polonais, au restaurant. Il se conduisait exactement comme un futur mari. Ils visitèrent ensemble

Cracovie et Zakopane. Ses parents à elle exigeaient le mariage mais le monsieur trouvait toujours des excuses. Il avait divorcé d'après la loi juive mais il lui fallait encore un divorce civil. En voyage, Rivkele commença à vivre réellement avec lui. Mais voilà que c'était un séducteur et un menteur. Il n'avait pas de magasin. Il n'avait jamais divorcé. Il était père de cinq enfants. On apprit tout quand sa femme débarqua à Stykov-le-Vieux pour faire un épouvantable scandale. Elle avait de la famille à Jaroslaw et à Przemysl, des bouchers, des laitiers, des gars costauds, qui vinrent prévenir Morris – il s'appelait Morris – qu'ils lui casseraient la figure. Ils le dénoncèrent à la police. Ils menacèrent d'aller tout raconter au consul des États-Unis. Le résultat, c'est que Morris était reparti en Amérique avec sa femme.

Le visage de Rivkele ruisselait de larmes. Elle tremblait, secouée de sanglots qui ressemblaient à du hoquet. Bientôt, elle finit par me dire toute la vérité : elle était enceinte, de cinq mois déjà. Elle gémit :

« Il ne me reste plus qu'à me pendre!

– Vos parents savent que...

– Non, non, ils en mourraient de honte. »

C'était une autre Rivkele. Elle se pencha pour tirer une bouffée de ma cigarette. Elle eut besoin d'aller à la salle de bains et je l'y conduisis, en passant par le salon. La femme du docteur, une petite femme maigre au visage pointu couvert de verrues et dont les yeux saillants étaient aussi jaunes que si elle venait d'avoir la jaunisse, nous lança un regard furieux. Rivkele resta si longtemps dans la salle de bains que je me mis à craindre qu'elle n'ait avalé du poison.

« Qui est cette créature? me demanda la femme du docteur. Je n'aime pas son allure. C'est une maison respectable, ici.

– Madame, vous n'avez aucune raison de vous méfier.

– Je ne suis pas née d'hier. Vous voudrez bien trouver à vous loger ailleurs. »

Au bout d'un moment, Rivkele revint dans ma chambre. Elle s'était lavé et repoudré le visage. Elle avait mis du rouge à lèvres.

« Vous êtes responsable de mes malheurs, me dit-elle.

– Moi?

– Sans vous, je ne serais jamais partie avec lui. Mais je ne pouvais pas oublier tout ce que vous m'aviez dit. Vous parliez d'une façon telle que cela me donnait envie de quitter immédiatement mon village. Quand il est venu, j'étais, comment dire, mûre pour le suivre. »

J'avais envie de la rabrouer et de lui dire de s'en aller mais elle se remit à pleurer. Puis elle entama une rengaine aussi vieille que l'espèce féminine.

« Où puis-je aller, maintenant, que vais-je faire? C'est comme s'il m'avait tuée sans se servir d'un couteau...

– Est-ce qu'au moins il vous a laissé de l'argent? demandai-je.

– Il m'en reste un peu.

– On peut peut-être encore faire quelque chose.

– Non, c'est trop tard. »

Nous restâmes assis sans rien dire et les vieilles leçons de morale me revenaient à l'esprit. Aucun mot ne se perd. Les paroles mauvaises mènent aux mauvaises actions. Les calomnies, les moqueries, les sacrilèges deviennent des démons, des lutins méchants. Ils se présentent devant Dieu comme autant d'accusateurs et quand celui qui a transgressé meurt, ils courent après son corbillard et l'accompagnent jusqu'à la tombe.

Comme si elle avait deviné mes pensées, Rivkele me dit :

« Vous m'aviez fait de l'Amérique un si beau tableau. J'en rêvais la nuit. Vous m'avez amenée à détester ma maison et Yantche avec. Vous aviez promis de m'écrire et je n'ai jamais reçu une seule lettre de vous. Quand Morris est arrivé d'Amérique, je me suis accrochée à lui comme si je me noyais.

– Rivkele, je dois me présenter pour la conscription. Je risque de partir à la caserne demain.

– Sauvons-nous ensemble quelque part.

– Où? L'Amérique a fermé ses portes. Toutes les routes sont barrées. »

3

Neuf années passèrent. J'étais à New York depuis trois ans. De temps en temps je publiais quelque chose dans un journal yiddish. J'habitais une chambre meublée très sombre, près de Union Square. Je devais monter quatre étages à pied pour y parvenir et elle empestait le désinfectant. Le linoleum était tout déchiré et des cafards sortaient des trous. Quand j'allumais l'ampoule nue qui pendait du plafond, c'était pour voir une table de bridge bancale, un fauteuil au rembourrage crevé et un lavabo avec un robinet d'où gouttait de l'eau couleur de rouille. La fenêtre donnait sur un mur. Quand j'avais envie d'écrire – ce qui m'arrivait rarement – j'allais à la Bibliothèque municipale, au coin de la 42e Rue et de la Cinquième Avenue. Dans ma chambre, je me contentais de m'étendre sur le lit à moitié défoncé et de fantasmer sur la gloire, la fortune, les femmes qui se jetaient dans mes bras. J'avais eu une liaison, mais elle était finie et j'étais seul depuis des mois. Je tendais tout le temps l'oreille au cas où on m'appellerait en bas pour payer le téléphone. Les murs étaient si minces qu'on entendait le moindre bruit – pas seulement à mon étage mais aux autres aussi. Un groupe de garçons et de filles qui se préparait à monter une pièce quelque part s'était récemment installé dans l'immeuble. En attendant, ils couraient de haut en bas de l'escalier, en riant et en poussant des cris. La femme qui venait changer mes draps me dit qu'ils pratiquaient l'amour libre et fumaient de la marijuana. En face de moi habitait une fille qui était venue du Middle West pour devenir actrice et pendant des journées entières, jusque tard dans la nuit, elle chantait des mélodies plaintives dont quelqu'un m'avait dit que cela s'appelait des « blues ». Un soir, je l'entendis répéter indéfiniment un chant mélancolique :

Il ne reviendra pas,
ne reviendra pas,
ne reviendra pas,
jamais, jamais, jamais
ne reviendra.

J'entendis des bruits de pas et une voix qui appelait mon nom. Je me relevai si brusquement que je faillis casser le lit. La porte s'ouvrit et à la faible lumière du couloir, je vis une silhouette de femme. Je n'allumai pas parce que j'avais honte de l'état de ma chambre. La peinture des murs était tout écaillée. Par terre étaient éparpillés de vieux journaux, des livres que j'achetais pour quelques cents pièce dans la Quatrième Avenue et du linge sale.

« Puis-je vous demander qui vous cherchez? dis-je.

– C'est vous. Je reconnais votre voix. Je suis Rivkele, la fille de Lazar, le cordonnier de Stykov-le-Vieux.

– Rivkele!

– Pourquoi n'allumez-vous pas?

– La lampe est cassée », dis-je, étonné de mon mensonge. La chanteuse de blues d'en face se tut. C'était la première fois que je recevais une visite dans ma chambre. Pour une raison ou pour une autre, la porte de ma voisine n'était jamais tout à fait fermée, comme si elle espérait confusément que celui qui était parti finirait bien par revenir un jour.

Rivkele dit d'une voix hésitante :

« N'avez-vous pas au moins une allumette? Je ne voudrais pas tomber. »

Je fus frappé par sa façon de parler. Son yiddish n'était pas exactement américanisé mais elle n'avait plus l'accent de chez nous. Je descendis prudemment du lit, la conduisis jusqu'au fauteuil et l'aidai à s'asseoir. En même temps, je ramassai très vite une chaussette derrière la table et la jetai dans un coin. Elle tomba dans le lavabo.

« Ainsi, vous êtes en Amérique!

– Vous ne le saviez pas? Vous ne saviez pas que...

– J'ai demandé très souvent de vos nouvelles quand j'écrivais à la maison, mais on ne m'a jamais répondu. »

Elle resta un moment silencieuse.

« Je ne savais pas que vous étiez ici. Je ne l'ai découvert que la semaine dernière. Non, la semaine d'avant. Quel mal j'ai eu à vous trouver! Vous écrivez sous un autre nom. Mais enfin, pourquoi?

– On ne vous avait pas dit, à la maison, que j'étais ici? » rétorquai-je.

Rivkele ne répondit pas, comme si elle réfléchissait à ma question.

Puis elle dit :

« Je vois que vous ne savez rien. Je ne suis plus juive. A cause de cela, mes parents m'ont reniée. Mon père a observé les sept jours de deuil.

– Vous vous êtes convertie?

– Oui, je me suis convertie. »

Et Rivkele émit un petit bruit qui ressemblait à un rire.

Je tirai sur le fil et allumai l'ampoule nue qui était barbouillée de peinture. Je ne savais pas pourquoi j'avais fait cela. Ma curiosité de voir Rivkele dans le rôle d'une chrétienne avait été plus forte que ma honte d'habiter une chambre si misérable. Ou peut-être était-ce parce qu'en une fraction de seconde, j'avais décidé que sa honte était pire que la mienne. Rivkele cligna des yeux. Le visage que je voyais n'était pas le sien et je ne l'aurais pas reconnu dans la rue. Il me parut large, épaissi, vieilli. Mais cette impression ne dura qu'un instant. Je réalisai très vite qu'elle n'avait pas réellement changé depuis notre dernière rencontre à Varsovie. En ce cas, pourquoi cette impression d'extrême différence au premier coup d'oeil? me dis-je.

Rivkele semblait éprouver le même genre de sensation car, au bout d'un moment, elle me dit :

« Oui, c'est bien vous. »

Nous restâmes à nous observer. Elle portait un manteau vert et un chapeau assorti. Elle avait les paupières peintes en bleu et les joues très fardées. Elle avait pris du poids. Elle dit :

« J'ai une voisine qui lit la presse yiddish. Je lui avais parlé de vous mais comme vous signez vos articles d'un autre nom, comment aurait-elle pu savoir que c'était vous? Un jour, elle est venue me montrer une histoire qui se passait à Stykov-le-Vieux. J'ai tout de suite deviné. J'ai téléphoné au journal mais on ne connaissait pas votre adresse. Comment est-ce possible?

– Oh, je n'avais qu'un visa touriste et il est expiré.

– Vous n'avez pas l'autorisation de vivre en Amérique?

– Je devrais d'abord aller au Canada ou à Cuba. Il n'y a

qu'un consul américain à l'étranger qui puisse me donner un visa permanent pour revenir.

– En ce cas, pourquoi n'y allez-vous pas?

– Avec un passeport polonais, ce n'est pas possible. Tout ça, c'est un problème d'avocat et d'argent.

– Dieu du ciel!

– Et que vous est-il arrivé? demandai-je. Avez-vous eu un enfant? »

Rivkele posa sur ses lèvres un doigt à l'ongle peint en rouge :

« Chut, je n'ai rien eu! Vous ne savez rien!

– Où est-il?

– A Varsovie. Dans un orphelinat.

– Un garçon?

– Une fille.

– Qui vous a fait venir d'Amérique?

– Pas Morris. Quelqu'un d'autre. Ça n'a pas marché. Nous nous sommes séparés, je suis allée à Chicago, et là, j'ai rencontré Mario... »

Rivkele se mit à parler dans un mélange de yiddish et d'anglais. Elle avait épousé Mario à Chicago et s'était convertie à la foi catholique. Le père de Mario avait un bar qui était contrôlé par la mafia. Une fois, au cours d'une bagarre, Mario avait poignardé un homme et il faisait actuellement sa deuxième année de prison. Rivkele – elle s'appelait désormais Anne-Marie – travaillait comme serveuse dans un restaurant italien de New York. Mario avait une peine d'encore au moins un an et demi à accomplir. Elle habitait un petit appartement sur la Neuvième Avenue. Les amis de son mari venaient la voir, ils voulaient tous coucher avec elle. L'un d'eux l'avait menacée avec son revolver. Le propriétaire du restaurant était un homme dans la soixantaine. Il était bon pour elle, l'emmenait au théâtre, au restaurant, dans des night-clubs, mais il avait une femme très méchante et trois filles plus désagréables l'une que l'autre. Elles étaient toutes les ennemies mortelles de Rivkele.

« Vous vivez avec lui?

– Il est comme un père pour moi. »

Rivkele changea de ton :

« Mais je ne vous ai jamais oublié! Pas un jour ne passe

sans que je pense à vous. Pourquoi, je ne comprends pas. Quand j'ai appris que vous étiez en Amérique et quand j'ai lu cette histoire de Stykov-le-Vieux, je suis devenue très excitée. J'ai appelé le journal au moins vingt fois. Quelqu'un m'a dit que vous vous glissiez à la rédaction le soir et déposiez presque clandestinement vos articles. Alors j'y suis allée en fin de journée, après mon travail, dans l'espoir de vous trouver. Le liftier m'a dit que vous aviez une case pour votre courrier au neuvième étage, que je pourrais y laisser une lettre. Je suis montée. Toutes les lumières étaient allumées, mais il n'y avait personne. Contre le mur, une machine écrivait toute seule. Cela m'a fait peur. J'ai pensé à ce qu'on récite à Rosh Hashanah...

– Le Livre céleste qui se lit tout seul et où chacun inscrit ses propres péchés.

– Oui, c'est cela. Je n'ai pas réussi à trouver votre case. Pourquoi vous cachez-vous des autres journalistes? Ils n'iraient pas vous dénoncer.

– Oh, le rédacteur en chef ajoute toutes sortes de choses à mes textes. Il abîme mon style. Pour les quelques dollars qu'il me paie, il me fait ressembler à un scribouillard.

– L'article sur Stykov-le-Vieux était bon. Je l'ai lu et, après, j'ai pleuré toute la nuit.

– Vous regrettez la maison?

– Je regrette tout. Je suis tombée dans un piège. Pourquoi habitez-vous un taudis pareil?

– Je ne peux même pas me payer ça.

– J'ai un peu d'argent. Comme Mario est en prison j'obtiendrais très facilement le divorce. Nous pourrions aller au Canada, à Cuba – là où vous devez aller. Je suis citoyenne américaine. Nous pourrions nous marier, nous fixer quelque part. Je ferais venir ma fille. Je ne voulais pas d'enfant de lui mais avec vous...

– Cela ne sert à rien de parler comme ça.

– Pourquoi? Nous sommes tous les deux dans une sale situation. Je ne savais plus comment m'en sortir et puis j'ai lu ce que vous avez écrit et tout m'est revenu. Je veux redevenir une fille juive.

– Pas par mon intermédiaire.

– Vous êtes responsable de tout ce qui m'est arrivé! »

Le silence s'installa. Et la fille de l'autre côté du palier qui avait cessé de chanter et semblait à l'écoute de sa propre angoisse, comme le grillon de Stykov-le-Vieux, reprit sa chanson mélancolique :

Il ne reviendra pas,
ne reviendra pas,
ne reviendra pas,
jamais, jamais, jamais
ne reviendra...

La séance

1

Cela se passait pendant l'été de l'année 1946, dans le salon de Mme Kopitzky, dans Central Park West. Une unique ampoule rouge était allumée sous un abat-jour décoré d'un des dessins automatiques de Mme Kopitzky – des cercles avec des yeux, des fleurs avec des bouches, des verres avec des doigts. Sur les murs étaient accrochés des tableaux de Mme Kopitzky, qu'elle réalisait en état de transe et aux ordres de Baghavar Krishna, un sage hindou censé avoir vécu au IVᵉ siècle. C'était lui, Baghavar Krishna, qui avait peint le paon à queue dorée au milieu de laquelle apparaissait l'image du Bouddha, les arbres fantastiques où poussaient des mèches de cheveux et des fruits extraordinaires, les jeunes femmes de la planète Vénus aux bras en forme de branches et aux oreilles d'où sortaient des filets d'argent, organes de la télépathie. Sur les tableaux, les vieux meubles, les étagères chargées de livres, passaient des ombres rougeoyantes. Devant les fenêtres étaient tirés d'épais rideaux.

A une table ronde sur laquelle étaient posées une planchette Ouija, une trompette et une rose fanée s'assit le professeur Zorach Kalisher. Il était petit, large d'épaules, le crâne chauve devant et hérissé de touffes moitié jaunes, moitié grises derrière et jusque dans le cou. Sous d'épais sourcils jaunes, eux aussi, brillaient deux petits yeux perçants. Le professeur Kalisher n'avait pratiquement pas de cou – on aurait dit que sa tête était posée directement sur ses épaules et cela le faisait ressembler à une statue primitive d'Afrique. Il avait le nez tout tordu, aplati en haut et fendu en deux au bout. Sur son menton poussait une sorte de grosseur. On aurait eu du mal à dire si c'était un reste de barbe ou une verrue poilue. Son visage était ridé, mal rasé et sale. Il portait une veste en velours côtelé noir, une chemise blanche couverte de cendre et de taches de café et un nœud papillon de travers.

Pour parler avec Mme Kopitzky, il utilisait un mélange bizarre de yiddish et d'allemand. « Qu'est-ce qui peut bien retarder ainsi notre ami Baghavar Krishna? S'est-il perdu dans les sphères célestes?

– Professeur Kalisher, ne me bousculez pas, répondit Mme Kopitzky, on ne peut pas leur donner d'ordres... Ils ont leurs raisons, leurs humeurs... Soyez un peu patient.

– Bon, si on ne peut pas faire autrement... »

Le professeur Kalisher tambourina sur la table avec ses doigts, ornés chacun d'une touffe de poils roux. Mme Kopitzky appuya sa tête contre le dossier capitonné de son fauteuil et se prépara à entrer en transe. A la faible lueur de l'ampoule rouge, on distinguait ses cheveux mal teints en noir et coiffés en rangées de bouclettes, son visage très maquillé, agrémenté d'un nez épaté, de pommettes très hautes et d'yeux écartés soulignés lourdement de mascara. Le professeur Kalisher lui disait souvent, en guise de plaisanterie, qu'elle ressemblait à un bouledogue peinturluré. Son mari, le Dr Léon Kopitzky, un dentiste, était mort depuis dix-huit ans. Ils n'avaient pas eu d'enfant. La veuve vivait de la pension que lui versait une compagnie d'assurances. En 1929, elle avait perdu sa fortune dans le krach de Wall Street, mais recommençait depuis quelque temps à acheter des actions, en suivant les conseils de sa planchette Ouija et d'une boule de cristal. Mme Kopitzky allait même jusqu'à demander à Bhaghavar Krishna des tuyaux pour jouer aux courses. A plusieurs reprises, il lui avait révélé en rêve le nom des chevaux gagnants.

Le professeur Kalisher pencha la tête et se couvrit les yeux de la main en se marmonnant quelque chose à lui-même, comme le font souvent les grands solitaires. « Bon, j'ai assez fait l'idiot comme ça. C'est le dernier soir. On peut avoir assez de tout, même de *kreplech*.

– Vous avez dit quelque chose, professeur?

– Quoi? Non, rien.

– Quand vous me bousculez, je ne peux pas tomber en transe.

– Transe, transe... » murmura le professeur Kalisher, plus pour lui que pour elle. L'esprit est en retard, c'est tout. Qui cette vieille sotte croit-elle tromper? Elle est folle – complètement *meshuggah*, et voilà.

Tout haut, il ajouta :

« Je ne vous bouscule pas. J'ai tout mon temps. Si ce que les Américains disent à propos du temps est vrai, je suis un deuxième Rockefeller. »

Comme Mme Kopitzky ouvrait la bouche pour répondre, son double menton, orné de plusieurs verrues, se mit à trembler, et on vit apparaître sa double rangée d'énormes fausses dents. Brusquement, elle rejeta la tête en arrière et poussa un soupir. Elle ferma les yeux et éternua une fois. Le professeur Kalisher lui lança un regard chargé d'interrogation et de tristesse. Il n'avait pas encore entendu la porte d'entrée s'ouvrir mais Mme Kopitzky, qui avait l'ouïe aussi fine qu'un animal, peut-être. Il commença à se frotter les tempes puis le nez et finit pas empoigner sa barbiche.

Il y avait eu un temps où il essayait de comprendre les choses en se servant de sa raison, mais cette période de rationalisme était passée depuis longtemps. Depuis, il s'était forgé une philosophie antirationaliste, une sorte d'hédonisme extrême qui voyait dans l'érotisme le *Ding an sich* et dans la raison le niveau le moins élevé de l'être, l'entropie qui débouche sur la mort absolue. Sa position était un curieux mélange des conceptions d'Hartmann sur l'inconscient et des textes de la kabbale de Rabbi Isaac Louria, selon lesquels tout, depuis le plus petit grain de sable jusqu'à Dieu lui-même, est Copulation et Union. C'est à cause de ce genre de théories que le professeur Kalisher était venu de Paris à New York en 1939, laissant derrière lui en Pologne son père, qui était rabbin, une épouse qui refusait le divorce et Nella, une maîtresse avec qui il avait vécu pendant des années à Berlin puis à Paris. Quand il était parti pour l'Amérique,

Nella avait décidé d'aller rendre visite à ses parents à Varsovie. Le professeur Kalisher projetait de la faire venir aux États-Unis dès qu'il aurait trouvé un traducteur, un éditeur, et un poste de professeur dans une université américaine.

En ce temps-là, il était encore plein d'espoir. On lui avait proposé une chaire à l'université hébraïque de Jérusalem, un éditeur en Palestine s'apprêtait à publier un de ses livres, ses essais étaient imprimés à Zurich et à Paris. Mais dès qu'éclata la guerre, sa vie se détériora brusquement. Son agent littéraire mourut, son traducteur était lamentable et pire encore, il finit par disparaître avec une bonne partie d'un manuscrit dont il n'y avait pas de double. Dans la presse yiddish, pour des raisons incompréhensibles, les critiques devinrent hostiles et laissèrent entendre que le professeur n'était qu'un charlatan. Les associations juives qui lui organisaient des tournées de conférences annulèrent tout. Sa philosophie avait consisté à croire que la souffrance n'est rien d'autre que l'expression négative de l'érotisme universel : Hitler, Staline, les nazis qui chantaient le *Horst Wessel* et obligeaient les Juifs à porter des brassards jaunes étaient en réalité à la recherche de nouvelles formes de sauvetage sexuel. Mais le professeur Kalisher commençait à avoir des doutes sur son propre système et il sombra bientôt dans le désespoir. Il dut quitter l'hôtel où il était descendu et louer une chambre meublée, la moins chère possible. Il portait des vêtements râpés, passait ses journées dans des cafeterias, buvait tasse sur tasse de café, fumait de mauvais cigares, et parvenait tout juste à survivre avec les quelques dollars qu'une organisation d'entraide lui octroyait chaque mois. Les réfugiés qu'il rencontrait racontaient toutes sortes de choses sur les visas dont avaient besoin ceux qui étaient restés en Europe, les colis de vivres et de médicaments qu'on pouvait leur envoyer par l'intermédiaire de diverses agences, les moyens de faire venir des parents de Pologne par le Honduras, Cuba ou le Brésil. Mais lui, Zorach Kalisher, ne réussit à sauver personne de l'enfer nazi. Il n'avait reçu qu'une seule lettre de Nella.

Ce n'est qu'à New York qu'il comprit à quel point il était attaché à sa maîtresse. Sans elle, il devint impuissant.

2

Tout était exactement comme la veille et l'avant-veille. Baghavar Krishna commença à parler en anglais, avec un accent étranger, d'une voix qui était à moitié celle d'un homme et à moitié celle d'une femme, en faisant les mêmes fautes de grammaire et de prononciation que Mme Kopitzky. Lotte Kopitzky venait d'un village des Carpates. Le professeur Kalisher n'avait jamais réussi à découvrir sa nationalité – hongroise ou roumaine? Elle ne parlait ni le polonais ni l'allemand et très peu l'anglais. Même son yiddish s'était altéré au bout de tant d'années passées en Amérique. En réalité, il ne lui restait plus véritablement de langue et Baghavar Krishna employait le même jargon qu'elle. Au début, le professeur Kalisher avait demandé à Baghavar Krishna des détails sur son existence terrestre, mais ce dernier lui avait répondu qu'il avait tout oublié depuis qu'il vivait dans les demeures célestes. Il se rappelait seulement avoir habité les faubourgs de Madras. Baghavar Krishna ne savait même pas dans quelle région de l'Inde on parlait le tamil. Quand le professeur Kalisher essayait de discuter avec lui du sanskrit, du *Mahabharata,* du *Ramayana* ou du *Sakountala,* Baghavar Krishna répondait qu'il ne s'intéressait plus à la littérature terrestre. Il ne connaissait en réalité que quelques brochures ou magazines de théosophie et de spiritualité auxquels Mme Kopitzky, justement, était abonnée.

Pour le professeur Kalisher, tout cela n'était qu'une vaste blague. Mais quand on habitait une chambre meublée infestée de punaises, qu'on avait l'estomac ravagé par ce qu'on sert dans les cafeterias, qu'on était proche de ses soixante-dix ans et totalement dépourvu de famille, on devenait très tolérant, même à l'égard des pires sottises. Le professeur Kalisher avait rencontré Mme Kopitzky en 1942, participé à des douzaines de séances chez elle, lu ses textes d'écriture automatique, admiré ses peintures automatiques, écouté ses symphonies automatiques. Plusieurs fois, il lui avait emprunté de l'argent – sans jamais pouvoir le lui rendre. Il venait prendre chez elle des repas végétariens. Mme Kopitzky ne touchait jamais ni viande, ni poisson, ni œufs, ni lait. Elle ne mangeait que les fruits et les légumes produits par notre mère la terre. Sa spécialité était une salade à base de noix, d'amandes, de grenades et d'avocats.

Au début, Lotte Kopitzky avait voulu l'entraîner dans une aventure amoureuse. Les esprits étaient d'avis que Lotte Kopitzky et Zorach Kalisher avaient la même origine spirituelle : la Grande Loge blanche. Baghavar Krishna lui-même se découvrait des talents de marieur. Lotte Kopitzky transmettait régulièrement au professeur Kalisher des messages amicaux des Maîtres qui avaient des attaches au Tibet, dans l'Atlantide, dans la Hiérarchie céleste, le Shambala, le Quatrième Royaume de la Nature et le Conseil de Sanat Kumara. Au ciel comme sur la terre, au début des années quarante, toutes sortes de crises étaient en préparation. Les Puissances s'étant réalignées entre elles, les membres de l'Ashram se préparaient à faire la guerre au Mal cosmique. La Hiérarchie braquait ses projecteurs sur la planète Terre afin d'y découvrir des hommes et des femmes capables de servir ses desseins ésotériques. Mme Kopitzky assurait le professeur Kalisher qu'il était destiné à jouer un rôle capital dans la Renaissance universelle. Mais il avait négligé sa mission, déçu les Grands Maîtres. Il avait promis de téléphoner – mais ne le faisait jamais. Il avait passé des mois entiers à Philadelphie sans jamais envoyer la moindre carte postale. Puis il était revenu sans avertir Mme Kopitzky de son retour. Elle l'avait rencontré par hasard dans un self-service de la Sixième Avenue, vêtu d'un manteau rapiécé, d'une chemise sale et de souliers tellement usés qu'ils n'avaient presque plus de talon. Il n'avait même pas fait sa demande de citoyenneté américaine. Et pourtant, les réfugiés y avaient droit, sans avoir besoin d'aller à l'étranger pour obtenir un visa.

Maintenant, on était en 1946 et tout ce que Lotte Kopitzky avait prophétisé s'était réalisé. Le père, les frères, les sœurs du professeur Kalisher et Nella étaient partis pour l'autre monde. Baghavar Krishna transmettait leurs messages. Les Grands Maîtres se souvenaient encore du professeur Kalisher et avaient des projets pour lui en rapport avec la Conférence du Siècle de la Hiérarchie. Le fait que sa famille eût péri à Treblinka, à Maidanek, au Struthof, avait un rapport étroit avec les Puissances de la Lumière, le Développement du Karma, le Cycle nouveau, et l'idée de conduire l'humanité vers un nouveau sommet d'Amour et une nouvelle Époque aquatique.

Depuis plusieurs semaines, Mme Kopitzky ne se contentait plus de faire venir l'esprit de Nella à la manière habituelle. Le professeur Kalisher avait eu l'extraordinaire possibilité d'entrer en contact avec l'aspect matériel de Nella. Cela s'était passé ainsi : Bhaghavar Krishna avait donné un signe, comme quoi le professeur Kalisher devait emprunter le couloir obscur qui menait à la chambre de Mme Kopitzky. Là, dans le noir, près du bureau, une forme féminine était apparue, qui était censée être Nella. Elle avait murmuré de tendres paroles en polonais au professeur Kalisher et transmis des messages de ses amis et de ses parents. Bhaghavar Krishna avait bien recommandé au professeur Kalisher de ne pas essayer de toucher le fantôme car un simple contact leur serait néfaste, ainsi d'ailleurs qu'à Mme Kopitzky et à lui-même. Naturellement, le professeur Kalisher avait quand même fait quelques tentatives, mais le fantôme s'était esquivé. Tout en étant troublé par cette histoire, le professeur savait bien qu'il ne s'agissait que d'un truquage. Ce n'était pas Nella, la forme n'avait ni sa voix ni ses gestes. Les messages ne prouvaient rien. Le professeur avait lui-même mentionné ces noms à Mme Kopitzky et elle lui avait ensuite posé des questions. Mais il restait néanmoins curieux de savoir *qui* était l'apparition. Et pourquoi avait-elle accepté de jouer ce rôle? Probablement pour de l'argent. Le fait qu'elle fût capable de louer un fantôme prouvait bien que Lotte Kopitzky n'était pas seulement une menteuse, mais aussi un véritable escroc. Chaque fois qu'il empruntait le fameux couloir, le professeur Kalisher se répétait tout bas : « Folle, meshuggah, ridicule vieille femme. »

Ce soir-là, il n'en pouvait plus d'attendre le signe de Bhaghavar Krishna. Il était fatigué de toutes ces absurdités. Depuis des années déjà, il souffrait de la prostate et, maintenant, il devait uriner toutes les demi-heures. Un médecin de Varsovie qui n'avait pas l'autorisation d'exercer en Amérique, mais qui le faisait clandestinement tout de même, l'avait mis en garde : il ne fallait plus reculer l'opération, sinon des complications risqueraient de surgir. Mais Kalisher n'avait pas l'argent nécessaire pour aller à l'hôpital, ni la moindre envie d'ailleurs. Il essayait de se soigner tout seul à l'aide de bains, de bouillotes d'eau chaude et de comprimés qu'il avait rapportés de France. Il avait même fait des tentatives pour se masser la prostate lui-même. En règle générale, il allait à la salle de bains dès qu'il arrivait chez Mme Kopitzky, mais ce soir, il avait négligé de le faire. Il sentait un poids sur sa vessie. Les légumes crus que Mme Kopitzky lui avait servis lui ravageaient l'estomac. « Eh bien, je suis trop vieux pour ce genre de plaisir », murmura-t-il.

Bhaghavar Krishna se mit à parler mais il ne parvint pas à l'écouter vraiment. « Que raconte-t-elle donc cette idiote? Elle n'est même pas une bonne ventriloque. »

A l'instant où Bhaghavar Krishna donna le signal, le professeur Kalisher se leva. Ses jambes lui avaient déjà donné des soucis, il ne s'était jamais senti si mal assuré que ce soir-là. « Bon, je vais aller à la salle de bains d'abord », décida-t-il. Mais dans le noir, ce n'était pas facile. Il avança d'un pas hésitant, les mains tendues, à tâtons. Quand il finit par ouvrir la porte de la salle de bains, quelqu'un à l'intérieur la referma en hâte. « C'est elle, c'est la femme qui fait le fantôme », comprit le professeur Kalisher. Il en fut si troublé qu'il oublia pourquoi il était venu là. « Probablement est-elle en train de se déshabiller. » Il avait honte, pour lui et pour Mme Kopitzky. « Pourquoi a-t-elle besoin de tout cela? Pour qui joue-t-elle cette comédie? » Ses yeux s'étaient accoutumés à l'obscurité. Il avait vu la silhouette de la fille. La fenêtre de la salle de bains donnait sur la rue et le reflet du réverbère l'avait faiblement éclairée. Elle était petite, forte, les seins assez hauts. Sans doute était-elle en slip et soutien-gorge. Le professeur Kalisher restait sur place, comme hypnotisé. Il aurait voulu crier « Assez! Tout cela est tellement évident! » Mais sa langue refusait de bouger. Son cœur battait à grands coups et il entendait sa propre respiration.

Au bout d'un moment, il revint sur ses pas mais il était complètement aveuglé et se cogna contre quelque chose. Puis sa tête heurta un mur. Il recula. Quelque chose tomba et se cassa. Peut-être une des sculptures automatiques de Mme Kopitzky! Au même instant, le téléphone se mit à sonner. C'était une sonnerie bizarrement forte, menaçante en quelque sorte. Le professeur Kalisher frissonna. Il sentit soudain quelque chose de chaud couler le long de ses jambes. Il s'était oublié comme un enfant.

3

« Eh bien, j'ai touché le fond, marmonna-t-il tout bas. Je suis bon à jeter à la poubelle. » Il alla jusqu'à la chambre. Son pantalon était trempé. Il s'attendait à ce que Mme Kopitzky allât répondre au téléphone. C'était arrivé plus d'une fois : elle s'éveillait brusquement d'une transe et se mettait sans transition à discuter actions, obligations et dividendes. Mais la sonnerie persistait. Il comprit brusquement ce qu'il avait fait : il avait fermé la porte du salon, se privant ainsi de la lueur rouge qui lui permettait de se guider. « Je rentre chez moi », décida-t-il. Il se tourna vers ce qu'il croyait être la porte d'entrée, mais il avait perdu tout sens de l'orientation dans le labyrinthe qu'était devenu l'appartement. Il trouva à tâtons un bouton de porte et le tourna. Il entendit un cri étouffé. Il était revenu sans s'en rendre compte dans la salle de bains. A nouveau, il vit la femme en sous-vêtements, mais cette fois, son visage était en partie éclairé. En une demi-seconde, il se rendit compte qu'elle était d'un certain âge. « Excusez-moi, s'il vous plaît. » Et il ressortit.

Le téléphone s'était tu, mais brusquement la sonnerie reprit. Le professeur Kalisher aperçut une lueur rougeâtre et entendit le pas de Mme Kopitzky qui se dirigeait vers le téléphone. Il s'immobilisa et dit à la fois comme une question et comme une affirmation : « Madame Kopitzky! »

Mme Kopitzky sursauta :

« C'est déjà fini?

– Je ne me sens pas bien. Je dois rentrer chez moi.

– Vous ne vous sentez pas bien? Où voulez-vous aller? Que se passe-t-il? C'est le cœur?

– C'est tout.

– Attendez un instant. »

Mme Kopitzky était venue vers lui. Elle le prit par le bras et le conduisit au salon. Le téléphone sonnait toujours. Finalement, il se tut.

« Vous avez senti une pression à l'endroit du cœur? demanda Mme Kopitzky. Étendez-vous sur le divan. Je vais appeler un médecin.

– Non, non, ce n'est pas nécessaire.

– Je peux vous faire un massage.

– C'est ma vessie qui ne va pas. La prostate.

– Quoi? Attendez, je vais allumer. »

Il aurait voulu lui demander de n'en rien faire, mais elle avait déjà appuyé sur toutes sortes de boutons. La lumière lui brûla les yeux. Elle le regarda attentivement, vit le pantalon trempé. Elle hocha la tête. Puis elle dit :

« Cela vient de ce que vous vivez seul.

– Vraiment, j'ai honte de moi.

– Honte, mais pourquoi? Nous vieillissons tous. Personne ne rajeunit. Etes-vous allé dans la salle de bains? »

Le professeur Kalisher ne répondit pas.

« Attendez. J'ai gardé *ses* vêtements. J'avais une sorte de prémonition que j'en aurais besoin un jour. »

Mme Kopitzky sortit de la pièce. Le professeur Kalisher s'assit tout au bord d'une chaise, après avoir placé un mouchoir sous lui. Il resta là un moment, raide, mouillé, se sentant coupable à la manièrc d'un enfant, désemparé, et avec pourtant cette espèce de calme intérieur qui va souvent avec la maladie. Pendant des années, il avait eu une véritable terreur des médecins, des hôpitaux et surtout des infirmières qui effacent en elles toute trace de timidité féminine et traitent les adultes comme des bébés. Maintenant, il était prêt à affronter les ultimes dégradations du corps.

« Eh bien, je suis fini, *kaput.* » Il se fit pour lui-même un très bref résumé de sa vie : « La philosophie? Quelle philosophie. L'érotisme? Quel érotisme? » Pendant des années, il avait joué avec des phrases sans parvenir à aucune conclusion. Tout ce qui lui était arrivé, tout ce qui était arrivé en lui, tout ce qui s'était passé en Pologne, en Russie, sur les autres planètes, dans les lointaines galaxies, ne pouvait se réduire ni à la volonté aveugle de Schopenhauer ni à son érotisme à lui, Kalisher. Cela ne s'expliquait ni par la substance de Spinoza, ni par les monades de Leibniz, ni par la dialectique de Hegel, ni par le monisme de Heckel. « Ils ne font que jongler avec les mots, comme Mme Kopitzky. Heureusement que je n'ai pas publié tous mes gribouillages. A quoi bon toutes ces extravagantes hypothèses? Elles ne servent à rien... »

Il leva les yeux pour regarder les tableaux de Mme Kopitzky pendus aux murs et à la lumière, on aurait dit des travaux d'élèves du jardin d'enfants. De la rue montaient les klaxons des voitures, des cris, le grondement du métro. La porte s'ouvrit et Mme Kopitzky entra, les bras chargés de vêtements, veste, pantalon, chemise et caleçon qui sentaient la poussière et l'antimites. Elle dit :

« Etes-vous allé dans la chambre?

– Quoi? Non.

– Nella ne s'est pas matérialisée?

– Non.

– Eh bien, changez de vêtements. Surtout ne vous gênez pas pour moi. »

Elle posa le paquet de vêtements sur le divan et se pencha vers le professeur Kalisher avec la gentillesse d'une épouse. Elle dit :

« Vous allez rester ici. Demain, j'enverrai chercher vos affaires.

– Non, cela n'a pas de sens.

– Je savais que cela arriverait un jour. Je l'ai su quand on nous a présentés l'un à l'autre dans la Deuxième Avenue.

– Vraiment? Cela n'a pas d'importance.

– Ils me disent les choses à l'avance. Quand je regarde quelqu'un, je sais ce qui va lui arriver.

– Ah oui? Et quand vais-je mourir?

– Vous avez encore beaucoup d'années devant vous. On a besoin de vous ici. Il faut que vous acheviez votre travail.

– Mon travail vaut exactement la même chose que vos fantômes.

– Les fantômes existent! Ne soyez pas tellement cynique. Ils nous voient de là-haut. Ils nous prennent par la main, conduisent nos pas. Nous sommes beaucoup plus importants pour le Renouveau cyclique de l'Univers que vous ne le pensez. »

Il aurait voulu lui demander : « En ce cas, quel besoin aviez-vous de payer une femme pour qu'elle me trompe? » mais il resta silencieux. Mme Kopitzky ressortit de la pièce. Le professeur Kalisher ôta son pantalon et son caleçon et se sécha avec son mouchoir. Un instant, il resta ainsi, le haut du corps tout habillé et le bas tout nu, comme un clown devenu fou. Puis il enfila un caleçon trop large, aussi froid qu'un suaire. Il mit ensuite un pantalon rayé trop long dont il dut retrousser le bas. Il avait du mal à respirer, il étouffait et devait s'arrêter toutes les quelques secondes. Soudain, il se souvint! C'était exactement ainsi qu'il se déguisait avec les vêtements de son père quand celui-ci faisait la sieste après le repas du shabbat : il mettait son pantalon blanc, son caftan de soie, ses franges rituelles, son chapeau bordé de fourrure. Aujourd'hui son père n'était plus qu'un tas de cendres quelque part en Pologne et lui, Zorach, enfilait les habits d'un dentiste. Il alla devant le miroir, se regarda et même se tira la langue, comme un enfant. Puis il s'étendit sur le divan. Le téléphone sonna encore. Mais cette fois, Mme Kopitzky répondit tout de suite parce que la sonnerie ne dura pas. Le professeur Kalisher ferma les yeux et resta immobile. Il n'avait plus rien à espérer. Il n'avait même plus rien à quoi il aurait eu envie de penser.

Il s'assoupit et se retrouva dans une cafeteria de la 42e Rue, près de la Bibliothèque municipale. Il était en train de casser en petits morceaux un biscuit aux œufs. Un réfugié lui expliquait comment on pouvait faire sortir des gens de Pologne en les habillant avec des uniformes nazis. Après, on les ferait partir en bateau par le pôle nord, le pôle sud et à travers tout le Pacifique. Des agents étaient prêts à les prendre en charge en Terre de Feu, à Honolulu, à Yokohama. Comme c'était bizarre, mais ce genre de trafic n'était pas sans rapport avec son système philosophique à lui,

Zorach Kalisher, pas dans l'ancienne version, mais dans une nouvelle qui combinait l'érotisme et la mémoire. Tout en mélangeant lui-même toutes ces images, il se demandait avec étonnement : « Quelle sorte de relation existe-t-il entre le sexe, la mémoire et la rédemption de l'ego? Et comment cela fonctionnera-t-il dans l'infini? Ce n'est que casuistique, casuistique. C'est une façon d'expliquer ma propre impuissance. Et comment ferais-je venir Nella en Amérique, alors qu'elle est déjà morte? A moins que la mort ne soit rien d'autre qu'une amnésie sexuelle. » Il s'éveilla et vit Mme Kopitzky penchée sur lui avec un oreiller qu'elle s'apprêtait à lui glisser sous la tête.

« Comment vous sentez-vous?

– Nella est-elle partie? » demanda-t-il, stupéfait de ses propres paroles. Il devait être encore à moitié endormi.

Mme Kopitzky sursauta. Son double menton se mit à trembler. Ses yeux noirs étaient pleins de reproche maternel.

« Vous vous moquez de moi, n'est-ce pas? Il n'y a pas de mort. La mort n'existe pas. Nous vivons à jamais et nous aimons à jamais. La pure vérité, c'est cela. »

Ces pouvoirs-là

1

En règle générale, ceux qui viennent chercher un conseil au journal pour lequel je travaille ne demandent à voir personne en particulier. Un de nos reporters est chargé précisément de la rubrique des conseils et quiconque se présente à l'improviste est dirigé vers lui. Mais ce visiteur-là demandait à me voir, moi et personne d'autre. On le fit entrer dans mon bureau. Il était grand, au point qu'il dut courber la tête pour passer la porte. Il ne portait pas de chapeau et avait des cheveux noirs en désordre striés de gris. Dans ses yeux noirs, abrités sous d'épais sourcils, brillait une lueur sauvage qui me fit un peu peur. Il était vêtu d'un imperméable bleu léger et pourtant, il neigeait dehors. Son visage carré était rouge de froid. Il n'avait pas de cravate et dans l'échancrure de sa chemise, on voyait un petit morceau de sa poitrine couverte de poils épais comme une fourrure. Il avait un nez épaté et des lèvres épaisses. Quand il parlait, on voyait ses dents larges et très écartées qui paraissaient incroyablement solides. Il me dit :

« C'est donc vous, l'écrivain?

– Oui. »

Il avait l'air surpris.

« Ce petit homme assis à sa table? me dit-il. Je ne vous imaginais pas comme ça. Bon, eh bien les choses n'ont pas besoin d'être telles qu'on les imagine. Je lis chaque mot que vous écrivez – en yiddish et en anglais. Quand j'apprends que vous avez publié quelque chose dans un magazine, je cours l'acheter.

– Merci beaucoup. Je vous en prie, asseyez-vous.

– J'aimerais mieux rester debout. Mais... enfin... Bon, je vais m'asseoir. Je peux fumer?

– Certainement.

– Il faut que je vous dise que je ne suis pas américain. Je suis venu ici après la Seconde Guerre mondiale. J'ai connu l'enfer hitlérien, l'enfer stalinien et deux ou trois autres enfers aussi. Mais ce n'est pas pour cela que je suis venu vous voir. Avez-vous le temps de m'écouter?

– Oui, tout à fait.

– Oh, en Amérique, tout le monde est occupé. Comment avez-vous le temps d'écrire toutes ces choses et en plus de voir des gens?

– Il y a un temps pour tout.

– Peut-être. Ici, en Amérique, le temps disparaît. Une semaine n'est rien, un mois n'est rien et une année passe sans même que vous vous en aperceviez. Dans mes enfers, là-bas, une journée paraissait plus longue que toute une année ici. Je suis aux États-Unis depuis 1950 et les années se sont enfuies comme dans un rêve. C'est l'été, puis c'est l'hiver, les saisons se succèdent, s'en vont. Quel âge me donnez-vous?

– Quarante et quelques. Peut-être cinquante ans....

– Plus treize. En avril, j'aurai soixante-trois ans.

– Vous ne les paraissez pas. Touchons du bois.

– C'est ce que tout le monde me dit. Dans ma famille, on n'a pas de cheveux gris. Mon grand-père est mort à quatre-vingt-treize ans et il en avait à peine. Il était forgeron. Du côté de ma mère, il y avait plutôt des talmudistes. J'ai étudié à la yeshiva de Gur et aussi en Lituanie un certain temps. Seulement jusqu'à dix-sept ans, c'est vrai, mais j'ai une bonne mémoire. Quand j'apprends quelque chose, c'est rangé dans ma tête, ça n'en bouge plus. Je n'oublie rien, en un sens, et c'est bien là ma tragédie. Une fois convaincu que l'étude du Talmud ne me mènerait à rien, je me suis tourné vers les livres profanes. A cette époque, les Russes étaient partis et les Allemands leur avaient succédés. Puis la Pologne est devenue indépendante et j'ai été enrôlé dans l'armée. J'ai aidé à repousser les Bolcheviks jusqu'à Kiev. A leur tour, ils nous ont repoussés jusqu'à la Vistule. Les Polonais n'aiment pas trop les Juifs mais je montais en grade quand même. Ils m'ont nommé sergent-chef – *choràzy* – le grade le plus élevé qu'on puisse atteindre quand on n'est pas sorti de l'école militaire et, après la guerre, ils m'ont proposé de continuer ma carrière dans l'armée. En allant à ce moment-là à l'académie militaire, j'aurais pu un jour devenir colonel, mais vivre à la caserne n'était pas ma plus grande ambition. Je lisais beaucoup. Je peignais et j'avais envie de devenir sculpteur. Je me suis mis à tailler le bois, à faire toutes sortes d'objets. Finalement, je me suis établi ébéniste. Je faisais des meubles et ma spécialité, c'était la restauration de pièces anciennes. Vous savez bien, la marqueterie qui s'abîme, un petit morceau de bois qui est tombé. Il faut beaucoup d'habileté pour que la réparation soit invisible. Je ne comprends toujours pas comment je me suis lancé là-dedans avec un tel enthousiasme. Trouver la sorte de bois qui convient, de la bonne couleur, ajuster la pièce manquante de façon que le client lui-même ne distingue pas l'endroit où elle a été posée... Pour cela, il faut être d'une patience à toute épreuve. Être habile, aussi.

» Bon, maintenant, je vais vous dire pourquoi je suis venu vous voir. C'est parce que vous écrivez souvent sur les pouvoirs mystérieux : la télépathie, les esprits, l'hypnotisme, le fatalisme, etc. Je lis tout. Je lis tout parce que ces pouvoirs que vous décrivez, je les possède. Je ne suis pas ici pour me vanter. Ne croyez pas un instant que je souhaite qu'on parle de moi dans les journaux. Ici, en Amérique, je travaille et je gagne ma vie. Je vis seul, je n'ai ni femme ni enfant. Ils ont tué toute ma famille. Je bois du whisky mais je ne suis pas un ivrogne. J'ai un appartement à New York et un cottage à Woodstock. Je n'ai besoin de personne.

» Mais revenons à mes pouvoirs. Vous avez raison de dire que quand on les a, c'est qu'on est né avec. D'ailleurs, à la naissance, on a déjà tout. J'avais six ans quand j'ai commencé à tailler le bois. Plus tard, je me suis arrêté mais le don m'est resté. Et c'est la même chose avec les pouvoirs. Je les avais mais je ne le savais pas. Un matin, je me suis levé et brusquement je me suis dit que quelqu'un de notre immeuble allait tomber par la fenêtre ce jour-là. Nous habitions rue Twarda, à Varsovie. L'idée ne me plaisait pas, j'avais peur. Je suis parti au heder et, à mon retour, la cour était noire de monde. L'ambulance venait d'arriver. Un vitrier qui remplaçait une vitre au deuxième étage était tombé. Si des histoires semblables s'étaient produites deux fois – mettons cinq fois – on aurait pu parler de coïncidence, mais elles arrivaient trop souvent pour cela. Bizarrement, j'ai compris très tôt que je devais cacher mon don à tout le monde, comme une horrible tache de naissance. Et j'avais raison parce que des pouvoirs comme les miens sont une calamité. Il vaut mieux être né sourd ou boiteux que les avoir.

» Mais même si on fait très attention, on ne peut pas tout dissimuler. Un jour, j'étais dans la cuisine. Ma mère – qu'elle repose en paix – tricotait une chaussette. Mon père gagnait bien sa vie, même s'il n'était qu'un simple ouvrier. Notre appartement était confortable et aussi propre que celui d'un homme riche. Nous avions beaucoup de casseroles en cuivre que ma mère astiquait chaque semaine jusqu'à ce qu'elles brillent. Cette fois-là, j'étais assis sur un petit banc. Je ne devais pas avoir plus de sept ans, à l'époque. Tout à coup, j'ai dit : “ Maman, il y a de l'argent sous le plancher! Il y a de l'argent! ” Ma mère a arrêté de tricoter et m'a regardé d'un air stupéfait : “ De l'argent? Mais qu'est-ce que tu racontes? – De l'argent, ai-je répondu, des pièces d'or. ” Ma mère a dit : “ Tu es fou? Comment sais-tu qu'elles sont sous le plancher? – Je le sais, c'est tout. ”

» Ce que je savais aussi, c'est que j'aurais mieux fait de me taire. Mais c'était trop tard.

» Quand mon père est rentré, à l'heure du déjeuner, ma mère lui a raconté l'histoire. Il était tellement abasourdi qu'il a reconnu avoir effectivement caché des pièces d'or sous le plancher. J'avais une sœur aînée et mon père économisait pour sa dot. Mettre de l'argent à la banque n'était pas la coutume chez les gens simples. Quand je suis revenu du heder, mon père a commencé un véritable interrogatoire : “ Ainsi, tu m'espionnes? ” Mais il avait caché l'argent pendant que j'étais au heder, à une heure où ma mère était partie au marché et où ma sœur rendait visite à une amie. Il avait verrouillé la porte et nous habitions au troisième. Il était allé jusqu'à mettre du coton dans le trou de la serrure. J'ai reçu une correction mais j'étais incapable d'expliquer que j'avais *vu* ces pièces. “ Ce garçon est un démon! ” a dit mon père et il m'a tiré les oreilles par-dessus le marché. Cela m'a servi de leçon, à partir de ce jour-là, je me suis tu.

» Je pourrais vous raconter une centaine d'épisodes comme celui-là, qui se sont passés dans mon enfance, mais je me bornerai à un seul : dans notre rue, en face de notre immeuble, il y avait la boutique d'un crémier. En ce temps-là, on allait acheter du lait bouilli. Le crémier le faisait bouillir sur un réchaud à gaz. Un matin, ma mère m'a tendu une casserole et m'a dit : “ Va chez Zelda et achète-moi un quart de lait bouilli. ” Je suis allé à la boutique où il n'y avait qu'une seule cliente, une jeune fille qui achetait du beurre. A Varsovie, on vous coupait la quantité de beurre que vous vouliez sur une grosse motte à l'aide d'un tranchoir en forme d'arc, comme ceux que les enfants avaient pour la fête de l'Omer, quand ils partaient pique-niquer dans la forêt de Praga. J'ai vu soudain quelque chose de très bizarre : une lumière scintillait autour de la tête de Zelda, comme si un chandelier de Hannukah avait été posé sur sa perruque. J'en suis resté bouche ouverte : comment était-ce possible? A côté de moi, près du comptoir, la jeune fille bavardait avec Zelda comme si rien de spécial ne se passait. Zelda a pesé le morceau de beurre et quand la cliente a été partie, elle m'a dit : “ Mais entre donc, pourquoi restes-tu à la porte? ” J'aurais voulu lui demander : “ Qu'est-ce que c'est que cette lumière qui brille autour de votre tête? ” Mais j'avais déjà compris que j'étais sûrement le seul à la voir.

» Le lendemain, quand je suis rentré du heder, ma mère m'a dit : “ Tu sais ce qui est arrivé? Zelda, la crémière, eh bien, elle est tombée raide morte. ” Vous imaginez ma terreur. Je n'avais que huit ans. Depuis, j'ai revu bien souvent cette grande lumière autour de la tête de gens qui allaient mourir. Dieu merci, elle ne m'est plus apparu depuis vingt ans. A mon âge et étant donné le milieu dans lequel je vis, je la verrais tout le temps. »

2

« Il y a quelque temps, vous avez écrit que dans tout grand amour entre un élément de télépathie. Cela m'a frappé et j'ai décidé qu'il fallait que je vous voie. Dans ma vie, ce n'est pas arrivé une fois ou dix fois, mais à peu près tout le temps. Quand j'étais jeune, j'étais romantique. Je voyais une femme et je tombais aussitôt amoureux d'elle. En ce temps-là, on ne pouvait pas aborder une dame et lui dire de but en blanc qu'on l'aimait. Les jeunes filles étaient de délicates créatures. Un simple mot était considéré comme une insulte. Et puis, à ma façon, j'étais timide. Fier aussi. Ce n'est pas dans ma nature de courir après les femmes. Enfin, disons qu'au lieu de parler à une fille, je rêvais d'elle, jour et nuit. J'imaginais toutes sortes de rencontres et d'aventures impossibles. Jusqu'au moment où je comprenais que mes rêves se réalisaient. Une fille à laquelle j'avais beaucoup pensé venait tout à coup me trouver. Un jour, délibérément, j'attendis une femme dans une rue très passante de Varsovie jusqu'à ce qu'elle arrive. Je ne suis pas mathématicien, mais je sais que les chances que cette femme traverse la rue au moment précis où je m'y trouvais était d'environ une sur vingt millions. Mais elle vint, comme attirée par un aimant invisible.

» Je ne suis pas crédule à ce point-là. Encore aujourd'hui, j'ai mes doutes. Nous voulons croire que tout se passe de façon rationnelle et d'après un ordre établi. Nous avons peur des mystères. S'il existe des puissances bonnes, c'est qu'il y en a aussi de mauvaises, très probablement et qui sait de quoi elles sont capables! Mais tant de choses irrationnelles m'arrivaient que j'aurais été idiot de les ignorer.

» C'est peut-être parce que j'avais cette sorte de magnétisme que je ne me suis jamais marié. Je ne suis pas le genre d'homme qui se satisfait d'une seule femme. J'avais également d'autres pouvoirs, mais je ne vais pas m'en vanter. J'ai vécu, comme on dit, en pacha turc – j'avais souvent cinq à six maîtresses en même temps. Dans les salons où je venais réparer de beaux meubles, je faisais souvent la connaissance de très belles femmes, en général non juives. Et elles me répétaient toutes la même histoire : j'étais différent des autres Juifs, etc., etc. – J'avais une chambre avec entrée indépendante et c'est tout ce dont un célibataire a besoin. Dans un placard je gardais toujours sous la main de l'alcool, des liqueurs et une bonne réserve de sucreries. Si je vous racontais ce qui s'est passé dans cette pièce, sur mon divan, vous auriez de quoi écrire un livre – mais à quoi bon? Plus je vieillissais, plus je réalisais que pour l'homme moderne, le mariage est folie pure. Sans religion, l'institution elle-même est absurde. Naturellement, votre mère et ma mère étaient des épouses fidèles. Pour elles, il n'y avait qu'un seul Dieu et un seul mari.

» Je vais arriver à l'essentiel. En dépit de toutes les femmes que j'ai eues, au fil des années, il en a existé une avec qui je suis resté presque trente ans – en réalité, jusqu'au jour où les nazis ont bombardé Varsovie. Ce jour-là, des milliers d'hommes ont traversé le pont en direction de Praga. J'aurais voulu emmener Manya avec moi – elle s'appelait Manya – mais elle avait la grippe et je ne pouvais pas l'attendre. J'avais en Pologne des relations de toutes sortes mais au milieu d'une telle catastrophe, elles ne pesaient pas plus lourd qu'une pincée de tabac. Plus tard, on m'a raconté que la maison où je vivais avait été bombardée et réduite à un tas de briques et de poussière. Je n'ai plus jamais entendu parler de Manya.

» On aurait pu dire de Manya qu'elle n'était qu'une fille assez ordinaire. Elle venait d'un petit village à l'est de la Pologne. Quand nous nous sommes connus, nous étions tous les deux vierges. Eh bien, pas même mes infidélités n'ont pu détruire l'amour qui existait entre nous. Elle savait toujours plus ou moins de quelles abominations je me rendais coupable, elle me menaçait régulièrement de partir, de se marier et Dieu sait quoi encore. Mais chaque semaine – parfois plus souvent – elle revenait régulièrement chez moi. Les autres ne passaient jamais la nuit dans ma chambre, mais quand Manya me visitait, elle restait. Elle n'était pas spécialement belle – brune, pas très grande, les yeux noirs. Elle avait les cheveux frisés. Dans son village, on l'appelait la Tzigane. Et c'est vrai qu'elle en avait toutes les manières. Elle tirait les cartes et lisait dans les lignes de la main. Elle croyait à la sorcellerie et à des quantités de superstitions. Elle s'habillait même à la façon d'une Tzigane, de jupes fleuries et de châles, portait de grands anneaux aux oreilles et des colliers de perles rouges au cou. Elle avait toujours une cigarette entre les lèvres. Elle gagnait sa vie comme vendeuse dans une boutique de lingerie. Les propriétaires étaient âgés et sans enfant, si bien que Manya était un peu devenue leur fille. Il n'y avait pas meilleure vendeuse qu'elle. Elle savait coudre, broder et même fabriquer des corsets. Elle s'occupait de toute l'affaire. Si elle avait voulu voler, elle aurait fait fortune mais elle était cent pour cent honnête. De toute façon, ses patrons avaient décidé de lui léguer le magasin après leur mort. Le vieil homme avait une maladie de foie et il voyageait souvent avec sa femme pour aller se soigner à Carlsbad, à Marienbad et à Liszczany. Et quand ils partaient, ils confiaient leurs affaires à Manya. Quel besoin aurait-elle eu de se marier? Ce qu'il lui fallait, c'était un homme et cet homme, c'était moi.

» Cette fille qui savait à peine lire et écrire était, à sa façon, très raffinée, surtout pour tout ce qui touchait au sexe. Dans ma vie, j'ai eu un nombre de femmes incalculable, mais il n'y a jamais eu personne comme Manya. Elle avait ses caprices et ses goûts particuliers et quand j'y pense, je ne sais pas si je devrais rire ou pleurer. Le sadisme est le sadisme et le masochisme le masochisme. Mais y a-t-il en réalité des noms pour toutes ces bêtises? Chaque fois que nous nous disputions, nous étions terriblement malheureux et faire la paix devenait un véritable cérémonial. Elle cuisinait comme pour un roi. Quand ses patrons étaient partis aux eaux, elle me préparait des repas dans leur appartement. Je lui disais toujours que les plats qu'elle confectionnait avaient du sex-appeal et c'était assez vrai. Tout cela représentant ses bons côtés.

» Les mauvais, c'est que Manya ne pouvait pas, n'a jamais pu accepter l'idée que je couchais avec d'autres femmes. Elle faisait tout ce qu'elle pouvait pour me gâcher mon plaisir. De nature, je ne suis pas menteur, mais à cause d'elle, j'ai dû le devenir. Automatiquement. Je n'avais même pas besoin d'inventer des mensonges, ma langue les prononçait toute seule. Et j'ai souvent été stupéfait de l'habileté et du don de double vue d'une langue. La mienne prévoyait les événements et les situations, ce que je ne réalisai d'ailleurs que plus tard. Quoi qu'il en soit, on ne peut pas tromper quelqu'un sans qu'il le sache pendant trente ans. Manya connaissait mes habitudes et elle ne cessait jamais de m'espionner : par exemple, mon téléphone sonnait en pleine nuit. Mais en même temps mon, disons, commerce avec d'autres femmes lui procurait un plaisir pervers. De temps en temps, je lui avouais tout et elle voulait toujours plus de détails, me traitait de noms épouvantables, pleurait, riait, faisait les pires scènes. J'avais souvent l'impression d'être un dompteur, celui qui met sa tête dans la gueule du lion. Je savais que mes aventures n'avaient de sens que si Manya restait à l'arrière-plan. Si j'avais Manya, la comtesse Potoka était une bonne affaire. Sans Manya, aucune conquête ne valait plus d'un groschen.

» Il m'est arrivé plusieurs fois de rentrer d'un rendez-vous galant, dans une auberge de campagne ou la propriété d'un noble polonais et de passer ensuite la nuit avec Manya. Elle me rafraîchissait et je recommençais comme si rien ne s'était passé. Mais en vieillissant, je me suis demandé peu à peu si trop faire l'amour n'était pas mauvais pour moi. Je suis d'un tempérament inquiet. Je lis des livres médicaux et des articles dans les journaux. J'avais peur de me gâcher la santé. Une fois, je suis rentré complètement épuisé. Je devais tout de suite retrouver Manya et une idée m'a traversé l'esprit : comme ce serait bien si elle avait ses règles ce soir-là, je ne serais pas obligé de la garder avec moi toute la nuit. Je lui ai téléphoné et elle m'a dit : “ C'est drôle, mais voilà que j'ai mes vacances – c'est ainsi qu'elle appelait ses règles – au beau milieu du mois. ” “ Mais tu sais faire des miracles ”, me suis-je murmuré à moi-même. Pourtant, je restais sceptique. Il a fallu que ce genre de choses se répète très souvent pour que je finisse par comprendre que j'avais le pouvoir de donner des ordres au corps de Manya. Ce que je vous raconte est vrai, jusqu'au moindre mot. Plusieurs fois, j'ai souhaité qu'elle tombe malade – pas gravement, ni longtemps bien sûr, parce que je l'aimais beaucoup – et elle a immédiatement eu de la fièvre. Il était clair que j'étais le maître de son corps. Si j'avais voulu qu'elle meure, elle serait morte. J'avais lu des livres sur le mesmérisme, le magnétisme animal et autres choses du même genre, mais il ne m'était jamais venu à l'esprit que je posséderais moi-même ces pouvoirs-là et à un tel degré.

» Outre le fait que je faisais d'elle ce que je voulais, je connaissais aussi ses pensées. Je pouvais littéralement lire ce qui lui traversait l'esprit. Une fois, après une horrible dispute, Manya est partie en claquant la porte si fort que toutes les vitres en ont tremblé. Au même instant, j'ai su qu'elle partait en direction de la Vistule avec l'intention de se noyer. J'ai attrapé mon manteau et suis parti silencieusement à sa poursuite. Elle a traversé plusieurs rues et je la suivais comme un détective. Elle ne s'est pas retournée une seule fois. Finalement, elle est arrivée à la Vistule et a commencé à descendre vers la berge. J'ai couru l'attraper par les épaules. Elle a crié, s'est débattue. Je l'avais sauvée de la mort. Peu après, je lui ai ordonné mentalement de ne plus jamais penser au suicide. Plus tard, elle m'a dit : " Comme c'est étrange, je songeais très souvent à en finir avec la vie et, dernièrement, je n'ai plus du tout eu ce genre d'idées. Tu peux m'expliquer pourquoi? "

» J'aurais pu tout expliquer. Une fois, quand elle est entrée chez moi, je lui ai dit : " Aujourd'hui, tu as perdu de l'argent. " Elle est devenue toute pâle. C'était vrai, en revenant de la banque, elle avait perdu six cents zlotys. »

3

« Je vais vous raconter l'histoire du chien, puis une autre histoire et ce sera suffisant. Un été – ce devait être en 1928 ou 1929 – j'ai brusquement été terrassé par une immense fatigue. Une terrible nervosité aussi. J'étais empêtré dans des aventures si nombreuses et si compliquées que je sentais ma raison s'en aller. Mon téléphone sonnait sans arrêt. Les querelles entre Manya et moi devenaient de plus en plus vives et prenaient un tour nouveau. A la boutique où elle travaillait, la patronne était morte et Manya me menaçait sans arrêt d'épouser le patron. Un cousin qui vivait en Afrique du Sud lui écrivait des lettres d'amour et offrait de lui envoyer l'attestation nécessaire pour avoir un visa de sortie de Pologne. Son grand amour pour moi se transformait en haine. Elle parlait de s'empoisonner et moi avec. Elle me proposait un double suicide. Une flamme brillait dans ses yeux noirs qui la faisait ressembler à une Tartare. Nous descendons tous de Dieu seul sait quels meurtriers. Est-ce vous ou un autre collaborateur de ce journal qui a écrit que chaque individu est un nazi potentiel? La nuit, moi qui dormais généralement comme un sac, j'avais maintenant des insomnies. Quand je finissais par m'assoupir, j'avais des cauchemars. Un matin, j'ai senti que ma fin était arrivée. Mes jambes tremblaient, tout tournait autour de moi, j'avais des bourdonnements d'oreilles. J'ai compris que si quelque chose ne changeait pas tout de suite, j'étais fichu. J'ai décidé de tout quitter, de partir aussitôt. J'ai fait ma valise. A l'instant où je la bouclais, le téléphone s'est mis à sonner, mais je n'ai pas répondu. Je suis sorti et j'ai pris un droshky pour la gare de Vienne. Un train était en partance pour Cracovie et j'ai acheté un billet. Je me suis assis en seconde classe et j'étais tellement fatigué que j'ai dormi tout le temps. Le contrôleur m'a réveillé à l'arrivée. A Cracovie, j'ai repris un droshky et j'ai demandé au cocher de me conduire à un hôtel. A peine dans la chambre, je me suis écroulé tout habillé sur le lit et j'ai dormi jusqu'au lendemain matin. Enfin, je devrais dire que j'ai somnolé parce que mon sommeil était très troublé. Je m'endormais, puis me réveillais. Je suis allé aux toilettes et j'ai entendu une voix littéralement hurler dans mes oreilles. C'était Manya qui pleurait et me suppliait de revenir. J'étais au bord de l'effondrement nerveux. Mais dans un dernier sursaut, je me suis secoué. Je n'avais rien mangé depuis la veille et je mourais littéralement de faim. Il n'y avait pas de salle de bains dans les chambres d'hôtel de Cracovie. Si on voulait prendre un bain il fallait commander de l'eau chaude à la bonne. Dans ma chambre, il y avait une cuvette et une cruche d'eau. J'ai réussi à me raser, j'ai pris un petit déjeuner et me suis traîné jusqu'à la gare. Je suis allé jusqu'au terminus de la ligne de chemin de fer. Naturellement j'aurais voulu me rendre à Zakopane, mais je n'avais pas pris la bonne direction. J'ai fini par arriver dans un village près de Babia Gora. C'est un coin montagneux différent des autres. Peu de touristes y venaient. Comme il n'y avait là ni hôtel ni auberge, j'ai loué une chambre chez un couple de vieux paysans. Je suppose que vous connaissez la région et que vous savez à quel point elle est belle. Et ce village-là était particulièrement beau et sauvage, peut-être parce qu'il était très isolé. Le vieux couple avait un chien, énorme, et je ne sais pas à quelle race il appartenait. On me mit en garde, il mordait, il fallait faire attention. J'ai tapoté le chien sur la tête et immédiatement, il est devenu mon copain. C'est même un euphémisme : il est tombé follement amoureux de moi, du premier coup. Il ne me quittait pas d'une semelle. Le vieux couple louait toujours une chambre l'été, mais le chien ne s'était jamais attaché à aucun locataire auparavant. En bref, j'avais fui l'amour humain pour tomber dans le piège de l'amour canin. Burek se conduisait exactement comme une femme, bien que ce fût un mâle. Il me faisait des scènes de jalousie plus terribles encore que celles de Manya. Quand je partais faire de longues promenades, il courait derrière moi. Il y avait des hordes d'autres chiens dans le village et s'il m'arrivait seulement d'en regarder un, Burek devenait fou. Il mordait ses congénères et moi avec. La nuit, il voulait absolument dormir sur mon lit. A la campagne, les chiens ont des puces. J'ai d'abord essayé de l'empêcher d'entrer dans ma chambre, mais il a tellement hurlé et gémi qu'il a réveillé la moitié du village. J'ai bien été obligé de le prendre avec moi et il a immédiatement sauté sur le lit. Il avait une voix *humaine.* Les paysans ont commencé à dire que j'étais un sorcier. Je ne suis pas resté longtemps parce que dans un trou pareil, on pouvait vite mourir d'ennui. J'avais emporté quelques livres, mais ils ont été vite lus. J'étais reposé et prêt à me lancer dans de nouvelles histoires. Mais me séparer de Burek n'a pas été une petite affaire. Il avait senti, avec Dieu sait quel instinct, que j'étais sur le point de partir. J'avais télégraphié à Manya du bureau de poste et reçu des télégrammes et des lettres recommandées. Le chien ne cessait plus de hurler. Le dernier jour, il a eu une sorte de spasme nerveux, la bave lui coulait de la gueule. Les paysans ont craint qu'il ne soit devenu fou. Jusque-là, il n'avait jamais été attaché, mais son propriétaire s'est procuré une chaîne et l'a bouclé. Ses hurlements et les bonds qu'il faisait pour se libérer de la chaîne ont failli me briser les nerfs.

» Je suis rentré à Varsovie, bronzé, mais pas en tellement bon état nerveux. Ce que le chien m'avait fait endurer au village, Manya et quelques autres me l'ont infligé dès mon retour. Elles s'accrochaient à moi et me mordaient. J'avais des commandes de restauration de meubles et mes clients me harcelaient au téléphone. Quelques jours ont passé – ou quelques semaines, je ne me rappelle plus. Un soir, après une journée difficile, je suis allé au lit de bonne heure. J'étais si las que je me suis endormi tout de suite. Soudain, je me suis réveillé en sursaut. M'éveiller en pleine nuit était assez dans mes habitudes, mais cette fois, j'avais l'impression que quelqu'un avait pénétré dans la chambre. Je sentais quelque chose de lourd sur mes pieds. J'ai regardé et il y avait un chien couché sur la couverture. La lampe était éteinte, mais je voyais quand même bien à cause du reflet du réverbère de la rue. J'ai reconnu Burek.

» D'abord je me suis dit qu'il avait couru derrière le train jusqu'à Varsovie. Mais c'était absurde. D'abord, on l'avait attaché. Ensuite aucun chien n'aurait pu courir si longtemps derrière un train express. Et même s'il avait réussi à venir tout seul à Varsovie et, en plus à trouver ma maison, il n'aurait pas pu monter trois étages. En outre, je verrouillais toujours ma porte. J'ai fini par comprendre que ce n'était pas un vrai chien, en chair et en os, mais bien un fantôme. Je voyais ses yeux. Je sentais son poids sur mes pieds. Mais je n'osais pas le toucher. Je restais assis, terrorisé et il m'a regardé avec une expression de désespoir, ou d'autre chose qui n'a pas de nom. J'aurais voulu le repousser, mais je ne pouvais pas. Ce n'était pas un chien mais un fantôme. Je me suis recouché et ai essayé de me rendormir. Au bout d'un moment, j'y suis parvenu. Un cauchemar? Appelons ça un cauchemar. Mais c'était bien Burek. J'avais reconnu ses yeux, ses oreilles, son expression, son poil. Le lendemain, j'ai eu envie d'écrire aux paysans pour leur demander des nouvelles du chien. Mais ils ne savaient pas lire et puis j'étais trop occupé pour écrire des lettres. De toute façon, je n'aurais jamais reçu de réponse. Je suis absolument convaincu que le chien était mort. Ce qui m'avait rendu visite n'était pas de ce monde.

» Ce n'est pas la seule fois qu'il est venu. Pendant plusieurs années, il a réapparu et j'ai eu ainsi l'occasion de bien le regarder, même si cela s'est toujours passé dans l'obscurité. Il était déjà vieux quand j'ai quitté le village et à la façon dont il m'avait regardé le dernier jour, j'ai su qu'il ne vivrait plus longtemps. Corps astral, esprit, âme, appelons cela comme vous voulez, c'est un fait que le fantôme d'un chien est venu chez moi et s'est couché sur mes pieds. Pas une fois, non, des douzaines de fois. Presque chaque nuit, au début, puis de moins en moins souvent. Un rêve? Non, ce n'était pas un rêve. A moins que toute la vie en soit un? »

4

« Je vous raconterai un dernier incident. Je vous ai déjà dit que j'avais rencontré un certain nombre de femmes avec qui j'ai eu une aventure dans les salons où j'allais réparer des meubles. Cet homme incolore, assis devant vous, a couché avec des comtesses polonaises. Qu'est-ce qu'une comtesse? Nous sommes tous taillés dans la même matière. Mais une fois, j'ai rencontré une jeune femme qui a réellement failli me rendre fou. J'avais été engagé pour travailler dans la maison d'un noble à Vilanov. Je devais y restaurer un vieux piano-forte décoré de guirlandes dorées. Pendant que je travaillais, une jeune femme a traversé le salon presque sans bruit. Elle ne s'est pas arrêtée plus d'une seconde, a vu ce que je faisais et nos regards se sont croisés. Comment pourrais-je vous la décrire? Elle ressemblait à la fois à une Juive et à une Polonaise de l'aristocratie. Comme si par magie, un timide étudiant de yeshiva s'était transformé en panienka polonaise. Elle avait un visage étroit et des yeux noirs si profonds que j'en restai bouleversé. Ils me brûlaient à vif. Tout chez cette femme reflétait une intense spiritualité. Jamais auparavant, je n'avais vu une beauté pareille. Elle a disparu aussitôt et je suis resté comme anéanti. Plus tard, j'ai questionné la propriétaire des lieux et elle m'a répondu que c'était une nièce venue en visite. Elle a cité le nom d'une propriété ou d'une ville d'où elle était originaire. Mais dans mon trouble, je n'y ai pas prêté attention. J'aurais facilement pu connaître son nom et son adresse si je n'avais pas été dans un état second. J'ai terminé mon travail. Elle n'est pas revenue. Mais son image ne me quittait pas. J'ai commencé à penser à elle jour et nuit, tout le temps. Cela m'épuisait et j'ai décidé d'en finir, à n'importe quel prix. Manya comprenait que je n'étais pas comme d'habitude et cela provoquait de nouvelles scènes. J'étais littéralement hors de moi et bien que je connusse Varsovie comme les doigts de ma main, j'en arrivais à me perdre dans les rues, à commettre toutes sortes d'erreurs.

» Puis, peu à peu, mon obsession s'est apaisée – ou peut-être s'est-elle installée plus profondément en moi. J'ai pu recommencer à penser à d'autres femmes tout en continuant à rêver d'elle. Et l'été a passé, puis l'hiver et le printemps est revenu.

» Un jour, en fin d'après-midi, juste avant le crépuscule – je ne me rappelle plus si c'était en avril ou en mai – le téléphone a sonné. J'ai dit allô, mais personne n'a répondu. J'ai répété “ allô, allô, allô ! ” puis j'ai entendu une voix balbutier quelque chose. J'ai dit : “ Qui que vous soyez, ayez la bonté de parler plus fort. ”

» Au bout d'un moment, j'ai entendu une voix qui était à la fois celle d'une femme et celle d'un jeune garçon. Elle m'a dit : “ Vous avez travaillé une fois à Vilanov, dans la maison d'Untel. Vous rappelez-vous, par hasard, quelqu'un qui a traversé le salon ? ”

» Ma gorge s'est contractée et j'ai failli perdre l'usage de ma langue.

“ Oui, je me souviens de vous, ai-je répondu. Pourrait-on oublier votre visage ? ”

» Il y a eu un silence et j'ai cru qu'elle avait raccroché.

Mais elle a parlé à nouveau, a murmuré plutôt. Elle a dit :

“ Il faut que je vous parle. Où pouvons-nous nous rencontrer?

– Où vous voulez. Voulez-vous venir chez moi?

– Non, c'est hors de question, a-t-elle répondu. Peut-être dans un café.

– Non, pas dans un café, ai-je dit. Indiquez-moi un endroit et j'y serai. ”

» Alors elle a cité une petite rue, près de la bibliothèque municipale, dans la direction de Mokotow. “ Quand voulez-vous y aller? ” ai-je demandé. Et elle a répliqué : “ Dès que possible.

– Peut-être tout de suite?

– Oui, si vous pouvez. ”

» Je savais que dans cette petite rue, il n'y avait ni café, ni restaurant, ni même un banc pour s'asseoir, mais je l'ai assurée que j'y partais aussitôt. Quelque temps auparavant, si on m'avait dit qu'un tel miracle était possible, j'aurais sauté de joie. Mais là, tout en moi restait silencieux. Je n'étais ni heureux ni malheureux, seulement abasourdi.

» Quand je suis arrivé à notre point de rencontre, il faisait déjà nuit. La rue était bordée d'arbres des deux côtés et il y avait quelques réverbères. Je l'ai vue dans la pénombre. Elle paraissait plus mince et ses cheveux étaient relevés en chignon. Elle était adossée, enveloppée d'ombre. Quand je me suis approché, elle a sursauté. A part nous, la rue était déserte. Les arbres étaient en fleurs et le trottoir était jonché de pétales. Je lui ai dit :

“ Me voici, où voulez-vous aller?

– Ce que j'ai à vous dire, je peux le dire ici, a-t-elle répondu.

– Que voulez-vous me dire? ” ai-je demandé.

Elle a hésité.

“ Je veux que vous me laissiez en paix. ”

» J'en suis resté d'abord sans voix, puis j'ai dit :

“ Je ne comprends pas ce que vous voulez dire.

– Vous le savez très bien, a-t-elle répondu. Vous ne me laissez pas en paix. J'ai un mari et je suis heureuse avec lui. Je veux rester une femme fidèle. ”

» Elle ne parlait pas vraiment, elle balbutiait. Elle devait chercher chaque mot. Elle a ajouté :

“ Cela n’a pas été facile de trouver qui vous étiez et d’avoir votre numéro de téléphone. J’ai dû inventer une histoire de porte d’armoire cassée pour obtenir ces renseignements de ma tante. Je ne mens jamais. Ma tante ne m’a pas crue. Pourtant, elle m’a donné votre nom et votre adresse. ”

» Puis, elle s’est tue.

» Je lui ai demandé :

“ Et pourquoi ne pas aller parler tranquillement quelque part?

– Je ne peux aller nulle part. J’aurais pu tout vous dire par téléphone, c’est tellement étrange, tellement absurde. Mais, maintenant, vous savez la vérité.

– Je ne comprends pas vraiment à quoi vous voulez en venir ”, ai-je dit, juste pour prolonger un peu la conversation.

“ Je vous supplie, par tout ce que vous avez de sacré, de cesser de me tourmenter. Ce que vous voulez de moi, je ne peux pas l’accepter. J’aimerais mieux mourir. ”

» Et son visage est devenu d’un blanc de craie. J’ai fait l’innocent et j’ai dit :

“ Mais je ne veux rien de vous. C’est vrai que lorsque je vous ai vue dans le salon de votre tante, vous avez produit sur moi une très forte impression. Mais je n’ai rien fait qui puisse vous bouleverser ainsi.

– Si, vous l’avez fait. Si nous ne vivions pas au vingtième siècle, je penserais que vous êtes un sorcier. Croyez-moi, a-t-elle ajouté, je n’ai pas décidé à la légère de vous téléphoner. J’avais même peur que vous ne sachiez pas qui j’étais – mais vous l’avez su tout de suite.

– Nous ne pouvons continuer à parler ainsi dans la rue, ai-je dit. Allons quelque part.

– Où? Si je rencontre quelqu’un que je connais, je suis perdue. ”

» Je lui ai dit :

“ Venez avec moi. ”

» Elle a hésité un instant, et puis elle m’a suivi. Elle avait quelque difficulté à marcher avec ses hauts talons, aussi elle a pris mon bras. J'ai remarqué, bien qu'elle eût des gants, combien ses mains étaient belles. Ses mains dont l'une était si légèrement posée sur mon bras et dont le contact me faisait trembler. Au bout d'un moment, elle s'est détendue et elle m'a dit :

“ Quelles sortes de pouvoirs possédez-vous donc? Plusieurs fois, j'ai entendu votre voix. Et je vous ai vu. Je me suis éveillée au milieu de la nuit et vous étiez debout au pied de mon lit. A la place de vos yeux, il y avait deux lumières vertes. J'ai secoué mon mari mais une seconde après, vous aviez disparu.

– C'était une hallucination.

– Non, vous errez la nuit.

– En ce cas, c'est sans le savoir moi-même. ”

» Nous sommes arrivés au bord de la Vistule et nous sommes assis sur un tronc d'arbre. Tout était calme. Ce n'était pourtant pas un endroit tellement sûr, des ivrognes et des clochards y rôdaient souvent. Mais elle s'est assise à côté de moi. Elle a dit :

“ Ma tante va se demander ce qui m'est arrivé. Je lui ai dit que j'allais faire un tour. Elle a même proposé de m'accompagner. Donnez-moi votre promesse solennelle que vous me laisserez tranquille. Peut-être avez-vous une femme et vous ne voudriez pas qu'on lui fasse du mal.

– Je n'ai pas de femme, ai-je dit. Mais je vous promets que pour autant que cela dépende de moi, je ne vous ferai pas de mal. C'est tout ce que je peux promettre.

– Je vous en serai reconnaissante jusqu'à mon dernier souffle. ”

» Voilà toute l'histoire. Je ne l'ai jamais revue. Je n'ai même pas su son nom. J'ignore pourquoi, mais de toutes les choses extraordinaires qui me sont arrivées, c'est celle-là qui a produit sur moi la plus forte impression. Bon, eh bien, c'est tout. Je ne vais pas vous déranger plus longtemps.

– Vous ne me dérangez pas, ai-je dit. C'est bon de rencontrer quelqu'un qui possède ces pouvoirs-là. Cela me renforce dans mes convictions. Mais comment se fait-il que Manya ait eu la grippe quand vous avez quitté Varsovie? Pourquoi ne lui avez-vous pas ordonné de guérir?

– Pourquoi? Je me le demande toujours. On dirait que

mes pouvoirs sont uniquement négatifs. Pour guérir une malade, il faudrait être un saint et comme vous voyez, je suis loin d'en être un. Ou peut-être – qui sait – ne l'ai-je pas fait parce que cela aurait été dangereux d'emmener une femme avec moi. »

L'inconnu baissa la tête. Il se mit à tambouriner sur la table en fredonnant quelque chose. Puis il se leva. Il me sembla que son visage avait changé, il était devenu tout gris et ridé. D'un seul coup, mon visiteur paraissait son âge. Il avait même l'air moins grand que tout à l'heure. Je remarquai que son imperméable était couvert de taches. Il me tendit la main en me disant au revoir et je l'accompagnai jusqu'à l'ascenseur.

« Pensez-vous toujours aux femmes? » demandai-je.

Il réfléchit, comme s'il ne comprenait pas bien ce que je voulais dire. Puis il me regarda tristement, avec une certaine méfiance :

« Seulement à des femmes mortes. »

Fuir la civilisation

J'ai commencé à envisager de fuir la civilisation peu après avoir appris le sens de ce mot. Mais dans le village de Bilgoray où j'ai vécu jusqu'à l'âge de dix-huit ans, il n'y avait pas assez de civilisation pour qu'on puisse envisager de la fuir. Plus tard, quand j'ai habité Varsovie, je n'avais guère d'autre choix que de retourner à Bilgoray. L'idée ne prit vraiment corps qu'après mon arrivée à New York. C'est là que j'ai commencé à souffrir d'une forme d'allergie – au pollen, ou à la poussière, une sorte de rhume des foins, en tout cas. J'avalais des flacons entiers de comprimés mais cela ne servait à rien. Cette année-là, dès le début du printemps, il fit aussi chaud qu'au mois d'août. La chambre meublée que j'avais louée dans le West Side était étouffante. Je ne suis pas trop amateur de visites chez le médecin mais j'allai quand même voir le Dr Gnizdatka, que j'avais déjà consulté à Varsovie et qui lisait fidèlement tout ce que je réussissais à publier dans la presse yiddish.

Le Dr Gnizdatka m'enfonça un instrument dans une narine, puis un abaisse-langue dans la bouche et dit :

« *Paskudno.* (Mauvais.)

– Qu'est-ce que je dois faire?

– Aller vous installer quelque part au bord de la mer.

– Mais où?

– Allez donc à Sea Gate. »

A l'instant où le Dr Gnizdatka prononçait ce nom, je compris que le moment de fuir la civilisation était vraiment venu pour moi et que Sea Gate ferait parfaitement l'affaire, aussi bien que Haïti ou Madagascar. Le lendemain matin j'allai à la banque et y retirai toutes mes économies qui s'élevaient à soixante-dix-huit dollars, rendis ma chambre, entassai toutes mes affaires dans une grande valise en carton et marchai jusqu'au métro. Dans une cafeteria d'East Broadway, quelqu'un m'avait dit qu'on pouvait facilement trouver à se loger à Sea Gate. J'emportais quelques livres destinés à me servir d'appuis spirituels pendant mon exil loin de la civilisation : la Bible, *L'Éthique* de Spinoza, *Le Monde comme volonté et comme représentation* de Schopenhauer, ainsi qu'un manuel de mathématiques. J'étais alors un ardent spinoziste et d'après Spinoza, on peut atteindre l'immortalité seulement si on médite sur des idées adéquates, c'est-à-dire les mathématiques.

A cause de la chaleur qu'il faisait à New York, je m'attendais à trouver Coney Island envahi par la foule et la plage couverte de baigneurs. Mais quand je descendis du train, à Stilwell Avenue, c'était l'hiver. Quelle surprise que pendant l'heure qu'il m'avait fallu pour aller de Manhattan à Coney Island le temps eût changé ainsi. Le ciel était couvert, un vent froid soufflait et une pluie fine et serrée commençait à tomber. Le trolley de Surf Avenue était vide. A l'entrée de Sea Gate, il y avait une grille, pour bien indiquer qu'il s'agissait d'un domaine privé. Deux agents de police qui se trouvaient là m'arrêtèrent pour me demander qui j'étais et ce que je venais faire à Sea Gate. Je faillis leur répondre : « Je fuis la civilisation », mais au lieu de cela je dis : « Je cherche une chambre à louer.

– Et vous avez apporté votre valise avec vous? »

Ces questions, posées dans un pays qui était censé être libre, me parurent insultantes et je demandai :

« Est-ce défendu? »

L'un des agents dit tout bas quelque chose à l'autre et tous deux se mirent à rire. Je reçus l'autorisation de traverser la frontière.

Il pleuvait de plus en plus fort. J'aurais aimé demander à quelqu'un où je pouvais trouver une chambre, mais il n'y avait personne. Sea Gate avait un aspect lugubre, tout y était encore enfoui dans le sommeil de l'hiver. Pour me donner du courage, je me forçai à penser à Sven Hedin, à

Nansen, au capitaine Scott, à Amundsen et à tous les explorateurs qui avaient quitté le confort des grandes villes pour découvrir les mystères du monde. La pluie cognait ma valise en carton aussi fort que de la grêle. Peut-être était-ce d'ailleurs de la grêle. Le vent m'arracha mon chapeau qui se mit à gambader par terre comme un lutin. Soudain j'aperçus une femme qui me faisait signe sous le porche d'une maison. Sa bouche remuait mais le vent emportait ses paroles. Elle esquissa un geste de la main pour m'inviter à venir m'abriter des éléments déchaînés. Je me retrouvai devant une superbe maison au toit pointu, ornée de colonnes et d'une porte sculptée. J'avançai sous le porche, posai ma valise (des livres et des manuscrits peuvent paraître aussi lourds que des pierres), m'essuyai le visage avec mon mouchoir et pus voir la femme de plus près. C'était une brune, d'environ trente ans, le teint mat, les traits réguliers, les yeux noirs. Elle avait quelque chose d'européen dans son allure. Ses sourcils étaient très épais. Il n'y avait pas trace de maquillage sur son visage. Elle portait un manteau et un béret qui évoquèrent tout de suite pour moi la Pologne. Elle me parla en anglais mais quand je lui répondis et qu'elle entendit mon accent, elle passa tout de suite au yiddish.

« Que cherchez-vous? Je vous ai vu marcher sous la pluie avec cette grosse valise et je me suis dit que peut-être... »

Je lui dis que je cherchais une chambre à louer et elle sourit, non sans ironie.

« C'est ainsi que vous vous y prenez? La valise à la main? Je vous en prie, entrez. Ma maison est pleine de chambres à louer. »

Je la suivis dans un salon comme je n'en avais jamais vu qu'au cinéma, avec des tapis d'Orient, des tableaux dans des cadres dorés, et un escalier très élaboré, avec une rampe recouverte de velours rouge. Me trouvais-je dans un ancien palais? La femme me dit : « N'est-ce pas étrange? J'ai ouvert la maison il y a cinq minutes. Elle est restée fermée tout l'hiver. Mais comme il faisait plus chaud ces jours-ci, j'ai pensé que le moment était venu. D'habitude, ici, la saison commence à la fin de mai ou au début de juin.

– Pourquoi la maison est-elle fermée en hiver? demandai-je.

– Elle n'est pas chauffée. C'est une vieille bâtisse, elle a soixante-dix ou quatre-vingts ans. Enfin, il existe bien un système de chauffage mais c'est très compliqué. L'air chaud monte par là. » Et elle me désigna une grille en cuivre dans le plancher.

Je me rendais maintenant compte qu'il faisait beaucoup plus froid dedans que dehors. On sentait dans l'air cette humidité glacée des demeures dans lesquelles le soleil n'est pas entré depuis longtemps. Nous restâmes un moment silencieux. Puis elle demanda : « Vous aimeriez venir vous installer tout de suite? L'électricité n'a pas encore été rebranchée, le téléphone non plus. D'habitude, les locataires viennent d'abord discuter des conditions, ils paient une avance et ne s'installent que lorsqu'il fait vraiment beau.

– J'ai rendu ma chambre en ville. »

Elle me regarda d'un air interrogateur et, après un instant d'hésitation, dit :

« Je jurerais avoir vu votre photo dans les journaux.

– Oui, elle y était la semaine dernière.

– Vous êtes Warshawsky?

– Oui.

– Mon Dieu! »

Le soir était tombé et Esther Royskes avait allumé une bougie dans un chandelier de cuivre. Nous étions en train de dîner dans la cuisine comme un vieux couple. Elle m'avait déjà raconté son histoire : ses malheurs avec son ex-mari, un poète communiste; leur divorce; son départ à lui pour la Californie avec sa maîtresse et la façon dont il avait laissé Esther se débrouiller toute seule pour élever leurs deux petites filles. Depuis deux ans, elle louait cette maison dans l'espoir d'en tirer des revenus suffisants pour vivre, mais c'était un échec. Les gens ne venaient qu'à partir du 4-Juillet et voulaient toujours discuter le prix. L'année dernière, plusieurs chambres étaient restées vides.

Je mis ma main dans ma poche, en sortis les soixante-dix-huit dollars et offris de lui payer tout de suite une avance mais elle protesta :

« Non, ne faites pas cela!

– Pourquoi?

– D'abord, il faut que vous voyiez la chambre. Il fait humide et froid, ici. Vous pourriez, Dieu nous en préserve, attraper un rhume. Et où prendriez-vous vos repas? Je ferais volontiers la cuisine pour vous mais comme vous me dites que vous avez l'intention de devenir végétarien, cela peut devenir un peu compliqué.

– Je n'aurais qu'à aller à Coney Island.

– Pour vous démolir l'estomac? Tout ce qu'on trouve, là-bas, ce sont des hot-dogs. Un homme qui fait sa valise et arrive à Sea Gate sans avoir rien prévu n'est pas quelqu'un de très pratique. C'est un miracle qui vous a conduit jusqu'à moi.

– Oui, un vrai miracle. »

Ses yeux noirs me dévisageaient d'un air un peu moqueur, et je savais que c'était le début d'une relation très sérieuse. Elle semblait le sentir aussi. Elle me disait des choses qu'on ne confie généralement pas à un étranger. A la lueur de la bougie, des ombres passaient et repassaient sur son visage qui me faisaient penser à un croquis au fusain sur du papier. Elle me dit : « La semaine dernière, j'ai lu un soir une de vos nouvelles au lit. Mes filles dormaient, et j'adore lire la nuit. Qui écrit des histoires de fantômes, aujourd'hui? Je me suis posé la question, et dans un journal yiddish, en plus! Vous ne me croirez sans doute pas, mais je me suis alors dit que j'aimerais vous rencontrer. N'est-ce pas étrange?

– Si, très étrange.

– Il faut que je vous raconte qu'une histoire très romantique s'est passée dans cette maison. Un millionnaire l'avait fait construire pour sa maîtresse. A l'époque, Sea Gate était encore habité par de riches Américains. Après sa mort, sa maîtresse y a vécu toute seule. Et puis elle est morte, elle aussi. Les meubles sont les siens, les livres aussi. Il semble qu'elle n'avait pas laissé de testament et la banque a tout vendu en bloc. Pendant des années, la maison est restée inhabitée.

– Était-elle belle?

– Venez, je vais vous montrer son portrait. »

Esther prit le chandelier et m'entraîna à travers de nombreuses pièces obscures jusqu'à un salon. Je trébuchais, me cognais contre des chaises. Je me pris les pieds dans le pli d'un tapis et Esther me saisit par le poignet. Je sentis la chaleur de sa main. Elle me demanda :

« Avez-vous froid?

– Non. Enfin, un peu. »

A la lueur vacillante de la bougie, nous contemplâmes le portrait de la maîtresse. Ses cheveux étaient relevés en chignon, sa robe très décolletée laissait voir son cou et le haut de ses seins. Dans la pénombre, ses yeux paraissaient vivants. Esther dit : « Tout passe. Je trouve encore des fleurs séchées dans ses livres mais d'elle, il ne reste rien.

– Je suis sûr que son fantôme rôde dans les pièces la nuit. »

Le chandelier frémit dans la main d'Esther et les meubles, les tableaux et les murs vacillèrent comme un décor de théâtre. « Ne dites pas cela! J'aurais peur de dormir! »

Nous nous regardâmes comme si nous nous étions très bien compris. Je me rappelle ce que j'ai alors pensé : c'était une situation qu'un romancier aurait eu à construire peu à peu, en plusieurs chapitres, sur des mois et peut-être des années. Et le destin avait tout arrangé en quelques minutes. Tout était prêt, les personnages, les circonstances, les motivations. Oui, mais dans la réalité, on ne peut jamais prévoir ce qui va se passer une minute après.

La pluie avait cessé et nous étions à nouveau dans la cuisine en train de boire du thé. Je pensais qu'il était tard mais sa montre ne marquait que huit heures vingt-cinq. Esther regarda aussi la sienne. Nous restâmes assis un moment, très silencieux. Je savais qu'elle réfléchissait à quelque chose qui devait se décider très vite et je savais ce que c'était. Je pouvais presque entendre sa voix intérieure qui disait – et peut-être était-ce le génie propre au genre féminin : « Ça ne doit pas se passer si vite. Qu'est-ce qu'un homme doit bien pouvoir penser quand il peut avoir une femme si facilement? »

Esther hocha la tête :

« Il ne pleut plus.

– Non.

– Écoutez-moi, me dit-elle. Vous choisirez la plus belle chambre de toute la maison et nous ne discuterons pas le prix. Ce sera un honneur et un plaisir pour moi de vous avoir chez moi. Mais il est trop tôt pour que vous vous installiez. J'avais pensé passer la nuit ici mais, en fait, je vais maintenant fermer la maison et retourner chez moi, auprès de mes enfants.

– Pourquoi ne voulez-vous plus rester? C'est à cause de moi? » demandai-je, un peu honteux de mes paroles.

Esther me lança un regard interrogateur :

« En quelque sorte, oui. »

Puis elle ajouta quelque chose que, selon les règles de la diplomatie féminine, elle n'aurait pas dû dire :

« Tout doit avoir le temps de mûrir.

– Très bien.

– Où dormirez-vous, maintenant que vous avez rendu votre chambre?

– Je trouverai bien quelque chose.

– Quand voulez-vous revenir?

– Dès que possible.

– Le 15 mai, ce n'est pas trop loin?

– Non.

– Dans ce cas, tout est décidé. »

Et elle me regarda d'un air plein de ressentiment. Peut-être s'était-elle attendue à ce que je l'implore, que je tente de la convaincre. Mais implorer et tenter de convaincre n'avaient jamais fait partie de ma stratégie masculine. Au cours de ces quelques heures passées avec Esther, j'étais devenu plus sûr de moi. J'estimais qu'elle devait avoir environ dix ans de plus que moi. Je m'étais armé de la patience nécessaire à celui qui se prépare à renoncer à la civilisation et à ses mirages.

Nous n'avions ni l'un ni l'autre enlevé notre manteau – il faisait trop froid – si bien que nous n'eûmes pas à le remettre. Je pris ma valise, Esther son sac. Elle éteignit la bougie. Elle dit : « Si vous n'aviez pas parlé de son fantôme, je serais peut-être restée.

– Je suis sûr que c'est un bon fantôme.

– Mais un bon fantôme peut aussi faire du mal. »

Nous sortîmes et Esther ferma la porte à clé. Le ciel était redevenu clair, comme illuminé par une lune invisible. Des étoiles scintillaient. Le rayon lumineux d'un phare éclaira un instant la moitié du visage d'Esther. Je ne sais pas pourquoi, mais je me dis que c'était comme la première nuit de la Pâque. Je voyais seulement maintenant que la maison était à l'écart des autres, tout entourée de pelouses. L'océan était au bout de la rue. A cause des hurlements du vent, je n'avais pas entendu plus tôt le bruit des vagues. Mais comme la tempête s'était calmée, je percevais leur mugissement, leur grondement, leur bouillonnement cosmique dans un chaudron cosmique. Au loin, un remorqueur passait en tirant trois sombres péniches. J'avais du mal à croire qu'on pouvait trouver une telle paix à une heure à peine de New York...

Esther parla d'une voix hésitante :

« Tout à l'heure vous avez voulu me verser une avance et j'ai refusé. Si vous êtes sérieux, pour ce qui est de la chambre, j'accepterai maintenant, juste pour être sûre que...

– Vingt dollars, cela suffira?

– Oui. Je vous le demande juste pour que vous ne changiez pas d'avis », dit-elle et elle eut un petit rire.

A la lueur du réverbère, je comptai les vingt dollars. Nous marchâmes ensemble jusqu'à la grille. Je reconnus un des agents qui était là à mon arrivée. Il nous regarda, nous et nos valises, d'un air entendu, comme un vieux sage qui aurait deviné tous nos secrets. Il sourit, nous fit un clin d'œil et je l'entendis qui nous disait : « Alors, vous deux, vous revenez vers la civilisation? »

Vanvild Kava

S'il existait un Prix Nobel pour l'écrivain qui a le moins écrit, c'est Vanvild Kava qui l'aurait eu. De toute sa vie, il n'avait publié qu'une mince brochure et quelques articles. La moitié de la brochure consistait en une liste de noms d'écrivains et de titres de livres. Mais Vanvild Kava était quand même membre du Club des Écrivains yiddish de Varsovie et, en plus, il appartenait au PEN Club.

Quand je m'inscrivis au Club des Écrivains, Kava en faisait partie depuis plusieurs années déjà. Sa réputation était celle d'un type un peu bizarre et du plus sévère critique imaginable. Il déclarait que des classiques de la littérature yiddish tels que Sholom Aleichem et Peretz n'avaient pas vraiment de talent, tandis que Mendele Mocher Sforim n'en avait pas du tout. Il traitait Sholem Asch de jeune homme plein de promesses qui n'avaient pas été tenues. Mon frère I.J. Singer et mon ami Aaron Zeitlin n'étaient pour lui que de simples débutants. Comme un maître d'école, Kava aimait donner des notes à tout le monde et à ces deux derniers, il n'accordait que 2,7. Je n'allais pas discuter avec lui des mérites de mon frère mais je lui dis que Zeitlin était à mes yeux à classer parmi les plus grands, à côté d'Edgar Allan Poe, de Lermontov et de Slowacki. Mais Kava n'avait pas une trop haute opinion de ces poètes-là non plus. Il trouvait des défauts à tout le monde. Il prétendait que la civilisation et la culture n'ayant que cinq mille ans environ, la littérature n'en était qu'à ses débuts, en fait tout juste au berceau. Il faudrait peut-être attendre encore cinq mille ans pour qu'un vrai génie littéraire se manifeste. Je rétorquais que chaque artiste doit commencer au commencement car, contrairement à la science, l'art ne se nourrit pas des progrès et des qualités des autres. Mais Kava répliquait : « L'art a ses mutations et ses sélections qui lui sont propres, son développement biologique à lui. »

C'était incroyable qu'un critique aussi dur puisse faire partie du Club des Écrivains yiddish de Varsovie. Chaque vendredi, dans la rubrique « livres » des journaux yiddish, on annonçait l'apparition d'au moins une demi-douzaine de nouveaux talents et les autres journalistes étaient aussi indulgents que Kava était féroce. Après qu'il m'eut décerné un 0,03 (et cela pouvait passer pour un compliment à l'égard d'un débutant comme moi), nous avions eu toutes sortes de conversations sur la littérature. Kava me fit remarquer que dans *Guerre et Paix* de Tolstoï, les descriptions et les dialogues sont peut-être riches et précis mais que la construction laisse à désirer. Dostoïevski était un plus grand visionnaire que Tolstoï mais il n'avait écrit qu'un grand livre, *Crime et Châtiment*. Shakespeare ne valait vraiment que par ses poèmes, pas tant ses sonnets que les quelques poésies qui figurent dans ses pièces. Kava admettait que, pour un primitif, Homère se laissait lire. Il traitait Heine de jongleur des lettres. Dans sa brochure, il donnait la liste de toutes les œuvres littéraires et scientifiques qui devraient être traduites en yiddish pour que cette langue ne soit plus considérée comme un simple dialecte. Les yiddishistes l'attaquaient comme leur pire ennemi mais les traducteurs professionnels chantaient ses louanges. Certains littérateurs estimaient que Kava aurait dû être expulsé du Club des Écrivains yiddish et d'autres le défendaient en disant qu'il était trop ridicule pour être pris au sérieux.

Le destin et Kava lui-même faisaient de leur mieux pour lui donner l'allure d'un clown. Il était petit, très maigre, avait la bouche tordue d'un côté et zozotait en parlant. Au Club des Écrivains, les blagueurs se moquaient tout le temps de lui et imitaient sa façon de parler par euphémismes, sa manie d'utiliser des tournures scientifiques et son ton pédant. Pour Kava, Freud n'était qu'un simple dilettante,

Nietzsche un apprenti philosophe. On avait donné un surnom à Kava : Diogène.

Il vivait de rien. Son seul revenu, c'était ce qu'il touchait pour remplacer les correcteurs d'épreuves des journaux yiddish quand ils s'en allaient en vacances l'été. Mais les imprimeurs ne tenaient aucun compte de ses corrections étant donné qu'il avait sa propre conception de la grammaire et de la syntaxe. Il apportait avec lui à l'imprimerie des encyclopédies, des lexiques et toutes sortes de dictionnaires. Dans les rédactions des journaux, on disait que, si on avait voulu respecter toutes ses indications, les quotidiens n'auraient paru qu'une fois tous les trois mois.

Inutile de dire qu'il était vieux garçon. Quelle femme aurait voulu épouser quelqu'un comme Vanvild Kava? Hiver comme été, il portait un chapeau melon tout usé, un manteau qui lui tombait jusqu'aux chevilles et un col dur du genre qu'on appelait alors le « père meurtrier ». On m'avait raconté que dans la poche de son veston, il avait un chronomètre à la place d'une montre. Si on lui demandait l'heure, il répondait « cinq heures moins une minute vingt-cinq secondes ». Pour relire des épreuves, il se servait d'une loupe d'horloger. Kava vivait dans une minuscule chambre au cinquième étage sans ascenseur, une chambre dont les murs étaient tapissés de livres. Quand il venait au Club des Écrivains, il ne se commandait jamais rien au bar, pas même un verre de thé. Il avait découvert une boutique où il pouvait acheter du pain noir rassis, du fromage et des fruits pour presque rien. On disait qu'il lavait son linge lui-même et le repassait en le coinçant entre deux dictionnaires. Il faut reconnaître qu'il n'avait jamais une tache sur son costume. Il affûtait son rasoir d'une façon bien à lui, sur un verre. Vanvild Kava était un ascète, pas au nom d'une religion mais au nom de sa version à lui des plaisirs du monde.

Un jour, au Club des Écrivains, arriva une nouvelle sensationnelle : Kava s'était marié. Et avec qui? Une belle jeune fille. Il faudrait avoir connu le Club des Écrivains yiddish et la passion qu'on y avait pour les ragots afin de pouvoir comprendre le tumulte que cette annonce provoqua. D'abord, tout le monde dit que ce devait être une blague. Mais il fut très vite évident que ce n'en était pas une. Les correcteurs d'épreuves et les ouvriers de l'imprimerie avaient déjà publié leurs félicitations dans les journaux. Un jour, Kava vint avec sa femme au Club, exactement à l'heure où il y venait d'habitude – à onze heures dix-sept. Elle paraissait avoir un peu moins de trente ans, était habillée à la dernière mode, portait les cheveux courts, avait du vernis aux ongles. Elle parlait bien le polonais et le yiddish. Tous ceux qui étaient présents ce matin-là ne surent qu'ouvrir de grands yeux. Kava commanda du café pour lui et sa bien-aimée et des gâteaux. Quand ils repartirent, à midi dix-sept très précisément, le Club se mit à bourdonner de rumeurs. Des théories et des explications surgissaient de partout à la fois. Je me souviens de l'une d'elles : Kava devait être une sorte de Raspoutine yiddish, un véritable prodige sexuel. Mais elle fut repoussée tout de suite comme une pure sottise. Au Club des Écrivains, chaque membre était persuadé que tous les autres étaient impuissants. Kava ne pouvait pas être l'exception.

Pendant des jours, des semaines, le Club ne fit que chercher une solution à l'énigme, mais dès qu'une solution s'esquissait, elle s'avérait ne pas être la bonne. Certains écrivains savaient que j'étais assez ami avec Kava. J'étais en outre remonté de quelques dixièmes de points dans son classement. Aussi ils insistèrent pour que je leur fournisse des indices. Mais j'étais aussi perplexe que tout le monde. Personne n'aurait osé poser à Kava des questions d'ordre personnel. Il y avait chez ce petit homme une forme d'orgueil qui décourageait toute approche un tant soit peu intime.

Puis il se passa quelque chose. Une jeune fille chez qui j'allais parfois avait une amie originaire de Pulava. A Pulava il y avait une grande imprimerie où l'on imprimait aussi des livres en yiddish. Les habitants de la ville se vantaient de compter parmi eux quelques écrivains et des traducteurs. La jeune fille de Pulava était une amie de la femme de Kava et un soir les Kava vinrent lui rendre visite pendant que je me trouvais là. C'était une chance inespérée. J'allais dîner avec quelqu'un qui était un mystère vivant. Mme Kava paraissait intelligente, fine et ses manières n'avaient rien d'énigmatiques. Nous parlâmes de politique, de littérature, et du groupe culturel de Pulava. Après le repas, Mme Kava alluma une cigarette et bavarda avec moi pendant que les deux filles faisaient la vaisselle. Je lui dis : « J'aimerais vous demander quelque chose mais ne le prenez pas mal si vous estimez que c'est trop personnel. Vous n'avez même pas besoin de me répondre si... »

Elle m'interrompit :

« Je sais ce que vous allez me demander. Pourquoi j'ai épousé Kava. Tout le monde me pose cette question. Je vais vous dire pourquoi. Je ne suis pas née d'hier. Je connais les hommes mais tous ceux que j'ai eu le malheur de rencontrer m'ont ennuyée à mourir. Aucun n'était capable d'avoir une opinion à lui. Ils répétaient tous les mêmes choses, ce que les jeunes gens sont censés dire aux jeunes filles. Ils citaient – sans le dire, bien sûr – les éditoriaux des journaux presque mot pour mot et lisaient les livres recommandés par les critiques. Certains ont offert de m'épouser mais comment aurais-je pu envisager de vivre avec un homme qui me faisait bâiller dès notre première rencontre? La conversation avec un homme est quelque chose de très important pour moi. Naturellement, il doit être vraiment un homme mais ce n'est pas cela qui compte le plus. Et puis j'ai rencontré Vanvild Kava et j'ai trouvé en lui toutes les qualités que je recherchais – une grande culture, des opinions bien à soi. J'ai commencé à jouer aux échecs à douze ans et je suppose que vous savez que Kava est un joueur extraordinaire. Il aurait pu devenir un grand maître s'il y avait consacré assez de temps. Naturellement, il est plus âgé que moi et il est pauvre, mais ce n'est pas l'argent qui m'intéresse. Je gagne ma vie comme professeur et je n'ai pas besoin qu'on m'entretienne. Je ne sais pas ce que vous pensez de ce qu'il écrit mais je le considère comme un sacrément bon écrivain. J'espère qu'avec moi, il travaillera régulièrement et produira de bons livres. C'est tout ce que je peux vous dire. »

Mme Kava s'était exprimée sur un ton décidé. C'était la première fois qu'on parlait de Kava sans rire et sans se moquer de ses manières. Je dis que je le connaissais bien et admirais son érudition et ses idées arrêtées, même si quelquefois elles étaient trop excessives. Mme Kava me répondit : « Il est original. Jamais banal. L'ennui, c'est qu'il écrit en yiddish. Dans une autre langue, il serait apprécié depuis longtemps, qu'on soit d'accord avec lui ou non. »

Le lendemain, au Club des Écrivains, je racontai à mes collègues que j'avais rencontré la femme de Kava et leur répétai ce qu'elle m'avait dit. Ils eurent tous l'air déçu. Quelqu'un demanda : « Mais comment peut-on aimer un type comme Kava? » Et je lui fis la réponse habituelle : « Personne n'a encore su déterminer qui peut être aimé et qui ne le peut pas. »

Au bout d'un certain temps, je cessai d'aller chez la jeune fille chez qui j'avais rencontré Mme Kava et les visites de Kava au Club des Écrivains devinrent plus rares. J'appris seulement qu'il avait renoncé à son emploi de correcteur d'épreuves pendant l'été. Et je commençai à penser qu'il allait peut-être s'assagir auprès de cette femme et, qui sait, écrire quelque chose d'important. J'étais sûr que c'était quelqu'un doué d'un authentique potentiel littéraire. Quand on est si exigeant à l'égard des autres, on peut l'être envers soi-même si les circonstances sont favorables.

Mais il arriva alors quelque chose de si bizarre que je ne l'ai toujours pas compris quarante ans plus tard. Un an ou deux avaient passé et mon ami Aaron Zeitlin qui était devenu rédacteur en chef d'un magazine trimestriel m'offrit la place de rédacteur adjoint. Nous avions besoin pour le premier numéro d'un grand essai sur la littérature yiddish ou la littérature en général, et je proposai à Zeitlin de le demander à Kava. D'abord, Zeitlin ne voulut rien entendre : « Kava? Sûrement pas lui! Ne serait-ce que parce qu'il lui faudrait des mois pour l'écrire. Ensuite, il dirait du mal de tout le monde. Cela nous donnerait une réputation épouvantable dès le début. » Mais je répondis : « N'en soyons pas si sûrs. D'abord, je crois qu'il a changé depuis son mariage. Et puis même s'il fait de la chair à pâté de tous nos confrères, on peut toujours ajouter une note précisant que la rédaction n'est pas d'accord avec lui. Cela pourrait même être de la bonne publicité de publier quelque chose de parfaitement négatif. »

Après bien des discussions, je finis par persuader Zeitlin de laisser Kava faire un essai, mais il stipula que Kava devait accepter l'idée qu'on mette une note en bas de page et aussi tenir une date pour la remise de son texte. J'étais heureux que Zeitlin se fût laissé convaincre. Je me disais que Kava était capable de nous surprendre tous.

Le lendemain, Kava vint justement au Club des Écrivains et quand je lui fis ma proposition, cela eut l'air de le bouleverser. Il me dit : « Vous voulez que j'écrive l'article de tête? Mais je suis excommunié de la littérature yiddish depuis des années. Le nom de Kava n'est pas cachère. Et c'est moi que vous choisissez. »

Je lui affirmai que nous le tenions en haute estime, Zeitlin et moi. Je le priai instamment de ne pas avoir d'exigences démesurées à l'égard des écrivains dont il parlerait et je l'assurai aussi que nous ne changerions rien à son texte. Au pire, nous ajouterions une note exprimant notre désaccord. Ce serait tout.

Après bien des hésitations, Kava accepta d'écrire l'article et me fixa même une date de remise. Il me promit de ne pas dépasser cinquante pages. Je lui dis mon pressentiment que cet essai marquerait un tournant dans sa vie littéraire. Il haussa les épaules et répondit avec son laconisme habituel : « Le temps le dira. »

Le jour fixé était presque arrivé mais nous n'avions aucune nouvelle de Kava. Il ne venait plus du tout au Club des Écrivains et je pensais que c'était signe qu'il travaillait. Un matin, il me téléphona. Il demandait une prolongation de deux semaines. Je lui demandai comment cela allait et il me répondit : « J'ai bien peur de dépasser les cinquante pages.

– De combien? demandai-je.

– De neuf pages et demie. »

Je savais que Zeitlin ne serait pas content. Déjà cinquante pages, c'était trop. Mais je savais aussi que si un texte est bon, les critiques et les lecteurs ne se soucient pas de sa longueur. Un instant j'eus envie de demander à Kava de me montrer quelques pages, puis je résolus de ne pas manifester d'impatience. Quand je racontai à Zeitlin ce qui s'était passé, il me dit : « Ce que je crains, ce n'est pas qu'il nous apporte cinquante-neuf pages et demie mais plutôt cinquante-neuf lignes et demie. »

Au jour dit, je retrouvai Kava au Club des Écrivains. Il m'avait apporté le manuscrit. Il faisait exactement cinquante-neuf pages et demie. Je vis au premier coup d'œil qu'il était plein de ratures et de citations en allemand, en anglais, et même en français, qui risquaient de poser des problèmes à l'imprimeur d'un magazine en yiddish. En outre, le texte était si serré que les cinquante-neuf pages et demie manuscrites de Kava pouvaient bien en devenir quatre vingts une fois imprimées. Il me dit : « Je vous donne mon texte à une condition, c'est que vous ne le lisiez pas ici, mais chez vous. Vous ne le remettrez qu'ensuite à Zeitlin. »

Je pris le manuscrit et me précipitai chez moi. J'étais possédé du désir de prouver à Zeitlin que j'avais eu raison. A peine entré dans ma chambre meublée, je me jetai sur le divan et commençai à lire. Je dévorai trois ou quatre pages et elles me plurent. Kava commençait par définir la littérature en général et le roman yiddish en particulier. Le style était bon, les phrases étaient courtes, concises. Je n'avais jamais eu autant de plaisir à lire un manuscrit que les cinq premières pages de celui-là. A la page six, Kava parlait d'un « écrivain pur-sang ». Il avait mis l'expression entre guillemets, précisant qu'elle s'applique en général aux chevaux et qu'on ne l'utilise pas pour mesurer le talent. C'était bizarre qu'en yiddish – entre toutes les langues! – elle fût utilisée ainsi.

Je continuai ma lecture et fus stupéfait de voir que Kava s'attardait trop sur le sens de « pur-sang ». Cette digression, totalement inutile, pourrait être coupée, me dis-je, si Kava n'y faisait pas d'objection. Mais plus je lisais et plus ma perplexité grandissait. Kava avait écrit tout un essai sur les chevaux – les chevaux arabes, les chevaux belges, les chevaux de course, et... Je découvrais des noms qui m'étaient totalement inconnus. Je n'en croyais littéralement pas mes yeux. « Peut-être suis-je en train de rêver », me dis-je. Je me pinçai les joues pour m'assurer que je ne faisais pas un cauchemar. Vanvild Kava avait poussé très loin ses recherches, il citait des douzaines de livres. C'était un article entièrement consacré aux chevaux, leur anatomie, leur physiologie, leur comportement, les différentes sous-espèces. Kava avait même ajouté une bibliographie. « Est-il fou? me demandai-je, ou a-t-il décidé de se moquer de nous? » L'idée de devoir présenter ce manuscrit à Zeitlin me faisait froid dans le dos. Il était naturellement hors de question de le publier. Je devrais revenir sur ma parole et le rendre à Kava. Malgré mon angoisse, j'avais envie de rire.

Après avoir bien réfléchi, j'allai trouver Zeitlin. Je n'oublierai jamais sa grimace quand il arriva à la page où Kava commençait à disserter sur l'expression « pur-sang ». Il haussa ses sourcils jaunes qui ne s'abaissèrent plus jusqu'à la fin de sa lecture. Un moment, son visage refléta un mélange d'ironie et de dégoût. Puis je vis dans ses yeux quelque chose d'assez proche du souci du médecin qu'un malade est venu consulter pour un rhume de cerveau et chez qui il découvre une tumeur maligne. Il me fit remarquer : « Qu'est-ce que je vous avais dit? A quoi d'autre pouvait-on s'attendre de la part de Kava? »

Je n'avais pas le choix. Je dus rendre son manuscrit à Kava. Je lui demandai pourquoi il avait fait cela, le suppliai de me fournir au moins une explication. Il restait là, immobile, pâle. Puis je l'entendis dire : « Je vous avais prévenu qu'on m'avait excommunié de la littérature yiddish. Ne venez plus jamais me demander d'écrire quelque chose. Je me passerai de votre magazine pour les années qui me restent. » Un moment, je fus tenté de téléphoner à Mme Kava et de lui dire dans quelle situation infernale je me trouvais. Mais je pensai qu'elle avait sûrement lu le texte et que très probablement elle défendrait son mari. A la longue, voir les choses sous un jour déformant devient une maladie contagieuse.

Kava eut la gentillesse de ne pas cesser de m'adresser la parole après cela. Nous ne parlâmes jamais de l'incident ni l'un ni l'autre. Pendant des mois, il m'arriva encore de me réveiller la nuit et de me demander : était-ce un acte de masochisme? Une forme de folie? et dans ce cas, laquelle? De la schizophrénie, de la paranoïa, de la sénilité précoce? En tout cas, une chose était claire : Kava s'était donné beaucoup de mal pour rédiger cet essai ridicule. Et personne dans le cercle des yiddishistes ne s'intéressait le moins du monde aux chevaux. J'étais jeune mais j'en étais déjà arrivé à la conclusion qu'il existe une multitude d'actions humaines pour lesquelles il n'y a pas de motivation. En fait, dans un roman, donner une motivation gâche toujours l'histoire.

En 1935, quand je partis pour l'Amérique, la section yiddish du PEN Club publia mon premier roman, *Satan à Goray* [1]. On avait demandé à Kava de relire les épreuves et de rédiger une préface. En l'apprenant, j'eus très peur à l'idée qu'il trouve des erreurs partout et introduise dans la préface quelques extravagances. Mais non, il relut les épreuves sans faire d'histoires et donna une préface brève et juste. Kava n'était pas fou. Mon sentiment était que son traité sur les chevaux constituait sa dernière incursion dans le domaine de l'absurde. Tout de suite après je partis pour l'Amérique.

De temps à autre, il m'arrive encore de me demander quelle pouvait bien avoir été la signification d'une action aussi bizarre mais je sais que si elle existe, elle est là où Vanvild Kava est aussi aujourd'hui – dans le soi-disant Au-Delà.

1. Publié en français aux Éditions Stock sous le titre *La Corne du bélier* (*N.d.T.*)

Le violoneux mort

1

Dans la ville de Shidlovste, qui est située entre Radom et Kielce, pas très loin des montagnes de la Sainte-Croix, vivait un homme du nom de Reb Sheftel Vengrover. Ce Red Sheftel était censé être marchand de grains, mais tous les achats et toutes les ventes étaient réalisées par sa femme, Zise Feige. Elle achetait du blé, de l'avoine, de l'orge, du sarrasin aux paysans et envoyait ensuite la marchandise à Varsovie. Elle en faisait aussi moudre une partie et vendait la farine aux épiceries et aux boulangeries. Zise Feige possédait un hangar à grains et employait un assistant, Zalkind, qui l'aidait dans son travail là où on avait besoin d'une main d'homme : il portait les sacs, s'occupait des chevaux et servait de cocher chaque fois que Zise Feige se rendait à une foire ou allait visiter un propriétaire terrien.

Reb Sheftel croyait fermement que la Torah était la plus précieuse de toutes les marchandises. Il se levait à l'aube et allait à la maison d'étude se plonger dans l'étude de la Guemarah, des Commentaires, du Midrash et du Zohar. Le soir, il lisait un chapitre de la Mishnah, à la Société pour l'étude de la Mishnah. Reb Sheftel s'occupait aussi beaucoup des affaires de la communauté et était un ardent hassid de Radzymin.

Il n'était pas plus grand qu'un lutin, mais avait la plus longue barbe de Shidlovtse et des environs, une barbe qui lui descendait jusqu'aux genoux et semblait contenir toutes les couleurs imaginables, rouge, jaune, beige. A Ticha b'Av, quand les farceurs lançaient des chardons à tout le monde, la barbe de Red Sheftel en était pleine. D'abord Zise Feige essayait de les ôter, mais Reb Sheftel ne voulait pas, car elle lui arrachait des poils en même temps et la barbe est un des signes distinctifs du vrai Juif et un rappel qu'il a été créé à l'image de Dieu. Les chardons restaient là jusqu'à ce qu'ils tombent d'eux-mêmes. Reb Sheftel ne frisait pas ses papillotes, considérant cela comme une coutume frivole. Elles lui tombaient jusqu'aux épaules. Une touffe de poils gris lui poussait sur le nez. Pendant qu'il étudiait, il fumait une longue pipe.

Quand Red Sheftel était debout devant le pupitre de la prière à la synagogue, avec son châle de prière et ses phylactères, il ressemblait à l'un des grands sages d'autrefois. Il avait un large front et, sous les sourcils en broussaille, des yeux où se lisaient à la fois le regard aigu de l'érudit et l'humilité de l'homme qui craint Dieu. Reb Sheftel s'imposait à lui-même toutes sortes de pénitences : il ne buvait pas de lait s'il n'avait pas été présent au moment de la traite. Il ne mangeait de viande que le shabbat et les jours de fêtes et seulement s'il avait examiné au préalable le couteau du sacrificateur. On disait qu'à Pessah, il faisait porter des chaussures à son chat pour l'empêcher d'apporter la plus petite miette de pain non levé dans la maison. Chaque nuit, il récitait fidèlement les prières de minuit. Les gens prétendaient que bien qu'il eût hérité son affaire des mains de son père et de son grand-père il ne savait pas distinguer le blé de l'orge.

Zise Feige avait une tête de plus que son mari et dans sa jeunesse, on la considérait comme une beauté. Les paysans qui lui vendaient des céréales la couvraient de compliments, mais une honnête femme juive ne prête pas attention à ce genre de bavardages. Zise Feige aimait son mari et c'était pour elle un honneur de l'aider à servir le Tout-Puissant.

Elle avait mis au monde neuf enfants, mais trois seulement avaient survécu : un fils marié, Jedediah, qui vivait chez son beau-père à Wlodawa, un fils beaucoup plus jeune, Tracock Meyer, qui fréquentait encore le heder, et une fille,

Liebe Yentl. Liebe Yentl avait été fiancée et sur le point de se marier mais son fiancé, Ozer, avait pris froid et était mort. Son père avait été le chef de la communauté d'Opola. Bien que Liebe Yentl ne l'eût aperçu qu'une fois, le jour de la signature du contrat de fiançailles, elle pleura amèrement quand elle apprit la mauvaise nouvelle. Presque aussitôt, elle fut assiégée de propositions de marieurs, car c'était déjà une grande fille de dix-sept ans, mais Zise Feige dit qu'il valait mieux attendre un peu et la laisser surmonter son chagrin.

Ozer, le fiancé de Liebe Yentl, avait quitté ce monde juste après la Pâque. On était maintenant déjà au mois d'Heshvan. Après Souccoth, en général, il pleut ou même il neige, mais cet automne-là était très doux. Le soleil brillait. Le ciel était bleu, comme après Shavouoth. Les paysans se plaignaient que les semis de l'hiver montaient déjà, ce qui annonçait une récolte gâchée. Ils avaient peur qu'une température si douce ne soit la cause d'épidémies. Le prix des céréales monta de trois groschens le sac et Zise Feige réalisa de gros bénéfices. Comme c'est la coutume entre mari et femme, elle faisait à Reb Scheftel un compte rendu des affaires de la semaine le soir du shabbat et aussitôt il déduisait une part – pour la maison d'étude, la synagogue, pour la réparation des livres sacrés, la maison des pauvres, les mendiants de passage. Ce n'étaient pas les œuvres charitables qui manquaient.

Comme Zise Feigel était une excellente maîtresse de maison et employait une bonne, Dunya, Liebe Yentl ne s'occupait pas des tâches ménagères. Elle avait sa chambre à elle où elle s'enfermait pour lire des livres d'histoires ou recopier des lettres dans un manuel. Quand elle avait fini, elle allait en secret emprunter des livres de son père. Elle savait très bien coudre et broder et aimait les beaux vêtements. Comme la barbe de son père, sa chevelure était incroyablement longue, elle lui descendait jusqu'aux reins. Depuis le drame de la mort d'Ozer, son visage, toujours très blanc, avait pâli davantage. Ses yeux étaient verts.

Red Sheftel ne prêtait guère attention à sa fille. Il priait simplement le Seigneur de lui envoyer un bon mari. Mais Zise Feigel voyait bien que Liebe Yentl poussait comme une herbe folle. Sa tête était pleine de rêves bizarres. Elle ne permettait pas qu'on parle de harengs ou de radis devant elle. Elle ne supportait pas de voir un poulet égorgé ou même de la viande mise à dégorger dans le sel. Si elle trouvait un moucheron dans son gruau du matin, elle ne mangeait plus rien de toute la journée. A Shidlovtse, elle n'avait pas d'amies. Elle disait que toutes les filles de la ville étaient vulgaires et arriérées; dès qu'elles se mariaient, elles ne se soignaient plus et devenaient de vraies souillons. Quand elle était invitée quelque part, elle jeûnait toujours la veille, au cas où elle aurait eu envie de vomir. Bien qu'elle fût belle, intelligente, instruite, elle croyait toujours que les gens se moquaient d'elle et la montraient du doigt.

Bien souvent Zise Feige aurait voulu parler à son mari des soucis que lui causait leur fille, mais elle n'osait pas l'interrompre quand il étudiait. En outre, il n'aurait peut-être pas compris ce genre de problème de femmes. Il avait une règle pour tout. Dans les rares occasions où Zise Feige avait essayé de lui faire part de ses craintes, sa seule réponse était : « Quand, avec l'aide de Dieu, elle se mariera, elle oubliera toutes ces bêtises. »

Après la mort d'Ozer, Liebe Yentl tomba malade de chagrin. Elle ne pouvait plus dormir. La nuit, sa mère l'entendait sangloter. Elle allait sans cesse se chercher à boire. Elle absorbait des litres et des litres d'eau et Zise Feige ne comprenait pas comment son estomac pouvait en contenir autant. C'était comme si – Dieu nous en préserve! – un feu faisait rage en elle, détruisant tout.

Quelquefois Liebe Yentl parlait à sa mère comme quelqu'un qui n'a plus toute sa tête. Zise Feige se disait que c'était plutôt une bonne chose que sa fille ne fréquente personne. Mais combien de temps ce genre de secret peut-il en rester un? On murmurait déjà en ville que Liebe Yentl était bizarre, très bizarre. Elle jouait avec le chat. Elle se promenait seule dans la rue non juive qui menait au cimetière. Si on lui adressait la parole, elle pâlissait et ses réponses n'avaient rien à voir avec les questions qu'on lui posait. Certains pensaient qu'elle était sourde. D'autres laissaient entendre que Liebe Yentl s'adonnait à la magie. On l'avait vue, un soir de pleine lune, marcher dans les prés et se baisser de temps à autre pour cueillir des fleurs. Les femmes crachaient pour écarter le mauvais œil quand elles parlaient d'elle : « Pauvre petite, non seulement elle n'a pas eu de chance, mais en plus, elle est malade. »

2

Liebe Yentl était sur le point de se fiancer à nouveau et cette fois, avec un jeune homme de Zawiercia. Reb Sheftel avait envoyé quelqu'un examiner le candidat et le rapport avait été que Shmelke Motl était un véritable érudit. On rédigea le contrat de fiançailles.

Traine, la femme de l'« examinateur », était allée à Zawiercia avec son mari (ils avaient une fille qui vivait là-bas) et elle raconta à Zise Feige que Shmelke Motl était petit et très brun. Physiquement, il ne payait pas de mine, mais il avait le cerveau d'un génie. Comme il était orphelin, il prenait ses repas tous les jours dans une famille différente. Liebe Yentl écouta, sans dire un mot.

Après le départ de Traine, Zise Feige servit le dîner de sa fille – du sarrasin et de la viande en sauce. Mais Liebe Yentl ne toucha à rien. Elle se balançait devant son assiette comme si ç'avait été un livre de prière. Peu après, elle se retira dans sa chambre. Zise Feige soupira et alla se coucher, elle aussi. Red Sheftel se couchait toujours très tôt parce qu'il devait se lever pour les prières de minuit. La maison était paisible. Seul le grillon chantait sa chanson du soir derrière le poêle.

Soudain, Zise Feige se réveilla en sursaut. De la chambre de Liebe Yentl venait un bruit étouffé, comme si quelqu'un suffoquait. Zise Feige se précipita et, à la lumière de la lune, elle vit sa fille assise dans son lit, échevelée, le visage blême, essayant de retenir ses sanglots. Zise Feige s'écria : « Mon enfant, que se passe-t-il? Malheur à moi! »

Elle courut à la cuisine, alluma une bougie et revint avec un verre d'eau pour jeter au visage de sa fille si celle-ci, Dieu nous en préserve, venait à s'évanouir.

Mais au même instant, une voix d'homme sortit de la bouche de Liebe Yentl.

« Pas la peine de me ranimer, Zise Feige, dit la voix, ce n'est pas dans mes habitudes de me trouver mal. Vous feriez mieux d'aller me chercher une goutte de vodka. »

Zise Feige en resta pétrifiée d'horreur et, du coup, elle renversa son verre.

Reb Sheftel s'éveilla, lui aussi. Il se lava les mains à la hâte, mit une robe de chambre et des pantoufles et entra dans la chambre de sa fille.

La même voix d'homme l'accueillit :

« Bon réveil, Reb Sheftel. Donnez-moi donc du schnaps. J'ai la gorge toute sèche. Ou de la *slivovitz*. Enfin, ce que vous voulez, du moment que ça me rafraîchit le gosier. »

Les deux époux comprirent immédiatement ce qui se passait : un dybbuk était entré en Liebe Yentl. Reb Sheftel demanda en tremblant :

« Qui êtes-vous? Que voulez-vous?

– Vous ne me reconnaîtriez pas, répondit le dybbuk. Vous êtes un érudit de Shidlovtse et je suis un violoneux de Pinchev. Vous aimez les livres. Moi, j'aime les filles. Vous vous promenez encore dans le Monde imaginaire tandis que moi je suis revenu de tout. J'ai déjà goûté à ce qui arrive quand tout est fini et bien fini. J'en ai vu de toutes les couleurs, ça je peux vous le dire et maintenant me revoici sur terre car il n'y a pas de place pour moi ni au ciel ni en enfer. Ce soir, je me suis envolé pour Pinchev mais je me suis perdu et à la place, me voici à Shidlovtse. Je suis musicien après tout et pas cocher de diligence. Mais je suis sûr d'une chose : j'ai le gosier sec. »

Zise Feige tremblait de tous ses membres. La bougie qu'elle tenait à la main s'inclina tellement qu'elle roussit des poils de la barbe de Reb Sheftel. La malheureuse aurait voulu crier, appeler au secours, mais aucun son ne réussissait à lui sortir de la bouche. Ses genoux cédèrent sous elle et elle dut s'appuyer au mur pour ne pas tomber.

Reb Sheftel empoigna ses papillotes et s'adressa à nouveau au dybbuk :

« Quel est ton nom?

– Getsl.

– Pourquoi avoir choisi ma fille?

– Et pourquoi pas? Elle est belle. Je n'aime pas les filles laides. »

Et, là-dessus, le dybbuk se mit à chanter des paroles obscènes, d'abord en yiddish, puis dans l'argot des musiciens. « Ne me faites pas attendre, Feige, ma chère, s'exclama-t-il enfin. Apportez-moi un coup à boire. Je suis sec comme une trique. Et ça me chatouille au fond de la gorge.

– Braves gens, au secours! » gémit Zise Feige. Elle en lâcha sa bougie que Reb Sheftel ramassa aussitôt, car la maison était en bois et aurait pu s'enflammer comme une torche.

Malgré l'heure tardive, les voisins arrivèrent en courant. Il y a toujours, partout, des gens que quelque chose empêche de dormir. Tevye, le veilleur de nuit, crut qu'il y avait un début d'incendie et il courut dans la rue en cognant contre les volets avec sa canne. Bientôt, la maison de Reb Sheftel fut pleine de monde.

Les yeux de Liebe Yentl étaient complètement exorbités, sa bouche se tordait comme celle d'une épileptique et une voix tonitruante qui n'aurait jamais pu sortir du gosier d'une femme s'exclama :

« Alors, ça vient, ce verre d'alcool? Par tous les diables, qu'attendez-vous donc?

– Et si nous ne te le donnons pas, qu'est-ce qui se passera? demanda Zeinvl le boucher.

– Eh bien, je vous montrerai tous tels que vous êtes. Et je raconterai les secrets les plus cachés de vos femmes – qu'elles rôtissent en enfer.

– Donnez-lui à boire, donnez-lui à boire! » s'exclamèrent des voix de tous les côtés.

Le fils de Reb Sheftel, Tsadock Meyer, qui avait onze ans, avait été réveillé par le tumulte. Il savait où son père rangeait le vin qu'il buvait après le poisson, au repas du shabbat. Il courut au placard, remplit un verre et le tendit à sa sœur. Reb Sheftel s'appuya contre un meuble car il ne tenait plus sur ses jambes. Zise Feige s'effondra sur une chaise. Des voisines lui frottèrent les tempes avec du vinaigre pour l'empêcher de s'évanouir.

Liebe Yentl tendit la main, prit le verre et le vida d'un trait. Ceux qui se trouvaient à côté d'elle n'en crurent pas leurs yeux : la jeune fille n'avait même pas cillé.

Le dybbuk dit :

« Vous appelez ça de l'alcool ? De l'eau, voilà ce que c'est. Hé, les gars, apportez-moi donc la bouteille !

– Non ! Non ! s'écria Zise Feige. Que Dieu nous aide, cela l'empoisonnerait ! »

Le dybbuk eut un ricanement de mépris :

« Ne vous inquiétez pas, Zise Feige, rien ne peut plus me tuer. En ce qui me concerne, votre soi-disant alcool n'est pas plus fort que de l'eau.

– Tu n'auras rien d'autre à boire tant que tu ne nous auras pas dit qui tu es et comment tu es venu ici », déclara Zeinvl le boucher. Comme personne d'autre n'osait adresser la parole à l'esprit mauvais, Zeinvl prit sur lui de devenir le porte-parole de l'assemblée.

« Hé, l'homme à la viande, qu'est-ce que tu veux ? demanda le dybbuk. Retourne à tes côtelettes et à tes abats !

– Dis-nous qui tu es !

– Faut-il vous le répéter ? Je suis Getsl, le violoneux de Pinchev. J'aimais bien certaines choses que personne ne déteste et quand je suis parti pour l'autre monde, les diables se sont mis au travail sur ma petite personne. Je n'avais aucune chance d'aller au paradis et l'enfer était trop chaud pour mon goût. J'en ai eu vite assez de tous ces diables et cette nuit, pendant que le gardien s'offrait un petit somme, j'ai filé en douce. Mon intention était d'abord d'aller rendre visite à ma femme – puisse-t-elle pourrir vivante – mais il faisait noir et je suis arrivé à Shidlovtse à la place. J'ai regardé à travers le mur et j'ai vu cette fille. Mon cœur a sauté dans ma poitrine et je me suis glissé en elle.

– Combien de temps comptes-tu rester ?

– Toujours plus un jour. »

Reb Sheftel était presque muet de terreur, mais il pensa à Dieu et se remit. Il s'écria :

« Esprit du mal, je t'ordonne de quitter le corps de ma fille innocente et de retourner là où ni les hommes ni les bêtes ne vont. Si tu refuses, je réciterai des noms sacrés, je te ferai excommunier, je ferai souffler dans la corne du bélier.

– Tu finirais par me faire peur! ricana le dybbuk. Tu te crois si fort parce que ta barbe est si longue?

– Misérable, impudent, traître à Israël! s'exclama Reb Sheftel.

– Mieux vaut un misérable qui ne se cache pas qu'un vieil idiot qui joue au sage, répondit le dybbuk. Tu peux tromper les schlemiels de Shidlovtse, mais Getsl, le violoneux de Pinchev, connaît la vie, lui. Apporte-moi cette bouteille sinon je te ferai ramper. »

Il y eut un grand tumulte près de la porte. Quelqu'un était allé réveiller le rabbin qui arrivait accompagné de Bendit le bedeau. Bendit tenait une canne, une corne de bélier et le *Livre de l'Ange Raziel*.

3

Une fois dans la chambre, Reb Yeruchim donna l'ordre de souffler dans la corne du bélier. Il fit empiler des morceaux de charbon dans la cheminée et les arrosa d'encens. Tandis que la fumée parfumée emplissait la pièce, il demanda à l'esprit du mal, à l'aide de serments sacrés tirés du Zohar, du *Livre de la Création* et d'autres livres de la kabbale de quitter le corps de Liebe Yentl, fille de Zise Feige. Mais le démon défiait tout le monde. Au lieu de s'en aller, il se mit à chantonner une série de danses et de marches. Il imitait parfaitement le violon, les cymbales, la flûte et le tambour.

Nous n'avons pas la place ici de raconter tout ce que fit et dit le dybbuk cette nuit-là et celles qui suivirent – ses affreuses blagues, ses blasphèmes contre le Tout-Puissant, ses insultes contre la population de la ville, le récit détaillé de ses coucheries, ses crises de larmes et de fou rire, le flot de citations de la Torah mêlé à des plaisanteries du plus mauvais goût, le tout de la même voix monocorde. Et cela continua. Le dybbuk ne se manifestait qu'à la nuit tombée. Le jour, Liebe Yentl, épuisée, restait étendue sur son lit. De toute évidence, elle ne se souvenait jamais de ce qui s'était passé la nuit précédente. Elle croyait qu'elle était malade et par moments suppliait sa mère de faire venir le médecin ou de lui donner des médicaments. La plupart du temps, elle somnolait.

Puisque les incantations et les amulettes du rabbin de Shidlovtse ne produisaient aucun effet, Reb Sheftel s'en fut demander l'avis du Rabbi de Rakzymin. Le matin de son départ, le temps fraîchit brusquement, un grand vent se leva et il neigea même un peu. Les routes devinrent dangereuses et il paraissait désormais difficile d'atteindre Radzymin, même en traîneau. Des semaines passèrent, sans nouvelles aucunes de Reb Sheftel. Zise Feige se trouva tellement éprouvée par ce nouveau désastre qu'elle en tomba malade et c'est son assistant, Zalkind, qui dut s'occuper de tout le commerce.

Les nuits d'hiver sont longues et les gens cherchent des moyens d'en occuper les heures. Peu après le coucher du soleil, on se réunissait pour écouter les sottises du dybbuk. Zise Feige avait interdit qu'on vienne ennuyer sa fille, mais leur curiosité était telle que les voisins forçaient pratiquement la porte.

Le dybbuk connaissait tout le monde et s'adressait à chacun selon son rang et sa conduite. La plupart du temps, il traînait dans la boue les membres les plus respectables de la communauté et leurs épouses. Il disait à chacun exactement ce qu'il était : un misérable ou un escroc, un profiteur ou un mendiant, un bon à rien ou un snob. Aux maquignons, il parlait chevaux, aux bouchers il parlait bétail. Il rappela à Haïm le meunier qu'il avait accroché un poids sous la balance avec laquelle il pesait la farine moulue pour les paysans. Il questionna Yukele le voleur sur ses derniers exploits. Ses astuces et ses plaisanteries provoquaient la stupéfaction et le rire de tous. Même les vieillards ne pouvaient s'empêcher de sourire. Le dybbuk savait des choses qu'aucun étranger n'aurait pu savoir ct il apparut bientôt qu'on avait affaire à une âme pour qui rien ne pouvait rester caché car elle perçait à jour tous les secrets. Bien que l'Esprit mauvais fît honte à chacun, pas un visiteur ne cherchait à échapper à ses sarcasmes pour le plaisir d'entendre les autres les subir aussi.

Quand le dybbuk se fatiguait de révéler les péchés des habitants de la ville, il passait à ses propres méfaits. Pas un soir où il ne révélât ses vices. Il appelait chaque chose par son nom, sans rien dissimuler. Quand on lui demandait s'il regrettait les abominations qu'il avait commises, il ricanait : « Et quand bien même? Qu'est-ce que cela y changerait? Tout est inscrit là-haut. Pour avoir chipé une prune véreuse, le tarif est de six cent quatre-vingt-neuf coups de fouet. Pour un instant de plaisir dans l'amour, on vous roule une semaine sur un lit de clous. » Entre deux blagues, il chantait et sifflait de joyeux airs avec tant de talent qu'aucun être vivant n'aurait pu en faire autant.

Un soir, la femme de l'instituteur arriva en courant chez le rabbin et annonça que chez Zise Feige les gens dansaient sur la musique du dybbuk. Le rabbin enfila son caftan, mit son chapeau et partit précipitamment voir ce qui se passait. Oui, hommes et femmes dansaient *ensemble* dans la cuisine. Le rabbin se fâcha et les avertit qu'ils commettaient un sacrilège. Il interdit avec la plus grande fermeté à Zise Feige de permettre dorénavant à quiconque de pénétrer dans la maison. Mais Zise Feige malade, couchée, n'entendait plus rien et son petit garçon Tsadock Meyer était parti habiter chez des cousins. Dès que le rabbin se fut retiré, les gens se remirent à danser – la danse des ciseaux, celle de la colère, une danse cosaque, la danse de l'eau. Cela continua jusqu'à minuit. Puis le dybbuk se mit brusquement à ronfler et Liebe Yentl s'endormit.

Quelques jours plus tard, une nouvelle rumeur se répandit dans toute la ville : un deuxième dybbuk était entré en Liebe Yentl, une femme cette fois. A nouveau une foule curieuse emplit la maison. Et, effectivement, une voix de femme se faisait entendre, pas celle, si douce, de Liebe Yentl, mais la voix rauque d'une virago. On lui demanda qui elle était et elle répondit qu'elle s'appelait Beyle Tslove et qu'elle venait de la ville de Plock où elle avait été d'abord serveuse dans une taverne et puis putain.

Beyle Tslove ne parlait pas du tout comme Getsl le violoneux. Elle avait l'intonation monocorde très particulière de sa région et utilisait des expressions allemandes inconnues à Shidlovtse. Son langage faisait rougir jusqu'aux bouchers et aux tanneurs. Elle chantait des chansons paillardes et des refrains de soldats. Elle raconta qu'elle errait depuis quatre-vingts ans à travers le monde et avait été réincarnée en chat, en dindon, en serpent et en araignée. Pendant longtemps, son âme avait habité une tortue. Quand quelqu'un mentionna le nom de Getsl et lui demanda si elle le connaissait et si elle savait qu'il habitait le corps de la même femme qu'elle, elle répondit : « Je ne le connais pas et ne veux pas le connaître.

– Pourquoi pas? Tu es devenue vertueuse d'un seul coup? demanda Zeinvl le boucher.

– Qui aurait envie d'un violoneux mort? »

Les gens se mirent à appeler Getsl, à le prier de dire quelque chose. Ils voulaient entendre les deux dybbuks se parler. Mais Getsl se taisait.

Beyle Tslove dit :

« Je ne vois pas le moindre Getsl ici.

– Peut-être se cache-t-il? suggéra quelqu'un.

– Et où se cacherait-il? Je sens un homme à un kilomètre. »

Au milieu de l'agitation générale, Reb Sheftel revint. Il avait vieilli d'un seul coup et paraissait encore plus petit qu'avant. Sa barbe était striée de gris. Il rapportait de Radzymin des talismans à suspendre aux quatre coins de la pièce et autour du cou de sa fille.

Tout le monde s'attendait à ce que la femme dybbuk résiste et se débatte, comme le font tous les Esprits du Mal quand un objet sacré les touche. Mais Beyle Tslove resta silencieuse pendant qu'on passait les amulettes au cou de Liebe Yentl. Puis elle demanda :

« Qu'est-ce que c'est? Du papier de toilette sacré?

– Ce sont des talismans du Rabbi de Radzymin sur lesquels sont inscrits des noms sacrés! s'exclama Reb Sheftel. Si tu ne quittes pas immédiatement le corps de ma fille, il ne restera plus rien de toi!

– Va dire au Rabbi de Radzymin que je crache sur ces amulettes, répondit impudemment Beyle Tslove.

– Sorcière! Diablesse! Prostituée, hurla Reb Sheftel.

– Pourquoi brailles-tu ainsi? Regarde-toi, tu n'es qu'un tas d'os surmonté d'une barbe! »

Reb Sheftel avait rapporté des pièces de six groschens bénies, un morceau d'ambre miraculeux et plusieurs autres objets magiques dont on sait bien que le Mauvais a peur. Mais Beyle Tslove n'avait peur de rien. Elle se moqua de Reb Sheftel et lui dit qu'elle viendrait la nuit ébouriffer sa barbe.

Ce soir-là, Reb Sheftel récita le Shema du saint Isaac Louria. Il garda ses franges rituelles sur lui et glissa sous son oreiller *Le Livre de la Création* et un couteau – comme le font les femmes en train d'accoucher. Mais vers l'aube, il se réveilla en sursaut : des doigts invisibles lui touchaient le visage. Une main lui tirait la barbe. Reb Sheftel voulut crier, mais la main se posa sur sa bouche. Au matin, quand il se leva, sa barbe n'était qu'un amas de touffes emmêlées et gluantes, comme si on y avait fait couler de la colle.

Bien qu'il s'agît d'une horrible histoire, les hassidim de Worka qui étaient férocement hostiles aux hassidim de Radzymin, célébrèrent la chose en buvant de l'alcool et en mangeant du gâteau au miel à leur maison d'étude. Désormais, ils avaient la preuve que le Rabbi de Radzymin ne connaissait pas la kabbale. Les disciples du Rabbi de Worka avaient conseillé à Reb Sheftel de faire le voyage jusqu'à Worka mais il n'en avait pas tenu compte. Maintenant, ils tenaient leur vengeance.

4

Un soir, tandis que Beyle Tslove se vantait de sa beauté passée et de ses innombrables conquêtes – tous les hommes lui couraient après, disait-elle – le violoneux de Pinchev se fit brusquement entendre : « Et qu'est-ce qui les excitait donc tant ? » demanda-t-il d'une voix moqueuse. « Tu étais la seule femme de Plock ? »

Un instant, le silence se fit. On aurait pu croire que Beyle Tslove avait perdu sa langue. Puis elle eut un rire de gorge : « Ainsi le voilà ! Le bandit ! Où te cachais-tu ? Dans la vessie ?

– Si tu es aveugle, je peux être sourd. Allez grand-mère, continue tes discours. Ton histoire avait déjà une barbe grise quand j'étais dans mes langes. A ta place, j'irais raconter mes élucubrations aux sots de Chelm. A Shidlovtse il y a quand même deux ou trois types futés.

– Tu fais le malin, hein? répondit Beyle Tslove. Permets-moi de te dire quelque chose. Un violoneux vivant, ça ne vaut déjà pas quatre sous. Alors un violoneux mort! Permets-moi aussi de te conseiller de retourner à ton trou. Tu leur manques, au cimetière de Pinchev. Les cadavres qui prient la nuit ont besoin d'un autre squelette pour compléter le mynian. »

Les gens qui se bousculaient dans la pièce furent si stupéfaits d'entendre les deux dybbuks se quereller qu'ils oublièrent de rire. C'était tantôt une voix d'homme et tantôt une voix de femme qui sortait de Liebe Yentl. La mégère de Plock roulait les « r » tandis que le violoneux de Pinchev les avalait.

Liebe Yentl était étendue, la tête posée sur deux oreillers, le visage livide, les cheveux défaits, les yeux clos. Personne ne vit une seule fois ses lèvres remuer et pourtant la chambre était remplie de curieux qui la regardaient de tout près. Zise Feige n'était plus en état de garder sa porte et il n'y avait personne pour l'aider. Reb Sheftel ne rentrait plus chez lui le soir, il allait dormir à la maison d'étude. Dunya, la servante, avait abandonné son travail au milieu de l'année. Zalkind, l'assistant de Zise Feige, rentrait le soir chez lui, auprès de sa femme et de ses enfants. N'importe qui entrait et sortait de la maison, comme si elle n'avait appartenu à personne. Chaque fois qu'un membre respectable de la communauté venait faire des reproches à la joyeuse assistance parce qu'elle tournait en ridicule une infortunée jeune fille, les deux dybbuks lui hurlaient des insultes et des jurons. Ils trouvaient un surnom à chacun : Reitse-tête-en-l'air, Mindl-le-glouton, Yehl-le-dur, Dvoshe-la-catin. A plusieurs reprises des chrétiens et parmi eux même des nobles vinrent voir ce qui se passait et les deux dybbuks les entreprenaient aussitôt en polonais. Un propriétaire terrien déclara après à la taverne que le meilleur spectacle de théâtre de Varsovie n'était rien à côté des scènes que jouaient les deux voyous morts de Shidlovtse.

Au bout d'un certain temps, Reb Sheftel qui était resté inébranlablement loyal envers le Rabbi de Radzymin, finit par céder et alla voir le Rabbi de Worka : peut-être trouverait-il là de l'aide.

Pendant ce temps, les deux dybbuks poursuivaient leur duel verbal. On croit généralement que lorsqu'il s'agit de la langue, ce sont les femmes les plus fortes, mais il s'avéra que le violoneux de Pinchev tenait tête à la putain de Plock. Il cria à plusieurs reprises qu'il était au-dessous de sa dignité de s'empoigner avec une pareille mégère mais les spectateurs l'encourageaient : « Réponds-lui donc! Ne lui laisse pas le dernier mot! » Ils sifflaient, tapaient des pieds, applaudissaient.

La bagarre se transforma peu à peu en duel d'histoires. Beyle Tslove raconta que sa mère, une femme vertueuse et pieuse, avait donné huit filles à son mari, un hassid qui ne faisait pas grand-chose. A la naissance de Beyle Tslove, le père, désespéré, était parti de chez lui. Au prix de toutes sortes d'astuces, il avait récolté la signature de cent rabbins afin de pouvoir se remarier et sa femme s'était retrouvée toute seule. Pour faire vivre ses enfants, elle allait tous les matins au marché vendre des portions de haricots chauds aux étudiants de la yeshiva. Un répétiteur particulier, affublé d'une barbiche de chèvre et de papillotes qui lui tombaient jusqu'aux épaules, était censé enseigner les prières à Beyle Tslove et voilà qu'il l'avait violée. Elle n'avait pas encore huit ans, Beyle Tslove raconta ensuite comment elle était devenue serveuse dans une taverne, comment les paysans là-bas lui pinçaient les fesses, lui tiraient les cheveux, l'insultaient et comment enfin une vieille mégère, se faisant passer pour une femme pieuse, l'avait attirée dans une ville éloignée et enfermée dans un bordel. Les jeunes filles qui écoutaient éclatèrent en sanglots, les jeunes gens aussi s'essuyaient les yeux.

Getsl le violoneux la questionna : qui étaient ses clients? Combien payaient-ils? Combien devait-elle laisser au souteneur et qu'est-ce qui lui restait pour vivre? Avait-elle jamais couché avec un Turc ou avec un Noir?

Beyle Tslove répondait à tout. Les jeunes la tourmentaient à leur façon, les vieillards lubriques avaient leur manière à eux. La Madame lui prenait jusqu'à son dernier sou et mettait le pain sous clé dans un placard. Le souteneur la battait avec une ceinture de cuir mouillée et lui enfonçait des épingles dans les fesses. A force d'avoir faim et de se languir de son village, elle avait fini par contracter la tuberculose et était morte en recrachant ses poumons à la maison des pauvres. Et comme on l'avait enterrée à l'extérieur de la clôture et que personne n'avait récité le kaddish sur sa tombe, une multitude de démons, de lutins et de *babouks* s'était aussitôt emparé d'elle. L'ange Doumah lui avait demandé de réciter le verset de la Bible d'où était tiré son nom, et comme elle en était incapable, il avait ouvert sa tombe d'un seul coup de sa baguette enflammée. Elle pria, supplia qu'on lui permît d'aller en enfer car là, le châtiment ne dure que douze mois, mais les Esprits du Mal l'entraînèrent dans d'immenses déserts. Au milieu de terres désolées, elle vit un trou qui était la porte de la Géhenne. Jour et nuit, les hurlements des pécheurs qui subissaient leur châtiment en sortaient. Beyle Tslove avait été emportée jusqu'à la Mer Pétrifiée où les bateaux naufragés demeuraient à jamais immobiles avec leur équipage mort et leur capitaine transformé en pierre. Elle avait aussi traversé un pays habité par des géants à deux têtes avec un œil unique au milieu du front. Peu de femmes y vivaient et chacune avait six maris.

Getsl le violoneux entreprit lui aussi de raconter sa vie. Il cita des incidents qui s'étaient produits pendant des fêtes de mariage ou des bals de la noblesse où il était venu jouer. Il dit que les criminels ne se repentent jamais, même dans l'Au-delà. Bien qu'ils aient découvert la vérité des choses, leur âme, elle, est toujours à la poursuite du péché. Les joueurs jouent avec des cartes invisibles, les voleurs volent, les escrocs escroquent et les fornicateurs forniquent.

Les villageois étaient stupéfaits d'entendre tout cela et Zeinvl le boucher demanda :

« Mais comment peut-on pécher quand on est en train de pourrir dans la terre? »

Getsl expliqua que, de toute façon, c'était l'âme et pas le corps qui aimait pécher. C'est pourquoi l'âme était punie. En outre, il y avait toutes sortes de corps, faits de fumée, de toiles d'araignée, d'ombres, et on pouvait les utiliser un certain temps jusqu'à ce que les Anges de la Destruction les réduisent en pièces. Dans les déserts et les abîmes sans fin, on trouvait des châteaux, des auberges, des ruines où l'on pouvait se cacher en attendant le Jugement et aussi des Anges de la Vengeance facilement corruptibles avec l'argent dont on se servait dans les tavernes et les bordels de l'Autre Monde – un argent qui n'a pas de substance, bien sûr.

Quand un des assistants s'écria que tout cela était incroyable, Getsl demanda à Beyle Tslove d'attester la vérité de ce qu'il disait :

« Explique-nous ce que tu as réellement fait tout au long de ces années. Récitais-tu des psaumes ou errais-tu à travers des marécages et des déserts, t'accouplant ici et là avec des démons? »

Au lieu de répondre, Beyle Tslove eut un rire étouffé et toussa :

« Je ne peux pas parler. J'ai la gorge sèche.

– Oui, buvons un coup! » enchaîna Getsl et quand quelqu'un lui tendit un gobelet d'alcool, Liebe Yentl l'avala comme si c'était de l'eau. Elle n'ouvrit même pas les yeux, n'eut pas un frémissement du visage. Il était clair qu'elle était entièrement sous l'emprise des deux dybbuks installés en elle.

Quand Zeinvl comprit que les dybbuks avaient fait la paix l'un avec l'autre, il demanda :

« Et pourquoi ne deviendriez-vous pas mari et femme? Vous formeriez un bon couple.

– Et que ferions-nous après le mariage? demanda Beyle Tslove. Prier dans le même livre de prières?

– Vous feriez ce que font tous les couples mariés.

– Avec quoi? Nous ne sommes plus en état de rien faire. De toutes les manières, le temps nous manque, nous n'allons pas rester ici beaucoup plus longtemps.

– Pourquoi pas? Liebe Yentl est encore jeune.

– Le Rabbi de Worka n'est pas le schlemiel de Radzymin, dit Beyle Tslove. Asmodée lui-même a peur de ses talismans.

– Le Rabbi de Worka peut m'embrasser où je pense, se vanta Getsl. En outre, Beyle Tslove pourrait être mon arrière-grand-mère. Elle a au moins soixante-dix ans de plus que moi, vous n'avez qu'à compter.

– Sottises. J'avais vingt-sept ans quand j'ai passé l'arme à gauche et je ne peux plus jamais vieillir. Et toi, pignouf, quel âge as-tu donc? Au moins soixante ans, si je ne m'abuse.

– Puisses-tu avoir autant de pustules sur ton corps en putréfaction que j'ai eu d'années en dessous de cinquante ans.

– Laisse mon corps tranquille. Je ne discuterai pas les pustules. »

Ils continuèrent à se chamailler tous les deux tandis que la foule insistait. Et, finalement, les deux dybbuks consentirent à se marier. Ceux qui n'ont pas entendu les fiancés morts discuter dot, trousseau, cadeaux ne sauront jamais de quoi les Esprits du Mal sont capables.

Beyle Tslove déclara qu'elle avait fini de payer depuis longtemps pour toutes les transgressions qu'elle avait commises et était donc aussi pure qu'une vierge. « Une vierge, est-ce que ça existe, de toute façon? ajouta-t-elle. Une âme se réincarne indéfiniment dans le corps d'un homme ou celui d'une femme. Il n'y a plus de nouvelles âmes au ciel. Une âme qui a déjà servi est purifiée dans un grand chaudron, comme la vaisselle dont on se sert pour la Pâque. Après quoi, on la réexpédie sur la terre. Celle qui habitait hier un mendiant est aujourd'hui chez un homme riche. La femme d'un rabbin devient un cocher. Un voleur de chevaux revient sous les traits du responsable d'une communauté. Un sacrificateur est devenu un bœuf. Alors, où est le problème? Tout est pétri dans la même pâte. Le chat et la souris, le chasseur et l'ours, le vieillard et le petit enfant. » Beyle Tslove elle-même, dans de précédentes réincarnations, avait été marchand de grains, serveuse dans une laiterie, femme de rabbin et talmudiste.

« Tu te rappelles ce que tu lisais dans le Talmud? demanda Getsl.

– Si l'Ange de l'Oubli ne m'avait pas donné une tape sur le nez, je m'en souviendrais sûrement.

– Qu'est-ce que tu racontes à ma fiancée? interrompit gaiement Getsl. Elle a la langue bien pendue, je te préviens. Elle réussirait à convaincre une pierre. Si ma femme de

Pinchev savait contre qui je l'échange, elle s'en noierait dans le seau à ordures.

– Ta femme t'avait remplacé dans son lit... alors que tu n'étais même pas encore refroidi... »

L'étrange nouvelle se répandit d'un bout à l'autre de la ville : le lendemain un mariage serait célébré dans la maison de Reb Sheftel, Getsl le violoneux et Beyle Tslove deviendraient mari et femme.

5

Quand le rabbin apprit ce qui se passait, il annonça qu'il interdisait à qui que ce soit d'assister aux noces infernales. Il envoya Bendit le bedeau monter la garde à la porte de la maison de Reb Sheftel et interdit à quiconque d'entrer. Cette nuit-là, cependant, il neigea abondamment et, au matin, un froid coupant s'installa. Le vent soufflait par rafales et sifflait dans les cheminées. Bendit était blanc de la tête aux pieds et ressemblait à un bonhomme de neige comme en construisent les enfants. Sa femme vint le chercher et le ramena à la maison à moitié gelé. Dès la tombée du jour, la foule envahit à nouveau la maison de Reb Sheftel. Certains avaient apporté de la vodka ou du schnaps, d'autres des morceaux de mouton séché et des gâteaux au miel.

Comme d'habitude, Liebe Yentl avait dormi toute la journée et elle ne s'éveilla même pas quand Zise Feige, toute malade qu'elle était, vint lui verser quelques cuillerées de bouillon dans la bouche. Mais une fois qu'il fit tout à fait nuit, elle s'assit brusquement sur son lit. Il y avait tellement de monde dans la pièce que personne ne pouvait bouger.

Zeinvl le boucher prit la direction des opérations :

« Fiancée, as-tu jeûné le jour de ton mariage?

– Les morts ressemblent à ce qu'ils mangent, répondit Beyle Tslove.

– Et toi, fiancé, es-tu prêt?

– Qu'elle me donne d'abord sa dot.

– Tu peux prendre tout ce que j'ai – une pincée de poussière, vieux croûton... »

Getsl prouva ce soir-là qu'il n'était pas seulement un excellent musicien, mais qu'il pouvait aussi faire office de rabbin, de hazzan et de bouffon. D'abord, il joua un air triste et récita « Dieu plein de pitié » pour les fiancés. Puis il joua un air joyeux, qu'il accompagna de plaisanteries appropriées. Il recommanda à la fiancée d'être toujours une épouse fidèle, de bien s'habiller et de prendre soin de son apparence et de ne jamais négliger sa maison. Il rappela au couple qu'il ne faut jamais oublier que la mort viendra et il se mit à chantonner :

Pleure, fiancée, pleure et gémis,
les morts redoutent d'être seuls,
dans l'Au-delà, après le fleuve
un fiancé attend sa promise,
cadavre plus cadavre,
chaque démon cherche sa moitié,
Ange Doumah, diable,
un cercueil sera le lit nuptial.

Bien que ce ne fût qu'un horrible simulacre de mariage, plusieurs femmes avaient les larmes aux yeux. Les hommes poussaient des soupirs. Tout se déroula comme le veut la coutume. Getsl prêcha, chanta, joua. Les assistants entendirent réellement le gémissement d'un violon, la note haute d'une clarinette, le cri d'une trompette. Getsl fit semblant de recouvrir la fiancée d'un voile et joua la mélodie appropriée. Après la marche nuptiale, il récita « Tu es Sanctifiée », comme on le fait au moment de remettre l'anneau à la fiancée. Il prononça le discours traditionnel du jeune marié et donna la liste des cadeaux : un miroir voilé, un petit sac de terre d'Israël, une pendule arrêtée. Quand les assistants semblaient perdre leur gaieté, Getsl se mettait à jouer une danse cosaque. Tous essayaient alors de gesticuler, mais il y avait à peine la place de bouger les pieds.

Beyle Tslove se mit soudain à gémir :

« *Oï*, Getsl!

– Qu'y a-t-il, ma colombe?

– Pourquoi tout ceci n'est-il pas réel? Nous ne sommes quand même pas nés morts!

– Bah! la réalité ne tient qu'à un fil.

– Ça ne me convient pas à moi, vieux fou.

– Quoi qu'il en soit, buvons et gardons la tête froide. Réjouissons-nous jusqu'à ce que s'éteignent les feux de l'enfer. »

On apporta à Liebe Yentl un verre de vin qu'elle vida d'un trait. Puis elle le jeta contre le mur et Getsl se mit à réciter de la voix monotone des petits garçons du heder :

Ainsi fait Noé,
essuyez vos larmes,
buvez un coup,
tous, vivants et morts,
le vin vous rendra forts,
l'éternité est longue.

Zise Feige ne put en supporter davantage. Elle se releva de son lit de malade, s'enroula dans un châle et revint en pantoufles dans la chambre de sa fille. Elle essaya de se frayer un chemin à travers la foule : « Monstres, criait-elle, vous torturez mon enfant! »

Beyle Tslove lui hurla : « Ne t'en fais pas, vieille mégère! Il vaut mieux un violoneux mangé aux vers qu'un crétin de Zawiercia! »

6

Au milieu de la nuit, on entendit dehors un bruit de pas et des appels. Reb Sheftel arrivait de Worka, avec un sac plein de nouvelles amulettes et de nouveaux talismans. Les hassidim du Rabbi de Worka pénétrèrent dans la maison avec lui, prêts à chasser la cohue. Ils balançaient leurs ceintures en criant : « Dehors, racaille! »

Plusieurs jeunes gens essayèrent de s'opposer aux hassidim de Worka, mais les habitants de Shidlovtse étaient fatigués d'être restés si longtemps debout et ils finirent pas s'en aller les uns derrière les autres. Getsl les rappela :

« Hé, frères, ne laissez pas les schlemiels sacrés vous impressionner! Faites-leur goûter vos poings! Hé, frères!

– Lâches, voyous, espèces de rats! » hurla Beyle Tslove.

Quelques-uns des hassidim de Worka reçurent un coup ou deux, mais finalement tout le monde s'en alla. Les hassidim firent irruption dans la chambre, hors d'haleine et se mirent tout de suite à menacer les dybbuks d'excommunication.

Le gardien de la synagogue de Worka, Reb Avigdor Yavrover, courut au lit de Liebe Yentl et essaya de passer une amulette au cou de la jeune fille mais celle-ci lui arracha d'une main son chapeau et sa calotte et, de l'autre, elle lui tira la barbe. Quand on essaya de dégager Reb Avigdor, Liebe Yentl se mit à donner des coups de pied, à mordre, à griffer quiconque l'approchait. Elle gifla un des hassidim, à un autre elle tira les papillotes, un troisième reçut un crachat en pleine figure et un quatrième un coup de poing dans les côtes. Afin de faire reculer les plus pieux, elle cria qu'elle avait ses règles. Puis elle ôta sa chemise et s'exhiba toute nue. Ceux qui ne détournèrent pas aussitôt les yeux remarquèrent que son ventre était tendu comme un tambour et qu'on voyait très bien à droite et à gauche deux bosses grosses comme des têtes. Il était clair que les dybbuks étaient là. Getsl rugissait comme un lion, hurlait comme un loup, sifflait comme un serpent. Il traita le Rabbi de Worka d'eunuque, de clown, de singe, insulta tous les grands sages et blasphéma contre Dieu.

Reb Sheftel s'effondra par terre et resta là, comme quelqu'un qui est en deuil. Il se couvrit les yeux des deux mains et se balança d'avant en arrière comme on le fait sur un cadavre. Zise Feige empoigna un balai et essaya de chasser tous ces hommes qui s'affairaient autour de sa fille mais on l'écarta brutalement et elle aussi s'écroula dans un coin. Deux voisines l'aidèrent à se relever. Son bonnet tomba et on vit son crâne rasé sur lequel poussaient quelques courtes mèches grises. Elle brandit les poings et cria en pleurant : « Bourreaux, vous êtes en train de tuer mon enfant! Dieu du Ciel, envoyez sur eux la malédiction des pharaons! »

Pour en finir, plusieurs des plus jeunes hassidim empoignèrent les mains et les pieds de Liebe Yentl qu'ils attachèrent aux montants du lit avec leurs ceintures. Puis ils lui passèrent les amulettes du Rabbi de Worka autour du cou.

Getsl, qui s'était tu pendant toute la bagarre, reprit brusquement la parole :

« Allez dire à votre soi-disant faiseur de miracles que ses talismans sont de la blague.

– Misérable, vous êtes en enfer et vous refusez toujours de croire? tonna Reb Avigdor Yavrover.

– L'enfer est plein de types comme toi.

– Chien, bandit, espèce de dégénéré!

– Pourquoi jurez-vous comme ça, bande de poux, cria Beyle Tslove. Est-ce notre faute si votre saint idiot vous a donné des talismans à la noix? Vous feriez mieux de laisser cette fille tranquille. Nous ne lui faisons aucun mal. Ce qui est bon pour elle est bon pour nous. Nous sommes des Juifs, nous aussi, ne l'oubliez pas, pas des Tartares. Nos âmes se trouvaient au mont Sinaï. Si nous sommes sortis du droit chemin pendant notre vie, nous avons depuis payé nos dettes, et avec intérêt, par-dessus le marché.

– Garce, putain, sors d'ici, s'écria un des hassidim.

– Je m'en irai quand ça me plaira.

– Todres, souffle dans la corne de bélier! »

Et on entendit le long gémissement aigu de la corne de bélier.

Beyle Tslove ricana :

« Souffle, mais souffle donc, qui s'en soucie? »

Les heures passèrent. Les dybbuks ne cédaient pas. Certains hassidim de Worka rentrèrent chez eux. Les autres s'adossèrent aux murs, prêts à se battre jusqu'à la dernière limite de leurs forces. Les spectateurs qui s'étaient enfuis revinrent avec des couteaux et des bâtons. Les hassidim de Radzymin avaient entendu dire que les talismans de Worka n'avaient servi à rien et ils vinrent manifester leur satisfaction.

Reb Sheftel se redressa et, du fond de son angoisse, entreprit de supplier les dybbuks :

« Si vous êtes juifs, vous avez le cœur juif. Regardez ce

que vous avez fait de ma fille innocente, qui est là, attachée comme un mouton prêt à être égorgé. Ma femme est malade. Je suis prêt à m'effondrer, moi aussi. Mes affaires s'en vont à vau-l'eau. Combien de temps allez-vous encore nous torturer? Même chez un meurtrier il y a une étincelle de pitié.

– Personne n'a pitié de nous.

– Je veillerai à ce que vous obteniez votre pardon. Il est écrit dans la Bible : aucune âme juive n'est rejetée à jamais.

– Et que feras-tu donc? demanda Getsl. Tu gémiras avec nous?

– Je réciterai les psaumes et je lirai la Mishnah. Je distribuerai des aumômes. Je réciterai le kaddish pour vous pendant un an.

– Je ne suis pas un de tes paysans. Tu ne peux pas me faire croire des choses.

– Je n'ai jamais rien fait croire à personne.

– Jure que tu tiendras parole! ordonna Getsl.

– Qu'est-ce qui t'arrive, Getsl? Tu as déjà envie de me quitter? » ricana Beyle Tslove.

Getsl bâilla :

« Je suis un peu désolé pour les deux vieux.

– Tu veux faire de moi une femme abandonnée dès notre première nuit?

– Viens si tu peux.

– Où? Derrière les montagnes de la Nuit?

– Là où nos yeux nous guideront.

– Tu veux dire nos orbites, comédien!

– Jure, Reb Sheftel, que tu tiendras tes promesses! répéta le violoneux. Fais-en le vœu sacré. Si tu ne tiens pas parole, je reviendrai avec toute une horde d'Esprits du Mal et je disperserai tes os aux quatre vents.

– Ne jurez pas, Reb Sheftel, ne jurez pas! s'écrièrent les hassidim. Un serment pareil est une profanation du Nom!

– Jure, mon époux, jure! Si tu ne le fais pas, nous périrons tous! »

Reb Sheftel posa sa main sur sa barbe. « Ames mortes, je jure que j'accomplirai fidèlement ce que je m'engage à faire. J'étudierai la Mishnah pour vous. Je réciterai le kaddish pendant un an. Dites-moi la date de votre mort et je ferai allumer des bougies commémoratives pour vous. Si vous n'avez pas de pierre tombale, j'irai jusqu'à vos cimetières respectifs et en ferai poser.

– Nos tombes ont disparu depuis longtemps. Viens, Beyle Tslove, partons. L'aube se lève sur Pinchev.

– Idiot, tu as ridiculisé une fille juive pour rien! lui reprocha Beyle Tslove.

– Hé, les gars, écartez-vous sinon je vais entrer dans l'un de vous! »

Il y eut une telle bousculade que bien que la porte fût restée ouverte, personne ne put sortir. Des chapeaux et des calottes tombèrent. Des caftans s'accrochèrent à des clous et se déchirèrent. Un cri étouffé monta de la foule. Plusieurs hassidim perdirent l'équilibre et furent piétinés. Liebe Yentl ouvrit tout grand la bouche et on entendit comme un coup de pistolet. Ses yeux se révulsèrent et elle se rejeta en arrière sur son oreiller, blanche comme une morte. Une puanteur envahit la pièce – celle de la tombe. Zise Feige tituba jusqu'au lit de sa fille et la détacha. Le ventre de Liebe Yentl était maintenant plat et ratatiné comme celui d'une femme qui vient d'accoucher.

Reb Sheftel attesta par la suite que deux boules de feu avaient jailli des narines de sa fille et s'étaient envolées jusqu'à la fenêtre. Une vitre se fendit et c'est par cette fente que les deux âmes pécheresses s'en retournèrent dans le Monde de l'Illusion.

7

Pendant des semaines, après le départ des dybbuks, Liebe Yentl fut malade. Le médecin lui appliqua des ventouses et des sangsues. Il lui fit une saignée. Mais Liebe Yentl n'ouvrait pas les yeux. Une femme de la Congrégation pour les soins aux malades qui veillait la nuit au chevet de la jeune fille racontait qu'elle entendait de tristes mélodies au-dehors et la voix de Getsl la suppliant d'ôter les amulettes du cou de la jeune fille et de le laisser entrer. La femme entendit aussi les ricanements de Beyle Tslove.

Peu à peu, Liebe Yentl commença à aller mieux, mais elle ne parlait plus. Assise dans son lit, elle regardait par la fenêtre. L'hiver était fini. Des hirondelles, revenues des pays chauds, construisaient un nid sous la gouttière. De sa chambre, Liebe Yentl voyait le toit de la synagogue où un couple de cigognes réparait le nid de l'année précédente.

Reb Sheftel et Zise Feige craignaient que Liebe Yentl ne trouvât plus jamais à se marier, mais Shmelke Motl écrivit de Zawiercia qu'il respecterait ses engagements à condition que la dot fût augmentée d'un tiers. Reb Sheftel et Zise Feige y consentirent aussitôt. Après la Pentecôte, Shmelke Motl fit son apparition à la maison d'étude de Shidlovtse. Il n'était pas plus grand qu'un enfant, mais avec une grosse tête sur un cou assez frêle et des papillotes, entortillées si serrées qu'elles se dressaient de côté comme des cornes. Il avait d'épais sourcils et des yeux noirs qui regardaient obstinément le bout de son nez. A peine arrivé, il prit une Guemarah, s'assit et se mit à étudier. Il resta là à se balancer et à marmonner jusqu'à ce qu'on le conduisît à la cérémonie de fiançailles.

Reb Sheftel n'avait invité que quelques personnes au repas car pendant que sa fille avait été possédée par les dybbuks, il s'était fait de nombreux ennemis tant chez les hassidim de Radzymin que chez ceux de Worka. Comme c'est la coutume, les hommes étaient assis à une table, les femmes à une autre. Le fiancé prononça un sermon improvisé dont le sujet était le Bœuf lapidé. Ce genre d'exercice ne dépasse en général pas une demi-heure, mais au bout de deux heures, le fiancé parlait toujours d'une voix suraiguë en faisant des gestes incontrôlés. Il grimaçait, comme s'il souffrait, tirait sur ses papillotes, se grattait le menton où une petite barbe commençait juste à pousser, s'attrapait le lobe de l'oreille. De temps à autre, ses lèvres s'entrouvraient pour un sourire, découvrant des dents noires, pointues comme des clous.

Liebe Yentl ne le quittait pas des yeux. Les femmes essayaient de lui parler, elles la pressaient de goûter les petits gâteaux, la confiture. Mais Liebe Yentl se mordait les lèvres et regardait toujours son fiancé.

Les invités commencèrent à tousser, à s'agiter, à donner des signes qu'il était temps d'en finir avec ce sermon et, finalement, le futur marié se tut. On lui apporta le contrat de fiançailles mais il ne le signa pas tout de suite. D'abord il lut toute la page du début à la fin. Il était sûrement myope car il la tenait collée contre son nez. Puis il se mit à discuter :

« Je veux que le châle de prière ait une bordure argentée.

– Il y aura la bordure que vous voudrez, dit Reb Sheftel.

– Inscrivez-le. »

On l'écrivit en marge. Le fiancé continua sa lecture et dit :

« Je veux un Talmud imprimé à Slovita.

– Très bien, c'est d'accord.

– Inscrivez-le. »

Après bien des discussions, il signa : Shmelke Motl, fils du défunt Catriel Godl. Les lettres étaient à peine lisibles tant elles étaient petites.

Quand Reb Sheftel apporta le contrat à Liebe Yentl et lui tendit une plume, elle dit d'une voix claire :

« Je ne signerai pas.

– Ma fille, tu me fais honte!

– Je ne veux pas vivre avec lui. »

Zise Fiege commença à pincer ses joues ridées.

« Rentrez tous chez vous! » s'exclama-t-elle, et elle éteignit les bougies. Plusieurs femmes pleuraient de pitié pour la malheureuse mère. D'autres injurièrent la fille. Mais Liebe Yentl ne répondit à personne. Au bout de quelques instants, la maison s'était vidée. La servante sortit fermer les volets.

Reb Sheftel allait d'ordinaire prier à la synagogue avec le premier mynsian, mais le lendemain, il ne vint pas. Zise Feige ne sortit pas faire ses courses. La porte de la maison resta close, les volets ne s'ouvrirent pas. Shmelke Motl était aussitôt reparti pour Zawiercia.

Au bout d'un certain temps, Reb Sheftel retourna à la synagogue et Zise Feige au marché, son panier au bras. Mais

Liebe Yentl restait enfermée dans sa chambre et ne parlait à personne. Quand sa mère lui apportait un bol de soupe, elle frappait d'abord à sa porte, comme s'il s'était agi d'une grande dame. Liebe Yentl ne touchait pratiquement pas à la nourriture et Zise Feige la faisait porter à la maison des pauvres.

Durant quelques mois, les marieurs continuèrent à venir avec des propositions, mais comme un dybbuk avait parlé en elle et qu'elle avait humilié un fiancé, Liebe Yentl ne pouvait plus espérer faire un mariage convenable. Reb Sheftel essaya d'obtenir le pardon du jeune homme de Zawiercia, mais il était parti dans une yeshiva de Lituanie. Le bruit courait qu'il s'était pendu avec sa ceinture. Après quoi, il fut clair que Liebe Yentl resterait vieille fille.

Entre-temps, son jeune frère Tsadock Meyer avait grandi et s'était marié avec une jeune fille de Bendin.

Reb Sheftel mourut le premier. Cela se passa en hiver, tard, un jeudi soir. Il s'était levé pour les prières de minuit. Debout, la tête couverte de cendres, il se lamentait sur la Destruction du Temple. Un mendiant qui passait cette nuit-là à la maison de prière se leva vers trois heures pour mettre des pommes de terre à cuire dans les braises du poêle. Soudain, il entendit un bruit sourd. Il se redressa et vit Reb Sheftel étendu sur le sol. Il lui aspergea le visage avec de l'eau de la cruche, mais l'âme de Reb Sheftel s'en était déjà allée.

Les gens du village prirent le deuil. On ne ramena pas le corps à la maison, on le laissa à la maison de prière, des bougies allumées autour de la tête, jusqu'à l'heure de l'enterrement. Le rabbin et quelques talmudistes prononcèrent un éloge funèbre. Le vendredi, Liebe Yentl suivit le cercueil, accompagnée de sa mère. Elle était enveloppée dans un châle noir de la tête aux pieds. On ne voyait qu'une petite partie de son visage, blanc comme de la craie. Les deux fils vivaient loin de Shidlovtse et on ne pouvait pas reculer l'enterrement jusqu'après le shabbat : c'est un déshonneur pour un corps d'attendre trop longtemps d'être enterré. Reb Sheftel fut placé dans une tombe proche de celle du vieux rabbin. On sait que ceux qui sont enterrés le vendredi après-midi ne sentent pas le poids de la terre car l'Ange Dumah dépose sa baguette de feu juste avant le shabbat.

Zise Feige survécut quelques années encore, mais elle déclinait de jour en jour. Son dos se courbait comme une bougie. Les derniers mois, elle ne s'occupait plus de ses affaires qu'elle avait laissées entièrement entre les mains de son assistant, Zalkind. Elle se levait à l'aube pour aller prier dans la section des femmes à la synagogue et se rendait souvent au cimetière où elle se prosternait sur la tombe de Reb Sheftel. Elle mourut aussi soudainement que son mari. Cela arriva pendant la prière du soir, le jour de Yom Kippour. Elle était restée depuis le matin à pleurer contre la clôture qui séparait la partie des femmes de celle des hommes à la synagogue. Ses voisines, en voyant son visage jaune cireux l'avaient implorée de rompre le jeûne car la vie humaine est plus importante que la loi. Mais Zise Feige refusa. Quand le hazzan entonna « Ouvrez les portes du ciel », elle sortit d'une de ses poches une fiole de gouttes aromatiques qui sont un des remèdes contre l'évanouissement. La fiole lui échappa des mains et elle tomba en avant. Les femmes poussèrent des cris, on envoya chercher le médecin, mais Zise Feige était déjà entrée dans le Monde de la Vérité. Ses derniers mots furent : « Ma fille... »

Cette fois-ci, on retarda les funérailles jusqu'à l'arrivée des deux fils. Ils observèrent le deuil avec leur sœur. Mais Liebe Yentl évita tout le monde. Ceux qui venaient prier avec la famille et offrir un peu de réconfort ne voyaient que Jedidiah et Tsadock Meyer. Liebe Yentl restait enfermée dans sa chambre.

Il ne restait rien de la fortune de Reb Sheftel. On murmura bientôt que Zalkind avait empoché tout l'argent, mais c'était impossible à prouver. Reb Sheftel et Zise Feige ne tenaient pas de livre de comptes. Ils se contentaient d'inscrire des chiffres à la craie sur la porte d'une armoire. Au bout des sept jours de deuil, les deux fils convoquèrent Zalkind devant le rabbin, mais quand il proposa de jurer devant les rouleaux sacrés et des bougies noires qu'il n'avait pas touché à un groschen de la fortune de ses employeurs, le rabbin s'y opposa. Il dit que si un homme pouvait ne pas respecter le commandement : « Tu ne voleras pas », il était également capable de violer celui qui dit : « Tu n'invoqueras pas en vain le nom de ton Dieu pour jurer. »

Après le jugement, les deux fils rentrèrent chez eux. Liebe Yentl resta avec la servante. Zalkind continua à s'occuper des affaires et il envoyait en tout et pour tout deux guldens par semaine pour sa nourriture. Il refusa bientôt de lui donner même cela et n'octroya que quelques groschens. La servante finit par s'en aller travailler ailleurs.

Maintenant que Liebe Yentl était seule, elle se trouva bien obligée de ressortir dans la rue, mais elle ne le faisait jamais dans la journée. Elle n'apparaissait qu'à la nuit tombée, quand les rues étaient désertes et les boutiques vidées de leurs clients. Elle surgissait soudain, comme de nulle part. Les commerçants avaient peur d'elle. Dans les cours des maisons appartenant à des chrétiens, les chiens aboyaient à son passage.

Été et hiver, elle était toujours enveloppée de son long châle. Elle entrait dans un magasin et oubliait ce qu'elle était venue acheter. Elle donnait souvent plus d'argent qu'on ne lui en demandait, comme si elle ne savait plus compter. A plusieurs reprises, on la vit entrer dans la taverne des chrétiens pour acheter de la vodka. Tevye le gardien de nuit l'avait entendue marcher chez elle de long en large, la nuit, et parler toute seule.

Les anciennes amies de Zise Feige essayèrent à plusieurs reprises de venir la voir, mais la porte restait toujours verrouillée. Liebe Yentl ne venait jamais à la synagogue, les jours de fêtes, prier pour l'âme de ses morts. Pendant les mois de Nissan et d'Élul, elle ne se rendit pas une fois sur la tombe de ses parents. Elle ne préparait pas le pain du shabbat le vendredi, ne mettait pas de viande au four pour la nuit et ne bénissait probablement pas les bougies. On ne la voyait plus dans la partie réservée aux femmes dans la synagogue, même les jours de grandes fêtes.

Les gens commencèrent à oublier Liebe Yentl – comme si elle était morte – et, pourtant, elle continuait à vivre. Parfois de la fumée sortait de sa cheminée. Tard le soir, on la voyait aller au puits chercher de l'eau. Ceux qui l'observaient au passage juraient qu'elle ne vieillissait pas d'un jour. Son visage devenait seulement plus pâle et ses cheveux semblaient plus roux et plus longs. On disait qu'elle jouait avec des chats. Certains chuchotaient qu'elle fréquentait un démon. D'autres pensaient qu'un dybbuk était revenu en elle. Zalkind continuait à apporter chez elle un boisseau de farine tous les jeudis, qu'il déposait dans le garde-manger de l'entrée. Il veillait aussi à la réserve de bois.

Il y avait toujours eu plusieurs foyers juifs dans la rue mais peu à peu les maisons étaient vendus à des chrétiens. Un boucher qui vendait du porc s'installa dans l'une d'elles et construisit une haute palissade tout autour. Dans une autre vint habiter une veuve âgée et sourde qui passait ses journées à filer du lin, un chien de garde aveugle à ses pieds.

Des années passèrent. Un matin de bonne heure, pendant le mois d'Élul, alors que le rabbin écrivait des commentaires dans son bureau, en buvant du thé de son samovar, Tevye le gardien de nuit frappa à sa porte. Il annonça qu'il avait vu Liebe Yentl sur la route de Radom. Elle était vêtue d'une longue robe blanche, pieds nus et avait la tête découverte. A côté d'elle marchait un homme à cheveux longs qui portait un étui à violon. La pleine lune brillait de tout son éclat. Tevye avait voulu les appeler mais les deux personnages ne projetaient pas d'ombre, il avait eu peur. Un instant après, le couple avait disparu.

Le rabbin ordonna à Tevye d'attendre que les fidèles fussent réunis à la synagogue pour la prière du matin et de leur raconter alors ce qu'il avait vu. Un cocher et un boucher décidèrent de se rendre à la maison de Reb Sheftel. Ils frappèrent, personne ne répondit. Ils enfoncèrent la porte et trouvèrent Liebe Yentl morte. Elle était étendue au milieu de la pièce, vêtue d'une longue robe blanche, pieds nus, les cheveux dénoués, entourée de détritus. Il était évident qu'elle était morte depuis plusieurs jours déjà, une semaine, peut-être plus. Les femmes de la Congrégation des Enterrements se hâtèrent d'emporter le corps à la cabane où on lavait les morts. Quand les tailleurs de linceuls ouvrirent le placard à vêtements, un nuage de mites en sortit, qui envahit la maison comme un vol de sauterelles. Toutes les robes étaient mangées, tout le linge moisi.

Étant donné que Liebe Yentl ne s'était pas suicidée et

qu'elle avait manifesté tous les signes de la folie, le rabbin permit qu'on l'enterrât à côté de ses parents. La moitié de la population de la ville suivit le corbillard jusqu'au cimetière. Les deux frères furent prévenus et vinrent un peu plus tard pour vendre la maison et commander une pierre tombale pour leur sœur.

Il était clair que l'homme qui était apparu avec Liebe Yentl sur la route de Radom était le violoneux mort de Pinchev. Dunya, l'ancienne servante de Zise Feige, raconta aux femmes que Liebe Yentl n'avait jamais oublié son fiancé mort, Ozer, et que Ozer était devenu un dybbuk afin d'empêcher le mariage avec Shmelke Motl. Mais où Ozer, un talmudiste, fils d'un homme riche, avait-il appris à jouer du violon et à dire des blagues comme un amuseur de noces? Et pourquoi serait-il apparu sur la route de Radom déguisé en violoneux? Et où allait-il cette nuit-là avec Liebe Yentl morte? Et qu'était devenue Beyle Tslove? Le ciel et la terre ont juré que la vérité resterait cachée à jamais.

Les années passèrent, mais personne n'oubliait le violoneux mort. On l'entendait jouer la nuit dans la synagogue glacée. Son violon chantait faiblement au bain rituel, à la maison des pauvres, au cimetière. On disait qu'il venait aux mariages. Parfois, après la fête, quand les musiciens de Shidlovtse avaient cessé de jouer, on entendait encore quelques notes et les gens savaient que c'était le violoneux mort.

A l'automne, quand les feuilles tombaient et que les vents soufflaient des montagnes de la Sainte-Croix, une lointaine mélodie résonnait dans les cheminées, fine comme un cheveu et mélancolique comme le monde. Même les enfants l'écoutaient et ils demandaient : « Maman, qui est-ce qui joue? » Et la mère répondait : « Chut, il faut dormir, c'est le violoneux mort. »

Lune et folie

Dehors, une neige épaisse était tombée. Cela avait commencé le matin et continua toute la journée, jusqu'au début de la soirée. Puis le gel s'installa. Dans la maison d'étude de Radzymin, il faisait bon. Deux mendiants, une corde nouée autour des reins, étaient assis à côté du poêle, en train de faire rôtir des pommes de terre. Jérémie, un vieillard, récitait les psaumes. Il était devenu aveugle mais avait réussi à apprendre le Livre des Psaumes par cœur. A une longue table en face de l'Arche sainte, étaient installés Zalman le vitrier, Levi Yitzchok, qui souffrait d'un trachome et portait des lunettes noires même la nuit et Meir l'eunuque, un kabbaliste, connu pour être normal deux semaines par mois et fou les deux autres, après la pleine lune. La conversation portait sur la pitié et Zalman le vitrier dit :

« Naturellement, manifester de la pitié, c'est une vertu, mais trop, cela devient dangereux. Pas très loin de notre ville de Radoszyce vivait un seigneur polonais, le comte Jan Malecki, qui possédait des terres immenses. Bien avant que le tzar n'ordonne la libération des serfs, voilà la comte qui rassemble ses paysans et leur dit : “ La terre ne m'appartient pas à moi, elle est à ceux qui la travaillent. Vous n'êtes plus mes esclaves. Élisez l'un de vos anciens et qu'il divise les champs entre vous tous. ” Je revois ce Malecki comme s'il était devant moi, un homme grand et gros, le visage rougeaud, orné d'une moustache blonde qui lui pendait presque jusqu'aux épaules. Il était sans enfant, mais sa femme, la comtesse, avait cinq sœurs et deux frères, qui eux en avaient eu beaucoup. Malecki faisait vivre la famille entière. C'est assez bizarre, mais cet homme qui avait libéré les paysans travaillait lui-même aux champs, il labourait, semait, récoltait. Il s'était acheté une faucheuse et s'en servait pour mélanger la paille et le foin destinés au bétail. Il pouvait rester des heures entières à trimer comme un valet de ferme tandis que ses beaux-frères et ses belles-sœurs se promenaient sans rien faire, vêtus comme pour aller au bal. Une fois, Zelig, son Juif de cour, lui demanda quel sens cela avait de permettre aux autres de se conduire ainsi et Malecki lui répondit :

« Chaque homme doit pouvoir faire ce qu'il veut. J'aime porter les fardeaux, alors j'en porte. Eux aiment ne rien faire, alors ils ne font rien. »

» Je précise que la famille de Malecki adorait les disputes et les ragots. Les plus jeunes volaient et deux de ses neveux, toujours ivres, se promenaient avec des pistolets. Ils allaient chasser dans les forêts du comte et parfois ils se tiraient dessus. A Radoszyce, on avait surnommé Malecki Jan Schmatte – *schmatte* veut dire chiffon, chiffe.

» Comme il ne se révoltait jamais contre rien et ne se querellait avec personne, les Russes n'avaient rien à lui reprocher et ils le nommèrent juge de Radoszyce et de toute la région. Il refusa d'être payé pour cela. On m'a raconté qu'en apprenant que c'était lui qui était choisi, les voleurs donnèrent un banquet. Ils savaient que Malecki ne mettrait jamais personne en prison. Et c'était vrai. On traîna devant lui un voleur qui se défendit en disant que ses bottes étaient trouées, qu'il avait mal à la tête, qu'il était sans le sou. Non seulement Malecki ne le fit pas arrêter, mais il lui donna en plus quelques roubles. Il se contenta d'une promesse : l'accusé désormais deviendrait honnête. Les mauvais sujets du coin avaient de quoi rire.

» Il y avait à Radoszyce un homme qui s'appelait Maciek Sokal et qu'on surnommait l'Avocat. Il était avocat comme je suis docteur. Il savait à peine lire. Malgré tout, quand quelqu'un devait passer en jugement, il engageait Sokal pour le défendre. Sokal était un escroc, un ivrogne, un bon à rien. Avant qu'il n'eût entamé sa carrière d'avocat, on le connaissait sous le nom de Sokal-le-témoin-perpétuel. N'importe qui pouvait être accusé de n'importe quel crime, voilà Sokal qui lui trouvait un alibi, se présentait comme témoin, faisait de faux serments. Sokal savait qu'on pouvait tout faire avaler à Malecki et il apprit aux brigands à le tromper. Les choses en arrivèrent au point que les voleurs se mirent à affluer à Radoszyce de tous les villages environnants.

» Oui, il s'avéra vite que Malecki provoquait bien des troubles avec son indulgence. Les commerçants de Radoszyce ne dormaient plus la nuit. Ils engagèrent un vigile pour surveiller leurs boutiques, armé d'un bâton et d'une crécelle, mais les bandits lui flanquèrent une raclée et le malheureux dut passer des semaines couché à la maison des pauvres. On commença à voler des chevaux dans toute la région. Chaque fois que les paysans attrapaient un voleur et l'amenaient à Radoszyce, Malecki le libérait immédiatement. Certains marchands furent si souvent cambriolés qu'ils finirent par vendre leur commerce pour trois fois rien et partirent s'installer ailleurs. Quelques-uns s'en allèrent même en Amérique. Les paysans commencèrent à dire qu'il n'y avait qu'une façon de s'en tirer : il fallait se débarrasser de Malecki. Mais les Russes le protégeaient. Qu'est-ce que cela pouvait bien leur faire que les paysans polonais souffrent? Les gens répétaient qu'à cause de l'astuce de Sokal et de la faiblesse de Malecki, leur vie devenait plus impossible que jamais.

» Pas très loin de Radoszyce, il y avait un village qui s'appelait Bojary. Un bandit vivait là, du nom de Wojtek – un ivrogne, un assassin, un voleur, un violeur. Il n'avait pas de père. Sa mère l'avait eu avec un Tzigane de passage. Il avait commencé à voler à l'âge de cinq ans. Quelque temps après, sa mère mourut et Wotjek devint un *parobek*, un valet de ferme qui se loue chez les paysans propriétaires de leur terre. Ce Wotjek venait souvent à la foire de Radoszyce, qui se tenait tous les jeudis et il provoquait régulièrement un scandale. Il allait dans une boutique s'acheter une casquette ou une veste et après, il refusait de payer. Il se saoulait à la taverne, rossait les paysans, cassait les vitres, renversait les tables et les bancs. On savait aussi que c'était un incendiaire. Quand il s'était disputé avec quelqu'un, il allait mettre le feu à sa maison. Tout le monde le savait. Mais quand on l'arrêtait et qu'on le traînait devant le tribunal, il n'y avait plus personne pour témoigner contre lui.

» A Bojary vivait également un paysan, Stach Skiba, qui avait une fille, Stasia, une belle fille, travailleuse et capable, aux champs comme à la maison. Elle n'avait plus sa mère. Bien des garçons l'auraient voulu pour femme et lui apportaient des cadeaux. Plus que tous les autres, Wotjek lui courait après. Mais elle lui disait : " Une saucisse, ce n'est pas pour un chien. " Il menaçait de la poignarder, elle, ainsi que son père et l'homme qu'elle épouserait. Mais les paysans ne se laissent pas effrayer facilement. Stasia finit par se fiancer à un robuste garçon de son âge, Stefan, qui alla menacer Wotjek que s'il disait une seule mauvaise parole à sa promise, il lui tordrait le cou. Quelque temps après, le mariage eut lieu et tous les paysans vinrent dans la chaumière de Stach Skiba pour manger, boire et danser. Au milieu de la fête, on entendit un cri, puis des hurlements. La maison avait pris feu de tous les côtés à la fois. Certains de ceux qui essayèrent de se précipiter dehors par la porte étroite furent foulés aux pieds et moururent. Quelqu'un avait entassé de grosses pierres sur le seuil. Plus de vingt personnes périrent dans les flammes, dont les jeunes mariés. D'autres furent terriblement brûlés et restèrent infirmes à vie.

» Cette fois, il y avait un témoin. Une petite fille de huit ans avait vu Wotjek empiler les pierres à la porte de Skiba. Un marchand juif de Radoszyce nommé Naphtali Gorszkower alla aussi dire à la police que la veille de l'incendie, Wotjek avait acheté chez lui un gros bidon de pétrole. Les paysans s'emparèrent de Wotjek, le rossèrent et l'emmenèrent dans une charrette à Radoszyce. Immédiatement Sokal apparut et commença à les menacer parce qu'ils faisaient du mal à un pauvre garçon innocent. Le seul policier de la ville mit Wotjek en prison mais Sokal alla directement trouver le comte Malecki pour lui raconter que des paysans ivres avaient attaqué un malheureux pour le plaisir de lui briser les côtes. Sokal dit aussi que Naphatali Gorszkower avait fait un faux témoignage sous la pression de sa communauté qui se fournissait chez lui en sel, en pétrole et en graisse pour les essieux. Sokal demanda à son excellence de donner l'ordre de relâcher Wotjek immédiatement et de punir ceux qui l'avaient battu. Pourquoi Sokal se donnait tellement de mal pour Wotjek, ce n'est pas clair, mais les gens disaient que les voleurs de Radoszyce lui payaient un salaire hebdomadaire pour défendre chaque voyou de la ville.

» Pendant que Sokal se démenait au tribunal où le comte siégeait revêtu de la robe traditionnelle, une croix en or autour du cou, une foule de paysans se rassembla dehors, attendant les nouvelles. Soudain la porte s'ouvrit et Sokal parut, brandissant un papier. Malecki avait donné l'orde de relâcher Wotjek immédiatement et de lui verser des dommages pour le tort subi. Là, les paysans devinrent fous. Ils se mirent à hurler et se jetèrent sur Sokal. On m'a raconté qu'en moins d'une minute, ils le mirent en pièces. Le fossoyeur, qui était un de nos voisins, nous dit plus tard qu'il ne restait pas grand-chose à mettre dans le cercueil. Il n'y avait que quelques pas du tribunal à la prison. Les paysans enragés enfoncèrent la porte et traînèrent Wotjek dehors. Quelqu'un apporta aussitôt une corde et ils le pendirent au premier réverbère. Le nœud autour du cou, il réussit à crier : « Mes frères, souvenez-vous que je suis orphelin. » Et un paysan lui répondit : « Bientôt, tu ne le seras plus. »

» Quand les Juifs apprirent ce qui se passait, ils prirent peur. Les commerçants de la place du marché fermèrent aussitôt leurs boutiques et tout le monde se cacha. Il aurait facilement pu arriver que dans leur rage, les paysans s'en prennent aux Juifs. Naphtali Gorszkower, lui, ne se donna même pas la peine de fermer son magasin. Il se mit à courir et courut jusqu'au jour où il arriva en Amérique. C'est comme je vous dis. Il disparut et sa femme fut considérée comme une épouse abandonnée. Enfin, un an plus tard, une lettre arriva de New York. Mais je tâcherai d'être bref. Quelqu'un cria : « Faisons un sort à Malecki ! » Et c'était exactement cela dont les paysans avaient envie. Ils se ruèrent dans la salle du tribunal et tuèrent le comte. Le tout s'était déroulé en quelques minutes.

» Quand le gouverneur apprit ce qui s'était passé, il envoya une commission escortée de cent cosaques à Radoszyce et une enquête commença qui dura des mois. D'abord on enchaîna tous les voleurs et on les envoya à la prison de

Radom, ou peut-être d'une autre ville. Les marchands de Radoszyce étaient soulagés. Toutefois, les Juifs avaient encore bien des raisons d'être inquiets. Certains officiels du coin excitaient la commission contre eux en disant que c'étaient les Juifs qui avaient mis le feu à la maison de Stach Skiba et que, d'ailleurs, c'était pour cela que Naphtali Gorszkower s'était enfui. Ils enfermèrent même la femme de Naphtali à la prison pour quelques semaines.

» Que pouvaient faire les cosaques? Ils passaient et repassaient sur leurs petits chevaux, en faisant claquer leurs fouets. Quiconque circulait dans la rue se faisait fouetter. Une douzaine de paysans de Bojary fut envoyée en Sibérie sans jugement. Parmi eux, il y avait le père de la petite fille qui avait vu Wotjek empiler des pierres devant la porte de Skiba. On l'accusa d'avoir obligé sa fille à faire un faux témoignage parce qu'il s'était disputé une fois avec Wotjek qui lui avait volé un porc. A quoi peut bien servir une commission? Elle ne fera pas revivre les morts. Tout ce que je veux dire, c'est que la pitié déplacée du comte Malecki causa bien des misères. J'ai lu une fois dans un commentaire yiddish de la Bible que ceux qui plaignent les méchants finissent par être cruels envers les innocents.

– C'est dans la Guemarah », le corrigea Meir l'eunuque.

Tout était calme dans la maison d'étude de Razymin et on entendait le chuintement de la mèche dans la lampe à pétrole. Le vieux Jérémie était en train de lire le passage du Livre des Psaumes où il est question de la miséricorde de Dieu quand il a fait mourir Sihon, roi des Amorites et Og, roi de Bashan et qu'il a donné leur terre à Israël, en guise de patrimoine. Les deux mendiants avaient ouvert la porte du poêle et sortaient d'entre les braises, de leurs doigts nus, les pommes de terre rôties. Reb Levi Yitzchock ôta les lunettes noires qui protégeaient ses yeux rougis et les essuya avec le bas de son caftan. Meir l'eunuque frottait d'un doigt ses joues imberbes. Il jeta un coup d'œil par la fenêtre en direction du ciel. La lune n'était pas encore pleine. Au bout d'un moment, Levi Yitzchock remit ses lunettes et dit :

« Les seigneurs fous, ce n'est pas ce qui manquait en Pologne. Certains perdaient la tête à force de boire, d'autres à trop se vautrer dans le luxe. Ce comte Malecki avait peut-être entendu parler de la loi juive selon laquelle personne ne peut être jugé sans le témoignage de deux personnes qui l'auraient mis en garde et lui auraient annoncé quel châtiment il encourait pour son crime *avant* qu'il ne l'ait commis. Il est dit dans la Mishnah que le tribunal qui prononce une peine de mort tous les soixante-dix ans se compose de meurtriers.

– Mais quel est l'assassin qui va tuer quelqu'un en présence de deux témoins et après avoir été mis en garde par-dessus le marché? demanda Zalman le vitrier. Un assassin attend le moment où personne ne le verra. Il frappe surtout la nuit.

– Dieu voit, répliqua Levi Yitzchok. Il n'a pas besoin de témoins. Il est lui-même le témoin, le juge, le justicier. Mais puisque vous parlez de pitié mal placée, moi aussi j'ai une histoire à raconter.

– Alors raconte-la.

– A Kozienice, il y avait un propriétaire terrien du nom de Stanislaw Karlowski, un petit bonhomme. On l'appelait Karlowski le fou. Toute sa vie il avait eu des procès avec d'autres seigneurs polonais et il y avait perdu beaucoup d'argent et toute espèce de prestige. Il avait hérité de ses grands-parents tant de têtes de bétail, tant de champs et tant de forêts qu'il pouvait se permettre tous ses caprices. Il avait l'habitude en plein tribunal de traiter les juges de tous les noms, de les accuser d'être des ignorants et de se laisser acheter. Ses avocats le suppliaient de rester tranquille. Mais quand un homme est fou, il n'écoute pas les conseils qu'on lui donne. Ses voisins connaissaient son affreux caractère et ils essayaient tout le temps de lui chiper un morceau de terrain. Il perdait toujours. Il avait une femme, immensément riche elle aussi. Elle était apparentée aux rois de Pologne. Je ne l'ai jamais vue mais on m'a dit qu'elle était très belle et une putain par-dessus le marché. Tout le monde savait qu'elle avait des douzaines d'amants. Elle avait même des liaisons avec les seigneurs du voisinage qui traînaient son mari en justice.

» A notre époque, les duels sont interdits mais, en ce temps-là, les nobles se battaient sans arrêt. Il suffisait que par exemple un comte dise à un autre comte que son cheval ne courait pas aussi vite qu'il l'aurait dû, et voilà, son interlocuteur le provoquait en duel. Un duel ne pouvait avoir lieu que s'il y avait des seconds, comme on les appelait. Leur mission consistait à essayer de réconcilier les adversaires mais, en réalité, ils les excitaient encore plus, tant ils avaient envie de voir de la bagarre et du sang versé. Une fois, un noble dit à Karlowski que sa femme couchait avec tout le monde. Immédiatement, Karlowski le provoqua en duel. Comme toujours, les seconds versèrent de l'huile sur le feu. Karlowski prit un pistolet, son adversaire un autre, et ils s'en allèrent dans une clairière de la forêt pour se tirer dessus. C'était ce que les chrétiens appellent une histoire d'honneur. D'après les règles, les deux adversaires étaient censés tirer en même temps. Mais comment savoir à quel moment exactement appuyer sur la gâchette? L'autre tira le premier et blessa Karlowski au genou. Après un duel les ennemis étaient obligés de se pardonner mutuellement, de se serrer la main et quelquefois même de s'embrasser. Aussi les deux hommes se firent des excuses et en passèrent par tout le cérémonial d'usage. Celui qui avait tiré le premier rentra chez lui à cheval pour célébrer sa victoire. On pansa Karlowski et lui, il revint à la maison en britska.

» Maintenant, écoutez bien. Au moment où Karlowski se battait en duel, son infidèle épouse emmena l'un de ses amants sur une terrasse, en haut d'une des tours du château, d'où on voyait au loin. Ils observèrent le duel à la jumelle, tout en s'embrassant, se caressant et prenant leur plaisir. Tous les deux pensaient que Karlowski serait tué et quand ils virent au loin qu'on le chargeait dans la britska, ils crurent qu'il était mort. Ils descendirent pour boire du vin et se réconforter un peu. Quand Karlowski arriva, bien vivant, sa femme s'évanouit instantanément, puis revint à elle et fit semblant de crier de joie tout en le remerciant profusément d'avoir défendu sa réputation. Karlowski se remit de sa blessure, mais il resta boiteux.

» Vous ne savez pas tout. Au bout d'un certain temps, la comtesse en eut assez de lui. Elle emballa ses plus beaux vêtements et ses bijoux, s'empara de tout l'argent sur lequel elle put mettre la main et partit pour l'étranger – à Paris, peut-être – avec un jeune amoureux. Son mari envoya à sa poursuite des cavaliers armés munis d'un mandat d'arrêt mais le couple avait déjà passé la frontière et on ne pouvait plus rien faire. Karlowski gémit devant les rares amis qui lui restaient que le jeune voyou avait séduit son innocente épouse et lui avait fait quitter le chemin de la vertu. Comme il était pris à la gorge par toute sorte de procès, il n'avait pas trop le temps de pleurer sur ses malheurs. Tous les six mois, il devait vendre un morceau de forêt ou quelques champs pour payer ses avocats, ses adversaires et aussi les amendes qu'on lui infligeait pour insulte à la cour. Il dut même emprunter à un taux d'intérêt exorbitant et s'endetta envers le Juif qui s'occupait de ses affaires. Trois années passèrent ainsi. Un jour, une voiture à cheval s'arrêta devant le château de Karlowski et devinez qui était dedans? Sa femme, avec un petit enfant, un bâtard. Tous ceux qui les virent arriver étaient sûrs que Karlowski allait surgir armé d'un pistolet ou d'une épée et qu'il tuerait la comtesse. Qu'y a-t-il de pire qu'une épouse qui revient chez son mari avec un enfant né de ses amours adultères? Mais il lui pardonna. Je n'étais pas là mais on m'a raconté qu'elle se jeta à ses pieds, se lamenta et jura qu'elle n'avait pas cessé de penser à lui. C'était la faute de ce jeune séducteur qui l'avait ensorcelée, séduite et réduite à la honte. Elle mangea, s'essuya la bouche et dit : “ Je n'ai rien fait de mal. ” Et elle se remit à pleurer, tandis que Karlowski tentait de la calmer. Et avant peu, elle redevint la maîtresse du château. Elle trouva de nouveaux amants, ou peut-être les anciens revinrent-ils. A cause de tous ses procès, Karlowski était souvent obligé d'aller à Lublin ou à Varsovie. Il en appela même au synode de Saint-Pétersbourg, dans l'espoir qu'on lui rendrait justice là-bas. Ses dettes étaient devenues telles qu'il était au bord de la faillite. Mais une de ses tantes âgées de cent ans mourut, lui laissant une petite fortune. Il paya donc ses créanciers et put se permettre de faire de nouveaux procès.

» Et n'imaginez pas que c'est fini. Un jour, une autre voiture s'approcha du château. Et qui croyez-vous qu'elle amenait? Le père du bébé. Il avait commis un crime pour lequel il risquait la prison. Il fit croire qu'il venait voir son enfant, mais ce n'était qu'un prétexte pour demander de l'argent. La comtesse, apparemment, n'avait jamais pu l'oublier, aussi elle mit ses perles en gage et paya ses dettes. Si je ne me trompe pas, il avait joué avec des cartes truquées et ses propres parents l'avaient renié. Je crois qu'en plus il était malade, à force d'ivrognerie et de débauche. Et que pensez-vous que fit Karlowski? Il devint le meilleur ami du séducteur de sa femme, l'installa au château, appela un médecin pour le soigner. Même les prêtres des villages environnants condamnèrent cette conduite digne d'un fou. Mais Karlowski avait sa chapelle privée et son propre chapelain qui disait que le comte se conduisait en vrai chrétien qui pardonne à ses ennemis et tend l'autre joue.

– Et après, qu'est-ce qui est arrivé? demanda Zalman le vitrier.

– Ce qui devait arriver, dit Levi Yitzchok. Le jeune voyou resta longtemps au château, il se reposa, grossit, retrouva la santé. La comtesse n'était plus assez belle pour lui, il se mit à chercher une proie plus jeune. Il trouva bientôt, c'était une petite bonne, ou une jeune gouvernante, qui était prête à lui céder. Un jour, il força le coffre-fort de Karlowski, prit tous les objets de valeur, même les bijoux de sa maîtresse et s'enfuit avec sa nouvelle amie. Je crois que c'était une parente pauvre de la comtesse. Karlowski, quant à lui, était de plus en plus débordé par les procès qu'il intentait toujours. Un jour, un juge prononça une sentense contre lui et cela lui causa un tel choc qu'il en tomba raide mort. Sa femme essaya de se consoler avec le cocher, ou un autre serviteur, mais les créanciers saisirent la propriété et l'en chassèrent. Elle mourut peu après.

– Et qu'est-il arrivé à l'enfant illégitime? demanda Zalman le vitrier.

– Vraiment, je n'en sais rien, dit Levi Yitzchok. Mais que peut-il arriver aux méchants et à leur descendance? Comme il est dit dans les Psaumes, “ ils sont comme des fétus de paille poussés par le vent ” ».

Pendant un long moment, tout redevint calme dans la maison d'étude. L'un des mendiants dormait étendu sur un banc. Il ronflait, marmonnait de temps en temps quelque chose et un sifflement lui sortait des narines. L'autre mendiant écoutait les histoires. Il avait une petite barbe jaune et de grands yeux, un peu comme ceux d'un veau. Il hochait la tête à tout ce que disait Levi Yitzchok et, finalement, il s'endormit lui aussi. Meir, l'eunuque essuya de la paume de la main le givre sur la vitre et regarda au-dehors, comme pour s'assurer que la lune n'était pas encore complètement pleine. Il se retourna et dit :

« Ce qu'a fait le comte Malecki n'a rien à voir avec la pitié. Il est écrit dans l'Ecclésiaste : " En lieu de justice, il y eut méchanceté ". Tous ces juges et ces avocats ont besoin de criminels comme les docteurs ont besoin de malades. Ce ne sont pas les gens honnêtes qu'on a abusés qui leur rapporteront quelque chose. Quant à l'autre comte – comment s'appelait-il, déjà? Karlowski – il savait très bien ce que faisait sa vaurienne de femme mais il prenait plaisir à la laisser se conduire comme une putain. Que dit la Guemarah? " L'esclave s'exalte du désordre. " Quand un homme sombre jusqu'aux Quarante-Neuf Portes de l'Impureté, il n'est plus lui-même. Ce qui est mauvais devient pour lui bon, la honte remplace l'honneur. Il se vautre dans la boue et en tire une grande fierté. Qu'était donc Sodome? Et la génération du Déluge? Perversité encore. Et qu'est-il arrivé à Rabbi Joseph della Reina? Il avait réussi à enchaîner Satan, il allait avancer la date de la Rédemption. Mais il a soudain été submergé par un sentiment de pitié mal placée et a offert à Satan une pincée de tabac à priser. Ce geste de compassion pour l'Ennemi absolu était comme de l'encens brûlé devant les idoles et tous les efforts de Rabbi Joseph ne servirent plus à rien. Immédiatement le Mauvais se libéra de ses chaînes, retrouva ses pouvoirs infernaux et il n'y eut pas de Rédemption. Rabbi Joseph aurait pu se repentir, car les portes de la repentance sont toujours ouvertes, mais il était tombé dans l'abîme de la résignation. Puisqu'il ne pouvait pas provoquer la Fin des Jours, il essaya de provoquer la fin du monde. Exactement comme il avait invoqué auparavant les saints noms, il se tourna désormais vers ceux des Esprits du Mal. De la lumière aux ténèbres, il n'y a qu'un pas.

» Il est dit dans le Talmud : " Plus un homme est grand, plus ses passions sont grandes. " Rabbi Joseph était né avec du feu dans le sang. En ce temps-là, l'Espagne appartenait aux fils d'Ismaël. Rabbi Joseph avait entendu parler d'un calife dont la femme était la plus grande beauté de tout le pays. Son nom était Ptima. Elle aimait les plaisirs de la chair, c'était un vraie réincarnation de Cozbi, la fille de Zur. Puisque Rabbi Joseph avait rejeté le joug de la sainteté et abandonné l'idée de devenir totalement bon, il choisit le mal absolu. Il prononça un nom satanique et commanda à deux démons de lui amener cette Ptima. Il vivait encore dans une grotte, comme à l'époque où il jeûnait et faisait pénitence pour hâter la venue du Messie. On disait qu'il descendait de Joseph le Juste et était aussi beau que son ancêtre. Rien d'étonnant donc si Ptima et lui s'adonnèrent à toutes les abominations possibles.

» Mais il y a un proverbe : “ On se fatigue même de manger des kreplech. ” Au bout de quelques mois, Rabbi Joseph entendit dire que la femme du Grand Vizir était encore plus voluptueuse que Ptima. Son nom était Grisha. Puisqu'il avait de toute façon renoncé au salut de son âme, il n'y avait plus rien qui pût empêcher Rabbi Joseph de goûter à ce plaisir-là aussi. Il ordonna aux démons de lui amener Grisha et fut ébloui par la beauté de son corps. A partir de là, les Esprits du Mal lui amenèrent les deux femmes chaque nuit, Ptima du coucher du soleil jusqu'à minuit – après quoi, elle était renvoyée dans son lit, voyage qui ne durait qu'un instant – et Grisha de minuit jusqu'à l'aube.

» Une fois, tandis que Ptima était couchée auprès de Rabbi Joseph, elle trouva dans le lit un médaillon où était gravé le nom de Grisha. Elle devint jalouse et demanda à Rabbi Joseph qui était cette fille. Tout comme Dalila avait charmé Samson, Ptima fit du charme à Rabbi Joseph jusqu'à ce qu'il lui dise qu'il s'agissait de la femme du Grand Vizir. Ptima savait que Rabbi Joseph accomplissait toutes sortes de choses miraculeuses par la force d'un seul nom maudit et après l'avoir caressé jusqu'à ce qu'il s'endorme, elle chercha partout où ce nom pouvait bien être inscrit. Elle finit par le trouver sur un morceau de parchemin caché dans un petit sac qu'il portait attaché autour de son cou. A partir de là, elle put faire tout ce qu'elle voulait. Elle ordonna aux démons d'attacher Rabbi Joseph avec sa ceinture et de faire venir les hommes les plus forts du royaume.

» Je ne sais pas si vous savez que les Anges déchus – aussi bien que les descendants d'Anak, qui avaient été vus par les esclaves que Moïse envoya en terre de Canaan – vivent encore aujourd'hui. Ils se cachent derrière les montagnes Noires, ou peut-être sur l'autre rive du fleuve Sambation. L'Ange de la Mort n'a pas de pouvoir sur eux, puisqu'ils n'appartiennent pas à ce monde. Ptima ordonna qu'on lui amène ces géants. Ce qui fut fait et elle s'accoupla avec eux en présence de Rabbi Joseph pendant trois jours et trois nuits. Vous imaginez la torture que cela fut pour Rabbi Joseph, mais comme Ptima était en possession du nom maudit, il ne pouvait pas se libérer. Le calife fit rechercher partout sa femme, mais elle avait disparu.

» La première fois que Ptima avait dit aux messagers maudits de lui amener les Anges déchus et les fils d'Anak, elle murmura le nom très bas, pour que Rabbi Joseph n'entende pas. Avant l'aube du quatrième jour, elle était si épuisée par ses jeux lascifs qu'elle cessa de faire attention et le prononça plus fort. Rabbi Joseph qui faisait semblant de dormir sursauta. Maintenant qu'il l'avait entendue, il retrouvait son pouvoir et ordonna aux êtres de la nuit d'obéir à sa volonté plutôt qu'à celle de la femme. Puisque l'un et l'autre utilisait la même incantation à des fins différentes, les deux charmes s'annulaient et les esprits du mal s'envolèrent vers le mont Seir. Lentement, Rabbi Joseph défit ses liens puis il empoigna Ptima à la gorge, prêt à l'étrangler. Quelle distance y a-t-il entre l'adultère et le meurtre?

» Quand la rusée Ptima comprit que sa fin était proche, elle tenta de se défendre, de sussurer des mots tendres à Rabbi Joseph et de lui dire qu'elle l'aimait vraiment, qu'elle n'avait cédé aux monstres que par jalousie. Elle ajouta : “ Que gagnerais-tu à me tuer? Tu ne rencontreras jamais une femme aussi passionnée que moi. ” Rabbi Joseph lui répondit que la chair de Grisha était plus douce encore que la sienne, alors elle dit : “ Grisha ne fait plus partie du monde des vivants. J'ai demandé à mes démons de me débarrasser d'elle et ils l'ont fait. On l'a enterrée hier. ” Puis elle ajouta : “ Laisse-moi vivre, à nous deux nous pourrons conquérir le monde. Tu séduiras les femmes les plus belles et moi les hommes les plus riches. Nous les endormirons, pour les dépouiller de leurs diamants, de leurs médailles, de toutes leurs possessions. Tu deviendras roi du royaume des ténèbres et je serai ta reine, ta reine très aimante. Pour te remercier de ton indulgence à mon égard, je surmonterai ma jalousie et te constituerai un harem peuplé de plus d'épouses et de concubines que le roi Salomon n'en a jamais eues. Nous ressusciterons la reine de Saba, Rahab la putain et donnerons libre cours à tous nos instincts et à tous les désirs de notre cœur. "

» Ceux qui savent persuader les autres sont faciles à convaincre eux-mêmes, c'est bien connu. Rabbi Joseph lui demanda si elle consentirait à faire revivre Grisha et elle répondit : " Ton plaisir serait le mien. Ramenons-la à la vie et nous nous réjouirons ensemble. Et qu'adviendra-t-il de ton mari? " demanda Rabbi Joseph, à quoi elle répliqua, " pour toi, je me rendrai veuve ".

» Non seulement Rabbi Joseph céda à la plus aberrante des pitiés, mais il fit une erreur de jugement fatale. Ceux qui étudient la kabbale savent que la sorcellerie permet d'obtenir à peu près tout, sauf la résurrection des morts. A partir du moment où Rabbi Joseph et Ptima tentèrent de faire revivre Grisha, ils perdirent leur pouvoir. Un rire satanique se fit entendre en haut du mont Seir. Satan et Lilith riaient si fort que les déserts en retentirent. Rabbi Joseph della Reina se retrouva privé à la fois du pouvoir que donne la sainteté et de celui des puissances diaboliques. Il en tomba malade. Ptima était désormais tout à fait désireuse de retourner chez le calife, son mari, mais il était à plus de cinq cents kilomètres de là. En outre, les gardes ne l'auraient jamais laissée entrer, car sa beauté s'était enfuie, elle n'était plus qu'un sac d'os. Personne ne l'aurait reconnue.

– Et alors, qu'ont-ils fait? demanda Zalman le vitrier.

– Rabbi Joseph cracha sur elle et l'abandonna à ses maléfices. Elle devint mendiante à la porte de la mosquée et mourut peu après. Rabbi Joseph était trop orgueilleux pour se repentir et il mourut en état de rébellion. Il fut réincarné en chien.

– Je ne savais pas ça, remarqua Levi Yitzchok.

– Bon, eh bien, maintenant, tu le sais, dit Meir.

– Tu l'as lu dans un livre? demanda Levi Yitzchok.
– Le livre, c'est moi », répondit Meir.

Il se leva et se mit à marcher de long en large. Il frottait ses mains l'une contre l'autre. La lampe à pétrole faiblissait. La mèche vacillait et fumait. La maison d'étude de Radzymin s'emplissait d'ombres. Zalman le vitrier dit :

« Maintenant, je vais avoir peur de rentrer chez moi. »

Meir l'eunuque dut l'entendre car il s'immobilisa, rit et s'écria :

« Ne sois pas stupide, Reb Zalman. La lune brille. Le ciel est clair. Le mal n'est rien d'autre qu'un tourbillon de folie. »

Henne-la-Flamme

1

Oui, il existe des gens qui sont des démons, Dieu nous en préserve! Au moment où elles accouchent, les mères voient des choses, mais elles ne les disent jamais!

Henne-la-Flamme, comme on l'appelait, n'était pas un être humain mais une flamme jaillie de la Géhenne. Je sais qu'on ne devrait pas dire du mal des morts et de toute façon, elle a beaucoup souffert pour ses péchés. Était-ce sa faute si le feu brûlait toujours en elle? Cela se voyait à ses yeux : deux braises. C'était effrayant d'y plonger le regard. Elle était brune comme une Tzigane, le visage étroit, les joues creuses, maigre, si maigre, un vrai sac d'os. Une fois, je l'ai vue se baigner dans la rivière. Ses côtes saillaient sous la peau comme des cerceaux. Comment quelqu'un comme Henne aurait-elle jamais pu grossir? Quoi qu'on lui dît, même la réflexion la plus innocente, elle se fâchait immédiatement. Elle commençait par crier, brandir le poing et gesticuler comme une vraie folle. Son visage blêmissait de rage. Si vous tentiez de vous défendre, elle était prête à vous avaler vivant et elle commençait à casser la vaisselle. Tous les mois ou presque, son mari, Berl Chazkele devait acheter un nouveau service.

Elle soupçonnait tout le monde. La ville entière lui en voulait. Quand elle se mettait en rage, elle disait des choses que même un fou n'aurait pas pu imaginer. Les jurons lui sortaient de la bouche comme autant de pois rongés par les vers. Elle connaissait toutes les malédictions du Livre Saint par cœur. Il lui arrivait même de jeter des pierres. Une fois, en plein hiver, elle cassa le carreau d'un voisin et le voisin ne put jamais savoir pourquoi.

Henne avait des enfants, quatre filles, qui s'étaient enfuies de la maison dès qu'elles avaient été en âge. L'une devint servante à Lublin. La seconde partit pour l'Amérique. La plus jolie, Malkeleh, mourut de la scarlatine et la quatrième épousa un vieillard. Tout valait mieux que vivre avec Henne.

Son mari, Berl, devait être un saint. Seul un saint aurait pu supporter une pareille mégère depuis vingt ans. Il fabriquait des tamis. En ce temps-là, pendant l'hiver, on commençait à travailler avant le jour. Il fallait même apporter sa chandelle. Berl gagnait très peu. Naturellement ils étaient pauvres, mais ils n'étaient pas les seuls. Un tombereau de bâtons de craie n'aurait pas suffi à écrire les plaintes qu'elle vociférait à son égard. J'habitais la maison à côté de la leur et une fois, au moment où il partait au travail, avant l'aube, elle lui hurla : « Et ne reviens que les pieds en avant! » Je ne peux pas comprendre ce qu'elle avait contre lui. Il lui donnait jusqu'à son dernier sou et en plus, il l'aimait. Comment pouvait-on aimer un tel démon? Seul Dieu le sait. Et de toute façon qui peut comprendre ce qui se passe dans le cœur d'un homme?

Mes bons amis, même lui finit par la quitter. Un matin d'été, un vendredi, il partit en direction du bain rituel et disparut comme une pierre au fond d'un lac. Quand Henne entendit dire qu'on l'avait vu s'en aller du village, elle tomba dans le ruisseau en proie à une crise d'épilepsie. Elle se cognait la tête contre les pierres, sifflait comme un serpent et l'écume lui sortait de la bouche. Son bonnet glissa par terre et tout le monde put voir qu'elle ne se rasait pas les cheveux. On l'emporta chez elle. Je n'ai jamais vu un visage pareil, vert comme de l'herbe, les yeux révulsés. Dès qu'elle revint à elle, elle se mit à jurer et je crois qu'à partir de ce moment-là, elle n'arrêta plus jamais. On dirait qu'elle jurait même pendant son sommeil. A Yom Kippour, elle était dans la section des femmes, à la synagogue et tandis que la femme du rabbin récitait les prières pour celles qui ne savaient pas lire, Henne se mit à accabler d'injures le rabbin, le hazzan et les membres éminents de la communauté. A son mari, elle souhaita d'attraper la variole et d'avoir la gangrène. Elle blasphéma aussi contre Dieu.

Après que Berl l'eut abandonnée, elle devint comme une bête sauvage. En règle générale, une femme que son mari avait quitté gagnait sa vie en pétrissant la pâte chez les autres ou en devenant servante, mais qui aurait pris le risque d'introduire une créature aussi diabolique que Henne chez soi? Elle tenta un moment de vendre du poisson le jeudi, mais quand on lui demandait le prix, elle répondait : « Puisque de toute façon vous n'allez rien m'acheter, pourquoi venez-vous m'embêter? Vous ne ferez que toucher ma marchandise et filer ailleurs. »

Si une ménagère soulevait un poisson et lui écartait les ouïes pour voir s'il était frais, Henne lui arrachait des mains en criant : « Pourquoi tenez-vous tant à le sentir? C'est au-dessous de votre dignité de manger du poisson pourri? » Et elle dévidait une liste de péchés soi-disant commis par les parents, les grands-parents et les arrière-grands-parents de la malheureuse femme, jusqu'à la dixième génération. Les autres marchandes vendaient tous leurs poissons et Henne se retrouvait avec un étal intact. Toutes les trois ou quatre semaines, elle lavait ses vêtements. Ne me demandez pas comment elle s'y prenait. Elle braillait à propos de tout, les bassines à linge, les fils pour le suspendre, la pompe à eau. Si elle trouvait un grain de poussière sur une chemise en train de sécher, elle accusait aussitôt ses voisines. Et elle jetait leurs affaires par terre. On l'entendait crier à travers la moitié de la ville. Les gens avaient peur d'elle et finissaient toujours par lui céder mais cela ne servait à rien. Si vous lui répondiez, elle faisait un scandale affreux. Si vous ne disiez rien, elle vociférait : « Alors, c'est une honte pour vous de m'adresser la parole? » On ne pouvait jamais avoir affaire à elle sans se faire insulter.

Au début, ses filles revenaient la voir à l'époque des grandes fêtes. C'étaient de bonnes filles, qui ressemblaient à leur père. Mère et filles commençaient par s'embrasser et avant que personne ait eu le temps de dire ouf, on aurait cru que des chats sauvages se battaient dans la rue des Bouchers, où nous vivions. Les assiettes valsaient, les vitres volaient en éclats. Les filles s'enfuyaient de la maison comme si on avait voulu les empoisonner et Henne leur courait après, un bâton à la main, en hurlant : « Garces, putains, traînées, vous auriez dû vous dissoudre dans les entrailles de votre mère ! » Après le départ de Berl, Henne se mit à soupçonner ses filles de savoir où il était. Elles avaient beau jurer qu'elles n'en avaient pas la moindre idée, Henne tempêtait : « Qu'à chacune d'entre vous la bouche s'ouvre derrière la tête ! C'est ce qui arrive aux menteuses ! »

Que pouvaient bien faire les malheureuses ? Elles se mirent à l'éviter comme la peste. Et Henne s'en alla trouver l'instituteur et lui fit écrire des lettres au terme desquelles elle désavouait ses filles. Elle n'était plus leur mère.

Mais enfin, dans une petite ville, on ne laisse personne mourir de faim. De braves gens avaient pitié de Henne et lui apportaient de la soupe à l'ail, du bortsch, un morceau de pain, des pommes de terre, ce qu'ils avaient eux-mêmes. Leurs cadeaux, ils les déposaient sur le seuil de sa porte. Entrer chez elle, c'était comme pénétrer dans l'antre du lion. Henne ne touchait presque jamais à rien, elle jetait la nourriture aux ordures. Des femmes comme elle vivent de leurs rages.

Comme les adultes l'ignoraient, Henne entreprit de se quereller avec les enfants. Un petit garçon passait et voilà qu'elle lui arrachait sa casquette parce qu'elle s'imaginait qu'il avait volé des poires dans son poirier. Les fruits étaient durs comme du bois, sans goût, un porc n'en aurait pas voulu. Mais cela lui servait de prétexte. Elle qui mentait tout le temps accusait les autres de mentir. Elle allait chez le chef de la police et dénonçait la moitié des habitants de la ville, accusant celui-ci d'être un faussaire et celui-là de faire venir de la marchandise en contrebande de Galicie. Elle racontait que les hassidim manquaient de respect au tzar. A l'automne, alors qu'on sélectionnait les recrues, elle vint proclamer sur la place du Marché que les riches étaient dispensés et qu'on emmenait les pauvres. C'était vrai, d'ailleurs. Mais si on avait emmené tout le monde, est-ce que cela aurait été mieux ? Des recrues, il en fallait bien. Seulement Henne, dans la bonté de son âme, ne pouvait pas souffrir l'injustice. Les officiels russes avaient peur des désordres qu'elle risquait de provoquer et ils la firent envoyer à l'asile.

J'étais là quand un soldat et un policier vinrent la chercher. Elle les menaça d'une hache. Elle fit un tel scandale que toute la ville arriva en courant. Mais quelle est la force d'une femme? Pendant qu'on la ceinturait et qu'on la faisait monter de force sur une charrette, elle jurait en russe, en polonais et en yiddish. On aurait dit un porc qu'on égorge. A Lublin, on lui passa la camisole de force.

Je ne sais pas ce qui arriva ensuite mais elle dut assez bien se conduire parce que moins de six mois après, elle était de retour. Une famille s'était installée dans sa chaumière en son absence et elle jeta tout le monde à la rue dans le froid, au milieu de la nuit. Le lendemain, elle proclama qu'on l'avait volée. Elle alla chez tous les voisins à la recherche de ses affaires, pressée d'humilier tout le monde. Après cela, on ne lui permit même plus d'aller dans la section des femmes à la synagogue et quand elle voulut acheter une place pour les Jours Redoutables, on la lui refusa. Les choses en arrivèrent à un point tel que tout le monde s'écartait quand elle allait à la fontaine chercher de l'eau. Cela devenait tout simplement dangereux de s'approcher d'elle.

Elle ne respectait même pas les morts. Quand un corbillard passait, Henne crachait dessus, hurlait qu'elle espérait bien que l'âme du défunt errerait à jamais dans l'infini. En général, on faisait semblant de ne pas l'entendre mais parfois, les gens la battaient. Elle aimait être battue, voilà la vérité. Elle courait partout montrer la bosse causée par Untel, l'œil noir que lui avait fait Untel. Elle allait chez le droguiste chercher des onguents et des sangsues. Elle convoquait tout le temps les gens chez le rabbin mais le bedeau ne voulait même plus l'écouter et le rabbin ordonna qu'on ne lui permît plus d'entrer dans son bureau. Elle se tournait parfois vers les chrétiens mais ils se contentaient de se moquer d'elle. Il ne lui restait plus que Dieu. Et d'après Henne, le Tout-Puissant et elle étaient dans les meilleurs termes.

Maintenant écoutez bien. Il y avait un cocher nommé Kopel Klotz qui vivait près de chez Henne. Une fois, au milieu de la nuit, il fut réveillé par des appels au secours. Il regarda par la fenêtre et vit que la maison du cordonnier, de l'autre côté de la rue, était en feu. Il empoigna un seau d'eau et courut à l'aide. Mais ce n'était pas la maison du cordonnier qui brûlait, c'était celle de Henne. Ce que le cocher avait vu, c'était le reflet de l'incendie dans les vitres du cordonnier. Il se précipita dans la chaumière : tout brûlait, la table, les bancs, le placard. Ce n'était pas un feu comme les autres. De petites flammes voletaient partout comme des oiseaux. La chemise de Henne était en feu. Kopel la lui arracha et elle se retrouva nue comme au jour de sa naissance.

Un feu dans la rue des Bouchers, c'était dramatique. Le bois dont sont faites les maisons est sec même en hiver. Une seule étincelle et tout pouvait flamber comme une torche. De partout on arriva à l'aide mais les flammes sautillaient et grimpaient sans cesse. A chaque instant, quelque chose s'enflammait. Henne s'enveloppa dans un châle et voilà que les franges s'allumèrent comme autant de bougies. Les hommes combattirent l'incendie jusqu'à l'aube. Certains suffoquèrent en avalant la fumée. Ces flammes-là, c'étaient des diables sortis de l'enfer.

Au matin, le brasier reprit. La literie de Henne s'enflamma toute seule. J'allai moi-même chez elle. Les draps étaient troués, l'édredon aussi. La pâte à pain avait cuit directement dans la bassine à pétrir. Un véritable balai de feu était passé partout, les ordures brûlaient. Des langues enflammées léchaient tout, Dieu nous préserve, on comprenait bien que c'était l'œuvre du Malin. Henne avait voué tout le monde à l'enfer et le diable maintenant s'occupait d'elle.

On finit par éteindre l'incendie. Les habitants de la rue des Bouchers avertirent le rabbin que s'il ne parvenait pas à persuader Henne de s'en aller, ils prendraient les choses en main eux-mêmes. Tout le monde avait peur. Personne ne voulait payer pour les péchés d'une autre. Henne aussi alla trouver le rabbin et gémit : « Où irai-je? Assassins, voleurs, sales bêtes! »

Elle avait la voix rauque comme le croassement du corbeau. Pendant qu'elle criait, le foulard sur sa tête s'enflamma. Ceux qui n'ont pas vu cela ne sauront jamais de quoi les démons sont capables.

Tandis que Henne suppliait le rabbin de ne pas la chasser de la ville, sa maison reprit feu. Une flamme jaillit du toit qui avait la forme d'un homme aux cheveux longs. Elle dansait en sifflant. Les cloches de l'église sonnèrent le tocsin. Les pompiers firent ce qu'ils pouvaient mais en quelques minutes, il ne restait rien que la cheminée et un tas de braises brûlantes.

Après cela, Henne répandit le bruit que c'étaient les voisins qui avaient mis le feu chez elle. Mais ce n'était pas vrai. Qui aurait fait une chose pareille, surtout un jour de grand vent? Des dizaines de témoins pouvaient jurer que c'était faux. La silhouette de feu avait agité les bras et ri d'un rire dément. Puis elle s'était élevée dans les airs et avait disparu dans les nuages.

C'est à partir de ce moment-là que les gens l'appelèrent Henne-la-Flamme. Jusque-là, on l'avait surnommée Henne-la-Noire.

2

Quand Henne se retrouva sans toit, elle essaya de s'installer à la maison des pauvres, mais ni les pauvres ni les malades ne la laissèrent entrer. Personne n'a envie d'être brûlé vif. Pour la première fois de sa vie, elle se tut. Un marchand de bois chrétien offrit de la prendre chez lui. Au moment où elle franchissait le seuil de sa demeure, le manche de sa hache s'enflamma entre ses doigts. Et Henne dut s'en aller. Elle serait morte de froid si le rabbin ne l'avait pas recueillie.

Il avait à côté de chez lui une petite cabane qui servait pendant les fêtes de Souccoth, avec un toit qu'on pouvait ouvrir et fermer grâce à un système de poulies. Le fils du rabbin y installa un réchaud pour que Henne ne gèle pas sur place. La femme du rabbin apporta une paillasse et des draps. Que pouvait-on faire d'autre? Les Juifs ne laissent pas quelqu'un mourir. On espérait que les démons respecteraient une souccah et qu'ils n'y mettraient pas le feu. C'est vrai qu'il n'y avait pas de mezouzah à la porte mais le rabbin accrocha un talisman au mur. Plusieurs personnes proposèrent d'apporter de quoi manger à Henne mais la femme du rabbin dit : « Le peu qu'elle mange, je le lui préparerai moi-même. »

Les grands froids commencèrent immédiatement après Souccoth et durèrent jusqu'à Pourim. Les maisons étaient enfouies sous la neige. Le matin, il fallait dégager la porte à coups de pelle. Henne restait couchée toute la journée. Ce n'était plus la même, elle était docile comme un agneau. Mais on lisait encore le mal dans ses yeux. Le fils du rabbin venait remplir son poêle le matin et il raconta à la maison d'étude que Henne demeurait enfouie sous son édredon sans dire un mot. La femme du rabbin avait suggéré qu'elle vienne l'aider un peu à la cuisine mais Henne refusa. « Je ne veux pas qu'il arrive malheur aux livres du rabbin », dit-elle. On murmurait en ville que le Mauvais l'avait peut-être quittée.

Vers Pourim, il se mit brusquement à faire chaud. La glace fondit et la rivière déborda. La rue du Pont était inondée. Les pauvres sont toujours malheureux, mais quand il y a une inondation en pleine nuit et que toutes vos affaires se mettent à flotter partout, la vie devient intolérable. On utilisait un radeau pour traverser la rue du Pont. A la boulangerie, on avait commencé à préparer les *matsoth* pour la Pâque mais l'eau avait trempé les sacs et la farine n'était plus utilisable.

Soudain on entendit un cri qui provenait de la maison du rabbin. Sa souccah avait brûlé comme une lanterne en papier. C'était arrivé en pleine nuit. Plus tard, Henne raconta qu'une main brûlante était descendue du toit et qu'en un instant tout s'était consumé. Elle avait attrapé une couverture pour se protéger et s'était précipitée toute nue dans la cour pleine de boue. Que pouvait bien faire le rabbin? Il dut la prendre chez lui. Sa femme en cessa de dormir la nuit. Henne dit : « Je n'aurais pas dû pouvoir vous faire cela. » Avant même que la souccah n'eût brûlé, Taube, la fille mariée du rabbin, avait empaqueté son trousseau dans un drap pour pouvoir le mettre à l'abri si le feu se déclarait.

Le lendemain, les responsables de la communauté se réunirent. On parla, on discuta, mais sans trouver de solution. Quelqu'un proposa d'envoyer Henne dans une autre ville. Henne fit irruption dans le bureau du rabbin, en haillons, pareille à un épouvantail. « Rabbin, j'ai vécu ici toute ma vie, et c'est ici que je veux mourir. Qu'on me creuse une tombe et qu'on m'enterre. Le cimetière ne brûlera pas. » Elle avait retrouvé sa langue et tout le monde en fut surpris.

A la réunion se trouvait Reb Zelig, le maçon, un homme généreux. Il fit une suggestion : « Rabbin, je lui construirai une petite maison de brique. Les briques, ça ne brûle pas. »

Il ne demandait même pas à être payé pour son travail, seulement pour le matériel. Puis un couvreur promit de faire le toit. Henne était propriétaire du terrain, rue des Bouchers et la cheminée restait debout.

Pour construire une maison, d'habitude, il faut des mois. Mais cette petite cabane-là fut commencée à Pourim et terminée pour la Pâque. Tout le monde donna un coup de main. Les garçons de la maison d'étude déblayèrent les cendres. Les enfants du heder transportèrent les briques. Les étudiants de la yeshiva gâchèrent le plâtre. Yudel le vitrier offrit les vitres. Comme dit le proverbe, une communauté n'est jamais pauvre. Un homme riche, Reb Falik, offrit le zinc de la gouttière. Un jour, il y avait là une ruine. Le lendemain, voilà une maison. En réalité, c'était une petite baraque, sans plancher. Mais une personne seule n'a pas besoin de grand-chose. On fournit à Henne un lit de fer, un oreiller, un matelas, un édredon. Elle ne vint même pas regarder les travaux. Assise dans la cuisine du rabbin, elle guettait le moindre début d'incendie.

La maison fut achevée juste avant la Pâque. Tout le monde apporta à Henne des matsoth, des pommes de terre, des œufs, du raifort, ce qui est nécessaire pour le *seder*. Mais personne n'accepta de l'inviter à dîner. Le soir, on regarda par la fenêtre : pas de repas, pas de seder, pas de bougie allumée. Assise sur un banc, Henne mâchonnait une carotte.

On ne sait jamais comment les choses vont tourner. Au début, on n'avait plus entendu parler de Mindel, la fille qui était partie vivre en Amérique. Comment dit-on? Au-delà des mers, le monde change. On s'en va en Amérique et on oublie son père, sa mère, le judaïsme, Dieu. Les années passaient et on n'avait pas la moindre nouvelle de Mindel. Mais elle s'avéra être une excellente fille, après tout. Elle s'était mariée et son mari était devenu immensément riche.

A la poste de notre village travaillait un facteur qui n'était qu'un simple paysan. Un jour, un facteur très spécial se présenta. Il avait une grande moustache, une jaquette avec des boutons dorés et il portait un insigne sur sa casquette. Il apportait une lettre pour laquelle le destinataire devait signer. Et qui croyez-vous qu'était le destinataire? Henne. Elle n'était pas plus capable de signer que moi de danser le quadrille. Elle fit trois petits traits sur le reçu et quelqu'un servit de témoin. En bref, la lettre contenait de l'argent. Lippe, l'instituteur, vint la lire et la moitié de la ville était là pour écouter.

« Ma chère mère, tes malheurs sont finis. Mon mari est devenu riche. New York est une grande ville. On y mange du pain blanc en semaine. Tout le monde parle anglais, les Juifs aussi. La nuit, il fait clair comme en plein jour. Les trains roulent sur des rails à la hauteur des toits. Réconcilie-toi avec papa et je vous enverrai à tous les deux des billets pour l'Amérique. »

Personne ne savait s'il fallait rire ou pleurer. Henne écouta sans rien dire. Elle ne jura pas – ne dit rien d'aimable non plus.

Un mois plus tard, une autre lettre arriva et deux mois plus tard, encore une lettre. Le dollar américain valait deux roubles. Il y avait un changeur au village et quand il apprit que Henne recevait de l'argent d'Amérique, il lui proposa toutes sortes de bonnes affaires. Voulait-elle acheter une maison? Ou prendre une participation dans un commerce? Il y avait un homme chez nous qu'on appelait le messager, bien qu'en réalité personne ne l'envoyât jamais porter de message nulle part. Il vint trouver Henne et lui proposa de rechercher son mari. S'il était vivant, lui, Leizer se faisait fort de le retrouver et soit de le ramener, soit de lui extorquer un certificat de divorce. Henne répondit : « Si vous le ramenez, qu'au moins il soit mort et vous, vous marcherez sur des béquilles. »

Henne était restée Henne mais les voisins commencèrent à faire grand cas d'elle. Les gens sont ainsi. Quand ils sentent l'odeur de l'argent, ils s'excitent. Maintenant ils la saluaient, l'appelaient Hennele, s'occupaient d'elle. Henne se contentait de les regarder d'un air furibond et de marmonner des jurons. Elle alla droit à la taverne de Zrule, acheta une grosse bouteille de vodka et la rapporta à la maison. En bref, elle se mit à boire. Qu'une femme boive, c'est déjà rare chez les chrétiens, mais chez les Juifs, on n'avait jamais vu cela. Henne restait couchée à boire. Elle chantait, pleurait, faisait d'épouvantables grimaces. Elle venait traîner sur la place du Marché en sous-vêtements, suivie d'une troupe de garnements. Se conduire comme le faisait Henne constituait un véritable sacrilège, mais que pouvait-on faire? Personne n'allait en prison pour avoir bu. Les fonctionnaires étaient souvent saouls eux-mêmes. Les voisins disaient que Henne au réveil avalait une tasse pleine de vodka. C'était son petit-déjeuner. Puis elle se recouchait et quand elle se réveillait à nouveau, elle se mettait à boire pour de bon. De temps en temps, quand l'envie lui en venait, elle ouvrait sa fenêtre et jetait des sous dans la rue. Les gamins se seraient marchés dessus pour les ramasser. Pendant qu'ils les cherchaient à tâtons, elle leur versait son pot de chambre sur la tête. Le rabbin la convoqua mais il aurait pu s'épargner cette peine. Tout le monde était sûr qu'elle se tuerait à force de boire. Mais c'est quelque chose de tout à fait différent qui se produisit.

En général, Henne sortait de chez elle le matin. Parfois elle allait tirer un seau d'eau au puits. Il y avait des chiens abandonnés dans la rue des Bouchers et, parfois, elle leur jetait un os. Il n'y avait pas d'endroit particulier pour se soulager, tout le monde le faisait dehors. Quelques jours passèrent sans qu'on vît Henne. Les voisines essayèrent de jeter un coup d'œil par la fenêtre, mais les rideaux étaient tirés. On frappa à la porte, personne ne vint ouvrir. Finalement, on entra et ce qu'on vit, j'espère qu'on ne le verra plus jamais. Quelque temps auparavant, Henne avait acheté à une veuve un fauteuil capitonné. C'était un vieux meuble. Elle aimait y rester des heures à boire et à dire des sottises. Et là, assis dans le fauteuil, il y avait un squelette noir comme du charbon.

Mes bons amis, Henne avait brûlé. Mais comment? Le fauteuil était presque intact, seule la tapisserie sur le dossier était roussie. Pour carboniser si complètement quelqu'un, il avait fallu un feu encore plus grand que celui du bain le vendredi. Même pour rôtir une oie il faut beaucoup de bois. Mais le fauteuil était intact. La literie aussi. La commode, la table, l'armoire que Henne avait achetées n'avaient pas été touchées. Pourtant, Henne, elle, n'était plus qu'un morceau de charbon. Il ne restait même pas un corps à laver, à envelopper dans un suaire. Les officiels arrivèrent en courant et n'en crurent pas leurs yeux. Personne n'avait remarqué d'incendie, ni senti d'odeur de fumée. D'où avait bien pu venir ce feu infernal? On ne trouva de cendres ni dans le poêle ni sous le trépied. Henne faisait rarement la cuisine. Le docteur de la ville, Chapinski, vint voir. Ses yeux lui jaillirent de la tête et il en resta pétrifié sur place.

« Comment est-ce possible? demanda le chef de la police.

– Ça ne l'est pas, répondit le docteur. Si quelqu'un m'avait raconté une histoire pareille, je l'aurais traité de menteur.

– Mais c'est quand même arrivé », dit le chef de la police.

Chapinski haussa les épaules et murmura : « Je n'y comprends rien. »

Quelqu'un suggéra que c'était peut-être la foudre. Mais il n'y avait eu ni éclairs ni tonnerre depuis des semaines.

Les seigneurs du voisinage entendirent parler de l'histoire et arrivèrent aux nouvelles. La rue des Bouchers était pleine de calèches, de britskas, de phaétons. Les gens regardaient la maison de Henne, la bouche ouverte. Tout le monde cherchait une explication. Cela échappait à la raison. Le rembourrage du dossier du fauteuil était en crin, sec comme du poivre.

Une rumeur prétendit que la vodka avait mis le feu à

l'estomac de Henne. Mais qui a jamais entendu parler d'un incendie dans un estomac? Le docteur secouait la tête : « C'est une terrible énigme. »

Cela ne servait à rien de préparer ce qui restait de Henne pour l'enterrement. On mit ses os dans un sac qu'on emporta au cimetière et on enterra le tout. Le fossoyeur récita le kaddish. Plus tard, ses filles vinrent de Lublin, mais que pouvait-on leur dire? Le feu avait toujours poursuivi Henne et il avait fini par avoir raison d'elle. Quand elle jurait, elle employait souvent le mot « feu ». Elle disait : « Que le feu soit dans ta tête », ou « dans ton ventre ». Elle disait, « puisses-tu brûler comme une chandelle ». « Que la fièvre te consume. » « Tu brûleras comme du petit bois. » Les mots ont leur pouvoir. Le proverbe dit : « Un coup, on oublie, mais les paroles restent. »

Mes bons amis, Henne continua à provoquer des désordres même après sa mort. Kopel le cocher avait acheté sa maison à ses filles pour la transformer en écurie. Mais les chevaux transpiraient la nuit et après, ils prenaient froid. Quand un cheval attrape un coup de froid comme cela, c'est la fin. Plusieurs fois, la paille s'enflamma toute seule. Une voisine qui s'était querellée avec Henne pour une histoire de lessive jura que son fantôme avait arraché ses draps du fil où elle les avait suspendus afin de les jeter dans la boue. Le fantôme avait également renversé une lessiveuse. Je n'y étais pas mais avec quelqu'un comme Henne, on pouvait s'attendre à tout. Je la revois encore aujourd'hui, noire, maigre, la poitrine plate comme celle d'un homme, les yeux fous d'une bête sauvage. Quelque chose brûlait continuellement en elle. Elle doit avoir beaucoup souffert. Je me rappelle ma grand-mère disant : « Quand on a une bonne vie, on n'a pas envie de se cogner la tête contre les murs. » Enfin, quels que soient les malheurs qu'on est appelé à connaître, je dis : « Éclatez au dedans, mais faites toujours bonne figure. »

Dieu merci, ce n'est pas donné à tout le monde d'avoir le temps de se plaindre de son sort. Un rabbin de notre ville disait : « Si les gens n'étaient pas obligés de travailler pour gagner leur pain, ils passeraient leur temps à gémir sur leur mort et la vie ne serait qu'une immense cérémonie de funérailles. »

Une petite danse et c'est tout

Les maisons, parfois, ressemblent étrangement à ceux qui les habitent. Leizer, qui avait été le beau-frère de mon oncle Jekhiel, en possédait une comme cela. Beila, la sœur de Leizer, était la seconde femme d'oncle Jekhiel. Elle était morte et mon oncle s'était remarié pour la troisième fois, après l'arrivée de mes parents à Shebrin.

Grand et massif, Leizer était un homme dans la soixantaine. Dans sa jeunesse, il avait été un véritable géant mais avec l'âge et les soucis, il s'était terriblement courbé. Sa femme était morte. Il était torturé par une hernie et une jambe malade qui le faisait boiter. Il avait été propriétaire d'un hangar qu'un incendie avait détruit et son commerce de grains avait disparu avec. Ses deux filles aînées confectionnaient des pains et des galettes qu'elles vendaient et il essayait de subsister grâce à leurs maigres gains. En fait, tous ses malheurs venaient de ses filles, Rachel, Leah et Feigel, qui ne s'étaient pas mariées. Comment est-il possible que dans un village juif, trois filles ne trouvent pas de mari? Tout le monde à Shebrin se posait la question et je crois que Leizer et ses filles ne le comprenaient pas plus que les autres.

Mais revenons à la maison. Elle avait des murs de briques curieusement épais, un toit verdi par la mousse et une cheminée qui crachotait toujours un mélange de fumée et de flammes, même si on la ramonait régulièrement. Grzymak, le ramoneur, jurait qu'une fois, il avait vu un lutin dans le conduit : une créature noire comme de la suie, avec une bosse dans le dos et une devant, une grande mèche au sommet du crâne et un nez qui lui pendait jusqu'au ventre. Il avait l'air de vivre là. La fille d'un voisin aussi avait vu le monstre. En pleine nuit, quand elle était sortie pour vider le seau à ordures, elle l'avait entendu rire. Levant les yeux vers le toit de Leizer, elle vit la créature accroupie au bord de la cheminée qui lui faisait signe de venir, tout en tirant une langue longue comme le manche d'une bêche.

Pourquoi les maçons avaient-ils construit des murs de trente centimètres d'épaisseur, sans une seule ouverture en façade, et un couloir d'entrée qui restait sombre même en plein jour? Pourquoi les plafonds étaient-ils si bas et le grenier si incroyablement haut? Personne ne connaissait les réponses, car la maison avait au moins deux cents ans. Les petites fenêtres de travers donnaient sur un marécage menant à la rivière. Les sombres nuits d'été, des lueurs mystérieuses dansaient au loin et on disait que ceux qui voulaient s'en approcher disparaissaient à jamais.

La hernie de Leizer lui avait provoqué une descente d'intestins et il n'y avait qu'une femme à Shebrin qui savait les lui remettre en place. Sans elle, disaient les gens, Leizer serait mort depuis longtemps. C'était très humiliant pour lui de devoir laisser une femme étrangère toucher ses parties les plus intimes mais quand il est question de vie ou de mort, on ne doit pas s'attacher à ces choses. La femme refusait d'être payée. C'était sa bonne action à elle. Elle avait une autre spécialité, qui était d'écarter le mauvais œil et aussi d'extirper les trop gros pépins du gosier des poules, afin qu'elles puissent recommencer à manger.

Leah avait déjà quarante ans sonnés quand sa famille s'installa à Shebrin. Grande et forte comme son père, elle avait des mains d'homme et un visage large et brun comme les pains de seigle qu'elle faisait cuire. C'était difficile de lui tirer un mot. Sa force aussi était celle d'un homme. Elle coupait le bois, tirait l'eau du puits, et allait chercher des sacs de farine au moulin qu'elle rapportait ensuite sur son dos. Malgré tout, on voyait encore qu'elle était assez belle, avec des traits réguliers et des yeux noirs farouches.

J'ai entendu raconter qu'un jour, en revenant du moulin, elle avait été attaquée par deux brigands. L'un lui brandit son fusil en pleine poitrine. Elle s'en empara, le cassa en deux et, avec la crosse, frappa les bandits jusqu'à ce qu'il s'effondrent, inconscients. Les coupables furent pris, conduits à l'hôpital et, ensuite, mis en prison.

Rachel, qui était plus jeune que Leah, lui ressemblait physiquement. Mais tout ce qui était dur, fort, résolu chez Leah devenait doux, fragile, indécis chez sa sœur. Personne n'osait demander à Leah pourquoi elle ne s'était pas mariée, mais on posait toujours la question à Rachel. Sa réponse était invariablement la même : « Au dîner, on sert la soupe d'abord, la viande après. »

J'entends encore ma mère lui dire un jour :

« Et qu'y aurait-il de si terrible à servir la viande en premier? Il n'y a pas de loi qui s'y oppose. »

Rachel écouta et répondit : « C'est la coutume, d'abord on sert la soupe, ensuite la viande. »

Leah pétrissait la pâte, préparait les pains, les enfournait, puis les retirait une fois cuits. Le travail de Rachel, c'était d'aller les vendre. Le jeudi, elle s'installait sur la place du Marché avec son panier rempli de miches, de galettes, de *bagels* et de petits pains ronds. Le vendredi, elle vendait des *halloth* et des petits gâteaux du shabbat.

La plus jeune des sœurs, Feigel, n'avait à l'époque que vingt-neuf ans et les marieurs ne l'avaient pas encore abandonnée comme un cas sans espoir. Sa mère était morte à sa naissance. Contrairement à ses sœurs, Feigel était petite, plutôt fragile d'aspect. On disait qu'elle ressemblait à une grand-tante de Janov. Elle avait été fiancée trois fois. Le premier fiancé était mort. Au second, elle avait retourné le contrat de fiançailles. Le troisième était parti à la guerre et on n'en avait plus jamais entendu parler.

Leah et Feigel ne s'adressaient plus la parole depuis dix ans. Elles évitaient même de se regarder. Feigel aimait chanter. Elle avait un chat. Son père lui avait offert une machine à coudre et elle était devenue couturière. Elle faisait des chemises, des sous-vêtements. Les marieurs venaient discuter longuement avec elle, mais il n'en résultait jamais rien. Feigel rendait souvent visite à sa mère. Elle racontait des histoires d'horreur sur l'épidémie de choléra de 1915 et des foules d'anecdotes sur les jeunes filles et les femmes de Shebrin qui faisaient de la contrebande pendant la guerre. Les gendarmes autrichiens les obligeaient souvent à se déshabiller pendant qu'ils les fouillaient jusqu'aux parties intimes de leur corps qu'aucune femme qui se respecte ne se laisse toucher par un homme. Ma mère hochait la tête sous sa perruque : « Tout cela, c'est le résultat de notre long exil. »

Feigel accusait Leah de sorcellerie, disant que Leah ne désirait pas se marier elle-même et qu'elle avait empêché Rachel de trouver un mari. Chaque fois que Feigel se fiançait, Leah lui jetait un sort. Feigel disait à ma mère :

« Ma bonne tante, cette Leah est un homme, ce n'est pas une femme.

– Mais qu'est-ce que tu racontes? » Ma mère sursautait. « Elle a des seins.

– Elle a les pieds d'un cosaque. Dieu s'est trompé.

– Comment peux-tu dire une chose pareille? Le Tout-Puissant ne se trompe pas.

– En ce cas, c'est un monstre. »

Cette famille était très inférieure à la nôtre. Mon oncle Jekhiel était tombé amoureux de sa deuxième femme bien qu'elle fût d'origine beaucoup plus modeste. Quand Feigel appelait ma mère « ma tante », c'était comme une gifle qu'elle lui envoyait en pleine figure. Mais ma mère éprouvait de la compassion pour les filles de Leizer parce qu'elles étaient orphelines. Elle m'envoyait leur acheter des pains et me commandait des chemises chez Feigel. Les doigts de Feigel me chatouillaient quand elle prenait mes mesures et je riais. La phrase de ma mère sur les seins de Leah me trottait dans la tête. Jusque-là, j'avais cru que seules les femmes qui allaitaient ont des seins. Et c'était pourtant vrai que Leah avait une grosse poitrine en même temps qu'une voix grave comme celle d'un homme. Peut-être était-elle ce que le Talmud appelle un androgyne? J'avais autant peur d'elle que des ruelles obscures pleines de trous et de flaques d'eau. A force de lire des livres d'histoires, je savais qu'il existe des femmes capables de s'accoupler avec des démons qui donnent naissance à des esprits et à des succubes. Peut-être Leah en faisait-elle autant avec le démon qui habitait sa cheminée? J'approchais de l'âge de la *bar mitzvah* et je pensais de plus en plus à ce que j'avais étudié dans la Guemarah sur les relations entre les hommes et les femmes. Les romans aussi commençaient à m'intéresser. C'est à peu près à cette époque que ma mère demanda à Feigel de me faire plusieurs caleçons et des chemises.

J'emportai le tissu chez Feigel et quand j'approchai de chez elle, je vis une grosse fumée noire sortir de la cheminée. Je pensai aussitôt au diable couvert de suie. En passant devant la boulangerie, je vis Leah vêtue d'une chemise sale et de grosses bottes qui aspergeait d'eau les pains tout juste sortis du four. La vapeur s'élevait dans l'air.

Le seuil de la maison était haut et je trébuchai en entrant. Il faisait une chaude journée. La porte de la chambre de Leizer était entrouverte. Sa barbe blanche était semée de taches brunes à cause du tabac qu'il prisait. La pensée qu'une femme touchait ses parties intimes évoquait en moi un mélange de curiosité et de dégoût. Il avait un établi couvert de marteaux, de scies, de tournevis et de couteaux. Dans un coin s'entassaient des planches et des baguettes métalliques. Je me rappelais ma mère racontant que quand il était jeune, Leizer avait voulu inventer un berceau qui se balancerait tout seul, par la force de poids et de ressorts. C'était la raison pour laquelle son affaire avait fait faillite.

Au bout d'un moment, j'entrai dans la chambre de Feigel. C'était la plus claire de toute la maison. Père et filles ne vivaient pas ensemble comme une famille, plutôt comme des voisins. Certaines pièces étaient en ruine et restaient fermées à clé. Dans la sienne, Feigel avait un mannequin, une femme sans tête mais avec des hanches et des seins. Les morceaux de fil pris dans ses cheveux donnaient à Feigel un charme tout particulier à mes yeux. C'était difficile de croire qu'elle avait presque trente ans, tant elle gardait l'apparence d'une jeune fille. Elle appuyait d'un geste léger sur la pédale de sa machine à coudre et retirait adroitement son doigt quand avançait l'aiguille.

« Ainsi te voilà. » Elle me sourit d'un air engageant.

« Oui, ma mère m'envoie.

– Tu aimes ta mère? »

J'étais très embarrassé :

« Oui, pourquoi pas?

– Un hassid a-t-il le droit d'aimer une femme?
– Une mère n'est pas une femme.
– Qu'est-ce que c'est, alors? »

Feigel se leva pour prendre mes mesures, en faisant bien attention à mon cou. Ma mère lui avait dit qu'il avait grossi. Ses doigts frôlèrent mon menton et je sentis combien ils étaient chauds et doux. Soudain elle inclina la tête et ses cheveux frôlèrent ma joue tandis qu'elle m'embrassait sur les lèvres. J'étais tellement stupéfait que j'en restai incapable de dire un mot. « N'en parle à personne », me recommanda-t-elle.

Comme c'était bizarre : depuis plusieurs jours déjà, je savais que j'allais commettre une transgression. Toutes sortes de pensées coupables me passaient par la tête. Deux ou trois nuits auparavant, j'avais rêvé de ma cousine Taube nue, le corps enveloppé d'un filet. Le lendemain, je jeûnai jusqu'à midi.

A Shebrin, le bruit se répandit que Feigel allait se fiancer à nouveau. Son nouveau soupirant, un cocher de droshky de Varsovie, avait un cousin à Shebrin, Chaim Kalch, et c'était par son intermédiaire que l'affaire s'était engagée. Tout alla vite. Un jour, on en entendit parler et deux jours après, tout le monde était invité aux fiançailles. Ce fut une petite fête, d'ailleurs, peu d'invités vinrent. Leibush, le futur marié, paraissait avoir dans les trente ans, peut-être quarante. Il était robuste, avec un teint rougeaud, un gros nez, des lèvres épaisses, des lèvres toutes fendillées et un cou plein de boutons. Sous des sourcils couleur filasse, ses yeux bleu délavé avaient une expression à la fois moqueuse et rageuse, comme si toute la cérémonie n'était qu'une vaste blague. Je me dis qu'il devait sentir le crottin et la graisse dont on se sert pour huiler les roues. Rachel servit du hareng haché, des petits pains au fromage et de la vodka. Leah ne parut qu'un instant, elle ne s'était même pas donné la peine de se changer. Leibush avait la voix rude de quelqu'un qui est habitué à crier. Je l'entendis dire : « Je suis fatigué des pavés de Varsovie. » Il but les trois quarts de la vodka et mangea presque tous les petits pains en discutant affaires. Il en avait assez du bruit et de la puanteur de Varsovie et son intention était d'acheter un cheval et une charrette pour transporter des marchandises de Shebrin à Lublin. Les gens de Varsovie ne savaient pas traverser les rues, et quand il se produisait un accident, c'était toujours le cocher qu'on blâmait. A cela je compris qu'il avait probablement écrasé quelqu'un et qu'on l'avait poursuivi en justice, ou peut-être mis en prison. Feigel aida elle aussi à passer les plats et les verres. Mon père prépara le contrat de fiançailles. Il demanda à Leibush :

« Quel est votre nom entier?

– Leibush Motl.

– Aryeh Mordecai. » Mon père le traduisait en hébreu.

« Qui êtes-vous? poursuivit-il, un Cohen, un Levy ou un Israélite?

– Et qui le sait?

– Vous n'êtes pas attaché à une synagogue? Vous n'êtes jamais appelé à lire la Torah?

– Seulement de temps en temps.

– Ici, il faudra aller à la synagogue. Dans une petite ville, on doit bien se conduire, interrompit Feigel.

– Bon... »

Le père de Feigel, Leizer, avait l'air nerveux, impatient, pressé de retourner à ses marteaux, ses scies et ses limes. A tout ce qu'on disait, il acquiesçait en silence. Feigel souriait, plaisantait et elle me fit même un clin d'œil. Elle déclara en haussant les épaules : « Le mariage et la mort sont deux choses qu'on ne peut pas éviter.

– Qu'est-ce qui te fait dire une chose pareille? demanda ma mère. Tu es jeune, tu vivras jusqu'à cent vingt ans.

– Pas si jeune que cela. On ne peut jamais savoir ce que demain vous réserve.

– C'est ce que je dis, moi aussi, approuva Leibush. La semaine dernière, j'étais en train de boire un verre de bière avec un ami et soudain sa tête s'est inclinée et il était mort.

– Dieu nous préserve des malheurs qui peuvent arriver.

– Les gens iraient se jeter droit sous les roues. »

On fixa la date du mariage exactement un mois plus tard. Leizer et Leah voulaient une cérémonie très discrète mais Feigel exigea des musiciens et un amuseur. Je l'entendis qui disait à ma mère : « Et qu'est-ce qu'une fille reçoit de la vie? Une petite danse et c'est tout... »

Au mariage, Feigel dansa avec sa sœur Rachel, puis avec une autre fille. Elle était très jolie dans sa robe de mariée qu'elle avait faite elle-même. La jupe s'ouvrait comme un parapluie et quand Feigel tournoyait j'apercevais ses pantalons bordés de dentelle. Après la danse de la vertu, deux femmes la conduisirent dans une pièce obscure. Quelques minutes plus tard, Leizer et un des invités amenèrent Leibush à sa jeune épousée.

Leah était venue au mariage dans sa robe du shabbat et chaussée de souliers à hauts talons. Sous ses épais sourcils masculins, ses yeux noirs étaient tristes et pleins de ressentiment. Quant ma mère alla souhaiter *mazel tov* à Rachel, elle répliqua : « Et qui a jamais entendu dire qu'on pouvait servir le dessert avant le plat principal?

– Leah et toi apporterez aussi de la joie à votre père un jour.

– Peut-être. »

Le lendemain du mariage, les rumeurs commencèrent à circuler. Un garçon qui s'était caché sous la fenêtre de la chambre nuptiale raconta que Feigel et Leibush s'étaient querellés la moitié de la nuit, il y avait eu une dispute, puis bientôt des coups. Pour aller jusqu'à la fenêtre, il avait dû se glisser à travers le marécage et il montra la boue et les herbes qui collaient encore à son pantalon et à ses bottes. Feigel vint bientôt chez ma mère pour vider son cœur. J'étais plus que désireux d'entendre le secret de Feigel mais elle me renvoya : « Sois gentil, dit-elle, quitte la pièce. Ce n'est pas pour tes oreilles. »

Derrière la porte, j'entendis des murmures et des pleurs étouffés. Quand Feigel partit ma mère avait des taches rouges au visage. Je lui demandai ce qui n'allait pas chez les mariés et elle me répondit : « Dieu nous en préserve, il y a tellement de fous.

– Ils ne s'entendent pas?

– Elle n'a pas eu de chance. »

Mais à la maison d'étude, les garçons dirent les choses clairement :

« Feigel ne veut pas que son mari vienne dans son lit. »

Leibush vint trouver mon oncle Jekhiel pour porter plainte et ils s'enfermèrent dans son bureau. Tout comme Leibush avait dit du mal de Varsovie et chanté les louanges de Shebrin, il disait maintenant exactement le contraire. Sur la place du Marché, entourés d'hommes, il ne cessait de répéter : « Comment peut-on vivre dans un village perdu comme celui-ci? Il y a de quoi devenir fou à force de ne voir que de la boue. On peut dire ce qu'on veut de Varsovie, au moins, c'est vivant.

– Mais si vous avez de l'argent, vous pouvez acheter ici tout ce que vous voulez, s'écria un jeune homme qui venait de se marier.

– Acheter quoi? Il n'y a même pas un endroit où boire une verre de bonne bière. »

Les gens essayèrent de réconcilier Feigel et Leibush. Les marchand de chevaux proposèrent de vendre à Leibush tout un attelage pour trois fois rien. Des commerçants promirent de faire appel à lui pour transporter leurs marchandises à Lublin et à Lemberg. Mais Leibush secouaient la tête. Feigel ne se montrait pas. Une fille qui alla chez elle pour un essayage trouva la porte fermée. Ma tante Yentl vint conférer avec ma mère. Elles parlèrent tout bas et les rubans du bonnet de Yentl frémissaient. « J'ai bien peur que cette pâte ne devienne jamais du pain, dit Yentl.

– Un affreux rustaud », opina ma mère.

Le mariage fut vite dissous. On ne pouvais pas divorcer à Shebrin parce que la rivière avait deux noms et il y avait un doute en ce qui concerne celui qu'on devait utiliser sur l'acte officiel. Le couple alla donc divorcer à Lublin. Je les regardai tous les deux monter dans la carriole pour le voyage : Leibush s'installa devant à côté du cocher et Feigel derrière, sur une botte de paille. Elle portait le même chapeau orné d'une plume qu'elle avait mis le shabbat d'après le mariage, quand on l'avait conduite dans la section des femmes à la synagogue. Elle semblait lasse, plus âgée. Rachel vint lui tendre un baluchon de provisions. Les jeunes filles et les femmes regardaient, derrière leurs rideaux tirés.

Feigel était censée revenir peu après mais les semaines passèrent et elle était toujours à Lublin. Quand elle revint enfin, c'était déjà l'hiver. Rachel nous rendit visite et dit : « Ne servez jamais le troisième plat avant le premier.

– Excuse-moi, Rachel, mais ce ne sont que des sottises.

– Les hommes sont des bêtes sauvages », dit Rachel, à moitié à ma mère et à moitié à elle-même.

« Mais qu'est-ce qui te prend? Les plus grands saints étaient des hommes.

– Peut-être autrefois. »

Un après-midi, Feigel apparut chez nous. « Tout est de la faute de Leah, confia-t-elle à ma mère. Elle nous a ensorcelés. Quand elle a appris que j'allais me marier, c'est devenu l'enfer. Elle m'a maudite. Voilà la vérité.

– Si on croit en Dieu, on n'a rien à craindre de mal.

– Mais si. Elle a aussi envoûté Rachel. Rachel répète tout ce que dit Leah comme un perroquet. Elle se mettrait sur la tête si Leah le lui demandait. Leah est mon ennemie parce que j'ai refusé de lui obéir.

– Dieu t'enverra un bon mari.

– Non, tante, mon mari sera l'Ange de la Mort. »

Feigel disait vrai. Peu de temps après cette conversation, on apprit qu'elle était très gravement malade. Un docteur vint, mais il ne pouvait rien pour elle. Des femmes racontèrent qu'elle était maigre comme une tuberculeuse et déclinait de jour en jour. Quand j'allais acheter des pains, je n'entendais plus le bruit de la machine à coudre. Une fois, je remarquai que sa porte était ouverte et je jetai un coup d'œil. Feigel était assise, en train de coudre un ourlet. Quand elle me vit, elle sourit faiblement et dit :

« Mais regardez donc comme il a grandi.

– Feigel, je vous souhaite de vous rétablir vite.

– Oh, les souhaits! On ne peut plus rien pour moi, tu sais, mais c'est gentil d'être venu me faire une visite. Viens, assieds-toi. »

Je m'assis sur un tabouret et elle dit :

« Hier encore, tu étais un enfant. Et te voilà devenu adulte. Il y a une chose dont je veux que tu te souviennes : ne torture jamais la femme qui tombera entre tes mains.

– Dieu m'en préserve.

– Nous sommes tous des enfants de Dieu.

– Le principal, c'est que vous guérissiez.

– Non, mon chéri, je ne fais déjà plus partie de ce monde », et un sourire entendu parut sur ses lèvres.

Quelques semaines plus tard, Feigel mourut. Elle avait envoyé chercher mon oncle Jekhiel, réciter la prière de la confession et demander que son trousseau fût distribué aux fiancées indigentes. Les femmes du village dirent qu'elle était morte comme une sainte. Je suivis le convoi funèbre. Rachel gémissait et se frappait la tête des deux poings mais Leah marchait en silence. Leizer dit le kaddish. Le père et les deux filles observèrent ensemble les sept jours de deuil.

Après la mort de Feigel, la famille se désintégra. Au bout de quelques mois, Leizer contracta une pneumonie et mourut. Des rumeurs se répandirent bientôt comme quoi Rachel perdait la tête. Elle rendait aux clients plus d'argent qu'ils ne lui en avaient donné. Au point que Leah ne pouvait plus lui confier la vente. Leah elle-même était une mauvaise vendeuse. Elle n'avait aucune patience avec les paysans qui discutaient toujours les prix. Elle ne fit bientôt presque plus rien cuire, uniquement pour les clientes qui venaient jusqu'à sa boutique, quelques jeunes filles et femmes mariées qui aimaient ce qu'elle préparait. Les deux sœurs ne gagnaient plus de quoi vivre. Rachel qui avait toujours fait les courses ne venait plus chez le boucher. Elle devenait sénile. Quand elle rendait visite à ma mère, elle mélangeait tout, les dates, les faits. En général, elle nous livrait du pain tous les deux jours en semaine. Un jour de shabbat, la porte s'ouvrit et Rachel entra en vêtements de travail, son panier à la main. Ma mère se pinça pour s'assurer qu'elle ne rêvait pas :

« Rachel, mais qu'est-ce qui t'arrive? C'est shabbat.

– Shabbat? Je croyais qu'on était dimanche.

– Mais toutes les boutiques sont fermées. On ne doit rien porter, c'est défendu.

– Je dois remporter le pain à la maison?

– Non, laisse-le ici. Tu as préparé un repas du shabbat?

– Oui, peut-être. Je vais rentrer chez moi. »

Peu après cet incident, on découvrit que Rachel avait un cancer du sein. Elle restait au lit et Leah s'occupait d'elle. Le docteur Katz, le médecin de Shebrin, affirmait que si Rachel allait à Varsovie, on pourrait peut-être encore l'opérer et la sauver. Bien que la communauté fût prête à payer toutes les dépenses, Rachel refusa en disant : « C'est ici que je suis née et c'est ici que je mourrai. »

Au milieu de ses souffrances et de son délire, elle se mit à chanter des chansons. Des fragments de la liturgie de Rosh Hashanah et de Yom Kippour lui revenaient en mémoire. Il était clair qu'elle avait une très belle voix, bien que personne ne l'eût entendue chanter auparavant. Elle improvisait des paroles et des mélodies et même des chants funèbres pour son père et sa mère, morte depuis si longtemps – le tout de ce ton plaintif qui remonte à tant de générations. Elle se plaignait maintenant ouvertement que Leah les avait empêchées de se marier, Feigel et elle.

Après la mort de Rachel, Leah cessa de cuire quoi que ce soit. Elle loua deux pièces de sa maison et se débrouilla pour vivre avec ce que cela lui rapportait. Elle vivait complètement à l'écart de tous. Elle n'allait nulle part et ne venait même plus dans la section des femmes à la synagogue pour entendre la corne du bélier à Rosh Hashanah. La cheminée ne crachait plus ni fumée ni étincelles et à Shebrin on disait que le lutin habitait maintenant derrière le poêle de Leah et dormait avec elle sur le banc. A plus de soixante ans elle avait toujours les cheveux aussi noirs.

Quand je quittai Shebrin, Leah vivait toujours. J'appris qu'elle était morte juste avant l'invasion nazie. Depuis longtemps, je n'avais plus pensé aux trois sœurs mais hier, je me suis endormi un instant à ma table de travail et j'ai rêvé de Feigel. Je l'ai vue en robe de mariée et souliers de soie, les cheveux dénoués jusqu'à la taille, le visage pâle et les yeux illuminés par une joie qui n'était pas de ce monde. Elle agitait une palme et un cédrat, comme si on était à Souccoth et elle disait à ma mère : « Qu'est-ce qu'une jeune fille reçoit de la vie? Une petite danse et c'est tout... »

Les petits cordonniers

1

Les cordonniers et leur arbre généalogique

La famille des petits cordonniers était célèbre non seulement à Frampol, mais dans toutes les villes des environs, à Yanev, à Kreshev, à Bilgoray et même jusqu'à Zamoshoh. Abba Shuster, le fondateur de la lignée, était apparu à Frampol quelque temps après les pogroms de Chmielnitzki. Il acheta une parcelle de terrain sur la colline, derrière la boucherie et y construisit une maison qui tenait encore debout tout récemment. Bien sûr, elle n'était pas en tellement bon état : les fondations de pierre s'effondraient, les étroites fenêtres ne fermaient plus et le toit de lauzes de bois était vert de moisi et couvert de nids d'hirondelles. En outre, la porte s'enfonçait dans le sol, la rampe de l'escalier était toute tordue et au lieu de monter une marche pour entrer, on devait en descendre une. Malgré tout, la maison avait survécu aux innombrables incendies qui ravageaient périodiquement Frampol autrefois. Mais les poutres en bois étaient si pourries que des champignons poussaient dessus et quand on avait besoin d'un peu de sciure pour arrêter le sang à une circoncision, il suffisait d'en casser un petit morceau à la main et de l'écraser entre ses doigts. Le toit penchait si dangereusement qu'aucun ramoneur ne pouvait plus y grimper pour aller ramoner la cheminée. Ce n'était que par la grâce de Dieu que la maison tenait bon.

Le nom d'Abba Shuster est inscrit sur un parchemin des annales de la communauté juive de Frampol. Il avait coutume de fabriquer six paires de chaussures tous les ans qu'il offrait aux veuves et aux orphelins. En témoignage de reconnaissance pour sa philanthropie, on l'appelait pour qu'il lise la Torah à la synagogue en se servant du titre honorofique de *Murenou,* qui signifie notre maître.

Dans le vieux cimetière, sa pierre tombale avait disparu mais les cordonniers en reconnaissaient l'emplacement, parce que, tout à côté, poussait un noisetier. D'après les vieilles femmes, il aurait jailli de la barbe de Reb Abba.

Reb Abba avait cinq fils. Tous, sauf un, s'étaient fixés dans les villes des environs. Seul Getzel resta à Frampol. Il maintint la tradition de charité instaurée par son père : lui aussi fabriquait des chaussures pour les pauvres et il était également membre de la Congrégation des enterrements.

Dans les annales, il est également dit que Getzel eut un fils, Godel et que de Godel naquit Treitel et de Treitel, Gimpel. Le métier de cordonnier se transmettait d'une génération à l'autre. Une règle fut vite établie dans la famille comme quoi le fils aîné devait rester à la maison et succéder à son père.

Les cordonniers se ressemblaient tous. Petits, les cheveux couleur de sable, c'étaient de bons et honnêtes travailleurs. Les habitants de Frampol croyaient fermement que Reb Abba, le chef de la lignée, avait appris son métier d'un maître artisan de Brod qui lui avait révélé comment rendre le cuir plus solide et plus durable. Dans la cave de leur maison, les petits cordonniers gardaient en permanence une cuve où trempaient les peaux. Dieu seul savait quels étranges produits ils ajoutaient au liquide du tannage. Ils n'en révélaient la formule à personne. Elle se transmettait uniquement de père en fils.

Comme notre propos n'est pas de raconter l'histoire de toutes les générations de petits cordonniers, nous nous bornerons aux trois dernières. Reb Lippe était resté sans héritier jusqu'à un âge avancé et on tenait pour certain que sa lignée s'éteindrait avec lui. Mais quand il eut près de soixante-dix ans, sa femme mourut. Il se remaria avec une vierge mûrissante qui travaillait à la laiterie et qui lui donna six enfants. L'aîné, Feivel, réussit très bien. Il jouait un rôle important dans la communauté, assistait à toutes les grandes réunions et pendant des années il était le sixième appelé à la synagogue des tailleurs pour lire la Torah. La coutume voulait qu'on élise un nouveau « sixième » chaque année à Simchah Torah. On plaçait sur la tête de l'heureux élu un cédrat garni de bougies allumées et on le conduisait de maison en maison pour être fêté et régalé d'un verre de vin et d'une part de gâteau aux pommes ou au miel. Il se trouva que Reb Feivel mourut précisément le jour de Simchah Torah, la fête de la réjouissance de la Torah, pendant qu'il faisait sa tournée. Il tomba raide sur la place du marché et on ne réussit pas à le ranimer. Comme Feivel avait été réputé pour sa charité, le rabbin qui conduisait le service funèbre déclara que les bougies allumées sur sa tête éclaireraient son chemin jusqu'au paradis. Dans le testament qu'on trouva dans son coffre-fort, il était stipulé que sur le drap noir recouvrant son cercueil jusqu'au cimetière, on poserait une alène, une forme et un marteau pour bien montrer qu'il avait été toute sa vie un homme de paix et un bon artisan n'ayant jamais triché avec ses clients. Ces volontés furent respectées.

Le fils aîné de Feivel s'appelait Abba, en hommage au fondateur de la lignée. Il était petit et trapu, avec une large barbe blonde et un front très haut, tout plissé de rides comme seuls en ont les cordonniers et les rabbins. Ses yeux étaient jaunes et quand on le regardait, il faisait penser à une grosse poule en train de bouder. Mais c'était un habile artisan et un homme charitable comme tous ceux de sa famille. Dans tout Frampol, il n'avait pas son pareil pour tenir sa parole. Il ne faisait jamais de promesse qu'il n'était pas absolument sûr de pouvoir tenir. Quand il avait un doute, il disait « qui sait » ou « si Dieu le veut » ou « peut-être ». En outre, c'était un homme cultivé. Chaque jour, il lisait un chapitre de la Torah en yiddish. Abba ne manquait jamais les sermons des prédicateurs itinérants qui passaient par la ville et il aimait tout particulièrement les passages de la Bible qu'on lisait à la synagogue pendant les mois d'hiver.

Le jour du shabbat, quand sa femme Pesha lui lisait en yiddish des histoires du livre de la Genèse, il s'imaginait qu'il était Noé et qu'il avait pour fils Sem, Cham et Japhet. Ou alors il se voyait devenu Abraham, Isaac ou Jacob. Il se disait souvent que si le Tout-Puissant lui commandait de sacrifier son fils aîné, Gimpel, il se lèverait tôt le matin et obéirait sans attendre. Certainement il aurait quitté la Pologne et sa maison natale pour partir errer de par le monde là où Dieu l'enverrait. Il connaissait par cœur l'histoire de Joseph et de ses frères mais ne se lassait jamais de la relire. Il enviait les Ancêtres parce que le Roi de l'univers s'était révélé à eux et avait accompli des miracles en leur faveur, mais il se consolait en pensant que de lui, Abba, jusqu'aux Patriarches, s'étendait une chaîne ininterrompue de générations, comme si lui aussi faisait partie de la Bible. Il était né des entrailles de Jacob et lui et ses fils étaient issus de la semence devenue nombreuse comme les grains de sable et les étoiles du firmament.

Il vivait en exil parce que les Juifs de la Terre sainte avaient péché mais il attendait la Rédemption et serait prêt quand le jour viendrait.

Abba était de loin le meilleur cordonnier de Frampol. Ses bottes allaient toujours parfaitement, jamais trop grandes ni trop petites. Les gens qui souffraient d'engelures, de cors ou de varices étaient particulièrement satisfaits de son travail, ils disaient que porter ses chaussures les soulageaient. Abba méprisait la dernière mode, les bottes fantaisie et les souliers à talons pointus dont les semelles s'en allaient à la première pluie. Ses clients étaient de respectables bourgeois de Frampol ou des paysans des villages environnants et tous méritaient ce qu'il y avait de mieux. Il prenait les mesures avec une ficelle à nœuds comme dans l'ancien temps. Presque toutes les femmes de Frampol portaient une perruque mais son épouse, Pesha, mettait en plus un bonnet par-dessus.

Elle lui donna sept fils qu'il nomma tous d'après leurs ancêtres Gimpel, Getzel, Treitel, Godel, Feivel, Lippe et Chananiah. Ils étaient tous de petite taille, avec des cheveux blonds, comme leur père. Abba prédit qu'il en ferait des cordonniers et en homme de parole qu'il était, il leur permit de venir le regarder s'activer à son établi quand ils étaient encore tout petits et, à l'occasion, il leur apprenait la vieille maxime qui dit que du bon travail n'est jamais perdu.

Il passait seize heures par jour dans son atelier, un sac jeté sur les genoux, très occupé à percer des trous avec une énorme aiguille en fer, à teindre ou à assouplir le cuir ou à le gratter avec un morceau de verre. Et tout en travaillant, il fredonnait les cantiques des Jours Redoutables. En général, la chatte venait se blottir à proximité et le regardait faire comme si elle le surveillait. Sa mère et sa grand-mère avaient autrefois attrapé des souris pour les petits cordonniers. Par la fenêtre, Abba voyait le chemin qui descendait de la colline, la ville de Frampol tout entière et plus loin encore jusqu'à la route de Bilgoray et aux bois de pins. Il observait les groupes de matrones qui se rassemblaient le matin autour de l'étal du boucher, les jeunes gens qui entraient et sortaient de la synagogue, les jeunes filles qui allaient à la pompe tirer de l'eau pour le thé et les femmes, au crépuscule, qui se hâtaient vers le bain rituel.

Le soir, au soleil couchant, la maison était toute baignée d'une lumière dorée. Des rayons dansaient dans les coins, au plafond et allumaient la barbe d'Abba qui avait soudain l'air tissée d'or. Pesha, la femme d'Abba, préparait la *kasha* et la soupe dans la cuisine. Les enfants jouaient. Des voisines entraient et sortaient. Abba se levait de son établi, se lavait les mains, enfilait son caftan long et s'en allait à la synagogue des tailleurs pour les prières du soir. Il savait que le vaste monde était plein de villes étranges et de pays lointains et que Frampol n'était en réalité pas plus grand qu'un point sur un livre de prières. Mais il lui semblait que cette petite bourgade était le nombril de l'univers et que sa propre maison en était le centre. Il se disait souvent que lorsque le Messie viendrait chercher les Juifs pour les conduire en Terre d'Israël, lui, Abba, resterait à Frampol, sur sa colline. C'est seulement pour le shabbat et les jours de fêtes qu'il s'envolerait sur un nuage jusqu'à Jérusalem.

2

Abba et ses sept fils

Comme Gimpel était l'aîné et donc destiné à succéder à son père, c'était de lui que Abba se souciait le plus. Il l'envoya chez les meilleurs professeurs d'hébreu et engagea même un précepteur qui lui apprit des rudiments de yiddish, de polonais, de russe et d'arithmétique. Abba lui-même conduisit son fils à la cave et lui révéla la formule secrète du produit qu'on ajoutait au liquide pour le tannage des peaux – à base de diverses écorces d'arbres. Il lui expliqua que dans la plupart des cas, le pied droit est plus grand que le gauche et que la source de tous les ennuis dans l'ajustage, c'est en général les gros orteils. Puis il apprit à Gimpel à tailler les semelles, les souliers pointus et à talon – talon bas et talon haut – et à bien chausser les clients pourvus de pieds plats, d'oignons, de cors et de cals.

Le vendredi, quand tout le monde se dépêchait de finir son travail, les garçons plus âgés quittaient le heder à dix heures et allaient aider leur père. Pesha préparait la *hallah* en même temps que le déjeuner. Elle attrapait le premier pain et l'apportait à peine sorti du four à Abba en le faisant sauter d'une main à l'autre pour ne pas se brûler. Elle le lui montrait bien jusqu'à ce qu'il manifeste son approbation d'un signe de tête. Puis elle revenait avec une cuillerée de soupe de poissons qu'elle lui demandait de goûter, ainsi qu'un petit morceau de gâteau. Elle avait confiance en son jugement. Quand elle allait acheter du tissu pour elle ou pour les enfants, elle rapportait toujours des échantillons pour qu'il choisisse. Même avant d'aller chez le boucher, elle voulait son avis – devrait-elle acheter du rôti, de la viande à bouillir ou des côtelettes? Elle ne le consultait pas parce qu'elle avait peur de lui ou ne savait pas ce qu'elle voulait. Non, simplement, elle avait appris qu'il savait toujours de quoi il parlait. Même quand elle était sûre qu'il avait tort, il s'avérait toujours qu'au bout du compte, c'est lui qui avait raison. Il ne lui faisait jamais de remarques désobligeantes mais lui lançait simplement un regard significatif quand il estimait qu'elle se conduisait comme une sotte. Il traitait les enfants de la même manière. Une lanière de cuir était suspendue au mur mais il s'en servait rarement : il obtenait tout ce qu'il voulait par la gentillesse. Même les étrangers le respectaient. Les marchands lui vendaient des peaux à un prix raisonnable et ne faisaient pas d'objections quand il demandait un crédit. Ses clients avaient confiance et payaient ce qu'il leur disait sans discuter. Quand il devait de l'argent à quelqu'un, on n'avait pas besoin de le lui rappeler. Il payait toujours, sans faute, juste après la fin du shabbat. Toute la ville chantait ses louanges et bien qu'il ne fût qu'un modeste cordonnier, on le traitait comme un homme de qualité.

Quand Gimpel eut treize ans, Abba lui noua un sac de grosse toile autour des reins et l'installa à côté de lui. Après Gimpel, Getzel, Treitel, Godel et Feivel devinrent apprentis à leur tour. Bien qu'il continuât à les entretenir, Abba leur payait quand même un salaire à chacun. Les deux plus jeunes, Lippe et Chananiah, fréquentaient encore le heder mais ils donnaient parfois un coup de main à leurs frères. Abba et Pesha étaient fiers de leurs fils. Le matin, les six cordonniers – le père et les cinq aînés – s'installaient tous ensemble dans la cuisine pour le petit déjeuner, lavaient leurs six paires de mains et six bouches mâchaient ensemble le gruau et le pain.

Abba adorait installer ses deux plus jeunes sur ses genoux et leur chanter une vieille chanson de Frampol :

Une mère avait
dix petits garçons
Oh Seigneur, dix petits garçons!
Le premier s'appelait Avremele,
Le second s'appelait Berele,
Le troisième s'appelait Gimpele,
Le quatrième s'appelait David'l,
Le cinquième s'appelait Hershele

Et tous les garçons reprenaient en chœur :

Oh Seigneur, Hershele!

Maintenant qu'il avait des apprentis, Abba pouvait servir davantage de clients et donc gagner plus d'argent. La vie n'était pas chère à Frampol et comme les paysans lui offraient souvent une mesure de blé ou un sac de pommes de terre, un pot de miel, une poule ou une oie, il arrivait à économiser sur la nourriture et donc à mettre un peu d'argent de côté. Comme leurs affaires prospéraient, Pesha se mit à parler de refaire la maison. Les pièces étaient trop petites, le plafond était trop bas. Le plancher vibrait sous les pas. Le plâtre se décollait des murs et toutes sortes de vers grouillaient dans la boiserie. On pouvait tout le temps craindre que le toit ne s'effondre. Malgré la présence du chat, la cuisine était infestée de souris. Pesha insistait, il fallait abattre cette vieille ruine et construire une plus grande maison.

Abba ne dit pas immédiatement non. Il répondit à sa femme qu'il y réfléchirait. Mais au bout d'un certain temps, il déclara qu'à son avis les choses devraient rester telles qu'elles étaient. D'abord il aurait peur que démolir la maison ne porte malheur. Ensuite, il craignait le mauvais œil – les gens étaient déjà assez envieux comme cela. Enfin, il trouvait difficile de faire disparaître une demeure dans laquelle ses parents, ses grands-parents, toute la famille depuis des générations, avaient vécu et étaient morts. Il en connaissait chaque coin, chaque recoin, chaque fissure, chaque ride. Quand une couche de peinture s'en allait d'un mur, une autre, d'une couleur différente, apparaissait en dessous, puis une autre encore. Les murs devenaient l'album sur lequel l'histoire de la famille avait été consignée. Le grenier était rempli d'objets qu'on s'était passé de parents à enfants – des tables, des chaises, des casseroles, des matelas, des bancs, des couteaux et des pierres pour les aiguiser, de vieux vêtements, des planches pour saler la viande, des berceaux, des sacs d'où de vieux livres de prières déchirés se répandaient sur le sol.

Les chaudes journées d'été, Abba adorait monter au grenier. Des araignées y tissaient d'immenses toiles et le soleil, filtrant à travers les fentes du toit, dessinait des arcs-en-ciel sur les fils. Une épaisse couche de poussière recouvrait tout. S'il écoutait très attentivement, Abba entendait une sorte de chuchotement, de murmure, de léger grattement, comme si une créature invisible s'activait sans fin tout en bavardant dans une langue qui n'était pas de ce monde. Il était sûr que l'âme de ses ancêtres veillait sur la maison. Et il aimait tout autant le sol sur lequel elle était construite. Les mauvaises herbes y étaient aussi hautes qu'un homme. Tout autour poussaient d'épaisses broussailles pleines d'épines dont les branches agrippaient au passage vos vêtements comme des crocs ou des griffes. Des mouches et des moucherons tournoyaient dans l'air et par terre grouillaient des vers et des serpents de toutes les espèces. Les fourmis avaient construit leurs fourmilières dans ce fourré et les souris des champs y creusaient leurs trous. Un poirier poussait là, qui, tous les ans, à l'époque de la Fête des Tabernacles, donnait de petits fruits durs comme du bois et au goût de sciure. Des oiseaux et des abeilles voletaient dans cette jungle, et aussi de grosses mouches au ventre doré. Des crapauds surgissaient çà et là après chaque pluie. Le sol n'était jamais cultivé, mais une main inconnue lui entretenait sa fertilité.

Quand Abba venait là et regardait le ciel d'été, il se perdait dans la contemplation des nuages en forme de bateaux à voile, de moutons, de balais, d'éléphants, il sentait la présence de Dieu, sa providence, sa bonté. Il pouvait virtuellement voir le Tout-Puissant assis sur son trône de gloire, la terre à ses pieds. Satan était vaincu, les anges chantaient des hymnes. Le livre de la Mémoire où sont consignées toutes les actions des hommes était grand ouvert. Parfois, au coucher du soleil, Abba avait l'impression qu'il voyait le Fleuve de Feu de l'Au-delà. Des flammes jaillissaient de charbons ardents. Une vague de feu s'élevait, inondant les rives. S'il écoutait bien, Abba avait l'impression d'entendre les cris étouffés des pécheurs et le rire moqueur des démons prêts à les accueillir.

Non, tout cela était assez bon pour Abba Shuster. Il ne fallait rien y changer. Que tout reste comme auparavant, comme il en avait été depuis des siècles, jusqu'à ce que Abba ait vécu le temps qui lui était imparti et soit enterré dans le cimetière, au milieu de ses ancêtres, qui avaient fait partie de la même communauté et dont le nom respecté était préservé à jamais à Frampol et dans tous les villages environnants.

3

Gimpel part pour l'Amérique

Mais comme dit le proverbe : l'homme propose et Dieu dispose.

Un jour, alors qu'Abba travaillait à son établi, son fils aîné, Gimpel, entra dans la boutique. Son visage couvert de taches de rousseur était empourpré et ses cheveux se dressaient en désordre sous sa calotte. Au lieu de s'asseoir à sa place habituelle, il se planta devant son père, le dévisagea d'un air un peu hésitant, puis déclara enfin :

« Père, je dois vous dire quelque chose.

– Eh bien, je ne t'empêche pas, répondit Abba.

– Père, cria-t-il, je pars pour l'Amérique. »

Abba en laissa tomber ses outils. C'était bien la dernière chose qu'il s'attendait à entendre et il leva les sourcils.

« Qu'est-ce qui s'est passé? Tu as volé quelque chose? Tu t'es battu avec quelqu'un?

– Non, père.

– Alors, pourquoi veux-tu te sauver?

– Il n'y a pas d'avenir pour moi à Frampol.

– Et pourquoi pas? Tu as un métier. Si Dieu le veut, tu te marieras un jour. Tu as tout l'avenir pour toi.

– Je suis fatigué des petites villes. Je suis fatigué des gens. Ici, ce n'est rien d'autre qu'un marécage infect.

– Mais on parle de bientôt l'assécher, dit Abba, ce ne sera donc plus un marécage.

– Non, père, ce n'est pas ce que je veux dire.

– Alors qu'est-ce que tu veux dire? cria Abba, soudain en colère. Parle! »

Le gamin parla mais Abba ne comprit pas un seul mot de ses discours. Il noyait la synagogue et la ville entière sous son venin. Abba pouvait seulement imaginer que la pauvre âme était possédée. Tout y passa : les professeurs d'hébreu qui battaient les enfants; les ménagères qui vidaient leurs seaux d'ordures devant la porte; les commerçants qui traînaient dans les rues, il n'y avait de toilettes publiques nulle part et chacun se soulageait où bon lui semblait, derrière le bain rituel ou carrément en plein air, favorisant ainsi toutes les épidémies. Il tourna en dérision Ezreal le guérisseur et Mecheles le marieur, sans épargner la cour rabbinique, le préposé aux bains, la blanchisseuse, le gardien de la maison des pauvres et toutes les sociétés charitables.

D'abord Abba eut peur que son fils n'eût perdu l'esprit mais plus il continuait sa diatribe et plus il apparaissait qu'il avait quitté le chemin de la vertu. Jacob Reifman, l'athée, tenait des réunions à Shebreshin, pas très loin de Frampol. Un de ses adeptes, un ennemi d'Israël, venait souvent rendre visite à une de ses tantes à Frampol et il avait rassemblé autour de lui un certain nombre de bons à rien. Il n'était jamais venu à l'esprit d'Abba que Gimpel pourrait frayer avec ces gens-là.

« Père, qu'as-tu à répondre? » demanda Gimpel.

Abba réfléchit. Il savait qu'il était inutile de discuter avec Gimpel et il se rappela le proverbe : une pomme pourrie contamine tout le panier.

« Eh bien, répliqua-t-il, que puis-je faire? Si tu veux partir, pars, je ne t'en empêcherai pas. »

Et il retourna à son travail.

Mais Pesha ne céda pas aussi facilement. Elle supplia Gimpel de ne pas s'en aller si loin. Elle pleura et l'implora de ne pas apporter la honte sur toute la famille. Elle courut au cimetière, sur les tombes de ses ancêtres, pour demander aux morts d'intervenir. Mais elle finit par être convaincue qu'Abba avait raison. Ce n'était pas la peine de discuter. Le visage de Gimpel était devenu dur comme du vieux cuir et une lueur mauvaise brillait dans ses yeux jaunes. D'un seul coup, c'était un étranger au milieu des siens. Il passa cette nuit-là chez des amis et revint au matin pour empaqueter son châle de prière, ses phylactères, quelques chemises, une couverture, des œufs durs – après quoi, il fut prêt à partir. Il avait économisé l'argent du billet. Quand sa mère vit qu'il était sur le départ, elle le supplia d'emporter au moins un pot de légumes au sel, une bouteille de jus de cerises, des draps, des oreillers. Mais Gimpel refusa. Il avait l'intention de passer en fraude la frontière allemande et ses chances de réussir seraient plus grandes s'il n'avait pas de bagages. Il embrassa sa mère, dit au revoir à ses frères et à ses amis – et partit. Abba, qui ne voulait pas se séparer de son fils en mauvais termes, l'accompagna en charrette jusqu'à la gare de Reivetz. Le train arriva à minuit, dans un grand fracas de jets de vapeur et de coups de sifflet. Abba prit les phares de la locomotive pour les yeux d'un diable hideux et s'écarta prudemment car il avait peur de la cheminée surmontée d'un panache de fumée et d'étincelles. Les lumières aveuglantes faisaient paraître l'obscurité plus noire encore. Gimpel courait à droite et à gauche comme un fou avec son sac et son père courait derrière lui. Au dernier moment, il embrassa la main d'Abba qui lui cria, dans le noir : « Bonne chance ! N'oublie pas ta religion ! »

Le train démarra et Abba sentit dans ses narines une odeur âcre et tandis que résonnait dans ses oreilles un terrible tintamarre, la terre frémit sous ses pieds. C'était comme si Gimpel avait été emporté par les démons ! Quand il arriva chez lui, Pesha s'appuya sur son épaule en pleurant et il lui dit : « Le Seigneur nous l'a donné et le Seigneur nous l'a repris... »

Des mois passèrent sans un mot de Gimpel. Abba savait que c'est ainsi que se comportent les fils qui quittent la maison – ils oublient ceux qui les aiment le plus. Comme dit le proverbe : Loin des yeux, loin du cœur. Il pensait qu'il n'aurait peut-être plus jamais de ses nouvelles mais un jour une lettre arriva d'Amérique. Abba reconnut l'écriture de son fils. Gimpel racontait qu'il avait passé la frontière sans encombre, qu'il avait vu plusieurs grandes villes et passé quatre semaines sur un bateau, où il n'avait mangé que des harengs et des pommes de terre parce qu'il ne voulait pas toucher de nourriture non cachère. L'océan était très profond, les vagues étaient aussi hautes que le ciel. Il avait vu des poissons volants mais pas de sirènes. Il n'en avait pas non plus entendu chanter. New York était une grande ville, les maisons touchaient les nuages. Les trains passaient au-dessus des toits, les chrétiens parlaient anglais. Personne ne marchait en gardant les yeux baissés, tout le monde se tenait la tête droite. Gimpel avait rencontré beaucoup de compatriotes, ils portaient tous des caftans courts. Lui aussi. Le métier qu'il avait appris à la maison lui était bien utile. Il allait bien, il gagnait sa vie. Il écrirait à nouveau, une très longue lettre. Il embrassait son père, sa mère et ses frères et saluait ses amis.

Une lettre affectueuse, finalement.

Il écrivit effectivement une autre fois pour annoncer qu'il était tombé amoureux d'une jeune fille et lui avait acheté une bague en diamant. Elle s'appelait Bessie et venait de Roumanie. Elle était couturière. Abba mit ses lunettes à monture de laiton et réfléchit longtemps sur cette lettre. Il en arriva une troisième où Gimpel disait qu'il s'était marié. Un rabbin avait célébré le mariage. Il y avait une photo de Gimpel et de sa femme.

Abba n'en croyait pas ses yeux. Son fils portait une jaquette et un chapeau haut de forme. La mariée était vêtue comme une princesse d'une robe blanche à traîne et d'un voile. Elle avait un bouquet de fleurs à la main. Pesha aussi regarda la photo et se mit à pleurer. Les frères de Gimpel ouvraient de grands yeux. Les voisins arrivèrent en courant, ainsi que les amis, de tous les coins de la ville. On aurait juré, disaient-ils tous, que Gimpel avait été enlevé par une puissance magique jusque dans un pays où l'or se ramassait par terre et où il avait pris une princesse pour femme, exactement comme on le racontait dans les livres que les marchands ambulants apportaient en ville.

En bref, Gimpel décida Getzel à venir le retrouver en Amérique et Getzel fit venir Treitel. Godel suivit Treitel, puis Feivel vint après Godel. Ensuite, les cinq frères firent partir Lippe et Chananiah. Pesha ne vivait plus que pour le courrier. Elle avait fixé une boîte à offrandes à la porte d'entrée et chaque fois qu'une lettre arrivait, elle glissait une pièce dans la fente. Abba travaillait seul. Il n'avait plus besoin d'apprentis car il n'avait guère de dépenses et pouvait se permettre de gagner moins. En fait, il aurait même pu arrêter de travailler car ses fils lui envoyaient de l'argent. Malgré tout, il se levait à la même heure et restait à son établi jusque tard le soir. Tandis que résonnait son marteau, le criquet chantait dans l'âtre, la souris grignotait dans son trou et les poutres de bois craquaient sous le toit. Mais l'esprit d'Abba s'évadait parfois. Depuis des générations, les petits cordonniers vivaient à Frampol. Et, soudain, voilà que la nichée s'était envolée. Etait-ce un jugement porté à son encontre, un châtiment? Cela avait-il un sens?

Abba perça un trou, y enfonça une cheville de bois et murmura : « Ainsi toi, Abba, tu saurais ce que tu fais et Dieu, lui, ne le saurait pas? Honte à toi, stupide vieux fou! Que sa volonté soit faite. Amen! »

4

Le sac de Frampol

Près de quarante années passèrent. Pesha était morte depuis longtemps du choléra. C'était arrivé pendant l'occupation autrichienne. Et les fils d'Abba étaient devenus riches en Amérique. Ils lui écrivaient chaque semaine pour le supplier de venir les retrouver mais il restait à Frampol, dans la même vieille maison sur la colline. Sa tombe était prête, à côté de celle de Pesha, et au milieu de celles de tous les petits cordonniers. On avait déjà dressé la pierre. Il ne manquait que la date. Abba installa un banc à côté et la veille de Rosh Hashanah ou les jours de jeûne, il venait prier là ou lire les Lamentations. Il aimait beaucoup le cimetière. Le ciel y était plus clair, plus léger qu'en ville. Et un grand silence plein de signification émanait du sol consacré et des vieilles pierres dévorées de mousse. Abba regardait les hauts bouleaux blancs tout frémissants, même quand aucune brise ne soufflait et les corbeaux qui se balançaient sur leurs branches comme de gros fruits noirs. Avant de mourir, Pesha lui avait fait promettre qu'il ne se remarierait pas et qu'il viendrait régulièrement sur sa tombe avec des nouvelles des enfants. Promesse qu'il tint scrupuleusement. Il s'étendait sur le monticule de terre et lui chuchotait à l'oreille comme si elle était encore vivante : « Gimpel vient d'avoir un autre petit-fils. La plus jeune fille de Getzel est fiancée, Dieu soit loué... »

La maison sur la colline était presque en ruine. Les poutres étaient pourries et il avait fallu soutenir le toit avec des colonnes de pierre. Deux ou trois fenêtres étaient fermées par des planches parce qu'on ne pouvait plus y fixer des vitres. Le plancher avait pratiquement disparu, on marchait sur la terre battue. Le poirier s'était complètement ratatiné, le tronc et les branches étaient couverts d'espèces d'écailles. Le jardin était envahi de buissons aux baies vénéneuses et il y avait partout ces bourres qui s'accrochent aux vêtements et que les enfants se lancent à Tisha B'av. Les gens affirmaient qu'on voyait d'étranges feux brûler là-bas la nuit et juraient que le grenier était plein de chauves-souris qui venaient dans les cheveux des filles. Une chouette hululait, c'était certain, tout près de la maison. Les voisins mettaient régulièrement Abba en garde, il devait déménager avant qu'il ne soit trop tard, le moindre vent pouvait faire écrouler la maison. Ils le suppliaient d'arrêter de travailler – ses fils le couvraient d'argent.

Mais obstinément, Abba se levait toujours à l'aube et continuait à passer ses journées à son établi. Bien que les poils blond-jaune ne changent pas facilement de couleur, sa barbe était devenue toute blanche, puis le blanc avait jauni et elle était redevenue de la même couleur qu'avant. Ses sourcils avaient poussé d'un seul coup et cachaient ses yeux. Son large front ressemblait à un vieux morceau de parchemin. Mais Abba n'avait rien perdu de son habileté. Il savait toujours très bien faire une bonne chaussure de marche, même si cela lui prenait un peu plus de temps qu'autrefois. Il perçait des trous avec son alène, cousait avec sa grosse aiguille, enfonçait ses chevilles de bois et d'une voix cassée chantait la vieille chanson du cordonnier :

Une mère avait acheté un bouc
Le shohet a tué le bouc,
Oh Seigneur le bouc!
Avremele a eu les oreilles
Berele a eu les poumons
Gimpele a eu le foie,
Et Davidle la langue
Hershele a pris le cou

Et comme il n'y avait plus personne pour l'accompagner, il chantait désormais le refrain tout seul :

Oh Seigneur, le bouc!

Ses amis lui disaient d'engager une servante, mais il ne voulait pas installer une étrangère chez lui. De temps en temps, une voisine venait faire un peu de ménage, mais même cela le dérangeait. Il s'était habitué à vivre seul. Il avait appris à faire la cuisine et préparait sa soupe sur le vieux trépied. Le vendredi, il confectionnait même un gâteau pour le shabbat. Ce qu'il préférait à tout, c'était s'asseoir tout seul sur son banc et suivre le fil de ses pensées qui devenaient de plus en plus confuses avec les années. Jour et nuit, il se faisait la conversation à lui-même. Une voix posait les questions et une autre répondait... Lui venaient des mots savants, des expressions justes, pertinentes, empreintes de la sagesse qui vient avec l'âge, comme si ses ancêtres étaient revenus à la vie et débattaient sans fin dans sa tête sur des sujets se rapportant à notre monde et à l'autre. Le thème était toujours le même : qu'est-ce donc que la vie et qu'est-ce que la mort? Qu'est-ce que le temps qui ne s'arrête jamais et à quelle distance est l'Amérique? Ses yeux se fermaient, le marteau lui tombait des mains, mais il continuait à entendre les bruits caractéristiques du cordonnier – un petit coup, un plus fort, un troisième plus fort encore – comme si un fantôme, assis à côté de lui, ressemelait des chaussures invisibles. Quand un voisin lui demandait pourquoi il ne partait pas rejoindre ses fils, il montrait du doigt la pile de souliers sur le banc et disait : « *Nu,* et tout ça? Qui s'en chargerait? »

Les années passèrent et il n'aurait pas su dire comment et

où elles avaient disparu. Des prédicateurs ambulants passaient par Frampol avec d'inquiétantes nouvelles. A la synagogue des tailleurs, où Abba allait toujours prier, les jeunes parlaient de guerre et de lois antisémites, de Juifs partant pour la Palestine. Des paysans qui pendant des années avaient été de fidèles clients d'Abba le laissèrent brusquement tomber et s'adressèrent à des cordonniers polonais. Et un jour, le vieil homme entendit dire qu'une nouvelle guerre mondiale était imminente. Hitler – que son nom disparaisse à jamais! – avait levé des légions de barbares et menaçait de s'emparer de la Pologne. Cet ennemi mortel d'Israël expulsait d'Allemagne tous les Juifs, comme ceux-ci l'avaient été autrefois d'Espagne. Le vieil homme pensa au Messie et une grande excitation s'empara de lui. Qui sait? Peut-être était-ce la lutte entre Gog et Magog? Peut-être le Messie allait-il réellement venir et les morts ressusciteraient-ils bientôt? Abba voyait déjà les tombes en train de s'ouvrir et tous les petits cordonniers en sortir : Abba, Getzel, Treitel, Gimpel, son grand-père, son père. Il les invitait tous à venir chez lui et préparait pour eux du vin et des gâteaux. Sa femme, Pesha, avait honte de retrouver la maison dans un tel état mais il lui disait : « Cela ne fait rien, nous prendrons quelqu'un pour donner un coup de balai. Ce qui compte c'est d'être tous ensemble! » Tout à coup, un nuage apparaît qui recouvre la ville de Frampol, la synagogue, la maison d'étude, le bain rituel, toutes les maisons juives, et la sienne aussi – et sur ce nuage, tout le monde partait pour la Terre d'Israël. Pensez à la stupéfaction d'Abba quand il retrouvait là-bas ses fils d'Amérique, qui se jetaient à ses pieds en pleurant : « Père, pardonnez-nous! »

Quand il s'imaginait tout cela, son marteau frappait de plus en plus vite. Il voyait tous les petits cordonniers en caftans du shabbat, de soie et de satin, avec une large ceinture à la taille, se préparer à fêter leur arrivée à Jérusalem. Ils priaient dans le temple de Salomon, buvaient le vin de l'Eden et mangeaient la chair du Léviathan et du Bœuf originel. Jochanan, l'ancien, réputé pour sa piété et sa sagesse, accueillait toute sa famille et entamait une grande discussion sur la Torah et sur le métier de cordonnier. Après le shabbat, tout le monde revenait à Frampol, qui était devenu partie intégrante de la Terre d'Israël et chacun rentrait chez soi. La maison, qui était en réalité bien petite, avait brusquement et miraculeusement grandi. Ils travaillaient tous au même établi – tous les Abba, tous les Gimpel, les Getzel, les Godel, les Treitel et les Lippe. Ils cousaient des sandales dorées pour les filles de Sion et des bottes de seigneurs pour les fils. Le Messie lui-même rend visite aux petits cordonniers qui prennent ses mesures pour lui confectionner des pantoufles de soie.

Un matin, tandis qu'Abba laissait errer ses pensées, il entendit un fracas épouvantable. Le vieil homme en trembla de tous ses membres : sûrement c'était la corne du bélier annonçant la venue du Messie!

Il lâcha la chaussure sur laquelle il travaillait et, dans un état proche de l'extase, se précipita dehors. Mais ce n'était par le prohète Elie annonçant l'arrivée du Messie. Des avions nazis bombardaient Frampol. La panique se répandit dans toute la ville. Une bombe tomba près de la synagogue et au bruit de l'explosion, Abba crut sentir son cerveau trembler sous son crâne. L'enfer s'ouvrait devant lui. Il y eut un immense éclair suivi d'une grande lueur qui illumina tout Frampol. Un nuage noir s'éleva au-dessus de la synagogue. Des volées d'oiseaux tourbillonnaient dans le ciel. La forêt brûlait. De sa colline, Abba voyait des colonnes de fumée monter des vergers – les pommiers en fleur brûlaient. Plus bas sur le chemin, des hommes se jetèrent sur le sol en lui criant d'en faire autant. Mais il ne les entendait pas, il voyait seulement leurs lèvres bouger. Tremblant de peur au point que ses genoux s'entrechoquaient, il rentra dans la maison et mit dans un sac son châle de prière, ses phylactères, une chemise, ses outils de cordonnier et les billets de banque cachés sous sa paillasse. Puis il prit sa canne, embrassa la mezouzah et franchit le seuil de la porte. C'est un miracle s'il ne fût pas tué car à cet instant précis la maison s'embrasa. Le toit se souleva comme un couvercle, révélant d'un seul coup le grenier et ses trésors. Les murs s'écroulèrent. Abba se retourna et vit l'étagère avec tous les livres sacrés s'effondrer dans les flammes. Les pages noircies s'envolaient et les lettres y étaient flamboyantes comme celles de la Torah donnée aux Juifs sur le mont Sinaï.

5

La traversée de l'océan

A partir de ce jour-là, la vie d'Abba se modifia au point qu'elle n'avait plus l'air d'être la sienne. C'était comme une histoire lue dans la Bible ou un conte fantastique dit par un prédicateur itinérant. Il avait quitté la maison de ses ancêtres, l'endroit où il était né et, son bâton à la main, était parti à l'aventure à travers le monde comme le patriarche Abraham. La destruction de Frampol et des villages environnants faisait penser à celle de Sodome et Gomorrhe, disparaissant dans les flammes. Il passa plusieurs nuits au cimetière, avec les autres Juifs, dormant la tête sur une pierre tombale – comme Jacob à Beth-El, en route de Beersheba à Haran.

Pour Rosh Hashanah, les Juifs de Frampol célébrèrent l'office dans la forêt et c'est Abba qui récita la prière la plus solennelle des Dix-Huit Bénédictions parce qu'il était le seul à avoir un châle de prière. Sous un sapin qui faisait office de pupitre et d'une voix cassée, il entonna la litanie des Jours Redoutables. Un coucou et un pivert l'accompagnaient, tandis que tous les oiseaux alentour pépiaient, gazouillaient ou criaient. Les longs fils qui flottent dans l'air à la fin de l'été s'accrochaient dans sa barbe. De temps à autre, un mugissement résonnait à travers la forêt, comme le son de la corne du bélier. Comme le jour de Kippour approchait, les Juifs de Frampol se levaient à minuit pour réciter la prière du pardon, en tout cas au moins les passages qu'ils savaient par cœur. Dans les pâturages environnants, des chevaux hennissaient, des grenouilles coassaient dans la nuit fraîche. On entendait dans le lointain des coups de feu intermittents. Les nuages avaient des reflets rouges. Des météores traversaient le ciel tandis que de grands éclairs le balayaient. Affamés, épuisés à force de pleurer, malades, des petits enfants moururent dans les bras de leur mère. Il y eut beaucoup d'enterrements dans les champs. Un bébé naquit.

Abba avait l'impression d'être devenu son propre arrière-grand-père qui avait fui les pogroms de Chmelnitzki et dont le nom était conservé dans les annales de Frampol. Il était prêt à se sacrifier pour la Sanctification du Nom. En rêve, il voyait des prêtres, le tribunal de l'Inquisition et quand le vent soufflait dans les branches, il entendait les Juifs martyrisés crier : « Écoute, ô Israël, le Seigneur est ton Dieu, le Seigneur est Un! »

Heureusement, Abba put aider beaucoup de Juifs avec son argent et avec ses outils. L'argent leur permit de louer des chariots pour fuir vers le sud, en direction de la Roumanie. Mais souvent, ils devaient franchir de longues distances à pied et leurs chaussures s'en allaient en morceaux. Alors Abba s'installait sous un arbre et sortait ses outils. Avec l'aide de Dieu, ils surmontèrent tous les dangers et franchirent de nuit la frontière roumaine. Le lendemain, veille de Kippour, une veuve âgée installa Abba dans sa maison. Un télégramme fut expédié à ses fils en Amérique, pour leur faire savoir que leur père était sauf.

Vous pouvez être sûr qu'ils remuèrent ciel et terre pour venir au secours du vieil homme. Dès qu'ils surent où il se trouvait, ils coururent à Washington et avec les plus grandes difficultés, réussirent à obtenir pour lui un visa. Ils envoyèrent par mandat télégraphique de l'argent au consul américain à Bucarest, le suppliant de venir en aide à leur père. Le consul envoya quelqu'un chercher Abba, qui prit le train pour Bucarest, où il resta une semaine avant d'être transféré jusqu'à un port italien. Là, on lui coupa la barbe et les cheveux, on l'épouilla et on passa ses vêtements à l'étuve. Puis on le fit monter à bord du dernier bateau en partance pour les États-Unis.

Ce fut un long et rude voyage. Le train de Roumanie en Italie roula trente-six heures à travers les collines. On donna à manger à Abba mais de peur de seulement toucher à quelque chose de non cachère, il ne prit rien du tout. Ses phylactères et son châle de prière avaient disparu et à cause de cela, il n'avait plus aucun repère dans le temps et ne savait plus si c'était shabbat ou un jour de la semaine. Apparemment, il était le seul passager juif du bateau. Il y avait bien à bord quelqu'un qui parlait allemand, mais Abba ne le comprenait pas.

La traversée fut mouvementée. Abba la passa à peu près tout le temps étendu sur sa couchette. Bien qu'il ne se nourrît que de croûtes de pain et d'eau, il avait de fréquents vomissements de bile. Il somnolait un peu, puis se réveillait au bruit des moteurs qui ronronnaient nuit et jour, au long mugissement des sirènes. La porte de sa cabine ne cessait de s'ouvrir, puis de se refermer en claquant, comme si un lutin s'amusait avec. Dans le placard, un verre tremblait et dansait. Les parois frémissaient. Le pont était secoué comme un berceau qu'on balance.

Le jour, Abba regardait par le hublot placé au-dessus de sa couchette. Le bateau bondissait comme s'il voulait atteindre le ciel, puis le ciel déchiqueté semblait s'effondrer, comme si le monde retournait au chaos originel. Alors le bateau plongeait dans l'océan et à nouveau le firmament et les eaux étaient divisés, comme il est dit dans le Livre de la Genèse. Les vagues étaient d'un jaune soufre ou carrément noires. Elles grimpaient à l'horizon comme une véritable chaîne de montagnes, rappelant à Abba les paroles du psaume : « Les montagnes bondissaient comme des béliers et les collines comme des agneaux. » Puis elles retombaient comme dans le miraculeux Partage des Eaux. Abba n'était pas un érudit, mais des phrases de la Bible lui venaient sans cesse à l'esprit. Il se voyait semblable au prophète Jonas qui fuyait devant Dieu. Lui aussi se retrouvait dans le ventre d'une baleine et comme Jonas il priait Dieu de le délivrer. Puis il avait brusquement l'impression de ne plus être sur l'océan, mais dans un désert sans fin, grouillant de serpents, de monstres et de dragons, ainsi qu'il est écrit dans le Deutéronome. La nuit, il dormait à peine. Quand il devait se lever pour aller se soulager, il se sentait sur le point de s'évanouir et perdait l'équilibre. Il avait ensuite les plus grandes difficultés à se relever. Ses genoux se dérobaient sous lui et il errait, désespéré, le long des étroits couloirs à détours multiples, gémissant et appelant au secours jusqu'à ce qu'un matelot le reconduise à sa cabine. Chaque fois que cela se reproduisait, il était sûr d'être en train de mourir. Il n'aurait même pas un enterrement juif, on jetterait son cadavre dans l'océan. Et il récitait en hâte la prière de la confession et se frappait la poitrine de son poing noueux en s'exclamant : « Père, pardonnez-moi ! »

Pas plus qu'il n'était capable de se rappeler quand le voyage avait commencé, il ne réalisa qu'il avait pris fin. Le navire était déjà ancré dans les docks du port de New York mais Abba n'en avait pas la moindre idée. Il apercevait bien de hautes maisons et des tours, mais il croyait que c'étaient les pyramides d'Égypte. Un homme très grand et coiffé d'un chapeau blanc entra dans sa cabine pour lui crier quelque chose. Mais Abba ne bougea pas. Finalement, on vint l'habiller et on le conduisit sur le pont où l'attendaient ses fils, ses belles-filles et ses petits-enfants. Il ne comprenait pas ce qui lui arrivait. Une foule de seigneurs polonais, des comtes, des comtesses, des enfants qui ne pouvaient pas être Juifs se jetaient sur lui, l'étreignaient, l'embrassaient, s'exclamaient dans un étrange langage qui était du yiddish sans l'être. Ils l'entraînèrent en le portant à moitié et l'installèrent dans une voiture. D'autres voitures arrivèrent, bourrées de gens qui étaient aussi des membres de sa famille et toutes se mirent en route en même temps, rapides comme des flèches au-delà des ponts, des rivières et des toits. D'immenses bâtiments apparaissaient et disparaissaient comme par magie, certains touchaient le ciel. Des villes entières s'étendaient soudain devant lui. Abba songea à Pithom et Rameses. La voiture allait si vite qu'il lui semblait que dans la rue les gens marchaient à reculons. L'air était empli d'éclairs et de coups de tonnerre. Un grand choc. Des sonneries de trompette. C'était à la fois un mariage et une explosion. Les nations sombraient dans la folie, à la faveur d'un festival païen...

A l'arrivée, ses fils se bousculèrent autour de lui. Il les voyait comme dans un brouillard et ne les reconnaissait pas. Ils criaient comme s'il était sourd.

« Je suis Gimpel !

– Getzel !

– Feivel ! »

La vieil homme ferma les yeux, sans répondre. Leurs voix se mélangeaient. Tout se mélangeait, était pêle-mêle, sens dessus dessous. Soudain, Abba pensa à Jacob arrivant en Égypte accueilli par les chariots de Pharaon. Il avait l'impression d'avoir vécu la même expérience dans une précédente incarnation. Sa barbe se mit à trembler. Un sanglot rauque montait dans sa poitrine. Un passage oublié de la Bible se bloqua dans son gosier.

Comme Jacob aveugle, il étreignit l'un de ses fils et se mit à pleurer : « C'est toi, Joseph? Vivant? »

Ce qu'il avait voulu dire, c'était : « Maintenant, je peux mourir, puisque j'ai vu ton visage parce que tu es encore vivant. »

6

L'héritage américain

Les fils d'Abba vivaient dans la banlieue d'une ville du New Jersey. Leurs sept maisons, chacune entourée d'un jardin étaient situées au bord d'un lac. Chaque jour, ils allaient en voiture à l'usine de chaussures que possédait Gimpel mais pour l'arrivée d'Abba, ils se donnèrent congé. Ils avaient préparé une fête en son honneur, qui devait avoir lieu chez Gimpel, dans le respect le plus strict des lois de la *cacherout*. La femme de Gimpel, Bessie, dont le père avait été professeur d'hébreu dans son pays d'origine, se rappelait toutes les règles et elle les observa soigneusement, allant même jusqu'à se couvrir la tête d'un foulard. Ses belles-sœurs en firent autant et les fils d'Abba mirent tous la calotte qu'ils portaient autrefois les jours de fête. Les petits-enfants et les arrière-petits-enfants qui ne savaient pas un mot de yiddish apprirent quand même quelques phrases. Ils avaient entendu raconter les légendes de Frampol et des petits cordonniers. Ils savaient que le premier de la lignée s'était appelé Abba. Même les voisins non juifs connaissaient l'histoire. Dans les publicités que Gimpel faisait passer dans les journaux, il racontait toujours fièrement que sa famille appartenait à l'aristocratie des cordonniers :

« Notre expérience remonte à plus trois cents ans et a son origine à Brod, ville polonaise où notre ancêtre Abba a appris son métier d'un artiste local. La communauté de Frampol, où notre famille a vécu pendant quinze générations, lui avait décerné le titre de Maître en reconnaissance de son dévouement aux œuvres charitables. Ce sens de la responsabilité à l'égard des autres a toujours existé de pair chez nous avec notre attachement à la plus haute qualité dans notre travail et notre politique stricte d'honnêteté absolue vis-à-vis de nos clients. »

Le jour de l'arrivée d'Abba, le journal local publia un article racontant que les sept frères de la célèbre fabrique de chaussures accueillaient leur père rescapé de Pologne. Gimpel reçut une masse de télégrammes de félicitations de ses amis, des membres de la famille et même de ses concurrents.

Ce fut une fête extraordinaire. On avait dressé trois tables dans la salle à manger de Gimpel : une pour le vieil homme, ses fils et ses belles-filles, une pour ses petits-enfants, et une pour ses arrière-petits-enfants. Bien qu'il fît grand jour, des bougies rouges, jaunes, blanches, vertes brûlaient partout et leurs flammes se reflétaient sur les plats, l'argenterie, les verres de cristal et les carafes. On se serait cru au seder de la Pâque. Il y avait des fleurs dans tous les coins. A vrai dire, les belles-filles d'Abba auraient préféré le voir bien habillé pour la circonstance, mais Gimpel avait été intraitable. Abba garderait, au moins le premier jour, son caftan long à la mode de Frampol. Il avait commandé un photographe pour prendre des photos du banquet – afin de les distribuer à la presse – et invité un rabbin et un hazzan pour honorer le vieil homme avec des chants traditionnels.

Abba présidait, assis dans son fauteuil. Gimpel et Getzel lui apportèrent un bol et lui versèrent de l'eau sur les mains pour la bénédiction avant le repas. Des femmes noires passaient les plats sur des plateaux d'argent. On disposa devant le vieillard toutes sortes de fruits, de salades, de vins doux, de caviar. Mais Pharaon, Joseph, la femme de Putiphar, la terre de Goshen, le maître d'hôtel, le cuisinier, tout se mélangeait dans sa tête. Ses mains tremblaient tellement qu'il ne pouvait pas porter la nourriture à sa bouche et Gimpel dut l'aider. Ses fils avaient beau lui parler l'un après l'autre, il ne parvenait pas à les distinguer. Chaque fois que le téléphone sonnait, il sursautait : les nazis bombardaient Frampol. Toute la maison tournoyait autour de lui en un gigantesque carrousel. Les tables étaient au plafond et les invités étaient assis la tête en bas. A la lumière des bougies et des lampes, le visage d'Abba était mortellement pâle. Il s'endormit après le potage, pendant qu'on servait le poulet. Vite, on le monta dans sa chambre, on le déshabilla et on appela le docteur.

Abba passa plusieurs semaines au lit, à demi conscient, somnolant comme s'il avait beaucoup de fièvre. Il ne trouvait même plus la force de dire ses prières. Une infirmière resta à son chevet jour et nuit. Finalement, il se remit assez pour se lever et faire quelques pas devant la maison, mais il avait perdu le sens de l'orientation. Il entrait dans les placards. Il s'enfermait dans la salle de bains et ne savait plus en ressortir. La sonnette de la porte et la radio lui faisaient peur. Et il souffrait de terribles crises d'angoisse à cause des voitures qui passaient à toute vitesse sur la route derrière la maison. Un jour, Gimpel l'emmena dans une synagogue à dix kilomètres. Mais même là, il fut complètement perdu : le bedeau était rasé de près, on avait allumé des ampoules dans la *menorah,* il n'y avait pas de cour, pas de robinet pour se laver les mains, pas de poêle. Les membres de la congrégation portaient de tout petits châles de prières, comme des foulards autour du cou. Abba était sûr qu'on l'avait attiré dans une église pour le convertir...

Quand vint le printemps et que son état ne s'améliora pas, ses belles-filles commencèrent à suggérer que ce ne serait pas une mauvaise idée de le mettre dans une maison de retraite. Mais quelque chose d'imprévu se produisit. Un jour, en ouvrant un placard, Abba vit par terre un sac qui lui sembla familier. Il regarda de plus près et reconnut ses outils de cordonnier qu'il avait apportés de Frampol : le marteau, les clous, l'alène, le couteau, la lime et même une vieille chaussure tout abîmée. Il sentit un frisson d'excitation le parcourir. Il pouvait à peine en croire ses yeux. Il s'assit sur un tabouret et commença à manipuler ses outils de ses doigts devenus malhabiles. Quand Bessie arriva et le vit tripoter la vieille chaussure, elle se mit à rire : « Que faites-vous donc, père? Faites attention de ne pas vous couper, Dieu nous en préserve! »

Ce jour-là, Abba ne fit pas de sieste. Il travailla avec diligence jusqu'au soir et mangea son habituel morceau de poulet avec plus d'appétit que d'habitude. Il sourit à ses petits-enfants quand ils vinrent regarder ce qu'il faisait. Le lendemain matin, Gimpel raconta à ses frères que leur père avait repris ses vieilles habitudes et ils rirent, puis ils pensèrent tous à autre chose. Mais le travail s'avéra être le salut du vieil homme. Il continua jour après jour sans se lasser, cherchant dans toute la maison et dans tous les placards des chaussures à réparer. Il supplia ses fils de lui fournir du cuir et des outils. Quand ils y consentirent, il ressemela tous les souliers de la famille, hommes, femmes et enfants. Après les vacances de Pessah, les frères se réunirent et décidèrent de lui construire une cabane dans la cour. Ils y installèrent un établi de cordonnier, un banc, un stock de semelles de cuir et de peaux, ainsi que des clous, des teintures, des brosses – tout ce que de près ou de loin un cordonnier pouvait utiliser.

Abba entama une nouvelle vie. Ses belles-filles s'exclamaient qu'il avait rajeuni de quinze ans. Comme à Frampol, il se levait à l'aube, récitait ses prières et se mettait au travail. A nouveau, il utilisait une ficelle avec des nœuds pour prendre les mesures. La première paire de chaussures qu'il fit pour Bessie, on en parla dans tout le quartier. Bessie s'était toujours plainte de ses pieds mais cette paire-là, répétait-elle, était ce qu'elle avait porté de plus confortable de toute sa vie. Ses belles-sœurs suivirent bientôt son exemple et se commandèrent des chaussures. Après, ce fut le tour des petits-enfants. Et jusqu'à certains voisins non juifs vinrent voir Abba quand ils surent qu'il faisait des souliers sur mesure par pur amour du travail. Abba devait, dans presque tous les cas, communiquer avec ses clients par gestes, mais cela se passait très bien. Quant à ses arrière-petits-enfants, ils avaient vite pris l'habitude de s'agglutiner à la porte de la cabane et de le regarder travailler. Maintenant qu'il gagnait de l'argent, Abba les gâtait à grands renforts de bonbons et de jouets. Il affûta même un stylet et commença à leur apprendre des rudiments d'hébreu et des notions de religion.

Un dimanche, Gimpel entra dans l'« échoppe » et, à moitié

par jeu – à moitié seulement –, il retroussa ses manches et s'installa à l'établi à côté d'Abba. Ses frères ne voulurent pas être en reste et, le dimanche d'après, huit tabourets étaient alignés dans la cabane. Des tabliers en toile à sac sur les genoux, les fils d'Abba se mirent au travail : découper des semelles, tailler des talons, percer des trous, y enfoncer des chevilles, c'était comme au bon vieux temps. Les femmes les regardaient, sur le pas de la porte. Elles riaient mais elles se sentaient fières d'eux. Les enfants étaient fascinés. Le soleil entrait par les fenêtres et des grains de poussière dansaient dans la lumière. Dans le clair ciel d'été, très haut au-dessus de l'herbe et de l'eau, passaient des nuages en forme de balais, de bateaux à voiles, de troupeaux de moutons ou d'éléphants. Des oiseaux chantaient. Des mouches bourdonnaient, des papillons voletaient çà et là.

Abba leva ses épais sourcils et ses yeux tristes regardèrent ses héritiers, les sept cordonniers : Gimpel, Getzel, Treitel, Godel, Feivel, Lippe et Chananiah. Ils avaient les cheveux blancs, avec quelques mèches jaunes encore. Dieu soit loué, ils n'étaient pas devenus idolâtres en Égypte. Ils n'avaient pas oublié leur héritage, ils ne s'étaient pas perdus parmi les païens. Le vieil homme se râcla la gorge, un grondement qui résonna jusque dans sa poitrine et soudain il se mit à chanter d'une voix rauque et basse :

Une mère avait
dix petits garçons,
Oh Seigneur, dix petits garçons!
Le sixième s'appelait Velvele,
Le septième s'appelait Zeinvele,
Le huitième s'appelait Chenele,
Le neuvième s'appelait Tevele,
Le dixième s'appelait Judele...

Et les fils d'Abba reprirent en chœur :

Oh Seigneur, Judele!

Le pape Zeidlus

1

Autrefois, il y avait toujours, à chaque génération, quelques hommes que moi, l'Esprit du Mal, je n'arrivais pas à corrompre avec mes moyens habituels. Impossible de les inciter au meurtre, à la débauche ou au vol. Je ne réussissais même pas à les empêcher d'étudier la Torah. Il n'existait qu'un seul moyen d'éveiller les passions les plus secrètes de ces belles âmes : faire appel à leur vanité.

Zeidel Cohen était un de ces hommes-là. D'abord il était protégé par une foule de nobles ancêtres : il descendait de Rachi, dont la généalogie remonte au roi David. Ensuite, il était le plus fameux talmudiste de toute la province de Lublin. A cinq ans, il avait déjà étudié la Guemarah et les Commentaires. A sept ans, il savait par cœur les lois sur le mariage et le divorce. A neuf ans, il avait prononcé un sermon tellement truffé de citations de livres sacrés que même les plus vieux érudits n'en étaient pas revenus. Il connaissait parfaitement la Bible. En grammaire hébraïque, personne ne pouvait lui être comparé. En outre, il étudiait tout le temps. Hiver comme été, il se levait avec l'étoile du matin et se mettait à lire. Comme il ne sortait que rarement de chez lui pour s'aérer un peu et qu'il n'avait aucune activité physique, il mangeait à peine et dormait mal. Il n'avait ni le désir ni la patience de parler avec des amis. Zeidel n'aimait qu'une chose : lire. Dès qu'il entrait à la maison d'étude ou revenait chez lui, il se précipitait droit sur les étagères chargées de livres anciens qu'il se mettait aussitôt à feuilleter, tout en aspirant à pleins poumons la poussière d'entre leurs pages. Sa mémoire était telle qu'il lui suffisait de regarder une seule fois un passage du Talmud ou une nouvelle interprétation d'un commentaire pour s'en souvenir à jamais.

Je ne pouvais pas davantage m'emparer du corps de Zeidel. Il n'avait de poils ni sur les bras ni sur les jambes. A dix-sept ans, son crâne pointu était déjà chauve. Il n'avait qu'un semblant de barbe au menton. Son visage long et sévère était surmonté d'un large front où perlaient toujours trois ou quatre gouttes de sueur. Son nez recourbé avait l'air étrangement nu, comme celui d'un homme qui porte tout le temps des lunettes mais vient juste de les enlever. Derrière ses paupières rougeâtres brillaient deux yeux jaunes et mélancoliques. Il avait des mains et des pieds aussi petits que ceux d'une femme. Étant donné qu'il n'allait jamais au bain rituel, on ne savait pas si c'était un eunuque ou un androgyne. Mais comme son père, Reb Sander Cohen, talmudiste réputé lui-même, était extrêmement riche, il veilla à ce que son fils fît un mariage digne de la famille. La fiancée, d'une grande beauté, venait d'une riche famille de Varsovie. Elle ne devait voir son époux que le jour des noces, juste avant qu'il ne lui recouvre le visage d'un voile, et à ce moment-là, c'était naturellement trop tard. Elle l'épousa donc et n'eut jamais d'enfant. Elle passait son temps dans les pièces que son beau-père leur avait allouées, à tricoter des chaussettes, lire des livres de contes, écouter la grosse pendule accrochée au mur avec ses chaînes dorées et ses contrepoids sonner les demi-heures – à attendre, on aurait dit, que les minutes deviennent des jours, les jours des années, jusqu'à ce que le moment soit venu pour elle d'aller dormir dans le vieux cimetière dc Janov.

Il y avait une telle intensité dans la personnalité de Zeidel que tout ce qui l'entourait se mettait à lui ressembler. Bien qu'une servante fût chargée du ménage, les meubles se recouvraient sans cesse de poussière. On aurait dit que les fenêtres, drapées de lourds rideaux, n'étaient jamais ouvertes. D'épais tapis recouvraient le sol et étouffaient le bruit des pas, à tel point qu'on aurait cru qu'un esprit et non un homme habitait là. Zeidel recevait régulièrement une pension de son père mais il ne dépensait absolument rien pour lui. Il savait à peine à quoi ressemblait une pièce de monnaie et pourtant il était très avare et ne ramenait jamais un pauvre homme dîner chez lui le soir du shabbat. Il ne se donnait même pas la peine de se faire des amis et comme ni lui ni sa femme ne recevaient jamais, personne ne savait à quoi ressemblait réellement leur intérieur.

Ainsi donc, sans être troublé par les passions ou le besoin de gagner sa vie, Zeidel étudiait avec diligence. Il se concentra d'abord sur le Talmud et les Commentaires. Puis il aborda la kabbale et devint rapidement expert en sciences occultes. Il écrivit même sur *L'Ange Raziel* et sur *Le Livre de la Création*. Naturellement, il connaissait bien *Le Guide des Égarés*, le *Kouzari* et autres ouvrages philosophiques. Un jour, par hasard, il acheta un exemplaire de la *Vulgate*. A partir de quoi il apprit vite le latin et commença à lire toutes sortes de livres interdits, allant même jusqu'à en emprunter à un savant prêtre qui habitait Janov. En bref, tout comme son père avait entassé sa vie durant des pièces d'or, Zeidel entassait du savoir. Quand il eut trente-cinq ans, personne en Pologne ne pouvait rivaliser avec lui dans ce domaine. Et c'est exactement le moment où je reçus l'ordre de l'induire en tentation.

« Zeidel? demandais-je, essayer d'entraîner Zeidel à pécher? Mais quelle sorte de péché? Il n'aime pas manger, il ne s'intéresse pas aux femmes, il ne se soucie pas de faire des affaires. » J'avais déjà tenté un petit essai du côté de l'hérésie, mais sans succès. Je me rappelais notre conversation : « Supposons, Dieu nous en préserve, qu'il n'y ait pas de Dieu, m'avait-il répondu. Et alors? Sa non-existence serait divine en soi. Seul Dieu, la Cause de toutes les Causes pourrait avoir le pouvoir de ne pas exister.

– Mais s'il n'y a pas de Créateur, alors pourquoi étudier et prier? poursuivis-je.

– Que pourrais-je faire d'autre? me répondit-il, boire de la vodka et danser avec des filles chrétiennes? »

A vrai dire, je n'avais pas de réponse toute prête, aussi je le laissai en paix. Puis son père mourut et on m'ordonna de m'occuper de lui à nouveau. Sans avoir la moindre idée de la façon dont je m'y prendrais, je redescendis à Janov le cœur lourd.

2

Au bout d'un certain temps, je découvris que Zeidel avait une faiblesse : la prétention. Il possédait bien plus que la mince couche de vanité que la Loi autorise chez l'érudit.

Je préparai mon plan. En pleine nuit, je le réveillai et lui dis : « Savez-vous Zeidel, que vous êtes plus savant que tous les rabbins de Pologne réunis pour ce qui touche aux Commentaires?

– Naturellement, je le sais, me répondit-il. Mais qui s'en soucie? Personne.

– Savez-vous aussi, Zeidel, que vous surpassez tous les grammairiens par votre connaissance de l'hébreu? continuai-je. Réalisez-vous que vous savez plus sur la kabbale que n'en a été divulgué à Reb Haïm Vital? Comprenez-vous que vous êtes le plus grand philosophe depuis Maïmonide?

– Pourquoi me dis-tu toutes ces choses? demanda Zeidel perplexe.

– Je vous l'ai dit parce qu'il n'est pas normal qu'un grand homme tel que vous, un si grand talmudiste, une pareille encyclopédie vivante, vive enterré dans un village perdu comme celui-ci où personne ne vous prête la moindre attention, dont les habitants sont des rustauds, le rabbin est un ignorant, affublé d'une épouse qui ne comprend absolument rien à votre vraie valeur. Vous êtes une perle égarée dans du sable, Reb Zeidel.

– Et alors? demanda-t-il, qu'y puis-je? Devrais-je me promener en chantant mes propres louanges?

– Non, Reb Zeidel, cela ne servirait à rien. On vous traiterait de fou, c'est tout.

– En ce cas, que me conseilles-tu?

– Promettez-moi de ne pas m'interrompre et je vous le dirai. Vous savez que les Juifs n'ont jamais vraiment respecté leurs chefs. Ils se plaignaient de Moïse, ils se sont révoltés contre Samuel, ils ont jeté Jérémie en prison et assassiné Zachariah. Le peuple élu déteste la grandeur. Chez un grand homme ils pressentent un rival de Jéhovah, aussi ils n'aiment que ce qui est petit et médiocre. Leurs trente-six Justes sont tous cordonniers ou porteurs d'eau. Les lois juives traitent surtout de la goutte de lait qui est tombée dans un plat de viande ou de l'œuf pondu un jour de fête. Les Juifs ont délibérément déformé l'hébreu, rabaissé les textes anciens. Leur Talmud fait du roi David une sorte de rabbin de province qui conseille les femmes pour ce qui touche à leurs règles. De la façon dont ils raisonnent, plus une chose est mesquine, plus elle est grande, et plus elle est laide, plus ils la trouvent belle. Leur règle est : le plus près possible de la poussière. Vous comprenez donc, Reb Zeidel, pourquoi ils vous considèrent comme une véritable épine dans leur chair, vous avec votre érudition, votre richesse, votre excellente éducation, vos brillantes intuitions et votre extraordinaire mémoire.

– Mais pourquoi me dis-tu tout cela? demanda encore Zeidel.

– Reb Zeidel, écoutez-moi : ce que vous devez faire, c'est devenir chrétien. Les chrétiens sont l'antithèse des Juifs. Comme leur Dieu est un homme, un homme peut devenir un Dieu pour eux. Ils admirent toutes les formes de grandeur, ils aiment tous les hommes qui en possèdent : être capable de grande pitié ou de grande cruauté, pour eux, c'est pareil, comme sont pareils à leurs yeux les grands bâtisseurs et les grands destructeurs, les grandes vierges et les grandes putains, les grands sages et les grands idiots, les grands chefs et les grands rebelles, les grands croyants ou les grands infidèles. Ils ne se soucient pas de savoir si un homme peut être autre chose : s'il est grand, ils l'idolâtrent. Ainsi donc, Reb Zeidel, si vous souhaitez qu'on vous honore, il faut embrasser leur foi. Et ne vous faites pas de souci pour Dieu. Pour quelqu'un de si puissant, de si sublime, la terre et ses habitants ne sont rien d'autre qu'un vol de moucherons. Il ne se soucie pas que les hommes prient à la synagogue ou à l'église, jeûnent d'un shabbat à l'autre ou se bourrent de viande de porc. Il est trop exalté pour remarquer ces minuscules créatures qui se leurrent en croyant qu'elles sont la couronne de la création.

– Cela signifie-t-il que Dieu n'a pas donné la Torah à Moïse sur le mont Sinaï? demanda Zeidel.

– Quoi? Imagine-t-on Dieu ouvrant son cœur à un homme né d'une femme?

– Et Jésus n'était pas son fils?

– Jésus était un bâtard de Nazareth.

– N'y a-t-il donc ni récompense ni châtiment?

– Non.

– Alors, qu'y a-t-il? demanda Zeidel inquiet et troublé.

– Il y a quelque chose qui existe mais n'a pas d'existence, dis-je à la manière d'un philosophe.

– Ne reste-t-il aucun espoir de jamais connaître la vérité? demanda Zeidel avec désespoir.

– Le monde est impossible à connaître et il n'y a pas de vérité, répliquai-je, en retournant sa question. Tout comme on ne peut pas connaître le goût du sel avec son nez, l'odeur d'un parfum avec son oreille ou le son du violon avec sa langue, il est impossible d'appréhender le monde avec sa raison.

– Avec quoi, alors?

– Avec ses passions. Enfin, une petite partie du monde. Mais vous, Reb Zeidel, n'avez qu'une seule passion : l'orgueil. Si vous détruisez aussi cela, vous serez vide.

– Que dois-je faire? » demanda Zeidel, qui n'y comprenait plus rien.

« Demain, allez trouver le prêtre et dites-lui que vous voulez devenir chrétien. Après quoi, vendez tous vos biens. Essayez de convaincre votre femme de changer de religion. Si elle veut bien, parfait. Sinon, ce n'est pas une grosse perte. Les chrétiens feront de vous un prêtre et un prêtre n'a pas le droit d'avoir une femme. Vous continuerez à étudier, vous porterez une autre sorte de caftan plus long et toujours une calotte. La seule différence, c'est qu'au lieu d'être relégué dans un village perdu au milieu de Juifs qui vous haïssent, vous et vos immenses dons, au lieu de prier dans une minable maison d'étude où les mendiants se grattent autour du poêle, vous vivrez dans une grande ville, vous prêcherez dans une magnifique église où l'on jouera de l'orgue et où la congrégation se composera d'hommes importants dont les femmes vous embrasseront la main. Si vous savez être brillant et leur raconter quelques salades sur Jésus et sa mère la Vierge, ils feront de vous un évêque, puis un cardinal, et si Dieu le veut, si tout se passe bien, un jour, vous serez pape. Alors les chrétiens vous promèneront sur une chaise dorée, comme une idole, brûleront de l'encens autour de vous, et on s'agenouillera devant votre image à Rome, à Madrid et à Cracovie.

– Quel sera mon nom? demanda Zeidel.

– Zeidlus Ier. »

Mes discours produisirent sur Zeidel une telle impression qu'il sursauta violemment et s'assit dans son lit. Sa femme s'éveilla et demanda pourquoi il ne dormait pas. Un instinct caché lui faisait deviner qu'il était en proie à un grand désir et elle se dit, qui sait, peut-être un miracle est-il en train de se produire? Mais Zeidel avait déjà résolu de divorcer, aussi il lui enjoignit de rester tranquille et de ne plus lui poser de questions. Il mit ses pantoufles et sa robe de chambre, gagna son bureau, alluma une bougie de cire et, jusqu'à l'aube, il lut et relut la Vulgate.

3

Zeidel fit comme je le lui avais conseillé. Il alla trouver le prêtre et lui laissa entendre qu'il désirait discuter avec lui de problèmes de foi. Naturellement, le chrétien était plus que d'accord. Quelle meilleure affaire y a-t-il pour un prêtre que d'attraper une âme juive? Disons, pour abréger une très longue histoire, que les prêtres et les nobles de toute la province promirent à Zeidel une grande carrière dans l'Église. Il vendit bientôt toutes ses possessions, divorça de sa femme, fut baptisé avec de l'eau bénite et devint chrétien. Pour la première fois de sa vie, on l'honora. Les ecclésiastiques se multiplièrent auprès de lui. Les nobles le couvraient d'éloges, les femmes lui souriaient avec bienveillance et il était invité dans toutes les grandes propriétés. L'évêque de

Zamosc devint son parrain. Il changea de nom et Zeidel, fils de Sander, devint Benedictus Janovsky – Janovsky en l'honneur du village où il était né. Bien qu'il ne fût encore ni prêtre ni même diacre, il se commanda une soutane noire et se passa un rosaire avec une croix autour du cou. Pour le moment, il vivait au presbytère et n'en sortait presque jamais, car les rares fois où cela lui arrivait, les écoliers juifs lui couraient après dans les rues en criant : « Converti! Apostat! »

Ses amis chrétiens avaient toutes sortes de projets pour lui. Certains lui conseillaient d'aller au séminaire et d'étudier. D'autres l'encourageaient à entrer au couvent des dominicains de Lublin. D'autres encore lui suggéraient de se marier avec une femme riche et de devenir une notabilité locale. Mais Zeidel ne désirait pas vraiment emprunter ce genre de sentiers battus; il voulait tout de suite le maximum d'honneurs. Il savait que, dans le passé, de nombreux Juifs convertis au christianisme s'étaient rendus célèbres en écrivant des textes contre le Talmud – Petrus Alfonzo, Pablo Christiani de Montpellier, Paul de Santa Maria, Johann Baptista, Johann Pfefferkorn, pour ne mentionner que ceux-là. Zeidel décida de suivre leurs traces. Maintenant qu'il s'était converti et que les enfants juifs lui criaient des injures dans la rue, il s'apercevait brusquement qu'il n'avait jamais aimé le Talmud, dont l'hébreu avait été détrôné par l'araméen, dont le *pilpoul* était au fond ennuyeux tandis que les légendes y étaient invraisemblables et les commentaires bibliques tirés par les cheveux.

Zeidel se rendit donc dans les bibliothèques des séminaires de Cracovie et de Lublin pour étudier des textes écrits par des Juifs convertis. Il comprit bientôt qu'ils étaient tous pareils. Les auteurs étaient des ignorants qui se plagiaient les uns les autres et tous citaient les mêmes passages antichrétien du Talmud. Certains ne s'étaient même pas donné la peine de changer, ne serait-ce que l'ordre des mots, ils recopiaient les écrits des autres et les signaient de leur nom. La véritable *Apologia Contra Talmudum* restait à écrire et personne n'était plus indiqué pour le faire que Zeidel, si grand philosophe et si érudit en matière de kabbale. En même temps, il entreprit de trouver dans la Bible de nouvelles preuves que les prophètes avaient annoncé la naissance de Jésus, son martyre et sa résurrection. Il chercha aussi des témoignages à l'appui des différents aspects de la religion chrétienne dans les domaines de la logique, de l'astronomie et des sciences naturelles. Le traité de Zeidel serait pour le christianisme ce que *La Main forte* de Maïmonide était pour le judaïsme. Et il permettrait à son auteur de passer directement de Janov au Vatican.

Zeidel étudia, réfléchit, écrivit, assis toute la journée et la moitié de la nuit dans des bibliothèques. De temps à autre, il rencontrait des érudits chrétiens et s'entretenait avec eux en latin et en polonais. La même ferveur qu'il avait mise à étudier les livres juifs, il la consacrait maintenant aux livres chrétiens. Bientôt, il fut capable de réciter des chapitres entiers du Nouveau Testament. Il devint un grand latiniste. Il fut rapidement si fort en matière de théologie chrétienne que les prêtres et les moines eurent peur de lui parler, car son érudition était telle qu'il trouvait des fautes partout. A plusieurs reprises on lui promit une place dans un séminaire mais pour une raison ou une autre, cela ne se faisait jamais. Le poste de bibliothécaire à Cracovie qui aurait dû lui revenir fut attribué à un cousin du gouverneur. Zeidel commença à réaliser que même chez les chrétiens les choses étaient loin d'être parfaites. Le clergé se souciait plus d'argent que de Dieu. Les sermons des prêtres étaient truffés d'erreurs, – des prêtres qui souvent ne savaient pas le latin et qui faisaient en polonais des citations complètement fausses.

Des années durant, Zeidel travailla à son grand œuvre, mais il n'en venait jamais à bout. Ses exigences étaient telles qu'il trouvait toujours des fautes et plus il en corrigeait, plus il en trouvait. Il changeait, raturait, recommençait des pages, les jetait. Ses tiroirs étaient bourrés de manuscrits, de notes, d'annexes mais il n'arrivait pas à finir. Après des années d'efforts, il était si las qu'il ne distinguait plus entre ce qui était juste et ce qui était faux, ce qui avait un sens et ce qui n'en avait pas, ce qui plairait et ce qui déplairait à l'Église. Il ne croyait même plus ni en ce que l'on appelle la vérité, ni en ce que l'on appelle le mensonge. Néanmoins, il continuait à réfléchir, à avoir de temps en temps de nouvelles idées. Il devait si souvent consulter le Talmud, au cours de ses recherches, qu'à nouveau il se plongea dans ses profondeurs, griffonna des notes en marge et compara des textes entre eux, ne sachant même plus s'il le faisait pour y chercher des éléments antichrétiens ou simplement par habitude. Parfois il lisait des livres sur des procès en sorcellerie, des récits sur des jeunes femmes possédées par le diable, des documents sur l'Inquisition, tous les manuscrits qu'il pouvait trouver sur ce genre d'événements dans différents pays et à différentes époques.

Peu à peu, le sac de pièces d'or qu'il portait attaché à son cou devint plus léger. Son visage tournait au jaune, on aurait dit un vieux parchemin. Ses yeux se brouillaient. Ses mains tremblaient comme celles d'un vieillard. Sa soutane était toute tachée et rapiécée. Son espoir de devenir célèbre dans toutes les nations avait disparu. Il en venait à regretter de s'être converti. Mais pas moyen de retourner en arrière : d'abord parce que Zeidel doutait désormais de toutes les religions. Ensuite parce que d'après la loi polonaise, un Juif converti au christianisme qui voulait revenir au judaïsme était condamné à être brûlé vif.

Un jour, tandis que Zeidel était assis en train d'étudier un manuscrit en mauvais état dans la bibliothèque de Cracovie, tout s'obscurcit devant lui. D'abord, il crut que le soir était tombé et demanda pourquoi on n'allumait pas les chandelles. Mais quand un moine lui dit qu'il faisait encore grand jour, il réalisa qu'il était devenu aveugle. Incapable de rentrer seul chez lui, il dut se laisser guider. A partir de là, il vécut dans la nuit. Craignant d'avoir vite dépensé son argent et de se retrouver sans un groschen, en même temps que sans yeux, il résolut, après bien des hésitations, de devenir mendiant sur le parvis d'une église de Cracovie. « J'ai perdu ce monde-ci et le monde à venir, raisonna-t-il, aussi, pourquoi faire le prétentieux? Si on ne peut pas s'élever, il faut savoir s'abaisser. »

Ainsi, Zeidel, fils de Sander, alias Benedictus Janovsky, s'installa au milieu des autres mendiants sur les marches de la cathédrale de Cracovie.

Au début, les prêtres essayèrent de l'aider. Ils offrirent de le mettre dans un monastère. Mais Zeidel n'avait pas le moindre désir de devenir moine. Il voulait dormir seul dans sa mansarde et continuer à porter son argent dans un sac sous sa chemise. Il n'avait non plus envie de s'agenouiller devant un autel. A l'occasion, un étudiant du séminaire venait parler avec lui quelques minutes sur un point d'érudition, mais assez vite tout le monde l'oublia. Zeidel engagea une vieille femme qui devait le conduire à l'église le matin et le ramener chez lui le soir. Elle lui apportait chaque jour un bol de gruau. Des chrétiens généreux lui jetaient des aumônes. Il réussit même à mettre un peu d'argent de côté et le sac autour de son cou s'alourdit à nouveau. Les autres mendiants se moquaient de lui mais Zeidel ne leur répondait jamais. Des heures durant, il restait à genoux sur les marches, son crâne chauve nu, les yeux fermés, sa soutane noire boutonnée jusqu'au menton. Ses lèvres remuaient sans cesse. Les passants croyaient qu'il invoquait les saints chrétiens mais, en réalité, il récitait la Guemarah, la Mishnah et les psaumes. Il avait oublié la théologie chrétienne aussi vite qu'il l'avait apprise. Ce qui lui restait, c'était ce qu'il avait appris dans sa jeunesse. La rue était pleine d'un grand tumulte : des charrettes roulaient sur les pavés, des chevaux hennissaient, des cochers s'interpellaient d'une voix rauque et faisaient claquer leur fouet, des filles riaient, des enfants pleuraient, des femmes se querellaient et se traitaient de noms affreux, accompagnés d'obscénités. De temps à autre, Zeidel interrompait son murmure mais juste le temps de somnoler un peu, le visage incliné sur la poitrine. Il n'avait plus aucun désir matériel et pourtant, il aurait encore voulu une chose, une seule, qui le hantait : savoir la vérité. Y avait-il un créateur ou le monde ne se résumait-il qu'à une combinaison d'atomes? L'âme existait-elle ou toute pensée n'était-elle qu'un simple reflet de l'esprit? Y avait-il une Substance ou l'existence tout entière n'était-elle que pure imagination? Le soleil le brûlait, la pluie le trempait, les pigeons le souillaient de leurs excréments, mais rien ne l'atteignait plus. Maintenant qu'il avait perdu sa seule passion, l'orgueil, rien de matériel ne comptait plus pour lui. Parfois il se demandait : est-il possible que je sois Zeidel, le prodige? Mon père était-il Reb Sander, le chef de sa communauté? Ai-je réellement eu une femme, autrefois? Existe-t-il encore des gens qui m'ont connu? Il semblait à

Zeidel que rien de tout cela n'était vrai. De tels événements ne s'étaient jamais produits et, en ce cas, la réalité n'était elle-même qu'une grande illusion.

Un matin, quand la vieille femme vint dans la mansarde de Zeidel pour le conduire à l'église, elle le trouva malade. Elle attendit un peu et quand il finit par s'assoupir, elle coupa adroitement le cordon qui retenait le sac d'argent autour de son cou et s'enfuit. Dans son demi-sommeil, Zeidel comprenait bien qu'on était en train de le voler, mais tout lui était égal. Sa tête était lourde comme une pierre sur l'oreiller de paille. Ses pieds le faisaient souffrir. Toutes ses articulations étaient douloureuses. Son corps squelettique était brûlant. Zeidel s'endormit, s'éveilla, se rendormit encore. Il sursauta brusquement, incapable de dire si c'était le jour ou la nuit. Dehors dans la rue, il entendait des voix, des cris, des piétinements de sabots de chevaux, des cloches. Il lui semblait qu'une multitude païenne célébrait une fête, à grand renfort de trompettes et de tambours, de torches et de bêtes sauvages, de danses lascives et de sacrifices idolâtres. « Où suis-je? » se demanda-t-il. Il ne se rappelait plus le nom de la ville, il avait même oublié qu'il était en Pologne. Il pensa qu'il se trouvait peut-être à Athènes, ou à Rome, ou même à Carthage. « A quelle époque suis-je en train de vivre? » se dit-il. Son esprit fiévreux lui faisait croire que c'était plusieurs centaines d'années avant l'ère chrétienne. Bientôt il fut épuisé à force de trop réfléchir. Une seule question demeurait, qui n'avait pas de réponse : les épicuriens ont-ils raison? Suis-je réellement en train de mourir sans avoir reçu aucune révélation? Vais-je disparaître entièrement et à jamais?

Soudain, moi, le Tentateur, je me matérialisai devant lui. Bien qu'aveugle, il me vit.

« Zeidel, dis-je, préparez-vous. Votre dernière heure est arrivée.

– Es-tu Satan, l'Ange de la mort? s'exclama-t-il joyeusement.

– Oui, Zeidel, répliquai-je. Je suis venu vous chercher. Et cela ne servira à rien de vous repentir ou de vous confesser, aussi n'essayez pas.

– Où m'emmènes-tu? demanda-t-il.

– Droit en enfer.

– S'il y a un enfer, il y a aussi un Dieu, dit Zeidel et ses lèvres tremblaient.

– Cela ne prouve rien, répliquai-je.

– Si, si, dit-il, si l'enfer existe, tout existe. Si tu es réel, il l'est aussi. Maintenant emmène-moi là où je dois aller, je suis prêt. »

Je tirai mon épée, l'achevai, m'emparai de son âme avec mes griffes et accompagné d'une horde de démons, m'envolai vers le monde infernal. Les anges exterminateurs y attisaient les braises. Deux diables moqueurs attendaient sur le seuil, moitié flamme, moitié poix bouillante, chacun coiffé d'un tricorne et un fouet enroulé autour de la taille. Ils éclatèrent de rire.

« Voici Zeidlus Ier, dit l'un, l'étudiant de yeshiva qui voulait devenir pape. »

La guerre entre Rabbi Nechemia de Bechev et Dieu

1

En règle générale, Rabbi Nechemia de Bechev connaissait les astuces du Mauvais et savait comment en venir à bout mais, depuis quelques mois, il était torturé par quelque chose de nouveau et de terrifiant : la colère à l'égard du Créateur. Une partie de son cerveau était en guerre contre le Maître de l'Univers et discutait furieusement avec lui : oui, oui, tu es grand, éternel, tout-puissant, sage et même plein de miséricorde. Mais avec qui joues-tu à cache-cache? Avec les mouches? Dans ce cas, de quelle utilité est ta grandeur à la mouche qui tombe dans la toile de l'araignée prête à la sucer vivante? Tes vertus aident-elles la souris au moment où le chat referme ses griffes sur elle? Lui valent-elle une récompense au Paradis? Une récompense dont les animaux n'ont que faire. Toi, maître du ciel, tu as le temps d'attendre la Fin des Jours, mais les bêtes ne l'ont pas. Quand tu provoques un incendie dans la masure de Feitl le porteur d'eau, qui doit ensuite se réfugier avec toute sa famille à la maison des pauvres au beau milieu d'une froide nuit d'hiver, tu commets une injustice que rien ne peut excuser. Le libre arbitre, la rédemption, cela peut aider à mieux te comprendre, mais Feitl le porteur d'eau a besoin de se reposer après une journée de dur travail et pas de se tourner et de se retourner sur une paillasse pourrie.

Le Rabbi savait bien que c'était en réalité Satan qui lui

parlait et il essayait par tous les moyens de le faire taire. Il s'immergeait dans l'eau glacée du bain rituel, il jeûnait, il étudiait la Torah jusqu'à ce que ses yeux se ferment d'épuisement. Mais le Malin n'était pas vaincu pour autant. Il redoublait d'insolence. Du matin jusqu'au soir, il hurlait. Depuis peu, il empoisonnait jusqu'aux rêves du Rabbi, qui étaient désormais peuplés de Juifs brûlés sur des bûchers, d'étudiants de yeshiva qu'on conduisait à la potence, de vierges violées, d'enfants torturés. Rabbi Nechemia voyait les scènes d'horreur perpétrées par les cosaques de Chmielnitzki et de Gonta qui empalaient des enfants sur une lance et les enterraient encore vivants ou dévoraient un morceau d'animal qui n'était pas tout à fait mort. Un *Haïdamak* aux longues moustaches et aux yeux d'assassin ouvrait d'un coup de sabre le ventre d'une femme et le recousait avec un chat dedans. Dans ses rêves, le Rabbi menaçait le ciel du poing et criait : « Et tout cela, c'est donc pour ta gloire, céleste meurtrier? »

La cour rabbinique de Bechev se désintégrait complètement. Le vieux Rabbi, Reb Eliezer Tzvi, le père de Rabbi Nechemia, était mort trois ans plus tôt d'un cancer de l'estomac. La mère de Rabbi Nechemia était morte d'un cancer du sein. Il restait à Rabbi Nechemia un frère et une sœur. Son jeune frère Simcha David était devenu un Juif « émancipé », déjà du vivant de ses parents. Il avait abandonné à la fois la cour rabbinique et sa femme, la fille du Rabbi de Zhilkovka et était parti pour Varsovie afin d'y étudier la peinture. La sœur du Rabbi, Hinde Shevach, avait épousé le fils du Rabbi de Neustater, Haïm Mattos, mais immédiatement après le mariage, celui-ci avait sombré dans la dépression et était reparti vivre chez ses parents. Hinde Shevach était devenue une épouse abandonnée. Et comme Haïm Mattos avait été déclaré officiellement fou, elle n'avait pas été autorisée à divorcer. Quant à la femme de Rabbi Nechemiah, une descendante du Rabbi de Kotzk, elle était morte en accouchant et le bébé était mort aussi. Les marieurs proposaient toutes sortes de partis au Rabbi mais celui-ci leur répondait invariablement : « J'y réfléchirai. »

A vrai dire, aucune des fiancées éventuelles n'aurait convenu. Presque tous les hassidim de Bechev avaient quitté

Rabbi Nechemia. Dans les cours rabbiniques, la règle était la même que chez les poissons : les gros dévoraient les petits. Les premiers à partir avaient été les riches. Qu'est-ce qui aurait pu les retenir à Bechev? La maison d'étude était à moitié en ruine. Le toit du bain rituel s'effondrait. Des mauvaises herbes poussaient partout. Il ne restait plus à Rabbi Nechemia que son bedeau, Reb Sander. La maison du Rabbi comportait de nombreuses pièces que personne ne venait plus nettoyer et une couche de poussière y recouvrait tout. Le papier des murs s'en allait en lambeaux. Les vitres brisées n'avaient pas été remplacées. Beila Elke, la servante, souffrait de rhumatismes aux doigts et aux articulations. La sœur du Rabbi, Hinde Shevach, ne se souciait guère de travaux ménagers. Assise sur son lit, elle lisait toute la journée. Quand le Rabbi perdait un bouton, il n'y avait personne pour le lui recoudre.

Il avait à peine vingt-sept ans, mais il en paraissait beaucoup plus. Sa haute silhouette était déjà voûtée. Il avait une barbe jaune, des sourcils jaunes, des papillotes jaunes. Il était presque chauve. Il avait un grand front, les yeux bleus, un nez très mince et un long cou avec une pomme d'Adam proéminente. Sa pâleur le faisait ressembler à un tuberculeux. Dans son bureau, vêtu d'un caftan élimé, d'une calotte froissée et de pantoufles éculées, il marchait de long en large. Sur la table étaient posées une longue pipe et une blague à tabac. Le Rabbi allumait sa pipe, en tirait une bouffée, puis la reposait. Il prenait un livre, l'ouvrait et le refermait sans avoir rien lu. Il était impatient même quand il mangeait. Il mordait un morceau de pain et se levait avant d'avoir fini de le mâcher. Il prenait une gorgée de café sans s'arrêter de marcher. C'était l'été, entre la Pentecôte et les Jours Redoutables, une période où les hassidim n'entreprennent pas de voyages et le Rabbi avait tout le temps de réfléchir. Les problèmes se fondaient en une seule question : pourquoi tant de souffrances? On ne trouvait de réponse ni dans le Pentateuque, ni dans les Livres des Prophètes, ni dans le Talmud, ni dans le Zohar, ni dans *L'Arbre de Vie*. Si le Seigneur était tout-puissant, il pouvait se révéler sans l'aide du Mauvais. S'il n'était pas tout-puissant, alors il n'était pas réellement Dieu. La seule réponse à cette énigme, c'était celle des hérétiques : il n'y a ni juge ni jugement. Toute la création n'est qu'un accident, elle est involontaire, un encrier est tombé sur une feuille de papier et l'encre a dessiné toute seule une lettre, chaque mot a exprimé un mensonge, chaque phrase le chaos. En ce cas, pourquoi lui, Rabbi Nechemia, se conduisait-il comme un imbécile? Quelle sorte de Rabbi était-il? Qui priait-il? A qui se plaignait-il? D'un autre côté, comment un encrier renversé pouvait-il écrire ne serait-ce qu'une seule ligne? Et d'où étaient venus l'encre et le papier? *Nu,* et Dieu, d'où venait-il?

Rabbi Nechemia s'approcha de la fenêtre ouverte. Dehors, le ciel était d'un bleu très pâle. Autour d'un soleil doré, des petits nuages se recroquevillaient, semblables à l'étoupe qu'on utilise pour protéger le cédrat dans sa boîte. Sur la branche nue d'un arbre mort, un oiseau était posé. Une hirondelle? Un moineau? Sa mère aussi était un oiseau et sa grand-mère – de génération en génération, depuis des milliers d'années. Si Aristote avait raison et que l'univers ait toujours existé, alors la chaîne des générations n'avait pas de commencement. Mais comment cela était-il possible?

Rabbi Nechemia eut une grimace de douleur. Il brandit le poing. « Tu veux dissimuler ton visage? » Il s'adressait à Dieu. « Très bien, j'en ferai autant. J'en ai assez. » Il avait décidé de mettre en pratique ce à quoi il pensait depuis longtemps.

2

Ce vendredi soir-là, le Rabbi dormit peu. Il somnolait, puis s'éveillait brusquement. Chaque fois qu'il s'assoupissait à nouveau, des spectacles d'horreur l'assaillaient. Le sang coulait à flot, des cadavres s'entassaient dans les ruisseaux, des femmes couraient au milieu des flammes, les cheveux brûlés et les seins noircis. Des cloches sonnaient. Des bêtes monstrueuses, avec des cornes de bélier, un groin de porc, une peau de porc-épic et des mamelles de chatte, surgissaient en hordes pressées de la forêt. Un grand cri montait de la terre, la plainte des hommes, des femmes, des serpents, des démons. Dans le désordre de ses rêves, le Rabbi imaginait que Simchat Torah et Pourim tombaient le même jour. Le calendrier avait-il été modifié, se demandait-il, ou alors le Mauvais aurait-il pris le contrôle des choses? Vers l'aube, un vieil homme à la barbe en désordre, vêtu d'une tunique déchirée, lui cria des injures en lui montrant le poing. Le Rabbi essaya de souffler dans la corne de bélier pour l'excommunier, mais il n'en tira qu'un faible son, à peine perceptible.

Il se mit alors à trembler au point que son lit bougea. Sa taie d'oreiller était trempée et chiffonnée comme si on venait de la sortir de la lessiveuse. Ses paupières étaient collées et il n'arrivait pas à les ouvrir. « Abominations », murmura Rabbi Nechemia. « Cerveau en folie. » Pour la première fois de sa vie, il ne procéda pas à ses ablutions du matin. « La puissance du Mal? Voyons un peu de quoi le Mauvais est capable! Les sages n'ont qu'à rester silencieux. » Il alla à la fenêtre. Le soleil levant émergeait des nuages semblable à une tête coupée. Sur un tas d'ordure, le bouc de la communauté essayait de mâchonner les palmes de l'année précédente. « Tu es encore en vie? » lui demanda le Rabbi. Et il se souvint du bélier dont les cornes étaient prises dans le buisson et qu'Abraham avait sacrifié à la place d'Isaac. Il songea que Dieu avait toujours eu besoin d'holocaustes. Le sang de ses créatures avait pour lui un goût agréable.

« Je vais le faire, je vais le faire », dit-il tout haut.

A Bechev, on priait tard. En été, on arrivait à peine à réunir le vendredi soir les dix hommes nécessaires pour la prière publique, même en comptant les quelques vieillards dont la cour rabbinique assurait la subsistance. La veille, le Rabbi avait résolu de ne pas porter ses franges rituelles, mais il le fit quand même, par habitude. Il avait décidé aussi de ne pas mettre de calotte, mais il en prit une malgré tout, à contrecœur. Un péché à la fois, cela suffit, se dit-il. Il s'assit et somnola un moment. Puis il s'éveilla en sursaut et se leva. Jusqu'à la veille, l'Esprit du Bien avait tenté de réprimander le Rabbi et de le menacer de la Géhenne ou d'une possible transmigration de l'âme. Mais désormais, la voix venue du mont Horeb ne se faisait plus entendre. Toutes les craintes de Rabbi Nechemia avaient disparu. Seule restait la colère. « S'il n'a pas besoin des Juifs, les Juifs n'ont pas besoin de lui. » Le Rabbi ne s'adressait plus directement au Tout-Puissant, mais à une quelconque autre divinité, peut-être une de celles dont il est fait mention dans le Psaume 82 : « Dieu s'est dressé dans l'assemblée divine au milieu des dieux, il juge. » Le Rabbi était maintenant d'accord avec tous les hérétiques – ceux qui nient l'existence du Dieu unique et ceux qui croient à une double domination; les idolâtres qui servent les étoiles et toutes les constellations et ceux qui révèrent la Trinité; les Karaïtes qui ont rejeté le Talmud; les Samaritains qui ont remplacé le mont Sinaï par le mont Gerizim. Oui, j'ai connu le Seigneur et j'ai l'intention de le narguer, dit le Rabbi. Toutes sortes de choses devenaient brusquement claires : le serpent dans le jardin d'Eden, Caïn, la Génération du Déluge, les habitants de Sodome, Ismaël, Esaü, Korach et Jéroboam, fils de Nebat. A un bourreau muet, on ne parle pas et à un persécuteur, on n'adresse pas de prières.

Le Rabbi espérait que d'une manière ou d'une autre, au dernier moment, un miracle se produirait – Dieu se révélerait, ou une puissance quelconque l'empêcherait, lui, de mettre en pratique ses résolutions. Mais rien n'arriva. Il ouvrit un tiroir et sortit sa pipe, un objet qu'il est interdit de toucher pendant le shabbat. Il la bourra de tabac. Avant d'enflammer une allumette, il hésita. Il se réprimanda lui-même : « Nechemia, fils d'Eliezer Tzvi, c'est un des trente-neuf travaux interdits pendant le shabbat! Rien que pour cela, on est lapidé. » Il regarda autour de lui. Rien ne bougeait, aucune voix ne l'appelait. Il alluma son allumette et l'approcha de sa pipe. Il se sentit alors plonger dans l'abîme.

D'ordinaire, il aimait fumer mais, en cet instant, la fumée avait un goût âcre. Elle lui irritait la gorge. Et si quelqu'un frappait à la porte! Il versa quelques gouttes de l'eau des ablutions dans sa pipe – or éteindre un feu est une autre transgression très grave. Il avait le désir d'en commettre une troisième – mais laquelle? Cracher sur la mezouza? Finalement, il ne le fit pas. Un moment il écouta le tumulte en lui. Puis il sortit dans le corridor, alla jusqu'à la porte de Hinde Shevach et essaya de l'ouvrir.

« Qui est là? appela Hinde Shevach.

– C'est moi. »

Le Rabbi entendit un froissement, un murmure. Puis sa sœur ouvrit. Elle venait sans doute de se réveiller. Elle portait une longue chemise en tissu imprimé, des pantoufles et un foulard de soie sur la tête. Nechemia était grand mais Hinde Shevach était petite. Bien qu'elle eût à peine vingt-cinq ans, elle paraissait beaucoup plus, avec ses cernes noirs sous les yeux et l'expression douloureuse de l'épouse abandonnée. Le Rabbi ne venait que rarement dans sa chambre et jamais pendant le shabbat.

Elle demanda :

« Il est arrivé quelque chose? »

Les yeux du Rabbi eurent un éclair de gaieté.

« Le Messie est arrivé. La lune est tombée.

– Mais qu'est-ce que tu racontes?

– Hinde Shevach, tout est fini », dit le Rabbi, stupéfait de ses propres paroles.

« Qu'est-ce que tu veux dire?

– Je ne suis plus Rabbi. Il n'y a plus de cour rabbinique, à moins que tu veuilles me remplacer et devenir la deuxième vierge de Ludmir. »

Les yeux jaunes de Hinde Shevach le dévisageaient avec perplexité.

« Mais qu'y a-t-il donc?

– J'en ai assez de tout.

– Que va devenir la cour? Et moi, que vais-je devenir?

– Vends tout ce que tu as, divorce de ton schlemiel, ou pars pour l'Amérique. »

Hinde Shevach restait immobile.

« Assieds-toi, tu me fais peur.

– J'en ai assez de tous ces mensonges, dit le Rabbi. De toutes ces bêtises. Je ne suis pas Rabbi, ils ne sont pas des hassidim. Je pars pour Varsovie.

– Et qu'est-ce que tu feras à Varsovie? Tu suivras les traces de Simcha David?

– Oui. »

Les lèvres blanches de Hinde Shevach tremblèrent. Elle chercha un mouchoir au milieu de ses vêtements posés sur une chaise et le porta à sa bouche.

« Et moi, alors? demanda-t-elle.

– Tu es encore jeune, tu n'es pas infirme », dit Rabbi Nechemia, de plus en plus surpris de ses propres paroles. « Le monde entier t'est ouvert.

– Ouvert? Haïm Mattos n'est pas autorisé à divorcer.

– Mais si, mais si. »

Le Rabbi avait envie de dire : « Tu peux bien te passer de divorce », mais il avait peur que Hinde Shevach ne s'évanouisse. Il sentait monter en lui la force de celui qui défie tout le monde, le courage et le soulagement qui viennent quand on s'est libéré de tous les jougs. Pour la première fois, il comprenait ce que cela signifiait d'être incroyant. Il dit : « Tout le hassidisme n'est qu'une vaste institution de mendicité. Personne n'a besoin de nous. Le hassidisme n'est qu'escroquerie et mensonge. »

3

Tout se passa sans encombre. Hinde Shevach s'enferma dans sa chambre, probablement pour pleurer. Sander le bedeau se saoula après la Havdalah, la cérémonie au cours de laquelle on prend congé du shabbat et alla se coucher. Les vieillards restèrent à la maison d'étude. L'un récitait des prières, un autre se mit à lire *Le Commencement de la Sagesse*, un troisième nettoyait le fourneau de sa pipe avec un bout de fil de fer et un quatrième rafistolait un livre pieux. Quelques chandelles qu'on avait allumées crachotaient un peu. Rabbi Nechemia regarda autour de lui pour la dernière fois. « Tout n'est que ruine », murmura-t-il. Il avait préparé lui-même son bagage. Depuis la mort de sa femme, il prenait son linge propre dans le tiroir où le rangeait la bonne. Cette fois, il avait rassemblé quelques chemises, des sous-vêtements et des bas blancs. Il laissa son châle de prière et ses phylactères. A quoi bon les emporter?

Il sortit furtivement du village. Par chance, c'était une nuit sans lune. Il ne suivit pas la grande route mais emprunta des petits chemins qu'il connaissait depuis son enfance. Il ne portait pas son chapeau de velours. Il avait retrouvé une casquette et un caftan d'avant son mariage.

En réalité, il n'était plus le même homme. Il se sentait habité par un démon qui l'obligeait à penser et à parler à sa manière à lui. Il traversa des champs, puis une forêt. Bien que ce fût un samedi soir, quand on sait bien que les Esprits du Mal sortent, il se sentait fort, hardi. Il n'avait plus peur ni des chiens ni des voleurs. Il arriva à la gare, pour s'entendre dire qu'il lui faudrait attendre un train jusqu'au lendemain matin. Il s'assit à côté d'un paysan qui ronflait. Il n'avait récité ni les prières du soir ni le Shema. Il faudra que je me rase la barbe, se dit-il. Il savait bien que sa fuite ne resterait pas longtemps secrète et que ses hassidim ne tarderaient pas à se mettre à sa poursuite et peut-être à le retrouver. Un instant, il envisagea même de quitter la Pologne.

Il s'endormit et c'est le tintement d'une cloche qui le réveilla. Le train était arrivé. Il avait pris un billet de quatrième classe parce que dans ces wagons-là, il n'y a jamais de lumière, les voyageurs sont assis ou debout dans le noir. Il était rempli de crainte à l'idée de rencontrer des habitants de Bechev, mais il ne vit autour de lui que des chrétiens. L'un d'eux alluma une allumette et le Rabbi aperçut à sa lueur des paysans en bonnet carré, chemise marron, pantalon de toile, pieds nus pour la plupart, ou les pieds entortillés de chiffons. Il n'y avait pas de fenêtre, seulement un trou rond par où la lumière rouge du soleil levant éclaira bientôt ces hommes déguenillés qui fumaient du tabac bon marché, mangeaient du pain noir et avalaient de grandes lampées de vodka. Tassées sur leurs baluchons, des femmes ronflaient.

Le Rabbi avait entendu parler des pogroms en Russie, où des balourds semblables à ceux qui l'entouraient tuaient, violaient, torturaient, pillaient. Il se serra un peu plus dans son coin en essayant de protéger son nez contre la puanteur ambiante. « Dieu, est-ce là le monde que tu as créé? demanda-t-il. As-tu tenté de donner à ces hommes la

Torah sur le mont Seir et sur le mont Paran? Est-ce parmi eux que tu as dispersé ton peuple élu? » Les roues grondaient le long des rails. La fumée de la locomotive s'engouffrait par le trou rond, dans une épouvantable odeur de charbon, d'huile et de brûlé. « Puis-je devenir semblable à eux? se demanda le Rabbi. Si Dieu n'existe pas, alors Jésus non plus. »

Il aurait voulu aller uriner mais il n'y avait aucun endroit pour cela. Les autres voyageurs paraissaient couverts de poux et de puces, il sentait déjà des démangeaisons sous sa chemise. Il commença à regretter d'avoir quitté Bechev. « Qu'est-ce qui m'aurait empêché de devenir hérétique là-bas? se demanda-t-il. Au moins, j'y avais mon lit. Et que ferai-je à Varsovie? Je n'ai pas assez réfléchi. J'ai oublié que les hérétiques aussi ont besoin de nourriture et d'un oreiller sous leur tête. Les quelques roubles que je possède ne me mèneront pas loin. Simcha David est très pauvre lui-même. » Il avait appris que Simcha David mourait de faim, portait des vêtements à moitié déchirés et se montrait par-dessus le marché coléreux et dépourvu de tout sens pratique. « Eh bien, à quoi d'autre aurais-je dû m'attendre? Ce ne sont pas les ratés qui manquent à Varsovie. »

Il avait si mal aux jambes qu'il s'accroupit sur le plancher du wagon. Il abaissa la visière de sa casquette le plus bas possible sur son front. A plusieurs arrêts, des Juifs étaient montés dans le train et il risquait d'être reconnu. Soudain, il entendit les paroles familières : « Mon Dieu, l'âme que tu as mise en moi est pure. Tu l'as créée, tu l'as formée, tu me l'a insufflée. Tu la conserves en moi, c'est toi qui me la prendras et qui me la rendras un jour... » « Mensonge, mensonge éhonté! s'écria-t-il silencieusement. Tous ont le même esprit, l'homme et l'animal. L'Ecclésiaste lui-même l'a admis et c'est pour cela que les sages voulaient le censurer. Bon, mais qu'est-ce que l'esprit? Qui l'a créé? Que disent là-dessus les livres profanes? »

Le Rabbi s'endormit et il rêva que c'était Yom Kippour. Il était dans la cour de la synagogue avec un groupe d'autres Juifs, vêtus comme lui d'une longue robe blanche. Quelqu'un avait verrouillé la porte. Mais pourquoi? Le Rabbi regarda le ciel et, au lieu d'une lune, il en vit deux, trois, cinq.

Pourquoi? Les lunes avaient l'air de se poursuivre, elles grossissaient, brillaient de plus en plus. Il y eut un éclair, un roulement de tonnerre et le ciel s'enflamma. Les Juifs poussèrent un long gémissement : « Malheur à nous, le Mal a vaincu ! »

Bouleversé, le Rabbi s'éveilla au moment où le train arrivait à Varsovie. Il n'y était pas retourné depuis que son père – bénie soit sa mémoire – était allé y consulter le docteur Frankel, quelques mois avant sa mort. Le père et le fils avaient voyagé dans un compartiment spécialement réservé. Des membres de la cour rabbinique les accompagnaient. A la gare, une foule de hassidim les attendait. Un riche disciple les avait conduits dans sa propre demeure et aussitôt arrivé, son père s'était mis à commenter la Torah. Maintenant, Nechemia était seul sur le quai et il portait lui-même sa valise. Des porteurs criaient. Un gendarme apparut, l'épée au côté, le pistolet à la ceinture. Il avait la poitrine constellée de médailles et un visage rougeaud et gras. Ses yeux rusés observèrent le Rabbi avec un mélange de méfiance et de haine, à la manière d'une bête de proie.

Rabbi Nechemia sortit de la gare. Les cloches des trolleys résonnaient, des droshkys passaient dans tous les sens, des cochers faisaient claquer leur fouet, des chevaux galopaient sur les pavés des rues – tout cela dans une puanteur d'ordures, de fumée et de poix. « Est-ce donc cela, le monde? se demanda le Rabbi. C'est là que le Messie est censé venir? » Il fouilla ses poches, à la recherche du petit bout de papier sur lequel il avait griffonné l'adresse de Simcha David, mais impossible de le retrouver. « Les démons joueraient-ils déjà avec moi? » Finalement, dans la poche de poitrine, il sentit sous ses doigts le précieux papier. Oui, un démon s'amusait à le tourmenter. Mais s'il n'y a pas de Dieu, y a-t-il un Esprit du Mal? Il arrêta un passant et lui demanda comment aller jusqu'à la rue de Simcha David. L'homme le lui expliqua.

« C'est très loin! » précisa-t-il.

4

En route, Rabbi Nechemia redemanda plusieurs fois la direction de la rue Smotcha, où vivait Simcha David et, chaque fois, on lui conseilla de prendre un trolley ou un droshky. Mais un trolley, c'était terrifiant et un droshky, c'était trop cher. En outre, le cocher aurait pu être chrétien. Et le Rabbi ne parlait pas le polonais. Il devait s'arrêter de plus en plus souvent pour se reposer. Il n'avait rien mangé encore et, pourtant, il ne savait pas s'il avait faim ou non. Sa bouche s'emplissait de salive tandis que sa gorge se desséchait. Une odeur de pain frais, de *beïguelés,* de lait bouilli et de hareng fumé s'échappait des cours d'immeubles. Le Rabbi passait devant des boutiques où l'on vendait des chaussures, de la quincaillerie, de l'épicerie, des vêtements. Les marchands essayaient d'attirer les clients, tiraient les passants par la manche, leur faisaient un clin d'œil, s'adressaient à eux en polonais mâtiné de yiddish. Des femmes chantonnaient d'une voix monocorde : « Pommes, poires, prunes, gâteaux, haricots. » Une charrette chargée de petit bois s'engageait dans le porche menant à une cour. Une autre pleine de sac de farine barrait la rue. Un fou, pieds nus, vêtu d'un caftan en lambeaux, une casquette déchirée sur la tête, était poursuivi par une horde de gamins, qui lui criaient des injures et lui jetaient des pierres.

« Maman a fait cuire un petit chat! » s'exclama d'une voix suraiguë un petit garçon dont les papillotes blondes pendaient sous son chapeau.

Rabbi Nechemia entreprit de traverser la rue et faillit se faire renverser par une carriole qui passait à toute vitesse tirée par deux énormes chevaux. Des femmes l'accablèrent de reproches, tout en se tordant les mains. Un homme à barbe grise qui portait un sac sur son dos lui dit : « Samedi, vous pourrez réciter une prière d'action de grâce. »

« Action de grâce, vraiment, se dit le Rabbi à lui-même. Et lui, que croit-il porter dans son sac? Sa part de paradis? »

Il finit par arriver rue Smotcha. Quelqu'un lui indiqua le

bon numéro. A l'entrée de la cour, une jeune fille vendait des petits pains aux oignons. Dedans, des enfants jouaient autour d'un grand réceptacle à ordures fraîchement passé au goudron. Un teinturier trempait une jupe rouge dans une bassine pleine d'un liquide noir. A une fenêtre ouverte, une jeune fille battait un matelas avec un bâton. Les premières personnes à qui le Rabbi s'adressa ne connaissaient pas Simcha David, puis une femme dit : « Il habite sans doute dans une des mansardes. »

Il n'était pas habitué à monter tant de marches. Il dut s'arrêter pour reprendre son souffle. Il y avait des ordures et des détritus sur toutes les marches. Les portes des appartements étaient entrouvertes pour la plupart. On voyait un tailleur installé à sa machine à coudre. Dans une pièce s'alignaient des métiers à tisser où des filles, des bouts de coton dans les cheveux, nouaient adroitement des fils. D'étage en étage, il y avait de plus en plus de trous dans le plâtre des murs et la puanteur devenait intolérable. Soudain le Rabbi vit Simcha David. Il avait surgi d'un corridor sombre, tête nue, vêtu d'une veste courte pleine de taches de peinture. Il avait les cheveux et les sourcils jaunes. Il portait un baluchon. Rabbi Nechemia fut tout étonné d'avoir reconnu son frère : il avait tellement l'air d'un chrétien... « Simcha David! » s'exclama-t-il.

Simcha David sursauta : « Un visage familier, mais...

– Regarde bien. »

Simcha David haussa les épaules :

« Qui êtes-vous?

– Ton frère. Nechemia. »

Simcha David ne sursauta même pas. Ses yeux bleu clair restaient vides, tristes, comme prêts pour toutes les bizarreries que le temps pouvait apporter. Deux longues rides cernaient les coins de sa bouche. Il n'était plus le prodige de Bechev mais un travailleur épuisé. Au bout d'un moment il dit :

« Oui, c'est bien toi. Qu'est-ce qui ne va pas?

– J'ai décidé de faire comme toi.

– Bon, mais je ne peux pas m'occuper de toi maintenant. On m'attend, et je suis déjà en retard. Va dans ma chambre, tu pourras te reposer. Nous parlerons plus tard.

– Si tu veux.

– Je n'avais pas pensé revoir ton visage », dit Simcha David, citant la Genèse.

« *Nu,* j'aurais cru que tu avais tout oublié », dit Rabbi Nechemia. Entendre son frère dire une phrase tirée de la Bible le troublait plus que sa froideur.

Simcha David ouvrit la porte d'une pièce si petite qu'on aurait dit une cage. Le plafond était de travers. Contre les murs étaient rangés des toiles, des cadres, des feuilles de papier roulées. Cela sentait la peinture et l'essence. Il n'y avait pas de lit, seulement un divan défoncé.

Simcha David demanda :

« Et qu'est-ce que tu veux faire à Varsovie? Les temps sont difficiles. »

Et il partit, sans attendre de réponse.

Pourquoi est-il si pressé? se demanda le Rabbi. Il s'assit sur le divan et regarda autour de lui. Presque toutes les peintures représentaient des femmes – nues ou à moitié nues. Sur une petite table s'entassaient des pinceaux posés sur une palette. Il doit gagner sa vie comme cela, se dit le Rabbi. Il comprenait maintenant qu'il avait fait une folie, il n'aurait jamais dû venir chez son frère. La souffrance, on peut l'éprouver partout.

Il attendit une heure, deux heures, mais Simcha David ne revenait pas. La faim le poignait. « Aujourd'hui est pour moi jour de jeûne – le jeûne d'un hérétique », se dit-il. Une voix intérieure se moqua de lui : « Tu n'as que ce que tu mérites. » « Je ne me repens pas », rétorqua le Rabbi. Il était prêt à se battre avec l'Ange de Dieu, comme il avait lutté une fois avec le Dieu du Mal.

Il ramassa un livre sur le plancher, un livre en yiddish. Il lut l'histoire d'un saint qui, au lieu d'aller à la prière du soir, avait ramassé du bois pour une veuve. C'était quoi – un conte moral ou au contraire une farce? Il s'était attendu à lire quelque chose niant la réalité de Dieu et celle du Messie. Il prit un tract dont les pages se détachaient et le parcourut. Il y était question des colons de Palestine, des jeunes Juifs qui labouraient, semaient, asséchaient des marais, plantaient des eucalyptus, combattaient des Bédouins. L'un d'eux avait péri et l'auteur le qualifiait de martyr. Le Rabbi n'y comprenait rien. S'il n'y a pas de Créateur, à quoi bon aller en terre d'Israël? Et ça signifie quoi, un martyr?

Épuisé, Rabbi Nechemia s'étendit. « Être juif comme cela, ce n'est pas pour moi, dit-il. J'aimerais mieux me convertir! » Mais où allait-on pour se convertir? En outre, il fallait prétendre croire au Nazaréen. Le monde, semblait-il, était rempli de fois diverses. Si on ne croyait pas en tel Dieu, il fallait croire en tel autre. Les Cosaques se sacrifiaient pour le tzar. Ceux qui voulaient renverser le tzar se sacrifiaient pour la révolution. Mais où étaient les véritables hérétiques, ceux qui ne croyaient à rien? Le Rabbi n'était pas venu à Varsovie pour troquer une foi contre une autre.

5

Il attendit trois heures mais Simcha David ne revenait toujours pas. C'est ainsi que sont les jeunes, les émancipés, se dit-il tristement. Leurs promesses ne valent rien. Ils n'ont ni le sens de la fraternité ni celui de l'amitié. Tout ce qu'ils admirent, c'est l'ego. Ces pensées qui lui traversaient l'esprit le troublaient profondément. N'était-il pas désormais l'un d'entre eux? Il regarda autour de lui. Qu'est-ce que des voleurs pourraient bien trouver à emporter ici? Les femmes nues? Il empoigna sa valise, ouvrit la porte, sortit et referma derrière lui. En descendant l'escalier, il eut le vertige. Dans la rue il passa devant un restaurant mais n'osa pas entrer. Il ne savait même pas comment on commande un repas. Les clients s'asseyaient-ils tous à la même table? Les hommes étaient-ils avec les femmes? On se moquerait peut-être de ses vêtements. Il retourna vers la maison de Simcha David et acheta deux petits pains à la marchande ambulante. Mais où pouvait-il les manger? Il se rappela le proverbe : « Celui qui mange dans la rue est semblable à un chien. » Il mordit une bouchée.

Il avait déjà commis des péchés pour lesquels le châtiment était la mort. Mais voilà que manger sans s'être lavé les mains et sans avoir récité les bénédictions le troublait beaucoup. Il avait du mal à avaler. Donc, c'est une question d'habitude, se dit-il pour se réconforter. Tout est une question d'habitude, même commettre des transgressions. Il finit son petit pain et mit l'autre dans sa poche. Il continua à marcher sans but. Dans une rue, il croisa trois enterrements. Derrière le premier corbillard quelques hommes marchaient en silence. Derrière le deuxième, quelques droshkies suivaient. Derrière le troisième, il n'y avait personne. « Eh bien, quelle différence cela fait-il? se dit le Rabbi. Car les morts ne connaissent plus rien et ils n'ont plus de récompense », ajouta-t-il en citant l'Ecclésiaste.

Il prit une rue sur la droite et longea de grandes vitrines éclairées au gaz bien qu'il ne fût pas plus de midi. Des hommes déchargeaient des ballots de tissu de chariots grands comme des maisons. Un porteur passait, courbé en deux sous le poids d'un énorme panier. Des écoliers en uniforme, des boutons de cuivre à leur veste et des insignes sur leur casquette, balançaient de gros paquets de livres attachés par une courroie. Le Rabbi s'immobilisa. Si on ne croyait pas en Dieu, à quoi bon élever des enfants, avoir une femme? Logiquement, un incroyant ne devrait se soucier que de lui-même et de personne d'autre.

Il reprit son chemin. Dans la vitrine d'un libraire, il vit des livres en hébreu et en yiddish : *Les Générations et leurs interprètes, Les Mystères de Paris, Le Petit Homme, Masturbation, Comment éviter de devenir tuberculeux.* Un titre retint son attention : *Comment l'Univers est né.* Je vais acheter ça, se dit-il. Dans la boutique, il y avait quelques clients. Le libraire, qui avait des lunettes à monture dorée attachée à un ruban, était en train de parler à un homme à cheveux longs, coiffé d'un chapeau à large bord, une cape jetée sur les épaules. Rabbi Nechemia s'approcha des étagères et examina les livres.

Une vendeuse vint vers lui et demanda :

« Que désirez-vous? Un livre de prières? »

Il rougit :

« J'ai vu quelque chose dans la vitrine, mais j'ai oublié le titre.

– Venez me le montrer dehors », dit la jeune fille, tout en

faisant un clin d'œil au monsieur à lunettes à monture dorée. Elle sourit et des fossettes creusèrent ses joues.

Rabbi Nechemia eut brusquement envie de s'enfuir. Il montra le livre du doigt :

« *Masturbation?* demanda la jeune fille.

– Non.

– *Vichna Dvosha s'en va en Amérique?*

– Non, celui du milieu.

– *Comment l'Univers est né?* Bien, rentrons. »

La jeune fille alla chuchoter quelque chose à l'oreille du libraire qui était maintenant derrière son comptoir. Il se gratta la tête.

« C'est le dernier exemplaire.

– Je le prends dans la vitrine? demanda la jeune fille.

– Mais pourquoi voulez-vous précisément ce livre-là? demanda le libraire. Il est complètement démodé. L'univers n'est pas du tout né comme le dit l'auteur. D'ailleurs, personne n'était là pour voir. »

La jeune fille éclata de rire. L'homme à la cape demanda :

« Vous venez d'où? De province?

– Oui.

– Qu'êtes-vous venu faire à Varsovie? Acheter des marchandises?

– Oui, c'est cela.

– Quelle sorte de marchandises? »

Rabbi Nechemia avait envie de lui répondre que cela ne le regardait pas mais ce n'était pas dans sa nature d'être insolent. Il dit : « Je voudrais savoir ce que disent les hérétiques. »

La jeune fille se remit à rire. Le libraire ôta ses lunettes. L'homme à la cape le dévisagea de ses grands yeux noirs.

« C'est ça que vous voulez?

– Je veux savoir.

– Bon, il veut savoir. Mais vous permettront-ils de lire ce livre? S'ils vous surprennent avec, ils vous flanqueront à la porte de la maison d'étude.

– Personne ne me verra », répondit Rabbi Nechemia. Il réalisa qu'il parlait comme un enfant, pas comme un adulte.

« Eh bien, on dirait que l'Emancipation se porte bien, rien n'a changé depuis cinquante ans », dit au libraire l'homme à la cape. « C'était pareil à Vilna, ils venaient demander, " et comment le monde a-t-il été créé? " " Pourquoi le soleil brille-t-il? " " Qu'est-ce qui est venu d'abord, l'œuf ou la poule?" »

Il se tourna vers le Rabbi :

« Nous ne savons pas, mon cher monsieur, nous ne savons pas. Nous devons vivre sans foi et sans certitude.

– Alors, pourquoi êtes-vous juifs? demanda Rabbi Nechemia.

– Nous devons l'être. Un peuple entier ne peut pas s'assimiler. En outre, les chrétiens ne veulent pas de nous. Il y a quelques centaines de Juifs convertis à Varsovie et la presse polonaise ne cesse de les attaquer. D'ailleurs à quoi bon se convertir? Nous devons rester un peuple.

– Où puis-je me procurer ce livre? demanda le Rabbi.

– Qui sait? Il est épuisé. Vous savez, il y est dit simplement que l'univers a évolué. Quant à savoir comment, comment la vie a été créée, et tout le reste, personne n'en a la moindre idée.

– Alors, pourquoi êtes-vous des incroyants?

– Mon cher monsieur, nous n'avons pas le temps de nous mettre à discuter avec vous. Il ne me reste qu'un exemplaire de ce livre et je ne veux pas toucher à la poussière de la vitrine, dit le libraire. Revenez dans quelques semaines, quand nous changerons l'étalage. L'univers n'aura pas tellement changé d'ici là.

– Excusez-moi.

– Mon cher ami, il n'y a plus d'incroyants, dit l'homme à la cape. De mon temps, il y en avait quelques-uns, mais les vieux sont morts et la nouvelle génération est infiniment plus pratique. Les jeunes veulent rendre le monde meilleur mais ils ne savent pas comment s'y prendre. Est-ce qu'au moins vous gagnez votre vie?

– Oui, enfin... murmura Rabbi Nechemia.

– Vous avez une femme, des enfants? »

Le Rabbi ne répondit pas.

« Comment s'appelle votre village? »

Le Rabbi se taisait toujours. Il se sentait aussi timide qu'un écolier.

« Merci », dit-il. Et il s'en alla.

6

Rabbi Nechemia continua à errer dans les rues. Le crépuscule tombait et il se souvint que c'était l'heure de la prière du soir mais il n'était pas d'humeur à flatter le Tout-Puissant, ni à le remercier de nous donner la connaissance, de ressusciter les morts, de guérir les malades, de libérer les prisonniers ou à l'implorer de rebâtir Jérusalem. Il passa devant une prison. Une grille noire était ouverte et on faisait entrer un homme chargé de chaînes. Un cul-de-jatte se déplaçait sur une planche munie de roulettes. Un aveugle chantait une chanson où il était question d'un navire qui avait fait naufrage. D'une ruelle arriva une grande clameur. Quelqu'un avait été poignardé – un grand jeune homme dont le sang jaillissait d'une blessure à la gorge. Une femme gémissait : « Il n'a pas voulu se laisser voler, alors ils l'ont attaqué avec leurs couteaux. Que le feu de l'enfer les brûle tous! Dieu attend parfois longtemps mais il châtie bien! »

Et pourquoi attend-il longtemps? voulut demander le Rabbi. Et qui punit-il? Les victimes, pas les bourreaux. La police arriva et on entendit le hurlement de la sirène d'une ambulance.

Des jeunes gens en pantalon déchiré, la casquette enfoncée jusqu'aux yeux arrivèrent en courant, suivis de jeunes filles échevelées, pieds nus dans des pantoufles éculées. Le Rabbi eut peur de cette foule et de ce bruit. Il entra dans une cour d'immeuble. Une jeune fille aux joues aussi rouges que si on les avait passées au jus de betterave, un châle jeté sur les épaules, lui dit :

« Viens, c'est vingt groschens.

– Vous voulez que je vienne où? demanda Rabbi Nechemia qui ne comprenait pas.

– En bas.

– Je cherche un endroit où je pourrais me loger.

– Viens, je vais te trouver quelque chose. » Et la jeune fille le prit par le bras.

Il sursauta. C'était la première fois depuis son enfance qu'une femme inconnue le touchait. La jeune fille l'entraîna dans un escalier obscur. Puis ils empruntèrent un couloir si étroit qu'une seule personne à la fois pouvait y passer. La fille marchait devant, elle tirait le Rabbi par sa manche. Une humidité des profondeurs de la terre suintait de partout. Où suis-je, se dit le Rabbi, est-ce une tombe, une porte menant à la Géhenne? Quelqu'un jouait de l'harmonica quelque part, une femme criait, un chat ou un rat lui frôla les jambes. Une porte s'ouvrit et il vit une chambre sans fenêtre, éclairée par une petite lampe à pétrole. La cheminée était noire de suie. A côté d'un lit qui n'était en fait qu'une paillasse, il y avait une cuvette remplie d'eau rosâtre. Les pieds de Rabbi Nechemia refusèrent de franchir le seuil de la pièce, comme s'il avait été un bœuf qu'on mène à l'abattoir.

« Où sommes-nous? Où m'avez-vous conduit?

– Ne fais pas la bête. Amusons-nous.

– Je cherche une auberge.

– Donne-moi les vingt groschens. »

Était-il entré sans le savoir dans une maison louche? Il frémit et sortit une poignée de pièces de sa poche.

« Prenez-les vous-même. »

La fille s'empara d'une pièce de dix groschens, d'une autre de six groschens, et enfin d'une de quatre groschens. Après un instant d'hésitation, elle prit aussi un kopeck. Puis elle montra le lit. Le Rabbi laissa tomber les pièces qu'il avait encore dans la main et s'enfuit le long du couloir. Le sol était inégal et plein de trous. Il faillit tomber, puis se cogna contre le mur de briques. « Dieu du ciel, sauvez-moi! » Sa chemise était trempée. Quand il ressortit dans la cour, il faisait déjà nuit. Cela puait l'ordure, la pourriture, le ruisseau. Le Rabbi regretta d'avoir invoqué le nom de Dieu. Sa bouche se remplit de bile. Un frisson lui parcourut la moelle épinière. C'était donc ça, les plaisirs du monde? C'était ça que Satan avait à vendre? Il prit son mouchoir et s'essuya le visage. Et où aller maintenant? Où fuir ton visage?

Il leva les yeux et au-dessus des maisons vit le ciel, la nouvelle lune et les étoiles, qu'il contempla avec stupéfaction, comme si c'était la première fois. Il n'y avait même pas vingt-quatre heures qu'il avait quitté Bechev et il avait l'impression d'avoir erré pendant des semaines, des mois, des années.

La fille surgit de nouveau à ses côtés.

« Pourquoi t'es-tu sauvé, espèce d'idiot?

– Je vous en prie, pardonnez-moi », dit Rabbi Nechemia. Et il s'éloigna dans la rue. La foule était partie. De la fumée montait des cheminées. Les commerçants fermaient leurs boutiques à grand renfort de verrous et de barres de fer. Qu'était devenu le jeune homme qu'on avait poignardé, se demanda le Rabbi? La terre l'avait-elle englouti? Soudain, il s'aperçut qu'il tenait toujours sa valise à la main. Comment était-ce possible? On aurait dit que sa main la serrait, comme mue par une volonté propre. Peut-être était-ce cette volonté, ce pouvoir qui avait créé le monde? Peut-être ce pouvoir était-il Dieu? Le Rabbi avait envie à la fois de rire et de pleurer. Je ne suis même pas doué pour pécher, je rate tout. Bon, c'est ma fin, c'est bien ma fin. Et dans ce cas, il n'y a qu'une chose à faire, rendre les six cents muscles et ligaments dont nous sommes faits. Mais comment? Dois-je me pendre? Me noyer? La Vistule était-elle proche? Il arrêta un passant.

« Excusez-moi, comment fait-on pour aller jusqu'à la Vistule? »

Le passant avait le visage noir comme un ramoneur. Ses yeux sombres, abrités sous d'épais sourcils, dévisagèrent le Rabbi.

« Et qu'est-ce que vous lui voulez à la Vistule? Vous avez envie d'aller à la pêche? » Il aboyait comme un chien.

« A la pêche? Non...

– Alors quoi? Vous voulez nager jusqu'à Dantzig? »

Il se moque de moi, pensa Rabbi Nechemia.

« On m'a dit qu'il y avait une auberge de ce côté.

– Une auberge du côté de la Vistule? Vous venez d'où? De province? Et qu'est-ce que vous faites ici? Vous cherchez un poste de professeur?

– De professeur? Oui. Enfin, non.

– Monsieur, pour se promener sur les pavés de Varsovie, il faut avoir des forces. Vous avez de l'argent?

– J'ai quelques roubles.

– Pour un gulden la nuit, vous pouvez venir dormir chez moi. J'habite à côté, au numéro 14. Ma femme est morte. Je vous donnerai son lit.

– Bon, si vous voulez. Je vous remercie.

– Vous avez mangé?

– Oui, ce matin.

– Ce matin, hein? Bon, venez avec moi à la taverne. Nous prendrons un verre de bière. Et nous mangerons un peu. Je suis marchand de charbon. »

De son doigt noir, l'homme désigna une boutique dont la porte était fermée par une barre de fer.

« Faites attention, dit-il. Ici, on vous vole votre argent. Un homme qui arrivait de province a été conduit tout à l'heure à l'hôpital. Il avait reçu un coup de poignard. »

7

Le marchand de charbon fit les quelques pas qui les séparaient de la taverne. Le Rabbi le suivit en trébuchant. A la porte, l'odeur de bière, de vodka et d'ail, les voix bruyantes des hommes et des femmes, le tintamarre de la musique l'assaillirent en même temps. Ses yeux s'embuèrent. « Ne restez pas là, avancez donc », dit le marchand. Il prit le Rabbi par le bras et l'entraîna.

A travers une buée aussi épaisse qu'au bain rituel de Bechev, le Rabbi voyait des visages déformés, des rangées de bouteilles le long des murs, un tonneau de bière, un comptoir couvert d'assiettes pleines de portions d'oie rôtie et de hors-d'œuvre. Des violons grinçaient, un tambour battait. Tout le monde avait l'air de crier en même temps.

« Il est arrivé quelque chose? » demanda Rabbi Nechemia.

Le marchand de charbon le conduisit à une table et lui cria dans l'oreille :

« Vous n'êtes plus dans votre village. Ici, c'est Varsovie. Il faut savoir se débrouiller tout seul.

– Je ne suis pas habitué à tant de bruit.

– Cela viendra. Vous voulez être professeur de quoi? Nous avons en fait plus de professeurs que d'élèves. N'importe quel schlemiel s'intitule professeur. Et à quoi cela sert-il d'étudier? On oublie tout très vite. Je suis allé moi-même au heder. On m'y a enseigné les commentaires de Rachi et le reste. Je me rappelle encore quelques mots : « Et le Seigneur dit à Moïse...

– Quelques mots de la Torah, c'est toujours la Torah », murmura le Rabbi, tout en sachant très bien qu'il n'avait pas le droit de dire cela, après avoir violé tant de commandements.

« Quoi? Mais rien de tout cela ne vaut un croassement de corbeau. Tous ces garçons assis dans des maisons d'étude ne font que se balancer en grimaçant. Et quand arrive le moment du service militaire, ils s'infligent des blessures pour essayer de se faire réformer. Après ils se marient et n'ont même pas de quoi faire vivre leur femme. Ils fabriquent des douzaines d'enfants qui marchent pieds nus... »

Peut-être est-il un véritable incroyant, pensa le Rabbi. Il demanda :

« Croyez-vous en Dieu? »

Le marchand de charbon posa son poing sur la table.

« Qu'est-ce que j'en sais? Je ne suis jamais allé au ciel. Mais il doit bien y avoir quelque chose. Qui a fait le monde? Le jour du shabbat, je vais prier avec un groupe d'amis qui s'appelle " L'amour de l'amitié ". Cela me coûte quelques roubles, mais comme on dit, c'est ma mitzvah à moi. Nous prions avec un rabbin qui a à peine de quoi se payer un morceau de pain. Sa femme vient chez moi acheter du charbon, elle n'en commande qu'un petit sac à la fois. A peine cinq kilos et je vous demande à quoi cela sert en plein hiver. Alors j'en rajoute un peu, pour faire bonne mesure. S'il y a un Dieu, pourquoi permet-il que les Polonais battent les Juifs?

– Je ne sais pas. Mais j'aimerais savoir.

– Qu'est-ce que dit la Torah? Vous avez l'air d'en savoir long là-dessus.

– La Torah dit que les méchants seront punis et les bons récompensés.

– Quand? Où?

– Dans l'autre monde.
– Dans la tombe?
– Au Paradis.
– Et il est où, le Paradis? »

Un serveur s'approcha de leur table.

« Pour moi, une bière blonde et des foies de poulet, dit le marchand de charbon. Vous voulez quoi? »

Rabbi Nechemia aurait bien été en peine de répondre. Il demanda :

« Où peut-on se laver les mains? »

Le marchand de charbon eut un rire méprisant :

« Ici, on mange sans s'être lavé les mains. Mais c'est cachère. On ne vous servira pas de porc.

– Je prendrai peut-être un biscuit », dit tout bas Rabbi Nechemia.

– Un biscuit? Mais prenez autre chose. Il faut boire, de toute façon. Quelle sorte bière voulez-vous? Brune? Blonde?

– Eh bien, blonde.

– Bon, donnez-lui un pot de bière et un biscuit aux œufs. »

Quand le serveur fut reparti, le marchand de charbon tapota sur la table avec ses doigts aux ongles noircis.

« Vous n'avez rien mangé depuis ce matin, ce n'est pas assez. Ici, si on ne mange pas suffisamment, on tombe comme une mouche. A Varsovie, on doit se comporter en vrai glouton. Vous voulez absolument vous laver les mains? Alors allez dans les toilettes, il y a un robinet, mais vous devrez vous essuyer à votre veste. »

Pourquoi suis-je si malheureux? se demanda le Rabbi. Je suis dans le péché jusqu'au cou, comme eux, pire même. Si je ne veux pas être Jacob, je dois être Esaü. Il dit au charbonnier :

« En réalité, je ne veux pas du tout être professeur.

– Alors quoi? Prince?

– J'aimerais apprendre un métier.

– Lequel? Si on veut être tailleur, ou fourreur ou cordonnier, il faut apprendre quand on est jeune. On se fait embaucher comme apprenti et la femme du patron vous dit d'aller vider le seau à ordures et de bercer le bébé dans son berceau. Moi je voulais être charpentier, mais mon maître ne m'a jamais permis de toucher une planche. J'ai souffert quatre ans chez lui et quand je l'ai quitté, je n'avais rien appris. Avant d'avoir eu le temps de dire ouf, voilà que je devais servir le tzar. Pendant trois ans, j'ai goûté le pain noir du soldat. A la caserne, on est obligé de manger du porc, sinon on n'a même pas la force de porter son fusil. Est-ce que j'avais le choix? A la fin de mon service, je suis allé travailler chez un marchand de charbon et c'est devenu mon métier. Tout le monde vole. On vous livre en principe cent sacs de charbon, mais en réalité, il n'y en a que quatre-vingt-dix. Dix ont été volés en route. Si vous posez trop de questions, vous récoltez un coup de couteau. Alors qu'est-ce que je peux faire? Je verse de l'eau sur le charbon pour qu'il pèse plus lourd. Si je ne le faisait pas, je mourrais de faim. Vous me comprenez?

– Oui, je vous comprends.

– Alors, à quoi bon parler d'apprendre un métier? Vous avez probablement réchauffé les bancs des maisons d'étude pendant des années, hein?

– Oui, j'ai étudié.

– Si bien que vous n'êtes bon à rien d'autre qu'à être professeur. Mais même pour cela, il faut des dons. Il y a un Talmud Torah près d'ici, où le maître était un véritable idiot. Les garçons qui étudiaient avec lui se comportaient en vrais voyous. Ils lui jouaient tellement de tours qu'il a fini par s'enfuir. Quant aux riches, ils veulent un professeur moderne, qui porte une cravate et qui parle russe. Vous êtes marié?

– Non.

– Divorcé?

– Je suis veuf.

– Serrons-nous la main. J'avais une bonne épouse. Elle était un peu sourde mais elle faisait bien son travail. Elle préparait les repas, nous avons eu cinq enfants, trois sont morts tout petits. J'ai un fils à Yekaterinslav. Ma fille travaille dans une quincaillerie. Elle habite chez ses patrons. Elle n'a pas envie de faire la cuisine pour son papa. Son employeur est riche. Quoi qu'il en soit, je suis seul. Cela fait combien de temps que vous êtes veuf?

– Plusieurs années.

– Et qu'est-ce que vous faites quand vous avez besoin d'une femme? »

Rabbi Nechemia rougit, puis il pâlit.

« Qu'est-ce qu'on peut faire?

– Avec de l'argent, à Varsovie, on peut tout avoir. Pas ici, pas dans cette petite rue. Les filles d'ici sont toutes contaminées. Vous allez en voir une et elle a le petit ver dans le sang. Vous tombez malade et vous commencez à pourrir. J'ai un voisin dont le nez est parti en morceaux. Dans les plus grandes rues, les putains doivent aller chaque mois se faire examiner chez le docteur. Ça vous coûte un rouble d'aller chez elles, mais au moins, elles sont propres. Les marieurs me courent après mais je n'arrive pas à me décider. Les femmes en veulent toutes à vos roubles. Un soir, j'étais assis à cette table, avec une vieille sorcière, laide comme tous les péchés et voilà qu'elle demande combien j'ai d'argent. Je lui dis que ce que j'ai réussi à économiser ça ne la regarde pas. Si pour un rouble, je peux avoir une fille jeune et jolie, est-ce que j'ai besoin d'une horreur comme elle? Vous me comprenez? Tiens, voilà nos bières. Mais qu'est-ce qui vous arrive? Vous êtes plus blanc qu'un mort. »

8

Trois semaines avaient passé mais Rabbi Nechemia errait toujours dans les rues de Varsovie. Il dormait chez le marchand de charbon. Ce dernier l'avait emmené au théâtre yiddish une fois, après le repas du shabbat et aussi aux courses, à Vilanov.

Chaque jour, le samedi excepté, il allait à la bibliothèque Bresler. Il examinait les rayonnages de livres d'un air pensif. Il y avait une table à laquelle on pouvait s'asseoir pour lire. Le Rabbi arrivait le matin et il restait là jusqu'au moment de la fermeture. Dans l'après-midi, il sortait s'acheter un beïguelé ou un morceau de gâteau aux pommes sur le marché. Il mangeait sans avoir récité de bénédiction. Il lisait des livres en hébreu et en yiddish. Une fois, il essaya même d'en lire un en allemand. Il trouva celui qu'il avait vu dans la vitrine du libraire : *Comment l'Univers est né.* Oui, comment a-t-il été créé s'il n'y a pas de créateur? se demanda Rabbi Nechemia. Il avait pris l'habitude de se parler à lui-même. Il tirait sur sa barbe, clignait des yeux, et se balançait comme il le faisait à la maison d'étude. Il marmonna : « Oui, et le brouillard, qu'est-ce qui a fait le brouillard? Comment a-t-il surgi? Quand a-t-il commencé à exister? »

La terre avait été arrachée au soleil, lut-il – mais alors, qui avait créé le soleil? L'homme descendait du singe – mais alors, de qui descendait le singe? Et comme l'auteur n'était pas là quand tout cela est arrivé, comment pouvait-il l'affirmer avec tant de certitude? La science expliquait tout au fin fond du temps et de l'espace. La première cellule était apparue il y a des centaines de millions d'années, sur la frange de l'océan. Le soleil disparaîtrait dans quelques milliards d'années. Des millions d'étoiles, de planètes, de comètes se déplacent à travers l'espace sans but, sans plan préconçu, elles n'ont jamais commencé leurs courses, elles ne la finiront jamais. A l'avenir, tous les peuples seront semblables, il existera un Royaume de la Liberté, où on ne connaîtra ni la jalousie, ni la haine, ni les guerres, ni les crises. Comme il est dit dans le Talmud, ceux qui ont envie de mentir racontent des choses qui se sont passées au loin. Dans un vieux numéro du magazine en hébreu *Haasif,* le rabbin lut des textes sur Spinoza, Kant, Leibniz et Schopenhauer. Ils qualifiaient Dieu de « substance », de « monade », « hypothèse », de « volonté aveugle », de « nature ».

Rabbi Nechemia empoigna une de ses papillotes. Nature, mais quelle nature? Où trouvait-elle autant d'astuce et de force? Elle veillait sur la plus lointaine étoile, sur le moindre rocher au fond de l'océan, sur le plus petit grain de poussière, sur la nourriture dans l'estomac d'une mouche. En lui, Rabbi Nechemia de Bechev, elle s'occupait de tout, elle lui donnait des douleurs d'estomac, elle lui bouchait le nez, elle lui causait des migraines, elle lui dévorait le cerveau comme la chauve-souris qui empoisonnait la vie de Titus. Le Rabbi blasphémait, puis il demandait pardon à Dieu. Il souhaitait mourir, et l'instant d'après, il avait peur de tomber malade. Il avait envie d'uriner, mais dès qu'il allait aux toilettes, cela ne marchait plus. Quand il lisait, il voyait des taches vertes et dorées passer devant ses yeux et les lignes se mélangeait, se séparaient, passaient les unes par-dessus les autres. « Est-ce que je suis en train de devenir aveugle? Est-ce la fin? Les démons se sont-ils déjà emparés de moi? Non, Père de l'Univers, je ne réciterai pas la prière de la confession, je suis prêt pour vos Géhennes. Si vous pouvez rester silencieux toute une éternité, moi je resterai muet au moins jusqu'à l'instant de rendre l'âme. Vous n'êtes pas le seul homme de guerre, déclara le Rabbi au Tout-Puissant, si je suis votre fils, moi aussi je peux me battre. »

Il cessa de lire de façon suivie. Il prenait désormais un livre, l'ouvrait au milieu, lisait quelques lignes, puis allait le remettre à sa place. Partout il tombait sur des mensonges. Tous les livres avaient un point en commun : ils évitaient l'essentiel, restaient vagues, donnaient des noms différents à une même chose. On n'y apprenait jamais comment l'herbe poussait, ni ce qu'était la lumière, ou comment fonctionnait l'hérédité, comment digérait l'estomac, comment pensait le cerveau, comment les nations faibles devenaient fortes, ou comment les nations fortes périssaient. Ces grands savants qui écrivaient d'énormes livres sur les galaxies les plus lointaines n'avaient pas encore découvert ce qui se passait à mille mètres sous terre.

Le Rabbi tournait des pages, réfléchissait. Il posait son front sur le bord de la table et somnolait un instant. « Malheur à moi, je n'ai plus de force. » Chaque soir, le marchand de charbon essayait de le persuader de rentrer dans son village. Il lui disait : « Vous allez vous écrouler un jour et on ne saura même pas quoi écrire sur votre pierre tombale. »

9

Très tard, un soir, Hinde Shevach fut brusquement tirée de son sommeil par un bruit de pas dans le couloir. Qui peut venir rôder ainsi en pleine nuit, se demanda-t-elle? Depuis que son frère était parti, la maison avait été silencieuse comme une ruine. Elle se leva, enfila un peignoir et des pantoufles. Elle entrouvrit sa porte et aperçut de la lumière dans la chambre de son frère. Elle y alla et vit le Rabbi. Son caftan était déchiré, sa chemise déboutonnée, sa calotte froissée. L'expression sur son visage était tout à fait nouvelle. Il était courbé comme un vieillard. Au milieu de la pièce était posée une valise.

Hinde Shevach se tordit les mains.

« Mes yeux me trompent-ils?

– Non.

– Père du ciel, on t'a cherché partout. Que mes pensées se perdent dans le désert. On a fait passer des notices sur toi dans tous les journaux.

– Bon, eh bien...

– Mais où était-tu? Pourquoi es-tu parti? Pourquoi t'es-tu caché? »

Rabbi Nechemia ne répondit pas.

« Pourquoi ne pas m'avoir dit que du partais? » demanda avec désespoir Hinde Shevach.

Le Rabbi baissa la tête sans répondre.

« Nous pensions que tu étais mort, Dieu nous en préserve. J'ai télégraphié à Simcha David, mais il n'a pas répondu. Je voulais observer les sept jours de deuil. Toute la ville est sens dessus dessous. Les gens racontent des choses épouvantables sur toi. On a même prévenu la police. Un gendarme est venu me demander ton signalement.

– Tant pis.

– Tu as vu Simcha David? » demanda Hinde Shevach après un instant d'hésitation.

« Oui. Non.

– Comment va-t-il?

– Hein? »

Hinde Shevach avala avec difficulté :

« Tu es blanc comme de la craie, tu es en haillons. On a inventé de telles histoires autour de ta disparition que je n'ose plus me montrer nulle part. Il est arrivé des lettres, des télégrammes...

– Eh bien...

– Tu ne peux pas te débarrasser de moi comme ça! »

s'écria Hinde Shevach en changeant soudain de ton. « Parle clairement. Pourquoi es-tu parti? Pourquoi? Tu n'es pas un gamin des rues. Tu es le Rabbi de Bechev.

– Je ne le suis plus.

– Mon Dieu, ayez pitié de nous. Cela va être épouvantable. Attends, je vais te chercher un verre de lait. »

Hinde Shevach sortit de la pièce. Le Rabbi l'entendit descendre l'escalier. Il empoigna sa barbe et se mit à se balancer d'avant en arrière. Son ombre oscillait sur le mur et au plafond. Au bout d'un moment, Hinde Shevach revint :

« Il n'y a plus de lait.

– *Nu.*

– Je ne m'en irai pas tant que tu ne m'auras pas dit pourquoi tu es parti, dit Hinde Shevach.

– Je voulais savoir ce que disent les hérétiques.

– Et que disent-ils?

– Il n'y a pas d'hérétiques.

– Vraiment?

– Le monde entier adore des idoles, murmura le rabbi. Les hommes inventent des dieux et ensuite ils les servent.

– Les Juifs aussi?

– Tout le monde.

– Mais tu as perdu l'esprit... »

Hinde Shevach resta un instant immobile à dévisager son frère puis elle regagna sa chambre.

Le Rabbi s'étendit tout habillé sur son lit. Il sentait ses forces le quitter – non pas graduellement, mais d'un seul coup. Une lumière comme il n'en avait jamais vue s'allumait dans sa tête. Ses mains et ses pieds s'engourdissaient. Sa tête s'alourdissait sur l'oreiller. Au bout de quelques instants, il entrouvrit une paupière. La chandelle s'était éteinte. La lune d'avant l'aube, estompée par le brouillard, brillait derrière la vitre. A l'est, le ciel s'empourprait. « Il doit bien y avoir quelque chose », murmura le Rabbi.

Et la guerre entre Rabbi Nechemia de Bechev et Dieu prit fin.

L'homme qui écrivait des lettres

1

Herman Gombiner ouvrit un œil. Il se réveillait toujours de la même façon le matin, graduellement – d'un œil d'abord, de l'autre ensuite. Son regard se posa sur le plafond sillonné de fissures, puis glissa sur l'immeuble de l'autre côté de la rue. Il s'était couché très tard, vers trois heures du matin. Il lui avait fallu un certain temps pour s'endormir. Il était maintenant près de dix heures. Depuis quelque temps déjà, Herman Gombiner souffrait d'une forme d'amnésie. Il se levait la nuit, incapable de se rappeler où il était, qui il était. Il ne savait même plus son nom. Il avait besoin de plusieurs secondes pour réaliser qu'il ne se trouvait plus à Kalomin ni à Varsovie, mais à New York, où il habitait une rue du côté de Columbus Avenue et de Central Park West.

C'était l'hiver. La vapeur d'eau sifflait dans le radiateur. La Seconde Guerre mondiale était finie depuis longtemps. Herman (ou Hayim David, comme on l'appelait à Kalomin) avait perdu toute sa famille des mains des nazis. Il était maintenant traducteur, et correcteur d'épreuves dans une maison d'édition nommée Sion, qui publiait des livres en hébreu. Il était célibataire, en mauvaise santé et approchait de la cinquantaine.

« Quelle heure est-il? » marmonna-t-il. Il avait la langue pâteuse et les lèvres sèches. Ses genoux lui faisaient mal, sa tête était lourde, un goût amer emplissait sa bouche. Avec effort, il se redressa, s'assit, les pieds sur la descente de lit usée jusqu'à la corde. « Qu'est-ce que c'est? De la neige? marmonna-t-il. Bon, eh bien, c'est l'hiver. »

Il s'approcha de la fenêtre et regarda au-dehors. Les voitures garées de chaque côté de la rue émergeaient de la neige comme des restes d'une civilisation depuis longtemps perdue. D'habitude, les trottoirs jonchés d'ordures étaient parcourus en tous sens par de bruyants enfants noirs ou portoricains. Mais ce jour-là, le froid avait fait rester les gens chez eux. Le grand silence blanc rappela à Herman Kalomin sa ville natale. Il alla d'un pas hésitant jusqu'à la salle de bains.

La « chambre » n'était en réalité qu'une alcôve, avec de la place seulement pour un lit. La salle de séjour était pleine de livres. Une bibliothèque occupait tout un mur et deux armoires bourrées un autre. Des livres, des journaux, des revues étaient empilés dans tous les coins. Le propriétaire de l'appartement devait, par contrat, le faire repeindre tous les trois ans, mais Herman Gombiner avait soudoyé le gérant pour qu'on le laisse tranquille. Ses livres anciens tomberaient en poussière si on y touchait. A quoi pourrait bien lui servir une couche de peinture neuve? La poussière était installée en strates épaisses. Une seule et unique souris avait réussi à pénétrer dans l'appartement et tous les soirs Herman préparait pour elle un morceau de pain, un bout de fromage et une soucoupe pleine d'eau, pour l'empêcher au moins de manger les livres. Heureusement, elle n'avait pas de bébés. Il lui arrivait de sortir de son trou pendant qu'il faisait encore jour. Herman lui avait donné un nom hébreu : Huldah. Elle le regardait de ses petits yeux globuleux pleins de curiosité. Elle n'avait plus du tout peur de lui.

L'immeuble était loin d'être en bon état, mais le chauffage, au moins, ne laissait pas à désirer. Herman prenait un bain chaud tous les jours. Dans le miroir fêlé, accroché à la porte de la salle de bains, il se voyait – petit, perdu dans un pyjama trop grand, la peau sur les os, le cou décharné, la tête trop grosse, agrémentée de touffes de cheveux gris de chaque côté. Il avait le front très large, le nez busqué, les pommettes hautes. Le seul reste de jeunesse, c'était dans ses yeux sombres, ombragés de longs cils qu'on pouvait encore le percevoir, quand, par moments, une ombre de malice y passait. Des années de lecture et d'étude de manuscrits n'avaient pas altéré sa vue. On aurait dit que l'ultime force d'Herman Gombiner, tout ce qui restait à sa pauvre carcasse usée par la maladie et les privations, s'était concentrée dans ses yeux.

Il se rasa lentement, avec soin. Sa main – il avait les doigts très longs – tremblait et il risquait toujours de se couper. La baignoire se remplissait pendant ce temps d'eau très chaude. Herman se déshabilla. Sa maigreur l'étonnait toujours. Il avait la poitrine étroite, les bras et les jambes osseux, et de grands creux entre les épaules et le cou. Entrer dans la baignoire représentait un gros effort, mais quel soulagement de s'étendre dans l'eau ensuite. Herman perdait toujours son savon. Il lui glissait malicieusement entre les doigts, comme quelque chose de vivant et il fallait le chercher au fond du bain. « Pourquoi te sauves-tu? lui disait Herman, espèce de petit voyou! » Il croyait qu'il y a de la vie en toutes choses, que les objets soi-disant inanimés ont leurs humeurs et leurs caprices bien à eux.

Herman Gombiner se considérait comme un des rares privilégiés capables de voir au-delà des simples apparences. Il avait réellement vu un buvard s'élever au-dessus de son bureau, s'envoler lentement et maladroitement jusqu'à la porte et là, atterrir tout doucement, comme suspendu à un fil invisible qu'aurait tenu une main, invisible elle aussi. L'incident était totalement dépourvu de sens. Herman avait beau y penser et y repenser, il ne trouvait pas la moindre explication. C'était un de ces événements extraordinaires pour lesquels la science ne nous donne pas de clé – ni d'ailleurs la religion ou le folklore. Un peu plus tard, Herman avait ramassé le buvard pour le reposer sur son bureau et c'est là qu'il était toujours, recouvert de papiers, tout poussiéreux et desséché – objet inanimé qui pendant un instant avait réussi à échapper aux lois de la physique. Herman Gombiner savait qu'il ne s'était agi ni d'une hallucination ni d'un rêve. C'était arrivé à huit heures du soir, dans une pièce bien éclairée et il n'était ni malade ni énervé ce jour-là. Il se trouvait près d'une armoire, sur le point d'en sortir un mouchoir. Soudain son regard avait été attiré vers le bureau et il avait vu le buvard s'élever et se mettre à flotter en l'air. Ce n'était d'ailleurs pas un incident isolé. Il lui arrivait des choses semblables depuis son enfance.

Il lui fallait beaucoup de temps pour tout – se baigner, se sécher, s'habiller. Se dépêcher n'était pas son fort. Il était très compétent dans son travail parce qu'il ne se pressait jamais. Les correcteurs de sa maison d'édition allaient si vite qu'ils laissaient passer des erreurs. Les traducteurs ne prenaient même pas la peine de vérifier dans le dictionnaire les mots dont ils n'étaient pas sûrs. Pour la plupart, les hébraïsants américains – et même parfois des Israéliens – ne savaient pas grand-chose des points ni des subtilités grammaticales. Herman Gombiner, lui, avait trouvé le temps d'étudier ces choses. C'est vrai qu'il était lent, très lent, mais le vieux propriétaire de Sion, Mr. Morris Korver, et même ses fils, tout demi-juifs qu'ils étaient, avaient toujours su reconnaître que la réputation de leur maison d'édition reposait sur Herman. Toutefois, Morris Korver devenait vieux, sénile et on disait tout bas que ses fils n'attendaient que sa mort pour liquider l'affaire et fermer leur maison.

Même si Herman l'avait voulu, il n'aurait jamais rien pu faire vite. Il marchait à petits pas. Il lui fallait une demi-heure pour manger une assiettée de soupe. Chercher le mot exact dans le dictionnaire ou vérifier quelque chose dans une encyclopédie pouvait lui prendre des heures. Les rares fois où il avait essayé de se hâter s'étaient soldées par un désastre : il s'était cassé le pied, foulé la cheville et fait renverser par une voiture. La moindre chose devenait une épreuve : se raser, s'habiller, porter son linge à la blanchisserie chinoise, prendre un repas au restaurant. Traverser une rue était également un problème parce qu'à peine le feu était-il passé au vert qu'il redevenait rouge. Les gens installés à leur volant étaient des brutes, des automates dépourvus de morale. Si vous ne couriez pas assez vite, ils étaient capables de vous écraser. Depuis quelque temps, Herman Gombiner avait commencé à avoir les mains et les pieds qui tremblaient. Lui qui avait toujours eu une si belle écriture devait désormais se servir d'une machine à écrire sur laquelle il tapait d'un seul doigt, l'index droit. Le vieux

Korver maintenait que ses ennuis venaient du fait qu'il était végétarien : si on ne mange pas de viande, on perd ses forces. Mais Herman ne pouvait pas en avaler une seule bouchée, quand bien même sa vie en aurait dépendu.

Il enfila une chaussette, puis fit une pause. Il mit la deuxième chaussette, puis s'arrêta encore. Son pouls était très lent – cinquante pulsations environ par minute. Au moindre effort, le vertige le prenait. Son âme arrivait tout juste à survivre dans son corps. Une fois, alors qu'il était allongé sur son lit, son esprit désincarné avait erré à travers tout l'appartement et même était sorti par la fenêtre. Herman avait vu son propre corps apparemment mort. Et qui aurait pu faire le compte de toutes les apparitions, expériences de télépathie, visions, rêves prophétiques qu'il avait eus dans sa vie! Et qui y aurait cru? Ses collègues de bureau se moquaient gentiment de lui. Au bout d'un petit verre de cognac, le vieux Korver le traitait de superstitieux farfelu. Herman faisait figure de parfait excentrique.

Il était arrivé depuis longtemps à la conclusion que l'homme moderne est aussi fanatique dans son refus de croire que l'homme d'autrefois dans sa foi. Le rationalisme de la présente génération était en soi un exemple d'idée préconçue. Le communisme, la psychanalyse, le fascisme, le radicalisme étaient les mots d'ordre du XXe siècle. Oh bon! Et que pouvait-il donc faire, lui, Herman Gombiner, contre tout cela? Observer et se taire. Il n'avait pas le choix.

« Eh bien, c'est l'hiver! » se dit-il à lui-même d'une voix plaintive. « Et quand serons-nous à Hannukah? L'hiver a commencé tôt cette année. » Il se parlait souvent à lui-même, depuis toujours. L'oncle qui l'avait élevé était sourd. Sa grand-mère, paix à son âme, se réveillait au milieu de la nuit pour réciter des prières et des lamentations trouvées dans de très vieux livres. Son père était mort avant sa naissance. Sa mère s'était remariée dans une ville éloignée et avait eu d'autres enfants. Herman – Hayim David – que ce soit au heder ou plus tard, à la yeshiva, avait toujours été très solitaire, replié sur lui-même. Maintenant qu'Hitler avait tué toute sa famille, il n'avait plus de parents ou de cousins avec qui correspondre. Il écrivait des lettres à de parfaits inconnus.

« Quelle heure est-il? » se demanda-t-il à nouveau. Il mit un costume sombre, une chemise blanche, une cravate noire et alla dans la kitchenette meublée en tout et pour tout d'un Frigidaire sans glace et d'un fourneau qui ne servait jamais. Deux fois par semaine, le laitier laissait une bouteille de lait à la porte. Herman avait en réserve quelques boîtes de légumes en conserve qu'il mangeait les jours où il ne sortait pas. Il s'était aperçu qu'un être humain n'a besoin que de très peu de chose. Une demi-tasse de lait et un bretzel par jour lui suffisaient. Une paire de chaussures lui durait cinq ans. Son costume, son manteau, son chapeau ne s'usaient jamais. Seules ses chemises s'abîmaient au col et aux poignets et c'était dû aux produits chimiques utilisés à la blanchisserie chinoise. S'il n'avait pas dû dépenser pas mal en taxis et en cadeaux, il aurait pu économiser de l'argent.

Il but un verre de lait, mangea un biscuit. Puis il mit soigneusement son manteau noir, une écharpe de laine, des caoutchoucs et un chapeau de feutre à large bord. Il entassa des livres et des manuscrits dans sa serviette qui lui paraissait un peu plus lourde tous les jours, pas parce qu'il la remplissait davantage, mais parce que ses forces diminuaient. Il prit aussi des lunettes de soleil pour se protéger de la réverbération de la neige. Avant de quitter l'appartement il dit au revoir à son lit, à son bureau couvert de piles de papiers (le buvard était dessous), à ses livres et à la souris dans son trou. Il avait mis de l'eau fraîche dans la soucoupe, préparé un bout de biscuit et un peu de fromage. « Eh bien, Huldah, porte-toi bien! »

Dans le hall de l'immeuble, des femmes à la peau sombre, échevelées, se parlaient en espagnol. On entendait des radios partout. Des enfants à moitié nus passaient en courant. Les hommes, en apparence, étaient tous au chômage. Ils surgissaient ici ou là, une guitare ou un sandwich à la main. Les odeurs venues des appartements écœuraient Herman – des odeurs de viandes et de poissons frits. Cela empestait aussi l'oignon, l'ail, la fumée. Le soir, les voisins dansaient et riaient sans fin. Parfois une bagarre éclatait et les femmes appelaient au secours. Une fois, l'une d'elles était venue en pleine nuit taper à la porte d'Herman parce qu'un homme voulait la poignarder.

2

Herman s'arrêta devant sa boîte aux lettres. Les autres locataires recevaient rarement du courrier, mais sa case était pleine à ras bord chaque matin. Il sortit sa clé, l'introduisit dans la serrure d'une main tremblante, et prit ses lettres. Il reconnaissait ses correspondantes aux enveloppes qu'elles utilisaient. Celles d'Alice Grayson, de Salt Lake City, étaient toujours roses. Mrs. Roberta Hoff, de Pasadena, en Californie, se servait du papier à en-tête de l'entreprise de pompes funèbres pour laquelle elle travaillait. Miss Bertha Gordon, de Fairbanks, Alaska, possédait apparemment un stock de cartes de Noël. Ce jour-là, Herman trouva au milieu des autres, une lettre d'une nouvelle correspondante, une Mrs. Rose Beecham, de Louisville, Kentucky. Elle avait écrit son nom et son adresse au dos de l'enveloppe, avec toutes sortes de fioritures autour. Outre les lettres, il y avait plusieurs magazines d'occultisme, auxquels Herman était abonné – d'Angleterre, des États-Unis et même d'Australie. Il n'y avait plus de place pour tout cela dans sa serviette, aussi il bourra ses poches. Il sortit dans la rue et attendit un taxi.

Il en passait rarement dans ce coin-là mais c'était un trop grand effort pour lui de marcher jusqu'à Central Park West ou Columbus Avenue. Pour lutter contre sa fatigue, Herman Gombiner utilisait la prière et l'auto-suggestion. Debout sous la neige, il murmura : « Mon Dieu, faites qu'un taxi vienne. » En même temps, il mit la main dans sa poche pleine de lettres et tâta les enveloppes. Cette correspondance était devenue l'essence même de sa vie. Grâce à elle, il était entré en contact avec des âmes. Elle lui permettait de connaître l'amitié et même l'amour de plusieurs femmes. Les récits que celles-ci lui envoyaient le confortaient dans sa croyance aux pouvoirs psychiques et à l'au-delà. Il adressait des cadeaux à ses correspondantes inconnues et elles lui en envoyaient aussi. Elles l'appelaient par son prénom, lui révélaient leurs pensées, leurs rêves, leurs espoirs et les messages qu'elles recevaient par l'intermédiaire de leur planchette Ouija, de l'écriture automatique ou de tables tournantes.

Herman Gombiner était entré en rapport avec elles par l'intermédiaire des magazines auxquels il était abonné et qui publiaient des témoignages de lecteurs avec les noms et les adresses. En général, il s'agissait de lectrices. Herman en choisissait toujours qui habitaient très loin. Il voulait éviter tout risque de rencontre. A sa façon de décrire une expérience, d'après le nom et l'origine, il devinait si une femme serait capable d'entretenir une correspondance. Il ne se trompait pratiquement jamais. Un petit mot de sa part provoquait toujours une longue réponse. Parfois, il recevait des manuscrits entiers. Sa correspondance était devenue si importante qu'il dépensait plusieurs dollars par semaine en frais de poste. Il envoyait généralement ses lettres en exprès ou en recommandé.

Des miracles, il lui en arrivait tous les jours. A peine avait-il fini sa prière qu'un taxi apparut. Le chauffeur s'arrêta devant l'immeuble comme si on lui en avait donné l'ordre par télépathie. Le seul fait de s'installer dans la voiture suffit à épuiser Herman et il resta un long moment les yeux fermés, le visage appuyé contre la vitre, à remercier la Puissance qui avait entendu ses supplications. Quelle Puissance était-ce, d'ailleurs? Il fallait être aveugle pour ne pas reconnaître l'existence de la main de la Providence – la Providence ou autre chose, peu importe le nom qu'on lui donne. Quelqu'un, quelque part se souciait des demandes les plus triviales de l'être humain.

Son esprit désincarné se promenait apparemment très loin. Toutes ses correspondantes l'avaient vu. La même nuit, il s'était trouvé à Los Angeles, à Mexico, dans l'Oregon et en Écosse. Il « sentait » qu'une de ses lointaines amies était malade. Et voilà que peu après, il recevait une lettre disant qu'effectivement, elle avait dû être hospitalisée. Au fil des années, plusieurs étaient mortes et chaque fois il en avait eu la prémonition.

Depuis quelques semaines, Herman avait le très fort pressentiment que la maison d'édition Sion allait fermer. Il est vrai qu'on en parlait depuis des années mais cela restait une vague rumeur. Et, depuis quelque temps, les employés étaient redevenus optimistes, les affaires allaient mieux. Le vieux patron parlait bien de déficit mais tout le monde pensait qu'il mentait pour ne pas être obligé d'augmenter les salaires. Un livre de prières publié récemment était devenu un best-seller. Le nouveau dictionnaire hébreu-anglais qu'Herman Gombiner finissait de mettre au point avait des chances de se vendre à plusieurs dizaines de milliers d'exemplaires. Mais malgré tout, Herman sentait une catastrophe se préparer, exactement comme il sentait le mauvais temps arriver quand son genou lui faisait mal.

Le taxi descendait Columbus Avenue. Herman regarda par la vitre, puis il referma les yeux. Qu'y avait-t-il à voir, un jour de neige à New York? Son humeur sombre ne le quittait pas. Peu importe le nombre de pull-overs qu'il mettait, il était toujours gelé. En outre, on sent moins les esprits, les contacts physiques, pendant l'hiver. Herman releva son col et fourra ses mains dans ses poches. Dans les pays froids, c'est une civilisation violente qui se développe. Il n'aurait jamais dû s'installer à New York. S'il vivait dans le sud de la Californie, il ne serait pas esclave du temps. Enfin... Et d'ailleurs, aurait-il trouvé une maison d'édition juive dans le sud de la Californie?

3

Le taxi s'arrêta dans Canal Street. Herman paya la course et ajouta cinquante cents de pourboire. Il ne dépensait presque rien pour lui-même mais se montrait très généreux avec les chauffeurs de taxi, les garçons de restaurants, les liftiers. A Noël, il achetait même des cadeaux pour ses voisins portoricains. Ce jour-là, Sam, le liftier, était apparemment allé boire un café à la cafeteria d'en face et Herman dut attendre. Sam n'en faisait jamais qu'à sa tête. Il venait de la même ville que Morris Korver. Il était le seul préposé à l'ascenseur, si bien que les jours où il n'avait pas envie de venir travailler, tout le monde devait prendre l'escalier. En outre, il était communiste.

Herman l'attendit dix minutes. Finalement, Sam arriva. C'était un petit homme aux larges épaules, dont le visage semblait avoir été assemblé de bric et de broc : un front bas, d'épais sourcils, des yeux globuleux soulignés de poches et un gros nez couvert de boutons rouges. Sa démarche était incertaine. Herman lui dit bonjour mais il grommela pour toute réponse. Un journal yiddish de gauche sortait de la poche de sa veste. Il ne referma pas tout de suite la porte de l'ascenseur. Soudain, il cracha par terre et s'exclama :

« Vous connaissez la nouvelle?

– Qu'est-il arrivé?

– Ils ont vendu l'immeuble. »

« C'était donc cela », se dit Herman.

« Vendu? Comment est-ce possible? demanda-t-il.

– Comment est-ce possible? Mais parce que le vieux est gâteux et que ses précieux fils s'en foutent. Un garage, voilà ce qu'on va construire ici. On va démolir l'immeuble et jeter tous les livres aux ordures. Personne n'aura un sou de dédommagement de ces salauds de fascistes!

– Quand est-ce arrivé?

– C'est arrivé, c'est tout. »

Mon pressentiment était donc juste, pensa Herman. Il resta un moment silencieux. Depuis des années, le personnel parlait de se syndiquer et de mettre au point un plan pour les retraites mais cela n'avait pas dépassé le stade de la discussion. Le vieux Korver payait mal mais il glissait des primes de cinq ou dix dollars à ses employés préférés. Il distribuait aussi de l'argent à Hannukah, envoyait des cadeaux à Pourim et se comportait généralement en patron à l'ancienne mode. Ceux qui n'étaient pas contents, il les mettait à la porte. Les comptables, par exemple, pourraient peut-être retrouver du travail ailleurs, mais les rédacteurs sûrement pas. Le judaïsme devenait dans l'édition une spécialité en voie de disparition, en Amérique en tout cas. Quand des Juifs mouraient, leurs collections de livres religieux étaient données à des bibliothèques ou simplement jetées. L'hitlérisme et la guerre avaient provoqué un temporaire renouveau d'intérêt pour les livres religieux en hébreu, mais pas suffisant pour rendre leur édition rentable.

« Eh bien, les sept années grasses sont terminées », murmura Herman. L'ascenseur arriva au troisième étage, directement dans la salle de réunion des éditions Sion, une grande pièce basse de plafond, meublée de vieux bureaux sur lesquels étaient posées des machines à écrire démodées. Même les téléphones avaient l'air vieux. Cela sentait la poussière, la cire et le renfermé.

Raphael Robbins, le directeur littéraire, était assis sur un fauteuil capitonné, les lunettes posées à la pointe extrême de son nez. Il souffrait d'hémorroïdes et de la prostate. De taille moyenne, il avait les épaules larges, le crâne rond et le ventre proéminent. Sous ses yeux la peau formait de grands plis. Son visage exprimait à la fois la bonté d'un grand-père et l'astuce d'une vieille femme. Depuis des années, sa principale tâche était de déjeuner avec le vieux Korver. Robbins était connu pour être un vantard, un menteur et un flatteur. Il possédait une collection de livres pornographiques qu'il avait commencée dans sa jeunesse. Comme Sam, il venait de la même ville que Morris Korver. Son fils, un physicien, avait travaillé sur la bombe atomique. Sa fille avait épousé un financier de Wall Street. Raphael Robbins avait mis pas mal d'argent de côté et, à son âge, il aurait déjà eu droit à une retraite de la Sécurité sociale. Tout en lisant son manuscrit, il se grattait le frond et hochait la tête. Il ne renvoyait que rarement un texte qui lui avait été soumis et il y en avait partout à la poussière, sur la table, sur les étagères et dans les placards de la kitchenette où les employés allaient se faire un thé.

L'homme qui avait permis à Morris Korver de s'enrichir et sur les épaules de qui reposait tout l'équilibre financier de la maison d'édition était le professeur Yohanan Abarbanel, qui compilait des dictionnaires. Personne ne savait où il avait acquis son titre de professeur. Il n'avait jamais passé de diplôme, ni d'ailleurs suivi les cours d'aucune université. On disait que c'était le vieux Korver qui avait décrété un jour, « Voilà, tu es professeur ». Outre ses dictionnaires, Abarbanel avait mis au point une collection de sermons, avec des commentaires de rabbins, écrit un livre pour la préparation à la bar-mitzvah et quelques ouvrages pratiques qu'on avait réimprimés plusieurs fois. Célibataire, âgé de plus de soixante-dix ans, il avait eu une crise cardiaque et s'était fait opérer d'une hernie. Il travaillait pour un salaire de misère, habitait un hôtel très bon marché et redoutait tout le temps de perdre son emploi. Il devait faire vivre quelques parents encore plus pauvres que lui. C'était un petit homme aux cheveux blancs, avec un petit visage rouge comme une pomme orné d'une barbe blanche et de petits yeux cachés sous d'épais sourcils. Assis à sa table, il reniflait et toussotait, tout en couvrant des pages et des pages d'une écriture minuscule, avec une plume en acier. Depuis quelques années, on ne pouvait plus se fier à lui pour accomplir un travail entièrement seul. Tout ce qu'il écrivait, jusqu'au moindre mot, était relu par Herman Gombiner, qui devait parfois récrire des manuscrits entiers.

Sans qu'il y eût de raison à cela, personne en arrivant le matin ne disait « Bonjour », ou « Comment allez-vous? » aux autres et c'était la même chose le soir en partant. Pendant la journée, les employés échangeaient parfois quelques mots aimables, il arrivait même qu'après être restés des mois sans s'adresser la parole, ils se fassent des confidences ou s'invitent à dîner. Mais le lendemain matin, ils se conduisaient à nouveau comme s'ils étaient fâchés les uns avec les autres. Au fil des années, ils avaient fini par se trouver mutuellement ennuyeux. Des plaintes et des rancunes s'étaient accumulées qu'on ne parvenait plus à oublier tout à fait.

Miss Lipshitz, la secrétaire, qui avait commencé à travailler chez Sion à sa sortie de l'université, était maintenant grisonnante. Petite, ronde, pourvue d'un cou très court et d'une ample poitrine, elle avait toujours l'air de faire la moue, assise derrière sa machine à écrire. Elle avait un nez retroussé et des yeux qui ne semblaient jamais regarder le manuscrit qu'elle tapait mais au contraire fixer un point très loin, au-delà du mur. Des jours entiers passaient sans qu'on entende sa voix. Au téléphone, elle se contentait de murmurer. Quand elle allait déjeuner au restaurant d'en face, elle s'installait toujours seule à une table, très occupée à manger, fumer et lire le journal tout en même temps. Il y avait eu une époque où au bureau, tout le monde, y compris le vieux Mr. Korver, était plus ou moins ouvertement amoureux de cette fille brillante qui savait l'anglais, le yiddish, l'hébreu, la sténo et toutes sortes d'autres choses encore. On se battait pour l'inviter au théâtre, au cinéma ou au restaurant. Mais depuis des années déjà, Miss Lipshitz s'était comme isolée du monde. Le vieux Korver disait qu'elle se dissimulait derrière un mur invisible.

Herman la salua de la tête, mais elle ne lui répondit pas. Il passa devant le bureau de Ben Melnick, le directeur commercial. C'était un homme grand et massif, avec un visage encore très jeune, de gros yeux noirs saillants et une crinière de cheveux blancs comme du lait. Il avait de l'asthme et jouait aux courses. Toutes sortes de personnages bizarres venaient le voir – des parieurs. Il était séparé de sa femme et entretenait une liaison avec Miss Potter, la chef comptable, une cousine de Morris Korver.

Herman Gombiner pénétra dans son bureau. Traverser la salle de réunion et n'être salué par personne le peinait toujours. Korver avait un employé chargé de faire le ménage – il s'appelait Zeinvel Gitzis – mais Zeinvel négligeait son travail. Les murs étaient sales, les carreaux jamais faits. Des piles de manuscrits poussiéreux et de journaux s'entassaient un peu partout depuis des années.

Herman ôta soigneusement son manteau et le posa sur un tas de livres. Il s'assit sur sa chaise dont le rembourrage de crin sortait par plusieurs trous. Travailler? Mais quel sens cela avait-il de travailler puisque la maison fermait? Il hocha la tête, moitié par fatigue, moitié en signe de regret. « Eh bien, tout doit finir un jour, murmura-t-il. Il est inscrit d'avance qu'aucune institution humaine ne dure à jamais. » Il tendit la main pour sortir son courrier de la poche de son manteau. Il examina les enveloppes mais sans en ouvrir aucune. Puis il revint à celle de Rose Beechman, de Louisville, Kentucky. Dans un magazine appelé *Le Message,* Mrs. Beechman avait raconté les contacts qu'elle entretenait depuis quinze ans avec sa grand-mère qui était morte, Mrs. Eleanor Brush. La grand-mère apparaisait généralement la nuit, encore que cela se fût produit aussi le jour. Elle débordait de conseils à l'adresse de sa petite-fille et même une fois, elle lui avait donné la recette du poulet frit. Herman avait écrit à Rose Beechman mais sept semaines avaient passé sans qu'il reçût de réponse. Il avait presque perdu espoir, tout en continuant à lui envoyer des messages télépathiques. Elle avait été malade, de cela il était certain.

Et voilà que sa lettre était devant lui, dans une enveloppe de papier bleu pâle. L'ouvrir ne fut pas facile. Il dut se servir finalement de ses dents. Il tira six feuillets pliés également bleu pâle et lut :

« Cher Mr. Gombiner,

« Je vous écris le lendemain de mon retour de l'hôpital, où je viens de passer presque deux mois. On m'a opérée d'une tumeur à la moelle épinière. Il y avait un risque de paralysie, ou pire. Mais le destin, semble-t-il, a encore besoin de moi ici... Apparemment, ma petite histoire dans *Le Message* a fait beaucoup de bruit. Pendant ma maladie, j'ai reçu des dizaines de lettres de partout et même d'Angleterre.

» Ce qui s'est passé, c'est que ma fille avait placé votre lettre sous toutes les autres et si j'avait lu la pile dans l'ordre, il m'aurait sans doute fallu des semaines pour arriver à la vôtre. Mais une prémonition – quoi d'autre? – m'a fait ouvrir la dernière lettre en premier. Et c'est alors que j'ai compris, d'après le cachet de la poste, que c'était une des premières, sinon la première à être arrivée. On dirait que je fais les choses, pas comme je le décide, mais comme pour obéir à un ordre venu de quelqu'un ou de quelque chose que je ne connais pas. Je peux simplement dire ceci : aussi loin qu'il m'en souvienne, ce " quelque chose " a été avec moi, peut-être même avant que je sois capable de raisonner.

» Votre lettre est si logique, si noble, si fascinante, qu'elle a illuminé mon retour à la maison. Ma fille qui travaille dans un bureau n'a ni le temps ni la patience de s'occuper de l'appartement. Quand je suis arrivée, tout était sens dessus dessous. De nature, je suis très méticuleuse et ne peux souffrir le désordre, aussi vous imaginez ce que j'ai ressenti. Mais vos remarques si profondes, vraiment remarquables, ainsi que l'amitié et l'humanité qui en émanaient m'ont aidée à oublier mes malheurs. J'ai lu votre lettre trois fois et remercié Dieu que des êtres possédant votre compréhension et votre foi existent.

» Vous me demandez des détails. Mon cher Mr. Gombiner, si je devais tout raconter, une lettre n'y suffirait pas. Je pourrais écrire un livre entier. N'oubliez pas que ces expériences durent depuis quinze ans. Ma sainte grand-mère m'a visitée chaque jour à l'hôpital. Elle a littéralement pris en main le travail des infirmières qui ne sont pas, comme vous le savez, trop dévouées à l'égard de leurs malades – d'ailleurs, elles n'auraient pas le temps de l'être. Oui, pour tout vous dire “ en détails ”, comme vous me le demandez, il me faudrait des semaines, des mois. Je peux seulement vous confirmer que ce que j'ai écrit dans *Le Message* est l'absolue vérité. Certains de mes correspondants m'accusent d'être folle, d'avoir tout inventé, de mentir et de chercher à me faire de la publicité. Pourquoi mentirais-je et pourquoi chercherais-je de la publicité? Il ne m'en a été que plus agréable de lire vos merveilleuses phrases. Je vois d'après votre papier à lettres que vous êtes juif et travaillez dans une maîson qui publie des livres en hébreu. Je tiens à vous assurer que j'ai toujours eu la plus grande estime pour les Juifs, le peuple élu de Dieu. Il n'y en a pas beaucoup à Louisville et les seuls avec qui j'ai eu des contacts personnels ne s'intéressaient pas à leur religion. J'ai toujours désiré rencontrer un vrai Juif, qui respecte la tradition des Patriaches.

» J'en viens maintenant à l'essentiel de ma lettre et je vous supplie de me pardonner tout le bavardage qui précède. La nuit qui a précédé mon départ de l'hôpital, ma bien-aimée grand-mère, Mrs. Brush, est venue me rendre visite jusqu'à l'aube. Nous avons parlé de choses et d'autres et juste avant de s'en aller elle m'a dit : “ Cet hiver, tu iras à New York et tu y rencontreras un homme qui changera ta vie. » Ce sont ses dernières paroles avant de me quitter. Je dois ajouter que, même si depuis quinze ans j'ai toujours été convaincue que ma grand-mère ne parlait jamais pour ne rien dire et que tout ce qu'elle me disait avait un sens, là, j'ai eu un doute. Qu'est-ce que moi, veuve, ne touchant qu'une petite pension, je pourrais bien avoir à faire à New York? Et quel homme, à New York, pourrait bien changer ma vie?

» Il est vrai que je suis encore jeune – à peine plus de quarante ans – et qu'on me dit séduisante (je vous supplie de ne pas penser que je me vante, j'essaie simplement de dire les choses clairement). Mais quand mon mari est mort, il y a huit ans, j'ai décidé d'en rester là. J'avais une fille de douze ans à élever, je souhaitais consacrer tous mes efforts à son éducation et je l'ai fait. Aujourd'hui elle est belle, a fait de bonnes études, a un excellent poste dans un cabinet immobilier et est fiancée à un garçon très intéressant et bien élevé (il est fonctionnaire). Je crois qu'elle sera très heureuse.

» Depuis la mort de mon mari, j'ai reçu des demandes en mariage mais les ai toutes repoussées. Ma grand-mère devait être d'accord avec moi car je ne l'ai jamais entendue protester à ce sujet. Je vous le dis parce que sa phrase sur un homme que je rencontrerais à New York et qui changerait ma vie m'a paru si bizarre que je l'ai soupçonnée de me dire ça pour me remonter le moral après ma maladie. Et puis, cela m'est sorti de l'esprit.

» Imaginez ma surprise quand aujourd'hui j'ai reçu, à mon retour de l'hôpital, une lettre recommandée d'un Mr. Ginsburg, avocat à New York, m'informant de la mort de ma grand-tante Catherine Pennell qui m'a légué une somme de près de cinq mille dollars. Tante Catherine était une vieille fille qui avait rompu tous liens avec notre famille il y a plus de cinquante ans, avant ma naissance. Pour autant que je le sache, elle vivait dans une ferme en Pennsylvanie. Mon père parlait parfois d'elle et de ses manières excentriques mais je ne l'ai jamais rencontrée et je ne savais même pas si elle vivait encore. Comment elle a fini par venir à New York reste pour moi un mystère, tout comme sa décision de me choisir comme héritière. Voilà les faits et je dois aller à New York à ce propos. Il y a des papiers à signer, etc.

» Quand j'ai lu la lettre de l'avocat, puis la vôtre, si intéressante, j'ai brusquement réalisé combien j'avais eu tort de douter des paroles de ma grand-mère. Elle ne m'a jamais fait de prédiction qui ne se soit réalisée.

» Cette lettre est déjà trop longue et mes doigts se fatiguent. Je veux simplement vous informer que je serai à New York dans les derniers jours de janvier ou au plus tard au début de février et que ce serait pour moi un privilège et un honneur de vous rencontrer.

» J'ignore ce que les Puissances me réservent mais je sais que vous connaître sera quelque chose de très important dans ma vie. J'ai des choses extraordinaires à vous dire. En attendant, acceptez ma plus profonde gratitude et mes meilleurs souvenirs.

» Bien à vous,
» Rose Beechman. »

4

Tout arriva très vite. Un jour on parlait de fermer la maison d'édition et le lendemain, c'était fait. Morris Korver et ses fils réunirent le personnel. Korver parla en yiddish, d'une voix aussi forte qu'un jeune homme en tapant du poing sur une étagère. Il avertit ses employés que s'ils n'acceptaient pas l'arrangement que lui et ses fils avaient prévu, personne ne toucherait un sou. L'un des fils, Seymour, qui était avocat, ajouta quelques mots en anglais. Contrairement à son père, il parlait d'une voix très calme. Ses employés les plus âgés rapprochèrent leur chaise et montèrent d'un cran le volume de leur prothèse auditive. Seymour montra des colonnes de chiffres. La maison, dit-il, avait perdu depuis plusieurs années des centaines des milliers de dollars. Combien de temps pouvait-on se le permettre? Voilà, tout était inscrit, noir sur blanc.

Après le départ du patron, le personnel vota pour décider s'il fallait ou non accepter les propositions qu'on lui faisait. Il y eut une majorité de oui. Certains prétendirent que Korver avait soudoyé quelques employés pour qu'ils soient de son côté mais quelle différence cela faisait-il? Chacun devait recevoir un chèque le lendemain. Les manuscrits restaient sur les tables. Sam avait déjà fait entrer les hommes de l'entreprise de démolition.

Raphael Robbins mit soigneusement dans sa serviette le petit coussin sur lequel il s'asseyait, une loupe et une trousse à médicaments. Il prit congé avec le sourire entendu de celui qui avait tout su d'avance et que donc rien ne peut surprendre. Yohanan Abarbanel n'emporta qu'un dictionnaire. Miss Lipshitz, la secrétaire, tourna en rond, les yeux rouges, toute la matinée. Ben Melnick avait apporté une énorme valise dans laquelle il entassa ses archives personnelles, essentiellement des formulaires pour parier aux courses.

Herman Gombiner n'avait pas la force d'empaqueter les lettres et les livres qui s'étaient amoncelés dans son bureau. Il ouvrit un tiroir, regarda les papiers couverts de poussière et se mit aussitôt à tousser. Il dit au revoir à Miss Lipshitz, tendit à Sam un dernier billet de cinq dollars, alla à la banque encaisser son chèque, puis attendit un taxi.

Depuis bien des années déjà, Herman Gombiner avait vécu dans la crainte du jour où il n'aurait plus de travail. Mais quand il se retrouva dans un taxi à une heure de l'après-midi pour rentrer chez lui, il éprouva un grand calme résigné. Il ne se retourna même pas pour regarder cet endroit où il avait perdu trente ans de sa vie. Une neige mêlée de pluie tombait. Le ciel était gris. Assis sur la banquette, la tête appuyée au dossier, les yeux fermés, Herman se comparait à un cadavre qui revient de son propre enterrement. C'est probablement ainsi que l'âme quitte le corps et entame son existence spirituelle, pensa-t-il.

Il avait bien réfléchi à tout. Avec ses deux mille dollars environ d'économie, ce que venait de lui verser Morris Korver et son assurance-chômage, il pourrait se débrouiller pendant deux ans – peut-être quelques mois de plus. Après, il faudrait qu'il fasse appel à l'aide sociale. Cela n'avait aucun sens de chercher un autre emploi. Depuis son enfance, Herman avait supplié Dieu de ne jamais le laisser dépendre de la charité des autres, mais bien évidemment, il en avait été décidé autrement. A moins, naturellement, que la mort ne le prenne avant.

Dieu merci, il faisait chaud dans l'appartement. Herman alla regarder le trou de sa souris. En quoi lui, Herman, était-il meilleur qu'elle? Huldah aussi dépendait de quelqu'un. Il prit un carnet et un crayon et se mit à calculer. Il n'aurait plus besoin de se payer deux taxis par jour, ni de prendre ses repas au restaurant, ni de laisser de pourboire au garçon. Il n'enverrait plus rien à toutes les œuvres auxquelles il cotisait – pour la Palestine, pour les enfants et petits-enfants d'employés qui se mariaient, pour les cadeaux de ceux qui partaient à la retraite. Il ne paierait certainement plus d'impôts. Il alla examiner son placard à vêtements. Il avait assez de chemises et de chaussures pour au moins dix ans. Il n'aurait plus besoin d'argent que pour le loyer, le pain, le lait, les journaux et les timbres. A une certaine époque, il avait envisagé de faire installer le téléphone chez lui. Dieu merci, il y avait renoncé. Avec les six dollars que cela lui aurait coûté par semaine, il pourrait s'acheter de quoi manger précisément pour une semaine. Sans savoir que les choses en arriveraient là, il avait depuis des années pratiqué l'art de réduire ses dépenses au minimum, baissant en quelque sorte la mèche de la lampe de sa vie.

Jamais auparavant Herman Gombiner n'avait-il apprécié son appartement comme il le fit ce jour d'hiver, quand il rentra chez lui après la fermeture de sa maison d'édition. Les gens se plaignaient souvent devant lui de leur solitude, mais tant qu'il avait des livres et du papier pour écrire, tant qu'il pouvait s'asseoir près du radiateur et méditer, lui ne se sentait jamais seul. Des appartements voisins venaient des rires d'enfants, des voix de femmes et plus fortes, également, des voix d'hommes. Des radios marchaient à leur maximum. Dans la rue, des garçons et des filles jouaient bruyamment.

Le soir tombait déjà – les jours étaient courts à cette saison – et l'appartement s'emplissait d'ombres. Dehors, la neige prenait une bizarre teinte bleue. « Ainsi, voilà une journée de passée », se dit Herman. Ce jour en particulier, cette date-là ne reviendraient jamais, à moins que ne se vérifiât la théorie de Nietzsche sur l'éternel retour. Même si on croyait que le temps est imaginaire, cette journée était finie, comme la page tournée d'un livre. Elle était entrée dans les archives de l'éternité. Mais lui, Herman Gombiner, qu'avait-il donc fait, réussi? Qui avait-il aidé? Pas même la petite souris. Elle n'était pas sortie de son trou, ne s'était pas montrée de la journée. Serait-elle malade? Elle n'était plus jeune. La vieillesse grignotait tout le monde...

Assis dans ce crépuscule d'hiver, Herman avait l'air

d'attendre un signe des Puissances d'en-haut. Parfois elles lui envoyaient des messages mais, à d'autres moments, elles restaient silencieuses, cachées. Il s'aperçut qu'il pensait à ses parents, à ses grands-parents, à ses sœurs, à son frère, ses tantes, ses oncles, ses cousins. Où étaient-ils tous? Où se reposaient-ils donc, pauvres âmes martyrisées par les nazis? Pensaient-ils parfois à lui? Ou étaient-ils montés dans des sphères où notre monde ne les concernait plus? Il leur adressa des prières, leur demanda de venir lui rendre visite, cette nuit d'hiver.

La vapeur siffla dans le radiateur, toujours sur la même note. Elle avait l'air de parler dans les tuyaux, pour réconforter Herman : « Tu n'es pas seul, tu fais partie de l'Univers, tu es un enfant de Dieu, un fragment de la Création. Ta souffrance est celle de Dieu, ton désir son désir. Tout est bien. Que la Vérité te soit révélée et tu seras empli de joie. »

Soudain Herman entendit un petit cri. Dans l'ombre, la souris était sortie de son trou et regardait avec méfiance autour d'elle, comme si elle avait peur d'apercevoir soudain un chat. Herman retint son souffle. Sainte créature, ne crains rien, aucun mal ne te sera fait. Il la contempla tandis qu'elle s'approchait de la soucoupe, buvait une gorgée d'eau, puis une seconde et une troisième. Lentement, elle se mit à grignoter le bout de fromage.

Existe-t-il merveille plus grande, pensa Herman. Voici une souris, fille d'une souris, petite-fille d'une souris, produit de millions, de millards de souris qui ont vécu, souffert, se sont reproduites et ont disparu à jamais mais ont laissé une héritière, apparemment la dernière de la lignée. La voilà, très occupée à manger. A quoi pense-t-elle toute la journée dans son trou? Sûrement elle pense à quelque chose. Elle a un cerveau, un système nerveux. Elle est une part de la création divine tout autant que les planètes, les étoiles, les lointaines galaxies.

La souris releva soudain la tête et regarda Herman avec amour et gratitude. Il s'imagina qu'elle lui disait merci.

5

Depuis qu'Herman Gombiner avait cessé de travailler, il réalisait quel effort cela avait été pour lui de se lever le matin, d'attendre dehors un taxi, de perdre son temps à corriger des dictionnaires, à écrire, relire des textes et à faire le même trajet tous les jours deux fois. Apparemment, il avait utilisé jusqu'à ses dernières forces. Il se disait que la maison d'édition avait fermé au moment où il dépensait sa dernière parcelle d'énergie. Fait qui en soi était un excellent exemple de l'existence de la compassion divine et de la main de la Providence. Mais, grâce au ciel, il avait encore le goût de lire et d'écrire des lettres.

Il avait neigé. Herman ne se souvenait d'aucun autre hiver à New York avec autant de neige. Il y en avait d'énormes tas partout. Les voitures ne pouvaient même plus passer dans sa rue. Pour avoir un taxi, Herman aurait dû se débrouiller pour aller à pied jusqu'à Columbus Avenue ou Central Park West.

Il n'aurait sûrement pas tenu le coup longtemps. Heureusement, le livreur de l'épicerie ne l'oubliait pas. Un jour sur deux, il apportait des petits pains, ou des œufs, du fromage, enfin tout ce que Herman avait commandé. Ses voisins frappaient à sa porte et venaient lui demander s'il n'avait pas besoin de quelque chose – du café, du thé, des fruits. Il les remerciait chaleureusement. Tout pauvre qu'il était, il donnait toujours une petite pièce à une mère pour qu'elle achète du chocolat à son enfant. Les femmes ne repartaient jamais tout de suite : elles s'attardaient un peu, lui parlaient dans leur anglais maladroit et le regardaient comme si elles regrettaient d'avoir à s'en aller. Une fois, l'une d'elles alla jusqu'à lui caresser la tête. Les femmes s'étaient toujours montré attirées par lui.

Il y en avait eu, autrefois, qui étaient tombées désespérément amoureuses de lui, mais le mariage et les enfants, ce n'était pas pour Herman. La pensée d'élever une famille lui semblait absurde. A quoi bon prolonger la tragédie humaine? En outre, il avait toujours envoyé jusqu'à son dernier sou à Kalomin.

Il repensait sans cesse au passé. Il se revoyait à Kalomin. Il allait au heder, étudiait à la yeshiva, apprenait tout seul en secret l'hébreu moderne, le polonais, l'allemand, prenait des leçons, en donnait aux autres. Il avait sa première histoire d'amour, il sortait avec des filles, se promenait avec elles dans les bois, jusqu'au moulin, au cimetière.

Depuis son enfance, il avait toujours été attiré par les cimetières et il y passait des heures, à méditer au milieu des tombes et à écouter le silence des pierres. Les morts lui parlaient, du fond de leurs tombes. Dans le cimetière de Kalomin poussaient de grands bouleaux au tronc blanc. Leurs feuilles d'argent frissonnaient à la moindre brise et murmuraient toute la journée des choses dans leur langage à elles. Les branches se penchaient les unes vers les autres, pour se chuchoter des secrets.

Plus tard, il y avait eu le départ pour l'Amérique et la longue errance dans New York, sans travail. Puis il avait obtenu son poste chez Sion et commencé à apprendre l'anglais. Il était en assez bonne santé à l'époque, et avait des aventures avec des femmes. Difficile de croire à tous les succès qu'il remportait alors. La nuit, quand il se sentait très seul, des détails de vieilles histoires et des paroles jamais oubliées lui revenaient à la mémoire – la mémoire qui démontre à elle seule que l'oubli n'existe pas. Des paroles prononcées par une femme trente ans plus tôt et qu'il n'avait pas vraiment comprises devenaient subitement claires. Grâce à Dieu, il avait assez de souvenirs pour lui durer cent ans.

Pour la première fois depuis qu'il était en Amérique, ses vitres gelèrent complètement. Des arbres de givre s'y formaient, comme à Kalomin, des palmiers la tête en bas, des buissons exotiques, des fleurs étranges. Le givre était un véritable peintre mais ses modèles étaient éternels. Des cristaux? Qu'étaient-ils donc, ces cristaux? Qui avait appris aux atomes et aux molécules à se regrouper de telle ou telle manière? Quel rapport existait-il entre les molécules de New York et celles de Kalomin?

Les choses les plus merveilleuses apparaissaient dès

qu'Herman s'assoupissait. A la minute où il fermait les yeux, les rêves arrivaient comme des sauterelles. Il voyait tout avec clarté et précision. Ce n'étaient pas des rêves, d'ailleurs, plutôt des visions. Il survolait des villes orientales, avec des coupoles, des mosquées, des châteaux, s'attardait dans d'étranges jardins, de mystérieuses forêts. Il découvrait des tribus inconnues, parlait des langues étranges. Parfois des monstres venaient lui faire peur.

Herman avait souvent pensé que la vraie vie, on la vivait pendant son sommeil. L'état de veille était en marge, simplement destiné à faire certaines choses.

Maintenant qu'il était libre, son emploi du temps était sens dessus dessous. Il se reconstituait tout seul. Herman restait éveillé la nuit et dormait le jour. Il prenait son déjeuner le soir et se passait de dîner. Son réveil était arrêté et il ne le remontait plus. Quelle différence cela faisait-il désormais qu'il soit telle ou telle heure? Parfois il n'avait même pas le courage d'allumer la lumière le soir. Au lieu de lire, il s'asseyait près du radiateur et somnolait sur sa chaise. Il était submergé par une fatigue comme il n'en avait jamais connue. Est-ce que je suis en train de tomber malade? se demandait-il. Le peu que l'épicier lui livrait était toujours trop.

Ce qui le faisait vivre, c'était les lettres qu'il recevait. Il descendait encore tous les jours chercher son courrier dans le hall. Il s'était acheté une réserve de timbres et de papier à lettres. Il y avait une boîte à quelques mètres de son immeuble. S'il ne pouvait pas aller jusque-là à cause de la neige, il demandait à une voisine de lui poster ses lettres. Une femme qui habitait sur le même palier que lui avait récemment offert de lui monter son courrier le matin et Herman lui donna la clé de son casier. Elle collectionnait les timbres et il lui donnait les siens en guise de paiement. Il n'avait donc même plus d'étages à monter. Elle lui glissait ses lettres sous la porte et son pas était si léger qu'il ne l'entendait même pas.

Il passait souvent toute la nuit à écrire – somnolant parfois entre deux pages. De temps en temps, il ressortait d'un tiroir une vieille lettre et la relisait en s'aidant d'une loupe. Oui, les morts étaient encore avec nous. Ils venaient nous conseiller pour nos affairess, nos dettes, la façon de nous soigner. Ils réconfortaient ceux qui se laissaient aller au découragement, donnaient leur avis sur des voyages, des emplois, des histoires d'amour, des mariages. Certains déposaient un bouquet sur votre lit ou apportaient des articles parus dans les villes éloignées. Ils se manifestaient à leurs parents les plus proches à l'instant de la mort, d'autres revenaient des années après leur décès. Si tout cela était vrai, se disait Herman, alors sa famille à lui aussi vivait encore. Il priait pour que plusieurs de ses membres lui apparaissent. On ne peut pas brûler une âme, ni la gazer, ni la pendre, ni la fusiller. Six millions d'âmes existent sûrement quelque part.

Une nuit, après avoir écrit des lettres presque jusqu'à l'aube, Herman les mit dans des enveloppes, colla les timbres, puis alla se coucher. Quand il ouvrit les yeux, il faisait grand jour. Sur l'oreiller, sa tête était lourde comme une pierre. Il avait chaud et en même temps des frissons lui parcouraient le dos. Il avait rêvé que tous les morts de sa famille revenaient le voir, mais ils ne s'étaient pas conduits de façon satisfaisante pour des fantômes : ils s'étaient affreusement querellés, au point d'en venir aux coups, à propos d'un panier d'osier.

Herman regarda en direction de la porte et vit le courrier qu'avait glissé dessous sa voisine mais il ne pouvait pas bouger. « Suis-je paralysé? » se demanda-t-il. Il se rendormit et aussitôt les fantômes revinrent. Sa mère et sa sœur se disputaient pour un peigne en métal. « Mais c'est trop ridicule, se dit-il. Les esprits n'ont pas besoin de peigne. » Le rêve continua. Il découvrit un placard caché dans le mur de sa chambre. Il l'ouvrit et des liasses de lettres en tombèrent – il y en avait des centaines. Qu'est-ce que c'était donc que ce placard? Les enveloppes portaient des cachets de la poste très anciens. Il ne les avait jamais ouvertes. Dans son sommeil, il se sentit bouleversé à l'idée que tant de gens lui aient écrit sans qu'il leur ait répondu. Il se dit que le facteur avait dû cacher les lettres pour s'épargner la peine de les apporter. Mais s'il était venu jusqu'à l'appartement, quel sens cela aurait-il eu de les cacher ensuite dans le placard?

Herman s'éveilla. Il faisait nuit. « Comment le jour a-t-il passé si vite? » se demanda-t-il. Il essaya de se lever pour aller à la salle de bains, mais la tête lui tourna et tout devint noir autour de lui. Il tomba. « Eh bien, c'est la fin, se dit-il. Que deviendra la pauvre Huldah? »

Il resta étendu par terre un long moment. Puis, lentement, il se redressa et, en prenant appui contre le mur, il alla jusqu'aux toilettes. Son urine était brun foncé, huileuse et il éprouva une sensation de brûlure.

Il lui fallut un long moment pour regagner son lit. Il se coucha, avec l'impression que le matelas montait et descendait. Comme c'était étrange – il n'avait plus besoin d'ouvrir ses lettres, il possédait désormais le pouvoir de lire à travers l'enveloppe. Une réponse était arrivée d'une femme habitant une petite ville du Colorado. Elle lui racontait l'histoire d'une voisine maintenant morte, avec qui elle se disputait souvent autrefois. Et voilà que son fantôme était venu lui casser sa machine à coudre, verser de l'eau sur ses planchers, éventrer un coussin et jeter des plumes partout. Les morts peuvent être méchants et pleins du désir de se venger. Dans ce cas, se dit-il, une guerre est possible entre les Juifs morts et les nazis morts.

Cette nuit-là, Herman s'assoupit, se réveilla en sursaut, s'agita dans son lit. Dehors, le vent hurlait si fort qu'on pouvait croire qu'il traversait tout l'appartement. Herman se rappela Huldah. La souris n'avait plus ni eau ni nourriture. Il aurait voulu se lever, aller à son secours, mais son corps refusait de lui obéir. Il pria Dieu : « Moi, je n'ai plus besoin qu'on m'aide, mais je vous en prie, ne laissez pas cette créature innocente mourir de faim! » Il promit de donner de l'argent à des œuvres charitables. Puis il sombra dans le sommeil.

Herman ouvrit les yeux et le jour se levait à peine – un jour d'hiver couvert qui ne parvenait pas réellement à pénétrer par les vitres couvertes de givre. Il faisait aussi froid dedans que dehors. Herman tendit l'oreille, mais aucun bruit ne venait du radiateur. Il essaya de remonter davantage les couvertures, mais ses mains manquaient de force. Du hall arrivèrent brusquement des bruits de voix et des pas précipités. Quelqu'un frappa à la porte, mais il était incapable de répondre. On frappa encore. Un homme parlait en espagnol, puis Herman entendit une voix de femme. Soudain, la porte s'ouvrit toute grande et un Portoricain entra, suivi d'une petite femme en manteau de laine et bonnet assorti. Elle portait un manchon énorme, comme Herman n'en avait jamais vu en Amérique.

Elle s'approcha du lit et dit : « Mr. Gombiner? » Elle prononçait son nom d'une telle façon qu'il le reconnaissait à peine, en accentuant la première syllabe. L'homme s'en alla. A la main, la femme tenait les lettres qu'elle avait ramassées sous la porte.

Elle avait le teint clair, les yeux noirs et un petit nez. Elle dit : « Je savais que vous étiez malade. Je suis Mrs. Beechman – Rose Beechman. » Elle lui tendit une lettre d'elle qu'elle avait trouvée par terre.

Herman comprit, mais il était incapable de parler. Il l'entendit dire : « C'est ma grand-mère qui m'a dit de venir vous voir. Je devais me rendre à New York dans deux semaines seulement. Vous êtes malade et la chaudière de votre immeuble a explosé. Attendez, je vais vous recouvrir. Où est le téléphone? »

Elle remonta les couvertures sur lui, mais les draps étaient comme de la glace. Elle alla à droite, à gauche, en frappant dans ses mains. « Vous n'avez pas le téléphone? Comment puis-je appeler un médecin? »

Il aurait voulu lui dire qu'il n'avait pas besoin de médecin, mais il était trop faible. Le seul fait de la regarder l'épuisait. Il ferma les yeux et oublia immédiatement qu'il avait une visite.

6

« Comment peut-on dormir autant? » se demanda Herman. Ce sommeil qui l'écrasait avait fait de lui une créature sans force. Il ouvrit les yeux, vit à nouveau la femme inconnue, se rappela qui elle était et sombra une nouvelle fois. Elle avait fait venir un médecin, un homme immense, un vrai géant, qui le découvrit, écouta son cœur, appuya sur son ventre, regarda dans sa gorge. Herman entendit le mot « pneumonie ». Ils lui dirent qu'il devrait aller à l'hôpital, mais il trouva assez de force pour secouer la tête. Plutôt mourir. Le docteur protesta avec bonne humeur. La femme tenta de le persuader : pourquoi ne voulait-il pas de l'hôpital? Il y serait bien soigné. Elle viendrait le voir tous les jours.

Mais Herman resta intraitable. Il parvint à surmonter son immense sentiment de malaise et à dire : « Chacun a le droit de déterminer son destin. » Il lui montra où il rangeait son argent et la regardant d'un air suppliant, lui demanda avec insistance de promettre qu'on ne le ferait pas bouger de chez lui.

Un instant, il s'exprimait clairement, comme un homme en bonne santé et tout de suite après il retombait dans sa torpeur. Il rêva encore – conscient ou non, il ne le savait plus. La femme lui donnait un médicament. Une jeune fille venait lui faire une piqûre. Dieu merci, le chauffage fonctionnait à nouveau. Le radiateur chantait toute la journée et la moitié de la nuit. Le soleil avait recommencé à briller – un rayon arrivait jusqu'à sa fenêtre le matin et le plafonnier s'allumait normalement. Des voisins venaient prendre de ses nouvelles – des voisines, surtout. Elles lui apportaient des bols de céréales, du lait chaud, des tasses de thé. La dame inconnue changeait de vêtements. Tantôt elle avait une robe noire, tantôt une jaune, parfois une blouse rose, puis une blanche. Elle lui semblait tout à coup sérieuse, d'âge mûr, puis soudain c'était une jeune fille très gaie. Elle lui mettait un thermomètre dans la bouche, lui passait le bassin. Elle le déshabillait et lui faisait des frictions à l'alcool. Il était gêné à cause de la maigreur de son corps, mais elle protestait : « De quoi avez-vous besoin d'avoir honte? Nous sommes tous comme Dieu nous a faits. » Tout malade qu'il était, il avait conscience de la douceur de ses mains. Était-elle humaine? Ou était-ce un ange? Il se sentait redevenu un enfant dont la mère s'inquiète. Il savait très bien qu'il risquait de mourir pendant son sommeil, mais il avait cessé d'avoir peur de la mort.

Une chose tracassait Herman – un fait, une vision qui se

répétait avec d'infinies variations, mais dont il ne saisissait pas le sens. Il lui semblait que son sommeil était comme un gros livre si passionnant qu'il ne pouvait en interrompre un instant la lecture. Boire du thé, prendre un médicament n'étaient que d'ennuyeuses interruptions. Son corps, avec toutes ses souffrances, s'était détaché de lui.

Il s'éveilla. Le jour pâlissait. La femme avait posé une poche de glace sur sa tête. Elle l'enleva et remarqua que sa veste de pyjama était tachée de sang. Le sang avait coulé de son nez.

« Suis-je en train de mourir? Est-ce cela, la mort? » se demanda-t-il. Il n'éprouvait que de la curiosité.

La femme lui donna une cuillerée d'un médicament, quelque chose de fort qui sentait le cognac. Herman ferma les yeux et quand il les rouvrit, il vit le bleu neigeux de la nuit. La femme était assise à la table qui avait été encombrée de livres depuis tant d'années et qui maintenant paraissait rangée. Elle posa ses doigts au bord de la table et celle-ci se mit à bouger, à se soulever, après quoi elle retomba bruyamment.

Un instant, Herman resta complètement éveillé, la tête aussi claire que s'il allait bien. La table bougeait-elle mue par une volonté qui lui était propre, ou était-ce la jeune femme qui la soulevait? Il regardait, stupéfait. La femme murmurait quelque chose. Elle posait des questions qu'il n'entendait pas. Par moments, elle grommelait, semblait-il. Soudain, elle se mit à rire et il vit ses dents qui étaient petites. Elle s'approcha brusquement de son lit et dit : « Vous allez vivre. Et guérir. »

Il écouta ses paroles avec une indifférence qui le surprit.

Il referma les yeux et se retrouva à Kalomin. Ils étaient tous en vie – son père, sa mère, son grand-père, sa grand-mère, ses sœurs, son frère, tous ses oncles, tantes, cousins. Comme c'était bizarre, Kalomin était devenu un quartier de New York. Une rue menait directement à Canal Street, où habitait Herman, une rue à flanc de colline qui grimpait dur. Il fallait passer par une sorte de cave ou de tunnel, un endroit qu'il avait déjà vu dans d'autres rêves. Il faisait de plus en plus sombre, le sol était de plus en plus en pente, plein de trous, les murs étaient de plus en plus bas et l'air devenait étouffant. Herman ouvrit la porte d'une petite pièce remplie d'ossements moisis. Il était tombé par hasard sur un cimetière souterrain et là, il rencontra un bedeau, ou peut-être un gardien, ou alors un fossoyeur qui veillait sur le tas d'os.

« Comment peut-on vivre ici? se demanda Herman. Qui pourrait supporter une pareille existence? » A ce moment précis, il ne voyait pas l'homme en question, mais il se souvenait l'avoir croisé dans des rêves précédents, barbu, sale. Il brisait des os comme on arrache des vieilles racines, en riant avec une joie mauvaise. Herman essaya de s'enfuir de ce labyrinthe en rampant à plat-ventre et en se tortillant comme un serpent, au prix d'un tel effort qu'il ne pouvait même plus respirer.

Il se réveilla trempé de sueur. La lampe n'était pas allumée, mais une faible lumière brillait quelque part. D'où venait-elle? se demanda-t-il, et qui est cette femme? Comme c'était miraculeux... Il se sentait bien.

Il s'assit lentement et vit la femme endormie sur un lit pliant, enfouie sous une couverture qu'il ne connaissait pas. La petite lueur venait d'une minuscule veilleuse posée par terre, près de la prise. Herman ne bougea plus, attendant que la sueur qui l'avait inondé sèche. Il se sentait tout frais. « Eh bien, il n'était pas écrit que je mourrais cette fois, murmura-t-il. Mais pourquoi me veut-on encore ici? » Il ne trouvait pas la réponse.

Il s'appuya contre son oreiller et resta immobile. Il se rappelait tout : il était tombé malade, Rose Beechman était arrivée et avait appelée un docteur. Lui, Herman, avait refusé d'aller à l'hôpital.

Il avait apparemment surmonté le pire de la crise. Il se sentait faible, mais plus malade. Il ne souffrait plus. Il respirait sans effort. Sa gorge n'était plus encombrée de phlegme. Cette femme lui avait sauvé la vie.

Herman savait qu'il aurait dû remercier la Providence, mais au plus profond de lui-même, il se sentait triste et en quelque sorte volé. Lui qui avait toujours attendu une révélation, comptait sur son si profond sommeil pour réussir à voir des choses restées cachées aux yeux des bien-portants.

De la mort même il avait pensé : « Allons voir ce qu'il y a derrière le rideau. » Il se rappelait avoir lu des histoires de gens malades dont le corps astral s'en allait errer au-dessus de villes étrangères, de déserts, d'océans. Certains étaient entrés en contact avec des membres de leur famille, avaient eu des visions ou aperçu des lumières célestes. Mais Herman, pendant son long sommeil, n'avait eu que de mauvais rêves. Il se rappelait la petite table qui s'était soulevée une nuit. Où était-elle? Là, près de son lit, couverte de lettres et de journaux, sans doute arrivés pendant sa maladie.

Herman regarda Rose Beechman. Pourquoi était-elle venue? Quand avait-elle fait installer ce lit pliant? Il voyait plus distinctement son visage – un petit nez, des joues creuses, des cheveux sombres, un front bombé un peu trop haut pour une femme. Elle dormait paisiblement, la couverture remontée sur la poitrine. On ne l'entendait pas respirer. Herman se dit brusquement qu'elle était peut-être morte. Il la regarda encore plus attentivement : ses narines palpitaient légèrement.

Il s'assoupit encore une fois. Soudain, il entendit un léger bruit de voix. Il ouvrit les yeux. La jeune femme parlait dans son sommeil. Il écouta soigneusement, mais sans parvenir à saisir le sens des mots. Était-ce de l'anglais ou une autre langue? Qu'est-ce que cela pouvait bien signifier? Et soudain, il comprit : elle parlait à sa grand-mère. Il retint son souffle. Il fit un effort pour tenter de comprendre au moins un mot, mais il ne parvenait pas à attraper une seule syllabe. Elle se tut, puis parla encore. Ses lèvres ne bougeaient pas. Sa voix semblait passer par son nez. Qui sait? Peut-être parlait-elle une langue inconnue, se dit Herman Gombiner. Il imagina qu'elle suggérait quelque chose à son invisible grand-mère et discutait avec elle. Il se fatigua d'écouter avec tant d'attention, ferma les yeux et s'endormit.

Dans un sursaut, il s'éveilla, sans savoir combien de temps il avait dormi – une minute, une heure? Par la fenêtre, il voyait qu'il faisait encore nuit – la femme dormait silencieusement sur le lit pliant. Soudain Herman se souvint : qu'était devenue Huldah? C'était affreux, pendant sa longue maladie, il l'avait complètement oubliée. Personne ne lui avait donné à manger ou à boire. « Elle est sûrement morte, se dit-il. Morte de faim et de soif! » Il éprouva un vif sentiment de honte. Lui, il avait guéri. Les Puissances qui gouvernent le monde lui avaient envoyé une femme, une sœur pleine de bienveillance, alors que cette créature qui dépendait de lui pour ses moindres besoins avait péri. « Je n'aurais pas dû l'oublier! Non, je n'aurais pas dû! Je l'ai tuée! »

Le désespoir s'empara d'Herman. Il commença à prier pour l'âme de la souris. « Eh bien, tu as vécu ta vie. Tu as fait ton temps dans ce monde maudit, le pire de tous, cet abîme sans fond où règnent Satan, Asmodée, Hitler et Staline. Tu n'es plus enfermée dans ton trou – affamée, assoiffée, malade, mais tu as rejoint le cosmos tout empli de Dieu et Dieu lui-même... Qui sait pourquoi il a fallu que tu sois une souris? »

Mentalement, Herman fit l'éloge funèbre de la souris qui avait partagé un moment de sa vie et qui, par sa faute à lui, avait quitté cette terre. « Que savent-ils donc de toi et des tiens, tous ces savants, ces philosophes, ces maîtres du monde? Ils ont fini par se convaincre que l'homme, le pire des transgresseurs, est le joyau de la création. Toutes les autres créatures ont simplement été faites pour lui fournir de la nourriture, des peaux, pour être torturées, exterminées. A cet égard, les hommes sont tous des nazis. Pour les animaux, la vie est un perpétuel Treblinka. Et pourtant, l'homme demande que le ciel le prenne en pitié. »

Herman se couvrit brusquement la bouche de la main. « Je ne dois plus vivre, non! Je ne peux plus faire partie de tout cela. Dieu du ciel – emportez-moi! »

Un moment, le vide se fit dans son esprit. Puis il se mit à trembler. Peut-être Huldah était-elle encore vivante? Peut-être avait-elle trouvé quelque chose à manger? Peut-être était-elle étendue inanimée dans son trou et pouvait-on encore la ranimer? Il essaya de sortir de son lit. Il souleva la couverture et lentement mit un pied par terre. Le lit craqua.

La femme ouvrit les yeux, comme si elle ne dormait pas vraiment, mais avait fait semblant tout le temps.

« Où allez-vous?

– Je dois m'assurer de quelque chose.

– Quoi? Attendez une seconde. »

Elle réajusta sa chemise de nuit sur elle, avant de repousser la couverture, se leva et s'approcha pieds nus de son lit. Elle avait des pieds blancs, petits comme ceux d'une enfant, avec des doigts fuselés.

« Comment vous sentez-vous?

– Je vous en prie, écoutez-moi! »

Et d'une voix qu'il s'efforça de rendre posée, il lui raconta l'histoire de la souris.

La jeune femme écouta. Son visage, à demi noyé dans l'obscurité, n'exprima aucune surprise. Elle dit : « Oui, j'ai entendu des souris gratter plusieurs fois pendant la nuit. Elles grignotaient probablement vos livres.

– C'est une seule souris. Une merveilleuse créature.

– Que voulez-vous que je fasse?

– Le trou est là... J'avais l'habitude de préparer devant une soucoupe d'eau et un morceau de fromage.

– Je n'ai pas de fromage.

– Peut-être pourriez-vous verser un peu de lait dans une petite assiette. Je ne suis pas sûr qu'elle vive encore, mais...

– Bon, j'ai du lait. Mais d'abord, je vais prendre votre température. »

Elle alla chercher un thermomètre, le secoua et le lui mit dans la bouche avec l'autorité d'une infirmière.

Herman la regarda s'affairer ensuite dans la kitchenette. Elle versa un peu de lait dans une soucoupe. Plusieurs fois elle tourna la tête et lui jeta un regard interrogateur comme si elle ne croyait pas vraiment à ce qu'elle venait d'entendre.

Comment est-ce possible? se demanda Herman. Elle n'a pas du tout l'air d'une femme qui a une fille majeure. Elle a l'allure d'une jeune fille. Ses cheveux dénoués retombaient sur ses épaules. Il voyait sa silhouette en transparence sous son peignoir : une taille étroite, des hanches plutôt minces. Son visage avait une douceur qui ne s'accordait pas avec le ton très ferme, presque sévère, des lettres qu'elle lui avait envoyées. Oh bon, où est-il écrit que tout doit s'accorder? Chaque personne est une nouvelle expérience dans le laboratoire de Dieu.

La jeune femme prit la soucoupe et la posa avec précaution à l'endroit qu'il lui avait indiqué. En revenant vers le lit pliant, elle mit ses pantoufles. Elle lui ôta le thermomètre de la bouche et alla le regarder dans la salle de bains où la lumière était allumée. Elle revint presque aussitôt.

« Vous n'avez plus de fièvre. Dieu merci.

– Vous m'avez sauvé la vie, dit Herman.

– C'est ma grand-mère qui m'a dit de venir chez vous. J'espère que vous avez lu ma lettre.

– Oui, je l'ai lue.

– Je vois que vous correspondez avec la moitié du monde.

– Je m'intéresse à la parapsychologie.

– C'est votre premier jour sans fièvre. »

Un moment, ils restèrent tous deux silencieux. Puis il demanda :

« Comment pourrais-je jamais vous rendre ce que vous avez fait pour moi ? »

Elle fronça les sourcils : « Vous n'avez pas besoin de me rendre quoi que ce soit. »

7

Herman s'endormit et se retrouva à Kalomin. C'était un soir d'été et il se promenait avec une fille sur un pont, en direction du moulin et du cimetière russe orthodoxe, où il y a sur les tombes les portraits de ceux qui sont enterrés là. Une énorme sphère lumineuse brillait dans le ciel, plus grosse que la lune, plus grosse que le soleil, nouveau et incomparable corps céleste. Elle jetait une lueur verdâtre sur l'eau, une lueur qui la rendait transparente si bien qu'on y voyait les poissons en train de nager. Des poissons qui n'étaient pas les carpes et les brochets habituels mais des baleines, des requins, avec des nageoires dorées, des cornes rouges et une peau semblable à celle des ailes de chauves-souris.

« Qu'est-ce que cela veut dire ? se demanda Herman, le cosmos a-t-il changé ? La terre s'est-elle arrachée à l'attraction du soleil, à toute la Voie lactée ? Est-elle sur le point de devenir une comète ? » Il essaya de parler à la jeune fille qui l'accompagnait, mais elle était enterrée au cimetière. Elle lui répondit en russe, un russe qui était aussi de l'hébreu. Herman demanda : « Les catégories de la raison pure de Kant ne s'appliquent-elles plus à Kalomin? »

Il se réveilla en sursaut. Derrière la vitre, c'était encore la nuit. Mrs. Beechman dormait. Herman la regarda plus attentivement. Elle ne marmonnait plus dans son sommeil mais, par moments, ses lèvres tremblaient. Son front se plissait et elle souriait dans son sommeil. Ses cheveux étaient étalés sur l'oreiller. L'édredon avait glissé et il pouvait voir les plis de sa chemise de nuit et le haut de ses seins. Herman la contempla, perplexe. Une femme était venue du Sud vers lui, une femme qui n'était pas juive, comme Ruth était venue vers Booz, envoyée par une Naomi qui ne faisait plus partie des vivants.

Où avait-elle trouvé cet édredon? se demanda Herman. Elle avait déjà mis de l'ordre dans son appartement, accroché un rideau à la fenêtre, rangé les journaux et les manuscrits sur la grande table. Comme c'était bizarre, elle n'avait pas touché au buvard, comme si elle avait su que c'était l'instrument d'un miracle.

Herman hochait la tête, sa façon à lui de manifester son étonnement. Les livres sur les rayonnages n'avaient plus l'air aussi vieux ni aussi usés. Là aussi elle avait rangé. L'air qu'Herman respirait n'était plus chargé de poussière et d'odeur de moisi, il était frais, agréable. Il pensa au premier soir de la Pâque, à Kalomin. Il ne manquait que les matzot suspendues au plafond dans un drap. Il essaya de se rappeler son dernier rêve mais ne retrouva que la lueur verte qui éclairait l'eau. « Eh bien, les rêves sont tous perdus, se dit Herman, chaque jour commence par un moment d'amnésie. »

Il entendit un petit bruit, on aurait dit un enfant en train de téter. Herman se souleva et il vit Huldah. Elle avait l'air plus petite, plus faible et sa fourrure était plus grise, comme si elle avait vieilli.

« Dieu du ciel, Huldah est vivante! Là voilà, en train de boire son lait dans sa soucoupe! » Une joie comme il en avait rarement ressentie s'empara d'Herman. Il n'avait pas encore remercié Dieu de l'avoir ramené à la vie – à vrai dire, il lui en tenait plutôt un peu rigueur. Mais avoir permis à la souris de survivre! Pour cela il devait dire merci aux Puissances d'en haut. Herman se sentit plein d'amour pour la souris et la jeune femme, Rose Beechman qui avait compris ce qu'il éprouvait et obéi sans discuter à sa demande de donner un peu de lait à la souris. « Je ne suis pas digne, je ne suis pas digne, murmura-t-il. C'est un effet de la Grâce. »

Herman n'était pas quelqu'un qui pleurait facilement. Ses yeux étaient restés secs même quand il avait reçu la nouvelle que toute sa famille avait péri dans la destruction de Kalomin. Mais maintenant ses joues étaient chaudes et humides. Il n'avait donc pas été destiné à devenir un meurtrier. La Providence – qui connaît l'existence de chaque molécule, de chaque grain de poussière, du moindre insecte – avait veillé à ce que la souris reçût sa nourriture pendant sa maladie. Ou alors une souris pouvait-elle jeûner durant une aussi longue période?

Herman la regarda attentivement. Même après avoir eu faim pendant si longtemps, elle ne se dépêchait pas. Elle buvait son lait à petits coups, en s'arrêtant par moments, de toute évidence elle avait confiance et savait qu'on ne viendrait pas lui enlever ce qui lui revenait de droit. « Petite souris, créature bénie, sainte! » lui cria silencieusement Herman. Il lui envoya un baiser.

La souris continua à boire. De temps en temps elle relevait la tête et jetait un regard de côté à Herman. Il se dit qu'il voyait dans son regard une expression de surprise, comme si elle lui demandait : « Pourquoi m'as-tu laissé avoir faim si longtemps? Et qui est cette femme qui dort ici? » Bientôt, elle retourna dans son trou.

Rose Beechman ouvrit les yeux.

« Oh, vous êtes réveillé? Quelle heure est-il?

– Huldah a bu son lait, dit Herman.

– Quoi? Oh, bien.

– Je vous en supplie, ne vous moquez pas de moi.

– Je ne me moque de personne.

– Vous n'avez pas sauvé une vie, mais deux.

– Eh bien, nous sommes tous des créatures de Dieu. Je vais vous faire du thé. »

Herman voulut lui dire que ce n'était pas la peine, mais il

avait soif et sa gorge était sèche. Il avait même faim d'un seul coup. Il était revenu à la vie, la vie avec tous ses besoins.

La jeune femme alla immédiatement s'affairer dans la kitchenette et peu après elle apporta à Herman une tasse de thé et deux biscuits. Apparemment, elle avait acheté de la vaisselle neuve. Elle s'assit au bord d'une chaise et dit :

« Eh bien, buvez votre thé. Je ne crois pas que vous réalisez à quel point vous avez été malade.

– Je vous suis reconnaissant.

– Deux jours plus tard, rien n'aurait pu vous sauver.

– Cela aurait peut-être mieux valu.

– Non. On a besoin de gens comme vous.

– Aujourd'hui, je vous ai entendu parler à votre grand-mère », murmura Herman, pas du tout sûr d'avoir raison de dire cela.

La jeune femme resta silencieuse et pensive un moment :

« Oui, elle est venue me voir hier soir.

– Que vous a-t-elle dit ? »

Elle lui lança un regard étrange. Il remarqua pour la première fois qu'elle avait les yeux noisette.

« J'espère que vous ne vous moquerez pas de moi.

– Dieu du ciel, non !

– Elle veut que je prenne soin de vous. Vous avez plus besoin de moi que ma fille. C'est ce qu'elle m'a dit. »

Herman eut un frisson tout le long du dos :

« Oui, c'est possible, mais...

– Mais quoi ? Je vous en prie, soyez honnête avec moi.

– Je n'ai rien. Je ne possède rien. Je suis faible. Je ne peux qu'être un fardeau pour vous...

– Les fardeaux sont faits pour être portés.

– Oui... oui...

– Si vous voulez, je resterai avec vous, au moins jusqu'à ce que vous soyez complètement guéri.

– Oui, je veux bien.

– C'est ce que je désirais entendre. »

Elle se leva et se détourna aussitôt. Elle alla jusqu'à la salle de bains, aussi timide qu'une jeune mariée de Kalomin. Elle s'immobilisa un instant sur le seuil, le dos tourné, la tête baissée et Herman vit sa nuque juvénile, ses cheveux dénoués.

Derrière la vitre, une lueur grise commençait à grandir. Il neigeait – cette neige qui tombe à l'aube. Des morceaux de jour et de nuit se mélangeaient dehors. Des nuages passaient. Des fenêtres, des toits, des escaliers de secours émergeaient de l'obscurité. Les lumières s'éteignaient. La nuit avait fini comme un rêve et lui succédait une obscure réalité, repliée sur elle-même, perdue dans le perpétuel mystère de l'être. Un pigeon volait au milieu des flocons, bien décidé à accomplir sa mission jusqu'au bout. Dans le radiateur, la vapeur sifflait déjà. Des appartements voisins venaient les premières voix d'enfants en train de se réveiller, le bruit des radios, les cris des ménagères harassées qui se mettaient à jurer en espagnol. Le globe nommé Terre avait une fois de plus tourné sur son axe. Les vitres devinrent roses, signe qu'à l'est, le ciel n'était pas entièrement couvert. Les livres furent brusquement baignés d'une lumière rouge, qui illumina les vieilles reliures et les dernières traces de lettres dorées des titres à moitié effacés. Une lumière qui avait la qualité d'une révélation.

Glossaire

Bar-mitzvah : jeune garçon qui atteint sa majorité religieuse.

Cabanes *(fêtes des)* : ou Souccoth, fête de la récolte, qui dure sept jours. Elle rappelle la protection miraculeuse dont Dieu a favorisé Israël pendant sa marche dans le désert. Pendant les sept jours, on échange son habitation habituelle contre une souccah (plur. souccoth), fragile cabane couverte uniquement de feuillage. Le fidèle affirme ainsi sa dépendance à l'égard de Dieu et donne une preuve de sa confiance en la providence.

Hannukah : fête de l'« inauguration de l'autel », fête des lumières, qui dure huit jours et commémore, avec les victoires des Macchabées sur les troupes syriennes d'Antiochus Épiphane, de 167 à 165 avant l'ère chrétienne, la réinauguration du temple de Jérusalem.

Hannukiah : chandelier de Hannukah.

Havdalah : cérémonie de clôture du shabbat.

Hassid *(plur. hassidim)* : littéralement « pieux ». Le mouvement hassidique se développa à partir de 1740 environ en Pologne. Les hassidim accordaient au sentiment religieux une importance infiniment plus grande qu'à la connaissance et à la pratique de la Loi.

Hazzan : ministre officiant.

Heder : jadis école primaire juive en Europe centrale.

Kabbale : la tradition mystique juive.

Kaddish : prière en langue araméenne que l'on récite à la fin des passages importants de l'office. Elle est récitée aussi par les orphelins qui expriment en la prononçant leur confiance et leur soumission à la volonté divine.

MATZA *(plur. matzoth)* : pain azyme.

MENORAH : chandelier.

MIDRASH : commentaire homilétique de la Bible.

MISHNAH : code de la Loi orale *(voir Talmud)*.

MEZOUZAH *(plur. mezouzot)* : étui que l'on fixe au montant droit de la porte et qui contient le texte du Shema *(voir Shema)* sur un petit rouleau de parchemin.

PESSAH : nom hébreu de la Pâque.

PHYLACTÈRES : petits étuis de cuir qui renferment, transcrits sur des feuillets de parchemin, le texte du Shema (voir Shema) et que l'on fixe à l'aide de lanières, l'un au bras gauche (en face du cœur) et l'autre au front (en face du cerveau).

POURIM : la fête des Sorts (pour = sort en persan) qui rappelle l'histoire de la reine Esther intervenant auprès d'Assuérus pour sauver le peuple juif menacé d'extermination.

ROSH HASHANAH : le nouvel an juif.

SIMCHAT TORAH : fête de la « réjouissance en la Torah » *(voir Torah)*, dernier jour des fêtes de Souccoth.

SHAVOUOT *(plur. de Shavouah, semaine)* : nom hébreu de la Pentecôte.

SHEMA : Shema Israël, Ecoute Israël. Premiers mots du texte le plus connu du rituel juif.

SHIVA : « sept ». Les sept jours de deuil strict qui suivent le décès d'un parent proche.

SOUCCAH *(plur. souccoth)* : *voir Cabanes*, fête des.

TALMUD : code de la Loi orale, comprenant la Mishnah et la Guemarah. Il comporte deux aspects, l'un législatif (la Halakha), l'autre édifiant (la Haggada).

TORAH : la doctrine, la Loi. Au sens étroit, le Pentateuque. Au sens général, l'ensemble de la Loi juive.

YESHIVAH : *(plur. Yeshivot)* : école talmudique.

YOM KIPPOUR : le Grand Pardon, jour d'expiation exclusivement consacré à la prière et à la pénitence.

Ce glossaire, à l'exception de quelques mots, avait été établi pour un précédent ouvrage d'Isaac Bashevis Singer, *Le Blasphémateur* (Stock, 1973), avec l'aide de M. le grand rabbin Guggenheim et du rabbin Messas.

Je remercie Shlomo Du-Nour dont la patience et l'érudition ont été toutes deux inépuisables pendant que je traduisais *Le beau monsieur de Cracovie.*

MARIE-PIERRE BAY.

Table des matières

Avant-Propos de l'auteur 7

Le beau monsieur de Cracovie 11
Une nuit dans la maison des pauvres 31
La génisse désespérée 45
Les retrouvailles 61
Mes voisins 69
Trois rencontres 81
La séance 99
Ces pouvoirs-là 113
Fuir la civilisation 133
Vanvild Kava 141
Le violoneux mort 151
Lune et folie 183
Henne-la-Flamme 199
Une petite danse et c'est tout 213
Les petits cordonniers 225
Le pape Zeidlus 253
La guerre entre Rabbi Nechemia de Bechev et Dieu ... 267
L'homme qui écrivait des lettres 297

GLOSSAIRE 335

Cet ouvrage a été réalisé sur
Système Cameron
par la SOCIÉTÉ NOUVELLE FIRMIN-DIDOT
Mesnil-sur-l'Estrée
pour le compte des Éditions Stock
le 4 octobre 1985

Imprimé en France
Dépôt légal : octobre 1985
N° d'édition : 4988 – N° d'impression : 2914